JN032953

創元日本SF叢書18

感応グラン=ギニョル

GRAND-GUIGNOL : Folie à deux

空木春宵

Shunshow Utsugi

東京創元社

目次

GRAND-GUIGNOL : Folie à deux

by

Shunshow Utsugi

2021

感応グラン゠ギニョル

感応グラン＝ギニョル

口上、および、第一幕

それでは、それでは、惨事に飢えたる悪辣（あくらつ）非道な紳士淑女の皆々様、どうか、どうか、お静かに。けっして悲鳴は上げられぬよう、しっかと心のご準備を。

お道化（どけ）た調子でそう云（い）うや、舞台の袖へと座長は消える。どろりどろりと太鼓が轟（とどろ）き、緋（ひ）の引き幕はパッカリ割れて、波打ちながら上手（かみて）へ、下手（しもて）へ。

冥（くら）い舞台には蒼褪（あおざ）めた月。淡く朧（おぼろ）な光を湛（たた）え、闇夜を背後（うしろ）に揺れている。

太鼓の音が途絶えるや、スポットライトが闇を切り裂く。

その刹那、喉まで出かけた叫声（きょうせい）を、〈あなた〉は努めて押し殺す。

現れ出（い）でたるは身も四肢も無い少女の首（こうべ）。触れもせぬのに独りでに、下手に向かってコロコロコロリと転がってゆく。月影の輪も舞台（いた）を舐め、転がるそれを追う、追う、追う。

舞台の半ばに転がり出ると、首はピタリと動きを止めた。見目形の整った、皓（しろ）い膚（はだえ）の綺麗な首だ。ビスク・ドールの頭（かしら）だろうか。〈あなた〉の視線は惹き寄せられる。席から身をば乗り出して、息を呑（の）みつつ、見つめる、見つめる。

次の刹那、悲鳴が〈あなた〉の口を衝(つ)く。少女の首が両の瞼(まぶた)をパチリと開き、〈あなた〉の両目を見据えたためだ。

いやいや、〈あなた〉ばかりではない。少女の視線は奇妙なことに、客席に座すすべての者を、見据え、囚えて、離さない。さながら、八方睨(にら)みの鳳凰(ほうおう)図。

叫喚(きょうかん)渦巻く劇場に、南部風鈴の音(ね)の如(ごと)き、澄んだ声音が凛(りん)と鳴る。

〈あなた〉は目にする。少女の口が、夜露に濡れた花弁の如き唇が、しとやかに動く、その様を。

唇の動きは、確かにこう云っている。

「〈わたし〉を見て」

一

紹介されたのは、四肢の揃った少女であった。

そのことに千草(ちぐさ)は少なからぬ驚きを覚えたが、目を瞠(みは)って呆気(あっけ)に取られたのは、何もそればかりが理由ではない。欠損した箇所(かしょ)が無いのみならず、少女は並外れて美しかったのだ。

腰まで伸びた髪は艶々(つやつや)と黒い光を放ち、さかしまに、膚(はだ)は透けるほどに皓い。小作りな顔の内には黒曜石を嵌(は)め込んだかの如き両の瞳と、筋の通った鼻、それから、形の良い青褪めた唇とが、一分(いちぶ)の狂いもなく端然と飾りつけられている。そのいずれにも、また、純白の衣から伸びた細い手足にも、火傷痕(やけどあと)のひっつれや創傷の痕(あと)はおろか、シミのひとつすら見当たらない。

二重の意味で瑕の無い少女をまじまじと見つめながら、千草は思った。常から己が容貌を無い鼻にかけている蘭子でも、この子にはちょっと敵わないな、と。

「諸君」ご自慢のカイゼル髭を指先で縒りつつ、勿体ぶった調子で座長が口を開いた。「そういうわけで、今日からは彼女も我が浅草グラン＝ギニョルの一員だ。どうか仲良くしてやってくれたまえ」

そう云って座長は少女の肩に手を載せたが、当の本人は挨拶の言葉を口にするでもなければ、頭を下げるでもなく、何処かあらぬ方に視線を向けている。

「冗談じゃない」と、ふたりを囲んで車座になっていた座員達の中から憤然たる声が飛んだ。声の主は床を蹴って立ち上がり、居丈高に胸を反らす。

蘭子だ。

「あたしらの芝居には〝れありてー〟が必要だって、口喧しくそう云ってたのは何処のどいつだ。外でもない、あんただろう。だのに、その子は何だい。瑕らしい瑕のひとつも無いじゃあないか。そんなもんを拾い上げて、いまさら、お綺麗な歌劇でも始めようってのかい」

そう捲し立て、蘭子は無い鼻を鳴らした。ひゅっ、という風切り音が稽古場の張り詰めた空気を震わす。

蘭子の云い分も尤もだと、千草は思う。瑕のある珠、歪んだ真珠。座長が常から求めていたのはそういうものだ。だからこそ、自分達は此処に居る。然しまた一方では、蘭子の憤りの根にあるのはそればかりではなかろうとも思う。単に、少女の容貌が気に喰わぬのだ。

蘭子もまた、並々ならぬ美貌の持ち主ではある。勝ち気な性情が面差しに出過ぎてはいるけれども、切れ長な眦やぽってりとした唇は、とても千草と同じ十五歳の少女とは思えぬ婀娜めいた魅力を醸している。

けれども、彼女には鼻が無い。彼女の美しさを非の打ちどころの無いものとしていたであろうそれは鼻骨に沿ってごっそりと削げ落ち、剝き出しになったふたつの冥い穴を、ひっつれのような瑕痕が縁取っている。正しく珠に瑕といった按配だ。尤も、持って生まれた美貌と惨たらしい瑕との対比こそ、彼女の売りでもあるのだが。

「いや、そうではない。そうではないよ、蘭子」座長は慌ててかぶりを振った。

「だったら、どういうわけだってんだ」

座長を問い詰める蘭子の傍らで、盲いた双子の香蘭と藤袴がくつくつと忍び笑いを漏らした。ふたつ並んだおかっぱ頭が上下に揺れる。

蘭子はふたりを睨めつけた。「何がおかしいってんだい」

「桔梗色だね」と、香蘭。

「ぐるぐるしてるよ」と、藤袴。

白濁した、見えぬはずの瞳を見交わす双子に「相変わらずわけの判らんことを」と、蘭子は忌々しげに吐き捨てたが、件の少女はと云えば、座長の太い腕にすっぽりと肩を収めながら、小道具やがらくたが雑然と積まれた稽古場の一隅に目を向け、ぼんやりと首を傾げている。取り沙汰されているのが自分のことだとは、まるで判っていない容子だ。

お人形みたいだなと、千草は思った。

「話題の当人がお澄まし顔かい」蘭子は少女に視線を戻し、「鼻持ちならないね」

「まあ、まあ、まあ」座長がふたりの間に肥えた腹を割り込ませながら、「この子には目に見える瑕が無い。それは確かに蘭子の云う通りだ。だがね、違うんだよ、蘭子。この子にも、ちゃんと欠けているところがあるんだ」

　蘭子は眉を顰(ひそ)め、「何処が欠けてるってんだい」

「此処さ」座長は己のこめかみを指先で叩いた。

「ハッ、おつむが足りてないってか」

「いや、そうじゃあない。むしろ、物覚えは良い方だよ。何せ、漢字の読み書きもできれば、九九だって云える。詩歌だって諳(そら)んじられるくらいだ」

　凄い、と千草は内心で感嘆した。自分は平仮名しか書けないし、九九にしても澱(よど)まず云えるのは三の段止まりだ。それより先は左腕に刻まれた瑕痕(きずあと)を指でなぞらなければ答えられない。自分が取り分け物覚えの悪い方だというのもあるが、座に連なっている仲間達だって似たようなものだろう。

「ああ、もう、まだるっこい。じゃあ、一体何だってんだ、この――」と、苛立たしげに蘭子は少女を指差した。

「無花果(いちじく)だ」座長が横合いから彼女の名を云い添える。

と、そのとき。それまで我関せずという態度でいた少女が、真っ直(す)ぐに蘭子を見据えた。

「何だよ」蘭子も赫然(かくぜん)と見返す。

　暫(しば)しの間を置き、人形の如き少女が初めてその口を開いた。

「嗚呼(ああ)、恐ろしい。あたしはこの新入りに看板女優の座を奪われるんじゃないかしら。この子に取って代わられるんじゃないかしら。そんなこと、とても堪えられない。嗚呼、怖い、怖い」

薄く開かれた唇から零れ出したのは、風に揺れる南部風鈴の音の如き高く澄んだ声であった。調子に抑揚は無く、声音は何処までも澄みきっている。調べにそぐわぬ言葉の意味を汲み取れず、聾唖の橘を除く座員のことごとくは、束の間、呆気に取られた。

「何だと、この餓鬼！」当て擦りだと、そう逸早く思い至った蘭子が怒声を上げる。「あたしがあんたを怖がってるってか」

激昂して躍り掛からんとする彼女を、座長の丸い腹がすんでのところで受け止めた。「待て、待ってくれ、蘭子。違うんだ。無花果も――」と、少女を指差し、「勝手に映さなくてよろしい」

「舐めた口を利くんじゃあないよ。このお澄まし人形！」

座長を押し除けて少女に手を伸ばそうとする蘭子を、座員達が慌てて取り押さえた。双子が相変わらずくつくつと笑い、未だ状況が呑み込めずにいる橘がおろおろと戸惑っているのを除けば、脚無しの牡丹までもが這い寄ってドレスの裾を摑み、腕の無い夏水仙が後ろ髪を口に咥えて引っ張っている。

少女から引き離されてもなお鼻息荒くいきり立っている蘭子に、額の汗を拭い拭い、座長は諭すように云った。「聞いておくれ、蘭子。無花果は何も悪気があって云ったわけじゃあないんだ。いや、そんな意図のあるはずがないんだよ」

それから、再びこめかみに指をあてると、

「何しろ、彼女には心が無いのだから」

第二幕

長い髪を振り乱し、掻き毟（むし）っては、影法師の女が叫ぶ。

「ああ、もううんざりよ、あんた達には。在りもしないものが見えるだなんて、気味の悪いことばかり云って」

狂気を孕（はら）んだ女の声は毒々しい紫の靄（もや）となり、ふたつ並んだ椅子に縛り付けられた少女達に纏（まと）わりついては、彼女らの身を竦（すく）ませる。

「でも、本当なのよ、お母さん」

「本当に見えるのよ、お母さん」

怯えながら、おかっぱ頭を揺らしてなおも切実に訴えるふたりの姿に、女は愈々（いよいよ）激昂し、喚（わめ）き、罵（のの）り、毒づいた。怒りと狂気が、女の身から蒸気となって立ち昇る。女は一方の手で少女の片割れの顔を乱暴に鷲掴（わしづか）むと、いま一方の手を振り上げた。銀鼠（ぎんねず）色の液体をなみなみと湛えた壜（びん）が、その手の中で不気味に光る。

「もう、いい。もういいわ。そんなものが見えるような眼は、もう――潰してあげる」少女の瞼を指先で無理矢理こじ開け、女は壜の中身を垂らす。

その刹那、苦痛の雫が〈あなた〉の眼（まなこ）を灼（や）き焦がす。

二

先の震災で十二階を失い、玉乗り娘の江川座が潰えたところで、街にこびりついた臭いがそう容易く変わろうはずもなく、今宵も浅草の街には帝都の方々から這い出してきた猟奇の徒が群れ集い、珍かなるものを求めて彷徨い歩く。

露店を冷やかし、神谷バーの電気ブランを呷ってカジノ・フォーリーのアチャラカ芝居なり適当な活動なりを観るばかりで腹一杯のご馳走様と満足する者も多いが、それらに疾うに飽いた者達は、娘剣舞に女角力、一寸法師の曲芸に、それから種々の見世物小屋へと、より毒々しいものを求めて街の胎を巡りに巡る。

大方は其処らで胸焼けを起こしてねぐらへと帰っていくものだが、それでもなお飢え渇いてやまぬ者もいる。此処まで来ると病に近いが、彼ら業病持ちどもは、より奇なるもの、より珍かなるものを追ううちに、やがて、爛れた六区の奥底へと潜ってゆく。

そうして辿り着いた底の底でぽっかりと口を開けて待ち受けているのは、洋風に拵えられた一軒の芝居小屋だ。入り口には『浅草グラン＝ギニョル』という、劇場名でも一座の名でもある銘を打った看板が掲げられ、傍らには、「きれいはきたない、きたないはきれい」という、沙翁によるかの有名な一節を刻んだ真鍮のプレートが添えられている。

その劇場の稽古場――尤も、壁の一面に大鏡が渡されている他にはこれといった特徴も無い粗末な板張りの広間が、真に稽古場と呼ぶに足るものか、千草には判らないのだが――の床を、手にしたステッキの先でコツコツ衝きながら、今日も座長が独自の演劇論をぶっている。

「グラン＝ギニョルにおいて何より重んじられるべきは迫真性、則ち、常日頃から諸君に説いているところの『réalité』だ」

これが始まると先が長い。ぐるぐると包帯の巻かれた腕で、やはりぐるぐると包帯の巻かれた膝を抱えて床に座り込んでいた千草は、心中で嘆息した。

「そもそもグラン＝ギニョルとは――」

――遠く海を隔てた巴里はシャプタル街に在る劇場の名であり、同じく、其処を根城とした一座の名でもある。直訳すれば「大きな指人形」とでも云った意味合いになるが、かの劇場で上演されるのは人形劇などとは似ても似つかぬ、生身の人間による恐怖演劇であった。

犯罪や殺人、嗜虐や被虐に溺れた種々の異様なまぐわい、人を人とも思わぬ人体改造、狂人の引き起こす凶事に、惨たらしい拷問。同座はそれら猟奇的な題材を好んで取り上げた。舞台の上では凶刃が閃き、硫酸が肉を灼き、奇怪な拷問具が血の雨を降らせる。凄惨な光景は観客を瞠目させ、絶叫させ、そしてときには気を失わせすらした。

血塗れの怪奇と残酷とを描いた同座の舞台は巴里に住まう物好きどもの心を摑んで流行し、やがて、同座によるものに限らず、それに類する残酷劇が総じてグラン＝ギニョルと呼び慣らわされるようになった。

「然れども、諸君。巴里っ子達に昏い昂奮を喚起させた残酷劇も、やがては廃れた。さてさて、それは一体どうしてか？」

そう云って、座長はステッキの石突（いしづき）を牡丹に差し向けた。背凭（もた）れ付きの椅子に腰掛けた——と云うよりも、載せられた——彼女は「はい」と快活に手を挙げ、「活動寫眞（しゃしん）が流行したからです」

「左様。流石（さすが）は牡丹。ご名答だ」座長はわざとらしいほど満足げな笑みを浮かべ、髭先を縒（よ）る。

褒められた牡丹は椅子の上に載せたお臀（しり）を嬉しげにもぞもぞと揺すった。短い洋袴（ずぼん）の裾から突き出た、腸詰（ちょうづめ）の切れ端じみた肉片が上下に揺れる。両の脚を付け根から切り落とした際、周囲の皮膚を縫い窄（すぼ）めた手術痕だ。

座長の講釈はなおも続く。仏蘭西（フランス）で隆盛した残酷劇は活動寫眞の流行とともに俄（にわか）に勢いを失った。人々は舞台に載せられた拵（こしら）え物よりも、銀幕に映る夢に心を奪われたのである。畢竟（ひっきょう）、グラン＝ギニョルとは巴里の夜闇で花開き、やがては飽きられ、萎（しぼ）んでいった、ひとつの徒花（あだばな）に過ぎない。盛りし花は枯れるが必定（ひつじょう）。まして、畸形（きけい）の花なれば。

然れども、かかる毒花を帝都の地へと植え直し、いま一度咲き誇らせんと考えた男がいた。外（ほか）ならぬ、浅草グラン＝ギニョルの座長である。

この男、元は梨園（りえん）に身を置いていたと自ら吹聴（ふいちょう）しているが、真実（ほんとう）のところは誰も知らない。丸丸と肥えた身体（からだ）を燕尾（えんび）服に無理くりねじ込み、似合いもせぬカイゼル髭をおさな顔に張り付けたこの親爺（おやじ）が、かつては見得（みえ）を切って大向こうを唸らせていたというのは何とも胡散（うさん）臭い話だが、仏蘭西の残酷劇を浅草に復興させんという荒唐無稽な彼の夢に気前良く大枚をはたく旦那方が幾人も居たというのだから、あながち、口八丁の法螺（ほら）話とも云いきれない。

ともあれ、斯（か）くて集めた資金を投じ、一軒の古びた見世物小屋を居抜きで買い取ると、彼はこれを本家本元のグラン＝ギニョルに似せて設（しつら）え直した。

「洋の向こうでのそれが活動に取って代わられたことを考えれば、本邦で真似たとて同じ末路を辿ることも目に見えているではないか――そう云って嘲る者も居た。だが、私に云わせれば」座長は呆れたような表情を作って首を振った。「彼らはまるで判っていない。本場のグラン＝ギニョルが衰退したのは、彼らの芝居にあるものが欠けていたからだ。さて、それは何かな？」

そう云って、今度は千草にステッキを差し向ける。束の間、躊躇うような素振りを見せた後、千草は左の頰に刻まれた古瑕をひと撫でした。そうして、幽かに身を震わし、おずおずと答える。

「〝れありて〟」

座長はステッキで掌をポンと打ち、「その通り」と高らかに云った。彼によれば、仏国におけるそれが衰退したのは、其処で披露される残酷と不幸とが、所詮は拵え物に過ぎぬと観衆に看破されたためであるという。

芝居には「réalité」が必要だ。無惨なものを描くには、真に無惨なものを舞台に上げるより外にない。彼はその信条に従い、腕の無い少女、脚の無い少女、盲目の少女に聾啞の少女と、欠けたる少女を孤児に限って掻き集めた。彼の云う「réalité」とは、詰まるところ斯くも即物的な意味合いのことに過ぎず、作劇や演出にそれを求めようとはまるで思いも寄らぬものらしい。

それにしても、何故、年端もゆかぬ少女ばかりを集めたか。これについて、座長は一度として口を開いたことがない。彼のみだらな嗜好によるものだとか、裏で金を取って身をひさがせているからだとか、世人は好き勝手に噂しているが、少なくとも千草は己が身を求められたことなど一度としてなく、また、座員の身体を求める手合いを――実際、大枚をちらつかせて一夜ばかり蘭子を我が物にと交渉してくる旦那は後を絶たなかったが――座長は頑として撥ね除けていた。

ともかくも、劇場を手にし、演者も揃うと、座長は自ら脚本(ほん)を手がけるばかりか、ずぶの素人に過ぎぬ少女達への演技指導に、残酷劇ならではの種々の演出、更には舞台監督(ブタカン)までをも一手にこなし、自らが思い描いた血塗れの悪夢を現出させんと、せかせか立ち働いた。

一体何故、仏蘭西生まれの残酷劇にそうも拘(こだわ)ったか。渡仏した際、偶(たま)さかに鑑賞したグラン＝ギニョルの公演に感銘を受けるや、これを本国に持ち帰らんとの志を立て、〈恐怖の王〉と称される座付作家アンドレ・ド・ロルドとも対面を果たし、「暖簾(のれん)分け」の許しを得た――というのが本人の弁だが、事実であるかは甚(はなは)だ怪しい。少なくとも、千草はまるで信じていない。

今日もご自慢の人骨製ステッキ――これもまた胡散臭い代物だ――を衝(つ)き衝き、演技指導から脱線してロルドとの面会が如何(いか)に劇的なものであったかを熱弁する座長をぼんやりと眺めながら、いつになったら終わるのかなと、千草はそんなことばかり考えていた。

それでも、千草はまだしも真面目な方だ。大人しく膝を抱えて座長の話に耳を傾けている者など、稽古場の内には彼女ひとりしか居ない。尤も、端から抱える膝を持たぬ牡丹も真剣に聞き入ってはいるのだから、ふたりと云った方が正確であろう。だが、そのふたりを除けば、他の少女達は皆、別のことに興じていた。

稽古場の隅では香蘭と藤袴が手を取り合い、フゥワリフワリと雲踏む足つきで互いの立ち位置を入れ替えている。一見すると踊りの稽古でもしている風だが、そうではない。一頻(ひとしき)り交錯した後、「私が彼女、彼女が私。さてさて、どっちがどぉっちだ?」と、盲いた双子は声を揃え、くつくつ笑った。

その声に、それまでふたりに背を向けて立っていた少女が振り返る。

皓い膚。黒い瞳。心を持たぬ生き人形――無花果だ。

「右が香蘭、左が藤袴」双子の問いに、無花果は即座に答えた。相変わらずの、抑揚も調子も無い、平坦な声音で。

腕無しの夏水仙が固唾を呑み、獲物を狙う蛇のような目で双子を見遣る。「どうなんだ？」

「正解だよ」と、香蘭。

「正解だね」と、藤袴。

「いや、ほんと、こりゃ恐れ入ったね」夏水仙は感嘆し、ふたつ並んだおかっぱ頭を矯めつ眇めつ見較べる。「朝な夕なツラを合わせてるってのに、あたしにゃさっぱり判らん」

「〝すごい、すごぉい〟」と、感情の籠らぬ声には不似合いな言葉を無花果が発した。その傍らでは、聾唖の橘が満面の笑みを浮かべて拍手をしている。

無花果を使った〝実験ごっこ〟――それが、このところ座員達の間で流行っている遊びだ。他の者には見分けのつかぬ双子を並べ、それぞれの名を当てさせる。或いは、描き手と彼女の間に隔てを挟んで絵を描き、同じものを描かせる。また或いは、文字を書きつけた紙片を箱に入れておき、何と書かれているかを見ることなく答えさせる。一座に加わってから二週間というもの、無花果はそれらの答を一度たりとも外していない。

無花果は己の心を持たぬ代わりに、他者の心を映し出す――彼女が連れてこられたあの日、激昂する蘭子を何とか宥め賺すと、座長は一同にそう語って聞かせた。

他人が心の裡で考えていることを耳に頼らず聞くことができ、目を開かずして見ることもできる。更には、口を閉ざしたまま人にそれを伝えることさえも。俄には信じ難い話であったが、少女達が興味本位に行った種々の遊び事によって、いまやそれは確たる事実と証明されている。

「〝ねぇ、次は絵当てをしようよ〟」と、やはり抑揚のない声で無花果。口にしたのは彼女だが、それは本人の意思に根差した言葉ではない。彼女が映し出した、橘の言葉だ。

無花果が一座に加入したことを誰より喜んだのは聾唖の橘であった。いつも周囲から置き去りにされ、「待って」と声を上げることすら能わなかった彼女にとって、無花果はいまやかけがえのない耳となり、口となっている。腹話術師の人形か何かのように、何処へ行くにも彼女を伴い、片時も手放そうとしない。

「あれはもう飽きた。何か別のもんを考えようぜ」そう云って、夏水仙はそぞろに身をくねらせた。取り立てて何という意味を持つでもない、身に染みついた癖のような動きだ。

皆も彼女の提案に賛同するが、無花果を囲むその輪の中に蘭子の姿は無い。「演技指導なんて、看板女優のあたしには無用」と云い放ち、独り、ねぐらへと引き上げている。

他の仲間達があれこれと無花果を持て囃す中、彼女だけは頑なにその特異な性質を認めずにいる。それはそうであろう。認めてしまえば、いつぞや無花果が口にした言葉が己の本心だと認めることになる。鼻っ柱の強い彼女にしてみれば、容れ難いことのはずだ。

他方、彼女が夢遊病者の譫言と呼んでいる座長の講釈は愈々最高潮に達していた。目を輝かせて熱心に聞き入る牡丹と違い、座長の言葉が熱を帯びれば帯びるほど、千草の心は冷めていく。幾ら聞かされようと、どうせ、明日には忘れてしまう。身に刻むに値する話とも思えない。それでも、形ばかり耳を傾けるふりをしているのは――

不意に視線を感じて振り返ると、真っ直ぐに此方を見つめている無花果と目が合った。

「〝もう、瑕つけられるのは厭だから〟」

彼女は、そう呟いた。

第三幕

「助けて。助けて、お父さん」

仰向けに倒れた少女が懸命に手を伸ばし、必死で助けを求めている。叫声が、赤い波紋となって空気を揺らす。崩れ落ちた瓦礫（がれき）に両脚を挟まれ、足掻（あが）けど藻掻（もが）けど、抜けはしない。

やや離れたところで、影法師の男がおろおろと狼狽（うろた）えている。自らも瓦礫の倒壊に巻き込まれるのが恐ろしいのであろうか、少女が叫ぶたび、頭を掻き毟っては右往左往してこそいるものの、それでいて、決して、彼女に近寄ろうとはしない。

「お父さん。痛いよ。ねェ、助けて。助けて」

男は呻（うめ）き声を洩らし、両の耳を塞いだ。泣き喚く少女の懇願を振り払うように身を翻すと、その場から逃げ去っていく。

その刹那、絶望の塊が〈あなた〉の身体を圧（お）し潰（つぶ）す。

三

舞台に立った後の身体の火照(ほて)りが、千草は好きだ。カーテンコールを終えて舞台袖に引っ込むなり、団子になって倒れ込む仲間達の姿が好きだ。熱が冷めるにつれ徐々に感じられてくる、膚を伝う汗の冷ややかさが好きだ。交じり合って香り立つ、皆の匂いはもっと好きだ。芝居のことはよく判らなくとも、この時間のためだけに舞台に上がるのも悪くないとすら千草は思う。汗や匂いのように、あわいを無くして皆と溶け混じり、ひとつの塊に成れたらどんなに素敵だろう。けれども、彼女はその時間を長くは愉(たの)しめない。仲間に身を預けて倒れ臥(ふ)すことも、優美な曲線を描いた蘭子のうなじに鼻を押し当てて思い切り息を吸い込むことも、彼女には叶わない。

皆とひとつには、成れない。

何故と云って、彼女は誰より早く浴室に行って汗を流さねばならない。それから、濡れた膚を拭くことも能わぬまま、身体中に包帯を巻かねばならない。それも、割れ物を包みでもするように慎重な手つきで。直(じき)に乾くとはいえ、湯に濡れた身に布がへばりつくのは、ただただ不快だ。

常であれば厭々(いやいや)ながらも慣れた手つきでそれをこなす彼女であるのに、この夜に限っては包帯を手に取ることもせぬまま、脱衣所の鏡に映る己の裸体と向き合っていた。少年のそれのように短く刈り込まれた髪の下から、凝(じっ)と此方を見つめ返してくる少女の顔に、欠けたるところはひとつも無い。にもかかわらず、それは確かに毀(こわ)れている。

頬と云わず、鼻と云わず、膚の表面(おもて)のあらゆる部位に大小の白いものが走り、複雑な綾(あや)を織り成している。湯で落としきれなかった白粉(おしろい)などではない。膚そのものに刻まれた、夥(おびただ)しい数の瑕痕(きずあと)だ。

おとがいの先から首を通って薄い乳房へ。肋(あばら)の浮いた胸郭を過ぎて下腹(したばら)へと至り、更に下って、か細い腿から足の先まで。幾ら視線を落としていっても、その景色は変わらない。斬(き)られ、抉(えぐ)られ、穿(うが)たれた痕跡が、総身をくまなく覆い尽くしている。

千の瑕を持つ娘。

それが、座長が千草につけた売り文句だ。役に応じてとりどりの衣裳を纏(まと)う他の演者達と違い、彼女は一糸纏わぬ姿で舞台に立つ。そうでなければ意味が無い。そうしなければ価値が無い。

客席から向けられる視線には、もう慣れた。驚嘆から奇異を経た後、次第に憐憫(れんびん)へと変わり、最後には一種の安堵へと移ろう観客の目の色の変化にも、何ら動じることがなくなった――はずであった。

だのに、今夜ばかりは眼差しが痛かった。舞台袖に捌(は)けても、痛みは一向、消えなかった。幾ら湯をかけても流れ落ちることなく身に纏わりつき、いまも皮膚のそちこちを、ちくりちくりと絶え間なく苛(さいな)んでいる。

千草は深く息を吐くと、左の手首に刻まれた真一文字の瑕痕を指先でそっと撫でた。

その瞬間、瑕痕に沿って鋭い痛みが走り、一刹那遅れて、灼いた鉄串をあてられたような熱が迸(ほとばし)った。眼前には芥(あくた)と腐肉の堆積した路地裏の景色が、鏡の中の己と二重写しになって広がる。飯屋の換気孔から吐き出される油と、男どもの垂れ流した汚液とが混じり合ったにおいが鼻を衝く。酷いにおい。けれども、何処か懐かしいにおい。往来の喧噪（けんそう）と発情期の猫達が上げる叫声の間を縫うようにして聞こえる孤児（みなしご）仲間達の囁き。襤褸（ぼろ）布（きれ）越しに感じる温もり。走る痛み——。

遠い日の記憶が五官を駆け巡り、そしてまた直ぐに去っていった。

路地裏の景色は霧消し、視界の内には、元の通り、瑕だらけの少女が独りぽつねんと佇（たたず）んでいる。膚を刺す不快な痛みは、もう消えていた。目の前の痛みを掻き消すには、より烈（はげ）しい痛みをぶつけること。経験から、千草はそう学んでいた。

楽屋に顔を出してみると、仲間達はまだ白粉も落とさぬままに居残っていた。畳に寝そべる者、部屋の隅で膝を抱えている者、壁に背を預けている者。常と変わらずめいめい勝手にしていたが、皆一様に黙り込み、楽屋は沈鬱な空気を湛えている。香蘭と藤袴だけが平生（へいぜい）通りにくつくつと笑っていた。

無理もないと、千草は心中で頷く。今夜の公演はいつもと違うものになる。誰もが、そんな淡い期待を抱いていたはずだ。けれども、蓋を開けてみれば何も変わらなかった。いや、変わることなど求めてはいけなかった。

〝れありてー〟を生むためと云って座長が集めた面々は、それぞれが欠損を抱えているのみならず、一座としてその全体を眺めてみても、これ以上なく歪んでいる。

確かに、残酷劇を演じるにあたって少女達の身体は極めて都合が良い。在る物を無きが如く見せるのは難しい。だが、端（はな）から無ければどうか。大鉈（なた）で腕を断ち落とされる様を演じるには、拵え物の腕を肩から外すだけで良い。脚が捥（も）げるのもこれに同じだ。盲いた娘を演じるに至っては、ただ舞台の上に立つだけで済む。だがそれはまた一面から見れば、「他には何もできぬ」ということでもある。

加えて、彼女達は皆、年端もゆかぬ少女なのだ。

演じることができる役柄は自然と限られ、畢竟（ひっきょう）、舞台に掛けられる演目も極めて狭い範囲に絞られる。本家グラン＝ギニョルにおいて最も上演されることの多かった医学演劇——往々にして、患者を人間として扱わぬ精神科医や、外科的な方法で人為的に結合性双生児を造り出そうとする狂える博士などが登場する——や、執念き（しゅうね）男女の愛憎劇などは、演じられようはずもない。

となると、座長が物する脚本も、欠けたる少女ばかりが登場する、歪んだ、ちぐはぐなものとならざるを得ない。彼が如何に高尚な理念を掲げていようと、一座の興業は六区においてさして珍しくもない見世物に、下手な筋書きを切り貼りしたものに過ぎぬのである。

そんなことは、端から判りきっていた。誰もが弁え（わきま）ていた。だからこそ、座員達は皆、演技の修練に身を入れることも、座長の指導に耳を貸すこともしなかったのだ。

それが変わり始めたのは、座長が無花果を拾ってきた理由を一同に明かしたときからだった。

「無花果は舞台に上げない。彼女の役割はプロンプターだ」と、座長は云った。「舞台に立つ諸君に、私は彼女を介して指示を出す。台詞（せりふ）が飛んでしまったとき、次に何をすべきか忘れてしまったとき、舞台袖から皆の頭の中へと適切な指示を送るから、諸君はそれに従ってくれればよろしい。照明や楽の音（がくね）のタイミングもその場その場で伝えるから、上手く合わせてくれたまえ……これで、我々の舞台は飛躍的な進歩を遂げるだろう。私の脚本（ホン）に、諸君の演技に、観客は息を呑み、必ずや瞠目（どうもく）するはずだ」

陶酔気味に語る座長の言葉を、少女達とて鵜呑みにしたわけではない。だが、「所詮、自分達は見世物だ」という諦念に、期待という名の楔が打ち込まれたのは確かであった。わけても、台詞の覚えが悪い上に酷い吃りで、皆の足手まといだと常から己を卑下していた牡丹の昂揚ぶりは一通りでなかった。

「云いなりになって動くだなんて、あたしは御免だ。そんなものは芝居じゃない」と鼻であしらっていた蘭子にしても、胸の裡に押し込めきれぬ想いが振る舞いの端々に顕れていた。

千草もまた、今夜の公演にあたっては新たな瑕を三つも、その身に刻んでいた。

然し、結果としてそれらが招いたものこそ、いま、こうして楽屋を満たしている沈鬱だ。

掛けられた演目は、『フランケンシュタインの娘』と題し、かのシェリー夫人の小説を座長が翻案したものであった。原作におけるヴィクトル青年は屍体を継ぎ接ぎして怪物を生み出したが、此方の脚本では娘を亡くした狂える女が生ける少女達から四肢を斬り落とし、それらを縫い合わせて「完全なる少女」を造り出さんとする。

舞台は滞りなく進行した。牡丹が台詞を飛ばして黙り込んでしまうこともなかったし、他の演者達も以前ならば考えられぬほど巧みに間を取り、呼吸を合わせた。

にもかかわらず、観客から向けられる眼差しは先までとまるで変わらなかった。「可哀想に」という憐憫と、「自分はああじゃあなくて良かった」という安堵の眼差しは。先の震災であれほど悲惨な光景を目の当たりにしておきながら、人々はなおも他者の不幸と自身の優越とを求めてやまぬのだ。

斯くて、彼女達は改めて突きつけられてしまった。幾ら芝居の質が向上したところで客はそんなものを観てはいないということを。むしろ、却ってめいめいの欠落が際立っただけだということを。所詮、自分達は憐れな見世物に過ぎぬということを。

到頭、牡丹が声を上げて泣き始めた。だが、そんな彼女を誰ひとり慰めようとはしない。慰められようはずがない。つられて、橘までもが胸に掻き抱いた無花果の頭に顔をうずめて嗚咽しだす。他の者は皆一様に黙り込み、双子の笑い声もやんでいる。

「あんたら、何を落ち込んでんのか知らないけどね」悄然たる一同の在り様に痺れを切らしたものか、無い鼻を鳴らして蘭子が立ち上がった。「今夜の芝居のウケが良くなかったのは、あんたらのせいじゃあない。全部、あたしのせいさ」

皆、呆然と蘭子を見遣る。

「今日のあたしはどうにも調子が悪かった。看板女優がノッてない芝居なんてのは駄目なもんだと決まってるだろ。それだけのことさ。あんたらが気に病むようなことじゃない」

蘭子はそう捲し立てると、千草が立っている楽屋の戸口に大股で向かってきた。わきに避けて道を空けると、彼女は、ひゅっ、と鼻を啜ってその場から去っていった。

第四幕

少女の腕を摑み、低く唸るような調子で影法師の男が云う。

「俺はお前の顔が憎い。長じるにつれ、愈々あの男のそれに似ていくお前の顔が。わけても許せないのは、鼻だ。いまやあの男のものと寸分違わぬその鼻が、俺は憎くて堪らない」

云いながら、男は万力の如き力で少女の腕を捩り上げていく。少女の腕には釉薬をかけて焼いた磁器のような罅が走り、膚の表面が大小の欠片となってぽろぽろ剝がれ落ちる。

「痛い。痛いわ、お父様。放してください。どうしてこんな――」

涙声で訴える少女の言葉は、然し、最後まで云い終えることなく呑み込まれた。男がもう一方の手に短刀を握り締めていることに気づいたためだ。怒りに腕をわななかせつつ、男はゆるゆると得物を振りかざす。

「やめて、お父様。お願い――」

少女の涙ながらの哀願も意に介さず、男は冷たい憤りをもって凶刃を振り下ろした。

その刹那、怨嗟の刃が〈あなた〉の肉を断ち落とす。

四

暗いねぐらの中、千草はそっと瞼を開いた。

一座の住居は劇場と同じ屋根の下にあり、三人乃至二人にひとつの部屋がめいめい割り当てられている。瞼を閉じてたっぷり闇に目を慣らしていたおかげで、灯が無くとも物の輪郭はよく判る。顔を横に廻すと、同室の仲間が口をぽっかり開けて鼾をかいている。

「夏水仙」と呼びかけてみても、反応はない。

相手がすっかり寝入っていることを確かめ、千草は寝袋——膚と寝具が擦れぬようにと、彼女のためだけに用意されたものだ——から這い出した。音を立てぬよう猫の足つきで立ち上がると、部屋を横切り、扉を開く。身に巻いた包帯が衣擦(きぬず)れを起こさぬよう常から身のこなしに気を払っている彼女にしてみれば、音を殺して動く程度は容易いことだ。

それでも念のためにと振り返って夏水仙を見遣れば、捲(めく)れ上がった布団の端から脚がはみ出していた。緑青(ろくしよう)色の鱗に覆われた脚が。

無論、本物の鱗ではない。一座に加わる以前、同じ六区に在る見世物小屋で働いていた頃に彫られたものだ。興業主は腕の無い彼女を舞台の上で這い廻らせ、蛇女として売り出したと云う。

引き返して布団の乱れを直してやり、千草は部屋を後にした。

抜き足差し足で歩を進め、廊下の端にある目当ての部屋の前まで来ると、千草は扉を細く押し開けた。隙から差し込んだ頭(かしら)を巡らせて室内の容子(ようす)を窺うと、姿こそ見えぬものの、耳を澄ませば、交互に寄せる細波(さざなみ)のような、ふたり分の寝息が確かに聞こえる。彼女は室内に身を辷(すべ)り込ませ、後ろ手に扉を閉めた。

部屋の隅の寝台で、壁に凭れて座った姿勢のままに橘が眠りこけている。あれからずっと泣き続けていたのか、瞼が酷く腫れていた。元来、涙脆(もろ)い方ではない。感情を表す手段に乏しいせいで余計にそう見えるというのもあろうが、どちらかと云えば気丈な性質(たち)だ。きっと、楽屋でのあのときも無花果を通して牡丹の心の裡を視(み)ていたのだろうと千草は察した。それが故(ゆえ)にこそ伝播(でんぱ)したのだ。悲しさが。口惜(くや)しさが。

それを媒介した当の無花果は、彼女の腕の中、抱き人形のような体(てい)で眠りに就いている。皓い肩に廻された橘の腕を慎重な手つきで取り除け、千草は彼女の耳元に口を寄せた。

「起きて、無花果」

名を呼ばれると、無花果は直ぐに目を覚ました。見開かれた両の瞳は、いましがたまで眠りの沼底に沈んでいた者のそれとは思えぬ確かさをもって千草の姿を捉えている。心を持たぬ者は夢を見ることもないのだろうか。そんな考えが千草の頭をよぎった。

無花果は震災で親を亡くしたのだと座長は語っていた。それ自体はさして珍しいことでもない。一座の面々にしても、千草を除く全員が震災孤児である。異様なのはむしろ、彼女が生き存えたという事実そのものだ。

揺れが街を襲ったとき、無花果は両親に伴われ、基督教の小さな教会で礼拝をしていたと云う。父母は白亜の壁とステンドグラスとのぐちゃぐちゃの混合物に圧し潰されて死んだが、彼女は基督の磔刑像の下から、瑕ひとつ無い姿で発見された。

震災が街を襲ったその日から——十日後に。

その悲惨な体験によって、彼女は心を失くしたのだと座長は云っていた。斯くて自我を持たぬ空っぽの器となったからこそ、他者の心を映すことができるのだ、と。

「ごめんね。今日も映してほしいの。できる？」

千草の問いに、無花果はコクリと頷いた。

それから、彼女の手を引いて、千草は稽古場へと向かった。無花果が足音を立ててしまわぬよう、極めてゆっくりと。廊下の角から不意に誰かが顔を覗かせはしまいかと気を揉みながら。

そうして無事に稽古場まで辿り着くと、暗い闇を掻き分けるようにして奥へと進み、木製の小さな椅子に無花果を座らせた。千草は差し向いに腰を屈め、彼女の顔を覗き込む。「いつもみたいに、お願い。今日は、蘭子のを映してほしいの」

無花果は黒く輝く瞳で千草を見つめ返した後、やはり、コクリと頷いた。

その刹那、文字とも声とも異なっていながら、それでいてことばの連なりだと明瞭判るものが、千草の中に流れ込んできた。

――あの子達が瑕つく必要なんか無いのに。誰がしくじったってわけでもない。ただ、いけなかったのは、期待なんかしたことだ。あたしまでもが浮かれたりして――

「まだ起きてるんだ」千草は呟き、それから、首を振った。「ううん、違うの。ごめんね、無花果。いまの蘭子じゃないの。視たいのはもっと奥の方に在る、古い記憶。できれば、双子や牡丹のときみたいに」

無花果はまたも無言のまま頷いた。

途端、千草の視界を覆っていた闇は急速に掻き消え、代わりに、稽古場とは似ても似つかぬ瀟洒な洋間の情景が幻燈の如く浮かび上がった。天井から吊り下げられた装飾燈が室内を煌々と照らし出している。闇の底から光の只中へと抛り出されたものの、眩しさは微塵も感じない。室内には如何にも上等そうに見える調度類が整然と並んでいるが、いずれも極端に歪んでいたり、傾いでいたり、或いは、妙にのっぺりしている。さながら、『カリガリ博士』の美術のようだ。

ただひとつ、眼前に据えられた卓だけが均整を保ち、それを覆う白い掛け布も確たる質感を具えている。

その卓を間に挟んで、ひとりの男が差し向いに掛けていた。口髭を生やした壮年の紳士だ。後ろに撫でつけた髪や身に纏った立派な背広には気品が充ち満ちているにもかかわらず、卓に肘を衝いて肩を落としている姿は病み人の如く弱々しい。

――〝お父様〟ったら、どうしてしまったのかしら。

〈千草〉は、心配になって立ち上がり、〝お父様〟の傍らへと廻った。萎れた肩に、瑕ひとつ無いすべらかな手を載せて尋ねる。「お父様、如何なさったの。何かご心配事でも抱えていらっしゃるの？」

〝お父様〟は無言のままに顔を上げ、〈千草〉を仰ぎ見た。そうして向けられた視線に〈千草〉はたじろぐ。〝お父様〟の目には、憤懣のそれとも苦悶のそれとも見える、一種異様な色が澱んでいた。

――一体、何なの。お父様。怖い。怖い。

〝お父様〟は後退ろうとする〈千草〉の手首を摑むと椅子を蹴立てて立ち上がり、手に力を込めて捩り上げた。

「痛い。痛いわ、お父様。放してください。どうしてこんな――」

口からはそんな言葉が零れ出たものの、〈千草〉はまるで痛みを感じていない。ただ、尋常ならざる力で締め上げられているということだけは確かに判る。

事態の呑み込めぬ〈千草〉は、叫び、喚き、放してくれと哀願した。然し、手首の縛めは緩められるどころか、愈々、万力の如く力を増してゆく。髪を乱して振り仰ぐと、灯を背に影法師となって彼女を見下ろす〝お父様〟の姿は、天井まで届かんばかりに厳めしく伸び上がっていた。己が娘を吊し上げたまま、〝お父様〟はもう一方の腕を振り上げる。その手に握り締められた短刀が装飾燈の灯を受けて忌まわしく輝き、〈千草〉の目を射抜いた。禍々しい曲線を描いた刃は、震えながら、じりじりと、焦れったい程にじりじりと、〈千草〉の顔を目がけて下りてくる。刃が膚に触れる、冷たい感触。羊羹を切り分けでもするようにねっとりと、鼻骨に沿って刃が沈んでいく。目を閉じてこの光景から逃れたいのに、そうすることは能わない。何故なら〈彼女〉はそうしなかったのであり――

両の瞼がいつの間にか固く閉じ合わされていることに気づき、「戻ってきたのだ」と、千草は理解した。洋間の景色はすっかり消え去り、元の通りの稽古場の闇の中、彼女は無花果の両膝に顔をうずめるようにして跪いている己自身を見出した。

思わず鼻に手を伸ばしかけたが、古瑕に触れるのを惧れて思い留まった。昂奮に身体が火照っている。要らぬことを思い出してこの熱を冷ましてしまうのは、惜しい。

無花果は相変わらず意思の無い貌をして此方を見下ろしていた。

彼女が映せるのは他者の思考や感情ばかりではない。目にしている光景や耳で聞いた音、味やにおい、皮膚感覚すらも伝えることが可能だ。加えて、その力は時の軛とすら無縁であり、心のより深奥に沈んでいるもの――則ち、古い記憶の底からも、それらを汲み上げることができる。

そのことに、千草は偶さか気づいた。座長や仲間達がそれを知らぬのは、恐らく、単にそう命じたことがないためだ。勝手に映すなと座長に制されてからというもの、望まれぬ限り、命じられぬ限り、無花果は己が力を行使していない。

ところどころに奇妙な誇張や欠損が見られはするものの、仲間達の記憶を自らの内に招き入れるという行為に、得も云われぬ魅力を千草は覚えた。わけても、めいめいの欠落が生じた際の出来事を体感するのは、堪らない。彼女達の絶望を覗くのは、堪らなく、いい。

詰まるところ劇場の客席から「不幸な」少女達を観ている人々と何ら変わらぬことをしているのだという自覚はあった。皆の記憶を覗き視ているとき、わたしの目はあの人達と同じ、優越と安堵の色を帯びていることだろう。そう後ろめたく思いはするものの、千草は既にこの密やかな愉しみを手放せなくなっていた。いや、むしろ、そうした疚しさまで含めて愉しんでいる。もっと。もっと視たい。すべて観たい。皆の瑕を残らず咀嚼し、味わい、そうして、こう思いたい。

——嗚呼、わたしじゃなくて良かった。

とは云え、一度に幾人もの記憶を覗いてしまっては直ぐに愉しみが尽きてしまう。それでは余りに勿体無い。それに、あまり長く無花果を連れ出していては誰かに見とがめられる惧れもある。寝物語の続きをせがむ幼な児をあやすように、今夜は此処までと、そう自らに云い聞かせて立ち上がった、そのとき。

「何だ、誰か居るのかい」

背後から響いた声に千草は身を竦ませた。云っているそばから、惧れていたことが起きてしまったのだ。どうしよう、どうしようという、無意味な問いが頭の中で跳ね回る。漸くのこと、ともかく無花果を隠さねばと思い至ったときには既に遅過ぎた。

突如、視界が白く染まる。照明が点けられたのであろう。幻ではない本物の光に晒され、今度ばかりは本当に目が眩んだ。目を細めて声のした方に顔を向けると、稽古場の入り口に立っている蘭子の姿が見えた。廊下の闇を背に、腕を組み、身を反らしている。

「灯(あか)りも点けずにこそこそと。何してんだ、あんたら」

千草はちらと無花果に目を遣(や)ってから、「別に、何も」

「おいおい。『何も』ってことはないだろ。こんな夜中にお澄まし人形まで連れ出しといて、『何も』はないな」蘭子は千草と無花果を交互に眺めつつ云った。眼差しに猜疑(さいぎ)の棘(とげ)が立っている。

何とか取り繕(つくろ)おうと考えを巡らせど、千草の頭は焦るばかりで上手い云い訳を見出せない。どうにも返事に窮した挙句、「蘭子こそ、こんな時間にどうしたの?」

「廊下から物音が聞こえてきたから何かと思って出てきただけさ。音のする方を辿って来たら、あんたらが居た」

足音にはあれほど気をつけていたのに、愉しみを前にして気が逸(はや)ったか。千草は己の迂闊(うかつ)さを呪った。

と同時に、胸の裡に奇妙な引っ掛かりを覚える。この違和感は何だろう?

「さ、あたしは答えた。質問に質問で返すっていう無作法に目を瞑(つむ)ってね。だから、次はあんたらが、いや、千草、あんたが答えな」

鼻息荒く問い詰めてくる蘭子をよそに暫し考え込んだ末、千草は自身が抱いた違和感の正体に気づいた。

無花果が最初に蘭子の心中を映したとき——則ち、その時点における現在の蘭子の思考が千草の中に流れ込んできたとき、其処には〝物音〟に関することなど何も顕(あらわ)れてはいなかった。つまり、彼女がそれを聞いたのは、少なくともその時点より後ということだ。だが、ふたりの足音でなかったとすれば、彼女は一体、何を聞いたというのだろう。

「なァんだい、黙り込んじまって。無い頭ひねって云い訳でも考えてんのかい。隠し事しようったって、そうは――」

そう云って蘭子が此方ににじり寄ろうとした刹那。

背にしていた闇から、ぬっと黒い手が伸び、彼女の口を塞いだ。千草が声を上げる間もなく、ごつごつした厳めしいその手は、藻掻く蘭子を廊下へと引きずり込んでいく。突然のことに動顚するあまり眼前の光景を理解できず、千草は蘭子が闇に呑まれる様をただ呆然と見つめていることしかできなかった。

蘭子が攫われる――と、漸くそう認識したとき、既に彼女の姿はすっかり闇に消えていた。戸口からちらりと垣間見えた浅黒い男の顔に見覚えはない。劇場で働いている者でないことは確かであった。きっと、常から蘭子を我が物にしたがっていた連中の手先か何かだと、千草は思った。いや、賊の正体になど構ってはいられない。いま考えるべきは、この状況で自身がどう動くかだ。廊下からは何かがぶつかり合うような音が響いてくるが、それも徐々に遠ざかりつつある。

助けを呼ぼうにも、地下の稽古場から声を上げたところで、ねぐらの皆のもとまで届くかは甚だ怪しい。ならば、自ら追いかけ、賊に立ち向かうべきか。自分ひとりではとても太刀打ちできぬにしても、ひとまず、蘭子を解放させることさえできれば、何とかなるかもしれない。幸いなことに、此方はふたりとも四肢が揃っている。

そう思いはすれど、身は震えるばかりで動かない。せめて何か得物があればと、辺りに視線を巡らせた、そのとき。

不意に無花果と目が合った。

こんなときでも常と変わらぬ無感動な瞳を前にして、千草の中で閃くものがあった。思いつくや否や、彼女の肩を摑み、顔を寄せる。

「知らない人に蘭子が連れていかれそうなの。さっき、ちらっと見えた人に。判る?」

虚ろな繰り人形の如く、無花果は頷いた。

「あの人に、映すことってできる?」

目に見えぬ糸に繰られ、人形は再び頷く。

「わたしが手を握ったら、あいつに映して。そのときわたしが感じている、何もかも」

千草は舌を動かすのももどかしげにそう云うや、己が身に巻かれている包帯をほどき始めた。膚の瑕と包帯とが擦れるたびに呻きを洩らしながらも、一心不乱に引き剝がしてゆく。

解きほどかれた包帯が床に渦を巻き、さながら切子細工の立身像が如き瑕だらけの裸体が露わになると、彼女は二度三度、己を奮い立たせるように息を深く吸っては吐いた。それからいま一度大きく吸い込むと、今度はそのまま息を止め、瑕のひとつに爪を立てて滅茶苦茶に搔き毟った。左の肩から右の脇腹まで達した、総身にある中でもひときわ大きな瑕だ。

刹那、忌まわしい記憶とともに、堪え難い激痛が身を抉った。全身の毛が逆立ち、関節は悲鳴を上げてわななき、立っていることすらままならない。

痛みのあまり朦朧としていく意識の中、千草は床に膝を衝き、倒れ臥しながらも、無花果の手を確と摑んだ。

その手を、強く、握り締める。

第五幕

「あんたみたいに物覚えの悪い子には、身体で覚えさせるより外（ほか）にないね」

影法師の女が喜色を含んだ声音で云う。文化包丁を砥石（といし）にかけている彼女の足下では、ひとりの少女が跪き、床に額を擦りつけている。ごめんなさいごめんなさいと、涙ながらに謝りながら。

両の瞳から零れ落ちた雫が、床に触れるや色とりどりの珠となって四方に転がる。次から次へと、ぽろぽろ、ぽろぽろ。

「そんなに謝らなくていいわよ」と、女は猫撫（な）で声を出し、屈み込んだ。少女の髪を摑んで力任せに首を持ち上げると、「謝ったって、莫迦（ばか）なあんたはまた繰り返すでしょうから」

云うや否や、女の握り締めた包丁が少女の顔を横に薙（な）ぐ。

その刹那、悲嘆の刃先が〈あなた〉の膚を切り裂く。

五

雷鳴が聞こえる。

舞台の幕が開く前、どろりどろりと轟く太鼓の音のように。

闇の底に横たわり、〈千草〉は聞くともなしにそれを聞いていた。手も足も、胸も臂も、何か酷く重いものに圧されていて、僅かばかりも身動きが取れない。己の瞼が開いているのか閉じているのか、それすら判然としない程、一分の隙も無い闇に視界が塗り込められている。土葬された屍に、然し、まだ心が残っていたならば、恰度こんな感じであろうかと〈千草〉は思う。

直に耳が澄んできて、それまで遠雷だとばかり思っていたものが、もっと細かな音の粒が寄り集まって奔流を成したものだと気づく。風に吹かれた砂丘がその表面にとりどりの模様を浮かべるように、音の粒はぶつかり合い、擦れ合い、束の間の綾を織り成してはまた流れていく。

――助けてくれ、まだ中に人が――ごめんなさい、ごめんなさい、どうか堪忍してください――潰れてる。あたしの児が、ぺちゃんこに――おい、燃えてるぞ。火だ。火だ――お母さん、お母さん。厭だ、死にたくない――

ああ、夢を見ているのだなと〈千草〉は思った。震災が街を襲った、あの日の夢を。

あの日、多くの者が死んだ。浅草十二階――凌雲閣が崩れ落ち、その足元に苔の如く生い群れていた私娼窟は軒並み圧し潰された。倒れた家々が濁流のように人々を呑み込んだ。酒場の看板が滑落し、刃となって人の身を真っ直ぐに裂いた。

揺れが収まったかと思うや、次には方々で火の手が上がり、折しも吹きつけた強風に煽られた炎が街中を舐めた。午過ぎだというのに、夕焼け空が落ちてきたようだと思ったのを〈千草〉は身をもって覚えている。炎に巻かれ、多くの者が生きたままに身を焼かれた。或る者は崩れた家屋の下敷きとなって這い出すこともできぬまま。或る者は逃れ着いた避難所の建物諸共に。

そう思い返したところで〈千草〉は違和感を覚えた。あの日、何処へともなく逃げ惑う群衆の中、彼女は独りで空を見上げていた。赫い空に雲が描いた不可思議な模様。過ぎ行く人々、ひとりひとりの顔。彼らが発した言葉のひとつひとつ。空から降ってきた硝子の一欠片が頬を掠め、それらすべてが〈千草〉の中に刻まれた。けれどもいま、空は見えず、耳に這入ってくる叫声も聞き覚えのないものばかりだ。夢だからであろうか。いや、違う。恐らくこれは、誰かの記憶だ。

でも、誰の？

ふと、視界の真ん中に黒い何かが浮かんでいることに〈千草〉は気づいた。闇に閉ざされた景色の中にありながらなお、「黒い」と判る、明瞭した輪郭を具えた何か。見つめているうちに、それは風船が膨らみでもするように視界いっぱいに広がっていく。此方に近づいてきているのだ。

そうして、愈々その何かが顔に触れそうになったとき——

夢現のあわいを彷徨っていた千草の意識を現実に引き戻したのは、廊下から響いてくる蘭子の怒声であった。未だ痛みの残響が谺する頭を左右に揺らしつつ、一糸纏わぬあられもない姿のまま稽古場から這い出してみると、廊下は洋燈の灯に煌々と照らし出されていた。蘭子が点したのであろう。声のする方に向かって足を進め、ふたつめの角を曲がったところで、床に蹲った男と、その傍らで声を荒らげている彼女の姿が見えた。

「舐めた真似しやがって、この乞食野郎！」

そう罵声を浴びせながら、臀と云わず脇腹と云わず、男の身体を滅多やたらに蹴り上げているが、当の男は気を失っているものらしく、抵抗する素振りも見せない。それはそうであろう。あらかじめ肚を括っていた千草自身ですら前後不覚に陥る程の痛みを、何の前触れもなく映されたのだ。心の準備も無い者が、意識を保っていられようはずがない。

物音と怒声を聞きつけたものか、暫くすると幾つものけたたましい足音が上階から響いてきた。騒ぎを聞きつけた座員達だ。

見知らぬ男と蘭子とを遠巻きにして呆気に取られている少女達を腹で押し分け、事の現場へと座長が歩み出た。寝癖のついた髭を頻りに縒りつつ、「蘭子、乱暴はやめなさい」と、極めて間の抜けた調子で窘める。

地下での騒ぎなど知る由もなく眠りこける橘のもとへと無花果を、他の座員達をめいめいの部屋へとそれぞれ帰すと、後に残された千草と蘭子の前で、座長は賊の詮議を始めた。程なくして正気を取り戻した男は己を取り巻く状況と身体に残る痛みに酷く狼狽した容子であったが、後ろ手に縄をかけられていることを理解するや、至極あっさり口を割った。

自分はひょうたん池の畔に棲まう無宿者だが、何某の旦那に金で雇われ、「鼻の無いお嬢ちゃん」を攫ってくるよう命じられたのだと云う。座長によれば、何某とは以前から蘭子を我が物にせんと欲していた男であるらしい。「鼻の無いお嬢ちゃん」という呼ばれ方に腹を立てた蘭子が、更に一発、二発と男に蹴りを見舞った。事の次第をことごとく吐くと、男は座長が呼びつけた一座の大道具の偉丈夫に担ぎ上げられ、何処かへ連れていかれた。それから後、男が如何なる末路を辿ったか、千草は知らない。

そうして賊の処分にカタが付くや、次に座長が訝ったのは千草達のことであった。こんな夜更けに何をしていたのか。無花果まで部屋から連れ出していたのはどういうわけか。

「どうもこうも、こっちが聞きたいくらいだよ」座長の問いに蘭子は苛立たしげな声で返し、千草に向けて顎をしゃくった。

こうなってしまっては、もはや、云い逃れる術はない。未だに裸のまま身を縮こまらせていた千草はそう悟り、すべてを白状した。賊が突然に気を失ったわけを。稽古場で自分が何をしていたのかを。彼女だけが知る無花果の使い方を。

「視たのか！　あんた、あたしの記憶を視たのか！」

鼻息荒くいきり立つ蘭子に気圧され、千草は身を竦ませた。一方、憤然とする蘭子をよそに、座長は譫言のように口中で何事か呟きながら頻りに頷いていたが、やがて、手をポンと打ち鳴らし、目を輝かせて云った。「面白い。実に興味深いよ、千草」

「何が面白いもんか。考えてることを視られるだけでも腹立たしいってのに、昔のことまで盗み視しやがって。悪趣味も此処までくると大したもんだ。反吐が出るね」

そう詰られても仕方がないと項垂れる千草の様にも頓着せず、無花果の使い方をより仔細に話すようにと座長は促した。あれはどうだ、これはどうだと根掘り葉掘り尋ねてくる彼の興味は、主として「感覚の投影」という点に向いているらしい。傍らで喚き立てる蘭子から努めて視線を逸らし、包帯を身に巻き直しつつ、千草はそれらのいちいちに答えた。

半刻ばかりもかけて己の知るところを余すところなく吐き出すと、漸くのこと、彼女は解放された。座長の興味が余処へと移ったおかげで、夜更けに無花果を連れ出していたことについては何ら咎めを受けずに済んだが、蘭子の双眸から矢の如く放たれる忿怒は堪え難い程に痛い。謝るべきだと判っていながら、それでいて、千草は発すべき言葉を見つけられなかった。一体、どう釈明したら、あの浅ましく不埒な覗き視が許されるというのか。詫び言を選ることに窮した挙句、蘭子を振り切るようにして自室へと逃げ帰り、あれこれ問うてくる夏水仙の言葉も聞こえぬふりをして千草は寝袋に這い込んだ。

翌日から、実験が始まった。

座長は稽古場に座員達を集めると、千草から聞き出した事のあらましを一同に語った。更には、驚く少女達の前に無花果を据え、これから実際に試してみようと云う。

初めはまたぞろ座長がおかしなことを云いだしたと半信半疑でいた座員達も、現にめいめいの感覚や記憶が無花果を介して己が内に映されるたび、感嘆の声を上げげた。その都度、千草はびくびくしつつ蘭子の顔色を盗み見たが、意外なことにも彼女は落ち着き払った貌をして、ただ、無花果を真っ直ぐに見据えていた。何も云われないことが、却って恐ろしかった。

斯くして千草の語ったことが事実であると確認されると、座長は皆にあれこれと指示を出し、より本格的な実験に取り掛かった。

思考を映さずに感情のみを映す実験。においや味など、身体の感覚を選択的に取り出して映す実験。それらを過去の記憶から抽出する実験。ふたり以上の者の記憶をひとりの者へと同時に映す実験。さかしまに、ひとりの記憶を多数の者へと一度に映す実験。

さながら残酷劇における狂える博士の如き執拗さをもって、座長はありとあらゆる角度から無花果の能力を測った。そうして、それらのことごとくに「可」という判が捺されるたび、彼は喜悦に顔を綻ばせた。

と同時に、一方では幾つかの思いがけぬ事柄も副次的に判明した。

ひとつ、盲いた双子の世界は闇に閉ざされてはいないということ。

香蘭の意識の中では、音が「色」として見えている。軽快な楽の音に耳を傾ければ、闇を背景（うしろ）に黄や緑や薄桃色の飛沫（しぶき）が散り、不安を孕んだ者の声を耳にすれば、桔梗色の色彩が風に靡（なび）く薄絹の如くそよぐ。同じく、藤袴は耳にした音に「揺らぎ」を見ている。墨色の視界には鼓膜を震わす音に応じて濃淡が生じ、伸びやかな歌声に対してはゆったりと波打ち、恐ろしげな物音を聴けば渦を巻く。ふたりはそうした情景の中を生きていた。

ひとつ、聾唖の橘の頭の中では、絶えず、ある種の音楽が流れているということ。

と云って、それは実在する如何なる楽器の音ともまるで様相が異なっている。心（しん）の臓が打ち鳴らす鼓動に似たもの、腹が鳴るときのそれに近いもの、或いは、骨の軋（きし）みと聞こえるものや、歯ぎしり、おくびに、口中の粘つきの如きもの。それら生物的な音の数々が響き合い、絡まり合って反復し、旋律と律動の綾を浮かべ、音楽としか呼びようのないものを織り成しているのだ。

そして、それまで周囲からは単に「古瑕に触れると痛みが蘇る」とのみ認識されていた千草の体質に関しても、詳（つまび）らかなところまで皆の知ることとなった。

身に刻まれた瑕を纜（ともづな）として繋ぎ止められた、完全なる記憶。

それが、千草の負っている呪いだ。

身に瑕が刻まれたとき、彼女はその前後に五感が認識していたすべてのものを記憶する。通りを行き交う人々ひとりひとりの顔形。彼らの髪の一条（ひとすじ）一条。更には、着物の裾に付いた微細な埃まで、目にした物事が余すことなく焼きつけられるのみならず、音やにおい、皮膚感覚に加えて、瑕を負った際の痛みまでもが、完全な形で記憶されるのだ。無花果を通して仲間達の記憶を盗み視るまで、普通、痛みとは記憶することが能わぬものなのだということを、彼女は知らなかった。

斯様(かよう)にして刻まれた記憶は、瑕痕が何かと触れ合うことを切欠(きっかけ)として呼び覚まされる。いや、呼び覚まされるなどという生易しい表現では足りない。ありとあらゆる感覚が、その瑕を負ったそのとき、その瞬間と、寸分違わぬ苦痛とともに蘇るのだ。

――身体で覚えさせるより外にない。

幼い頃に母から繰り返し浴びせられた言葉は呪詛(じゅそ)と化し、いまも千草の中で谺(こだま)している。千草にとって記憶と瑕とは不可分に結びついたものであり、その身が無数の瑕によってできているのと同じく、記憶もまた、瑕によってできている。

座長はこれらの副次的な発見にも目を爛々(らんらん)と輝かせた。

第六幕

男の拳が、唸りを上げて少女の顔を撲(ぶ)つ。

「ごめんなさい。ごめんなさい」

何が悪かったのかも判らぬままに少女は許しを乞うが、影法師の男はそれを容(い)れず、続けざまに拳を振り下ろす。幾度も。幾度も。執拗に。

「お願い。助けて。お母さん」

少女は救いの手を求め、男の背後に佇む影法師の女に向かって叫ぶ。だが、その言葉から逃れるように、女は顔を背けた。

拳が、またも振り下ろされる。

その刹那、忿怒の槍が〈あなた〉の耳を刺し貫く。

六

千草は汗ばんだ蘭子のうなじに顔をうずめた。鼻を押し当て、噎せ返りそうなほど濃密な香で肺腑を満たす。蘭子の発散した匂いが己の体内に這入り込み、隅々まで浸潤していくのを感じる。目も眩む恍惚に浸っていると、くるりと身を翻して悪戯な表情を浮かべた蘭子が手を伸べ、寝台へと押し倒された。仰け反った首に、柔らかな唇が寄せられる。瑕跡に舌の這う感触とともに、皮膚の裂ける痛みが蘇り、身が強張る。

鼻をくすぐるのは、百合のかおり。死者のにおい。喪服の人々が列を成し、「可哀想に」と囁き交わす。包丁の柄を握った手に、夜が明けてもなお残っていた感触。切っ先が薄い膚を破った際の、羽虫を潰すような手応え。よく研がれた刃は、いとも容易く肉を裂く。悲鳴。

母が死んだ翌日、解放の記念として初めて自らの意思で身に刻んだ瑕。悦ばしい記憶。

――ねえ、もっと〈わたし〉を見て。

千草は身をくねらせて更なる愛撫をねだった。上気した膚に愈々白く映える瑕は、曲がり、捩れ、重なり合って紋様を成し、相手の情欲を誘う。いざないに応じた蘭子は、千草が感じる瑕を指でなぞり、歯を立て、舌でねぶり、的確に愛撫してくる。

——ねえ、もっと〈あなた〉を見せて。

愛撫の快さと瑕の痛み、寝台を満たすふたりの匂いや吐息と、遠い日の幻影——過去と現在とが重ね合わされた官能の綴織（タピスリー）が、蘭子の指と舌によって織り出されていく。

ふたりは互いに喰らい合う蛇の如く身を絡ませ合いながら、潤んだ瞳を見交わした。千草に向けられた蘭子の視線は、然し、彼女を見てはいない。真に見据えているのは、その奥に在る快楽、そして、後に翻ってそれを映す己自身の姿だ。

きっと、わたしも同じ目をしていると千草は思う。

嗜虐とも被虐とも異なる、鏡写しの悦楽。二匹の蛇はただひたすらそれを貪り合うことに夢中で、他のすべては意識の埒外（らちがい）に在る。縒り合わされて、喰（は）み合って、ひとつに成って——


今宵（ソワレ）の公演は万雷の拍手に包まれて幕を閉じた。

いや、今夜ばかりではない。かれこれ一月もの間、一座の公演は立ち見が出るほどの大入りが続いている。舞台に掛けられているのは『ガラテアの恋』と題した音楽劇だ。人形に恋をしたひとりの娘が、その人形に命を吹き込むため、夜な夜な少女達を惨殺しては魂を狩り集める物語。

観客達は演者の一挙一動を食い入るように見つめ、凄惨な演出に五官を戦慄（おのの）かせ、そして、ときには気を失う。いまや、一座の公演を奇異なばかりの見世物と蔑（さげす）む者は居ない。いつぞやの晩、望んではいけないと己に云い聞かせたもののすべてを、少女達は手にしていた。

状況を変えたのは、一座が新たに取り入れた演出手法だ。

拡張現実(レアリテ・オグマンテ)——自らが創案した残酷劇の新たな演出を、座長はそう名付けた。舞台の上で演じられる芝居に合わせ、無花果を介して観客の心へ情動や感覚、更には、色や音、痛みまでをも映し出し、現実に幾重(いくえ)もの幻影(フォントウーム)を重ねるという手法だ。

人工の楽器では奏し得ぬ楽の音が鳴り響く中、夏水仙の肩から生えた虚像の腕が斧で叩き落とされるや、その肩口からは赤い色彩が蛇の如く暴れだし、観客はまるで己が身を斬りつけられたかの如き痛みを覚える。更には、舞台から響く痛ましい絶叫とともにぐらぐらと視界が揺らぐ。

血糊(ちのり)に義眼(いれめ)、ハリボテの四肢といった小道具に、鏡や硝子のトリックを用いた装置——それら安っぽい道具のことごとくを、一座はもう必要としていない。代わりに求められるのは種々の素材集め——則ち、演出に必要とされる素材を座員達の記憶から選(よ)り出し、切り抜き、継ぎ合わせ、蒐集(しゅうしゅう)しておくことだ。

双子が目にした色と音を、橘の頭の中で鳴り響く音楽を、千草の瑕が呼び起こす痛みを、無花果がいちどきに映すことによって切り貼り(コラージュ)し、それをまた、千草がその身に新たな瑕を刻むことで保存する。本番では座長が芝居の進行に沿って出す指示に従って千草がそれらの素材を再生し、舞台袖に佇む無花果が観客の心に投影する。

座長の目論見(もくろみ)通り、幻影に彩られた残酷劇は惨事と残酷とを渉猟(しょうりょう)する好事家(こうずか)達の心を摑み、大成功を収めた。その活況は初演から一月経ったいまも衰えることを知らない。いや、称賛の声はむしろ増すばかりだ。

舞台に立つことに、千草は初めて悦びを覚えた。と云ってそれは、客席から上がる喝采(かっさい)にではない。カーテンコールで飛び交う讃嘆(ブラヴォ)の声にでもない。己の瑕が真実(ほんとう)の意味で〝見られる〟ことに対してである。そうして、同じ痛みを味わわせてやれることに、彼女は愉悦を覚えたのだ。見たくば、観ろ。とくと視ろ。ただし、傍観者でなどいさせはしない。高みから見下ろすことなど許しはしない。その身をもって、とくと知れ。この痛みを。この苦しみを。

　わたし達を、憐れむな。

　然し、舞台が盛況を博す一方、一座の中では座長がまるで想定していなかったことも出来していた。素材の蒐集と夜ごとの公演とが繰り返されるうちに、座員達の中で目的と手段が顚倒し始めたのだ。彼女達は演出用素材の下拵えという目的を逸脱し、記憶の投影という行為そのものに耽溺しだしたのである。

　かつての千草がそうであったように。

　日を追うにつれ、座員達は入れ替わり立ち替わり無花果を借り出しては、仲間の記憶を己が身に映すことを愉しむようになった。初めのうち、羞じらいと後ろめたさとが綯い交ぜになった戯れであったそれは、日ごとに大胆さを、夜ごとに放埒さを増し、果てには公然たる痴戯の宴へと発展した。いまや少女達は稽古場のそちこちに寝そべり、中心に据えられた無花果から反射される幻にひねもす身を浸している。さながら阿片窟の如き在り様だ。

　そうした座員達の姿に、いつぞやの狂気じみた実験欲も何処へやら、座長は酷く困惑した容子であった。千草からすれば端から目に見えていた結果であったが、こうした事態をまるで予期していなかった彼はただただ狼狽するばかりだ。

　一度だけ、千草は無花果を介して座長の心を覗いたことがある。そうして、笑ってしまった。彼の想いの、つまらなさに。平凡さに。彼が孤児の少女ばかりを集めたのは、単に庇護欲に駆られてのことであった。少年であれば何とかして生きる術を見つけられるであろうが、少女の身ではそれも能わぬであろうという、凡庸な善性。畢竟、この男も観客どもと同じだと千草は断じた。高みに立ったつもりになって、「不幸な」少女達を憐れんでいたに過ぎない、と。

かつては記憶を盗み視られたことにあれほど憤慨していた蘭子ですら、いまでは逃れ難い悦楽にすっかり搦め捕られている。

尤も、彼女の場合、他の者とは切欠が異なっていた。

「あんたの瑕をひとつ残らず見せな。あたしにはその権利があるし、あんたには義務がある」

座長の指示のもとで種々の実験が執り行われていた或る日、蘭子は千草を引き据えてそう云った。固より疚しさを抱えていた千草がその主張を拒めようはずもない。彼女は程々の苦痛を胚胎した瑕を選って指でなぞると、無花果に命じて蘭子に映させた。痛みを知れば、彼女の意志も容易く挫けることだろう。そう高を括って。

眼窩の直ぐ下を真一文字に裂かれる痛みに、果たして蘭子は両手で顔を覆い、床に頽れた。然し、暫くして再び千草に向けられた眼光は些かも弱まっていなかった。それどころか、却って、炯々たる光を放っていた。

「次だ」と促す声に気圧され、千草はまた別の瑕に指を這わせた。云われるがままに、また「次の瑕を」撫で上げた。顔の瑕が済むと、首元から包帯を解き、身体の瑕を「もっと」手でまさぐった。「もっと、もっとだ」

鼻っ柱の強さが退くことを許さぬのか、それとも、他の仲間達のものとは比較にならぬ精緻さを具えた千草の記憶の虜となったものか、苦悶に顔を歪め、声を上げ、肩をわななかせながらも、蘭子は到頭、千草のすべてを見尽くした。

ふたりが身を重ねるようになったのは、その晩からだ。

斯くして蘭子が千草の記憶に魅せられる一方、千草の中でも思わぬ変化が起こっていた。己の瑕を見られるということに、そうして、その瑕が相手にも痛みを与えるということに、彼女は仄昏い快感を覚えるようになったのだ。

いまや蘭子はどの瑕が千草を悦ばせるか、身をもって熟知している。寝台の傍らには、さながら閨での痴態を映すために据えた鏡のように無花果を侍らせている。千草の痛みは蘭子に伝わり、蘭子の昂奮は千草の中でも立ち昇る。それらは無花果という鏡を通して、反射し、反転し、再び己が内へと戻ってくる。主客の入れ替わりと上下の顚倒。彼女達の情交に、彼と我の境は無い。

尤も、彼我の喪失は何もふたりにばかり見られたことではなかった。稽古場に転がっている者達も、絶えず他者の記憶を身の内へと招き入れる精神の乱交に興じるうち、どれが己自身の体験で、どれが外から這入ってきた他者の経験かという区別を失いつつある。仲間を指差しては、「どうしてあそこに私が居るんだろう」と首を傾げ、己の脚が欠けていないことに驚き、皆一様にくつくつ笑う。頭を抱える座長をよそに、欠けたる少女達は互いにあわいを無くして溶け合い、混じり合い、いつか千草がそう望んだように、一個の生物と成りつつある。

ただひとり、聾啞の橘を除いては。

皆が無花果を介して仲間の記憶を覗くことに夢中になっている中、彼女だけはさかしまにそれを拒んでいた。先までは己が耳と口の代わりとして、他の誰よりも無花果を恃みとしていたにもかかわらず、だ。拗ねているのだろうと、夏水仙は云う。自分だけの抱き人形であったはずの無花果が、いまや皆から引っ張りだこになっている。それが気に喰わぬのであろう、と。
然し、本当にそうだろうか。千草には訝(いぶか)しく思われる。それだけのことで、そうまで拒むものだろうか。日々の戯れに加わらぬばかりか、舞台上の演出であってさえ、橘は無花果と交感することを厭(いと)っている。いや、厭っていると云うよりは、恐れているようにさえ見える。無花果に向けられた橘の視線が湛えているのは、嫉妬と独占欲の色なぞではなく、むしろ、怯(おび)えと懼(おそ)れのそれだ。他者に瑕つけられることを恐れ、他人(ひと)の顔色ばかり窺って生きてきた千草にはよく判る。

けれども一体、何を恐れているというのだろう?

それからもうひとつ、千草には気になることがあった。賊が蘭子を攫(さら)おうとした晩、束の間正気を失った際に夢と見紛(まが)った記憶のことだ。日々の素材集めと戯れを通して、彼女は仲間達の記憶をあらかた見尽くした。にもかかわらず、誰の頭の中にも、あれと同じ記憶は存在しなかった。

であれば、あれは一体、誰のものか?

千草の下腹に刻まれた瑕を、尖った爪の先がまさぐる。ひときわ強烈な痛みに、赤子の如く四肢が縮む。彼女が気を遣(や)りつつあるのを見て取ると、蘭子は寝台の傍らに据えた小卓をまさぐり、銀色に煌めく物を手にした。と思うや、千草の脇腹に冷ややかな感触が生じる。舞台の小道具を作る際に使う小刀だ。

愛撫によって千草が弓なりに身を反らして絶頂を迎えると同時に、刃が横に辷(すべ)らされた。目に映る光景が、腰に跨(また)った蘭子の重みと体温が、ふたりの吐息が、胎(はら)の内で炸裂する快楽が、そして、灼けるような痛みが——すべて、瑕口に収斂(しゅうれん)してゆく。

ふたりの、新たな官能の芽吹きだ。

血汐（ちしお）に濡れた瑕口を愛おしげに撫でながら、蘭子が云う。「わたしは、あなた。あなたは、わたし。此処のところ、ずっとそう感じているの」

千草は鼻で笑うと、彼女の頭を愛しげに掻き抱いて、すべらかな髪を指で梳（す）きながら、「ああ、あんたもか。実はね、あたしも同じさ」

傍らに立つ無花果の虚ろな瞳には、陶酔に浸るふたりの姿が映っている。

第七幕

暗がりの中、ひとりの少女が佇んでいる。皓（しろ）い膚が、闇の紗（うすぎぬ）を透かして、仄白（ほのじろ）く浮かぶ。

人形のような少女だ。黒曜石を嵌（は）め込んだかの如き瞳の中、確たる輪郭を持った瞳孔が、闇よりなお濃い漆黒を湛えている。

その黒さに〈あなた〉は云い知れぬ不安を覚える。

七

おかしい。そう千草が感じたのは、舞台も半ばに差し掛かった頃だった。

今宵、一座が上演しているのは『歌う人形の夜（ギニョル）』と題された新作だ。前作で用いた拡張現実による演出を更に押し進めんと、座長はこの作の執筆に心血を注（そそ）いでいた。いや、そうして何かに打ち込むより外に、一座の異様な状態から目を背ける術がなかったのであろう。素材の蒐集も念入りに行われ、通し稽古も執拗な程に繰り返された。

とは云え、幾ら事前の準備を完璧に仕込んでおこうとも、初演に不測の事態は付きものだ。それくらいのことは千草も承知している。だが、それでも——

舞台では深紅のドレスに身を包んだ蘭子が歌い踊っている。ひらりひらりと彼女が身を翻すたび、長い黒髪とドレスの裾とが大輪（たいりん）の花となって開き、また萎む。黒と赤からなる毒々しい花弁の間から、紫色をした蝶の群（むれ）が銀河の如き帯を成して宙に舞い上がる。

蘭子の口から放たれた、歌声の蝶だ。

観客達は皆、眼前で繰り広げられる極彩色の夢幻に酔い痴（し）れている。頭上を旋回する蝶の群は煌めく鱗粉を棚引かせ、宙を揺蕩（たゆた）って舞い落ちるそれが膚に触れるや、見る者の心中で音が弾ける。観衆は一様に息を呑み、感嘆の声はおろか、咳（しわぶ）きのひとつも零さない。

だが、こんな演出は聞かされていない。

千草は眉根を寄せて蘭子を見遣ったが、舞台上で歌い踊る彼女にしてもそれは同じことらしく、己が舌の上から羽ばたいていく蝶を眺める表情は不安に歪んでいる。

こんな素材は用意していない。再生だってしていない。現にいま、舞台袖で自身の出番を待ちながら芝居の進行に合わせて方々の瑕を爪弾（つまび）いていた千草の指は動きを止めている。自身の瑕を介さぬ、即興の演出だろうか。そう思い、背後に控えている座長を顧みたが、彼もまた当惑を顕（あら）

わにしていた。髭の先を指で摘まんだ姿勢のまま、それを継ることも忘れて固まっている。

一体、何が起きているのか。考えを巡らしつつ、いま一度、舞台に視線を転じかけたとき。

千草は凍りついた。

座長の傍らには小ぶりな椅子が据えられ、其処には一座にとって最も重要な舞台装置――無花果が載せられている。行儀良く揃えた膝に手を重ねてちんまりと座している姿は、常と変わらぬ人形の如き佇まいだ。

けれども、その貌には、舞台に向けられた両の瞳には、感情の色があった。

それが如何なる感情に根差したものか、千草には判らない。だが、何らかの意思を具えた瞳であることは、これまで見てきた無機質な瞳とはまるで異なっていることは、一目で確信できた。

「何、ぼうっとしてんだい。ほら、行くよ」

座長に伝えるべきだ。そう直感したが、然し、口から出かけた言葉は同じく舞台袖で出番に備えていた夏水仙によって遮られた。引き留める暇もなく、彼女は舞台へと躍り出していく。束の間、どうすべきかと逡巡したものの、公演を台無しにすることはできないと思い切り、千草も慌てて後を追う。

「〝おお、麗しの人形姫。今宵も貴女の声は美しい。美しく、清澄で、如何ともし難く空っぽだ〟」

夏水仙のその台詞を切欠に三人の掛け合いが始まるはずであった。だが、蘭子は舞台の只中で呆けたように立ち尽くし、宙を仰いでいる。台詞に応じるどころか、ふたりに顔を向けようとすらしない。

「おいおい。看板女優ともあろうもんが台詞を飛ばしちまったってのか。それならさっさと座長に合図を――」

小声でせっつく相手の言葉を遮るように、蘭子は片手を掲げ、己が視線の先を指差した。

彼女の指し示す先を目で追った夏水仙が、呆れたように呟く。「おいおい、何だよ、ありゃあ。消えてねぇじゃんか」

ふたりの視線を辿り、千草も思わず息を呑む。歌声がやんだにもかかわらず、紫色の蝶の群は未だ消えることなく宙に留まっていた。いや、留まっていたという云い方ではまだ控えめだ。群は旋回を続け、奔流の如く勢いを増し、大渦を成していた。

呆気に取られて眺めていると、不意に巨大な音が身中で轟いた。肉の裂けるような湿った音が幾重にも重なり合い、響き合い、増幅した、地鳴りの如き重低音。よく似た音を、千草は知っている。赫い空を独り仰ぎ見たあの日、この身を震わせたものだ。けれども、これはもっと、禍々しい。客席では多くの者が両手で耳を塞いでいた。無論、そんなことには何の甲斐もないのだが。

轟音は直ぐに収まった。人々の心中で残響が長い尾を引きながら薄れていくにつれ、空中で渦巻いていた紫の色彩が徐々にその輪を縮めていく。渦はその中心に向けて収束し、収斂し、やがて、明滅する一塊の光球へと変じた。

「どうなってやがんだ。滅茶苦茶になってんぞ」

夏水仙が己の役割を放擲し、舞台袖に向けて声を上げた。もはや、公演の続行は能うまい。座長をはじめ、この場では出番のない演者達までもが袖幕から顔を覗かせている。場内に居るすべての者が振り仰ぐ中、明滅する光球は見る間に色彩を失くしていき、やがて、漆黒の球体と化した。照明が当たらぬ客席上の闇の中にあって、それはなお「黒い」と判る。これにも千草は覚えがあった。いつかの誰かの記憶の中で目にした何かだ。

彼女がそう思い至った刹那。

球体が弾けて四散し、舞台や客席のそちこちに流星の如く降り注いだ。その一粒一粒が緋の引き幕や舞台の板、座席の背凭れに触れるや、黒い飛沫が上がり、空間そのものに波紋が生じる。黒い波濤がうねり、忽ち、劇場を呑み込んでいく。

「どうなってるの」と、そう口にしかけた千草の言葉は、然し、押し寄せた大波によって掻き消された。鉄槌で打ちつけられたかのような衝撃が蹠から頭のてっぺんまで一気に駆け抜け、右に左に視界が揺れる。

痛みが、胸を貫く。

それを呼び水としたかの如く、切り裂かれる痛み、刺される痛み、抉られる痛み、穿たれる痛み、潰される痛み――ありとあらゆる苦痛が濁流となって押し寄せた。まるで、全身の瑕を一時に掻き毟ったかのようだ。

絶えず揺らぎ続ける視界の中、客席を埋めた観衆が次々と藻掻き、苦しみ、頽れていくのが見える。黒い飛沫はいつの間にか、噴き上がる火の粉に変じていた。漆黒の炎が方々で伸び上がっては鎌首を擡げ、獲物を捕らえる蛇のように客席を這い廻る。血肉の焼け焦げる悪臭が鼻の奥から湧き上がり、立ち込めた熱気が膚を灼く。

――死だ。

千草は心中で叫んだ。これは、死そのものの記憶だ。

情念の炎が逆巻き、苦痛の暴風が吹き荒れる中、ひとり、またひとりと、観客達は糸の切れた傀儡のように動きを止めていく。舞台袖でも仲間達が倒れ臥していた。気を失うことも能わぬほど絶え間なく吹きつけるこの痛みに晒され続ければ、間違いなく、その先で待ち構えているのは、死だ。記憶や幻影ではない、現に此処に在る肉体の死だ。

いまにも引き千切られてしまいそうな肉体と精神の纜を必死で繋ぎ留めながら、千草は周囲に視線を走らせた。揺れはもう収まっている。傍らでは夏水仙が床に身を投げ出し、ぴくりとも動かなくなっていた。まだ息があるのかどうか、痛みのあまり己の肩を抱えて蹲ることしかできずにいる千草に、確かめる術はない。

身を責め苛む痛みに混じって、何かが足先に触れる幽かな感触があった。気力を振り絞って振り返ると、横様に倒れた蘭子が手を伸ばして此方に縋りついていた。夜ごと瑕を撫でてくれた嫋やかな指先が、苦痛に戦慄きながら自分を求めている。

握り返そうと差し伸べた千草の手は、然し、応えなく空を切った。指先が届くのを待たず、蘭子の腕は力を失くし、床に落ちた。それきり、もう動かない。

悲しいという感情は湧かなかった。いや、違う。血汐の如く噴き出していたはずだ。然し、止め処なく流れ込んでくる苦痛と絶望の濁流に呑まれ、それはもう、何処にも見えなくなっていた。

死んでゆく。双子も。橘も。牡丹も夏水仙も、座長も。蘭子も——そして〈わたし〉も。みんな、みんな、死んでゆく。

千草の視界を縦に断ち切り、細い素足が音もなく舞台を踏んだ。振り仰ぐと、皓いかんばせが直ぐ真上から此方を見下ろしていた。艶々としたすべらかな髪が、幾条もの細い雨となって降り注ぎ、頬を撫でる。その中心で、ふたつの黒い珠が千草の顔を凝と覗き込んでいた。

ああ、この子の記憶だったんだ。

震災での悲惨な体験によって心を失くし、引き換えに、能力(ちから)を得た——無花果の特異な性質について、座長はそう語っていた。だが、それは違うと、いまの千草には判る。他者の心を映す能力は、きっと、震災以前から彼女の裡に宿っていた。それが故にこそ、彼女は心を失くしたのだ。恐らく——と、千草は想像する。恐らく、瓦礫の下で身動きも取れぬまま、彼女は周囲の人々の心を映し続けたのだ。幾千、幾万もの死が、彼女の中に止め処なく流れ込んできたであろう。如何に常人とは異なる能力を具えていようとも、ひとりの少女の精神が斯様な死の奔流に堪えられるはずがない。結果、心が焼き切れたのだ。

或いは、死から逃れるためにこそ、自らそれを焼き切った。

堆積した無量の死。その記憶。あの晩、千草が触れかけた何か。

千草は漸く納得した。常から他の誰より長い時間を無花果とともにしていた橘は、何らかのきっかけでこの記憶に触れてしまったのだ。恐らくそれは、ほんの束の間のことであったろう。だが、ほんのひと触れでも、この地獄は恐怖に値する。

けれども、どうして?

千草の頭に浮かんだ問いに、無花果は首を傾げた。それから、ふたつの黒い瞳が答える。

——ねえ、もっと〈あなた〉を見せて。

それからまた、こうも、

——ねえ、もっと〈わたし〉を見て。

そういうことかと、千草は嘆息した。座長の実験や夜ごとの公演に際して、人から人へと映されてきた記憶や感情は、必ず、無花果による反射を経ていた。仲間達も千草も、彼女を鏡か何かのように思っていた。彼女が、事実、他者の心を映すだけの鏡であったなら、その前から立ち去れば、もう己の姿は映らない。鏡の国に住人はいない。誰もが、そう思い込んでいたはずだ。

けれども、違った。

映し出された情動は澱（おり）の如く無花果の内に留まり、いつしか、層を成していたのだ。記憶と、思考と、感情の堆積。その末に生じるものを、人は何と呼ぶ？

心だ。

朦朧（もうろう）とする意識の中、千草はなおも考える。空っぽの器に、わたし達は何を注いだか。誰かの瑕を見たいと思う気持ち。誰かに瑕を見られたいという想い。それから、痛みと苦しみの記憶。無惨な瑕。わたし達はそうして知らぬ間に造り上げてしまったのだ。〈あなた〉と〈わたし〉と、無数の苦痛を寄せ集めて縫い合わせた、継ぎ接ぎの怪物を。

そう思い至ったとき、怪物の、黒い双眸が瞬いた。

瞳には〈千草〉の姿が映っている。

嗚呼と、千草は身を打ち震わせた。嗚呼、〈わたし〉はもう、彼女の中に居るのだ。彼女を形づくる記憶のひとつとして。無数に刻まれた瑕のひとつとして。ううん、〈わたし〉だけじゃない。牡丹も、橘も。香蘭も藤袴も夏水仙も。それに、蘭子も。みんなみんな、ひとつになって、あわいを無くして溶け合って。そう思うと、千草の心は不思議と平穏な気持ちで充たされた。

これからもずっと、〈わたし〉達は彼女の中に居続けるのだ。彼女を通して、誰かに見られ続けるのだ。そう、そうして――

——世界を呪い続けることができるのだ。

口元が、穏やかに綻ぶ。頬に浮かんだえくぼに、酷薄な翳（かげ）が差す。

彼女の意識は、其処で途絶えた。

カーテンコール

しん、と静まり返った寂寞（じゃくまく）たる場内に、冷たい跫音（あしおと）が谺（こだま）する。

然し、〈あなた〉の耳には、もう、聞こえない。屍者の耳には届かない。見開かれたまま閉じることを忘れた〈あなた〉の眼（まなこ）。その虹彩には、舞台を横切る一体の人形が映り込む。皓い膚の、綺麗な人形だ。

横たわる少女達の屍を踏み越え、舞台の中央まで進み出ると、動く者の居ない客席を人形は眺め渡す。拵え物のように整った、それでいて、烈しい色を湛えた両の瞳で。

心を——この世で最も禍々しい心を宿し、眼差しによって死を放つ、人形を超越した人形（グラン＝ギニョル）。

人形は云う。

次なる〈世界（あなた）〉に向けて云う。

「わたしを見て」

地獄を縫い取る

◇

＞君の番組、見たよ。カワイイね。
＞凄(すご)く、かわいい。
＞あ、当然、チャンネル登録もしたよ :)

＞ありがと。うれしい。

＞お礼を言われるようなことじゃないよ！
＞君がとってもカワイイからそうしただけでさ
＞ところでさ、君って、いくつ？
＞番組中では言ってなかったよね

＞十一歳。

＞へぇ、そうなんだ！
＞ねぇ、配信やってるってことはさ
＞接続できるんだよね？
＞うん。
＞じゃあさ、ちょっと繋がない？
＞いいよ。

◆

仮想タブレットに表示されたニュースサイトのトップページを何気なくスクロールしているうちに、あなたはひとつの記事にふと目を留める。

『集合住宅の一室で身元不明の女性が変死』

指先がそのタイトルをタップするや、記事の内容に相応しい、ほどよくブレンドされた〈哀悼〉と〈好奇心〉とが、あなたの中に湧き起こる。あなたは——あなたの生活にとって必要な事柄をこなしながら——記事の本文にさらりと目を通す。

死んでいたのは存在しないはずの女性だった。勿論、行政システム上は、という意味において。

発見された時、遺体は室内のデスクに突っ伏した姿勢のまま、酷（ひど）く腐敗していた。

検死によって、死後数週間が経過していること、二十代半ばから三十ばかりの女性のものであることが判明した一方、身元は特定できなかった。

言うまでもなく、〈蜘蛛の糸（スパイダーズ・スレッド）〉に残された認証情報（ID）から、氏名や年齢、国籍に関わる情報はサルベージされた。しかし、より詳細な検分が進むにつれ、いずれも偽造されたものであることが判明したのだ。死の瞬間まで女性が神経ケーブルを接続していたPCも記憶媒体が物理フォーマットされていた。

結局、その亡骸（なきがら）が誰のものであったかは未（いま）だに判（わか）っていない。

身元不明の女性死体（ジェーン・ドウ）というわけだ。

死因は急性心不全と見られている。遺体が神経ケーブルを接続したままの状態であったことから、一部の反〈エンパス〉団体からは、〈エンパス〉による過剰な刺激が発作を引き起こしたのだという主張がなされているが、あくまで推論の域を出ない。

なお、同集合住宅では、数週間前にも別室において居住していた女性の遺体が――

あなたはタブレットの画面をスワイプして記事を閉じる。その途端、曇った窓ガラスが拭われるように、あなたの頭からは〈哀悼〉も〈好奇心〉も綺麗に消え去る。

あなたの注意はあなたの生活にとってより必要な事柄に取って代わられる。そうしてすぐに、こんなありふれた事件のことなど忘れてしまう。

◆

「ねえ、前から気になってたんだけどさ、あなたのそれって何なの?」

頸筋(くびすじ)に増設された〈蜘蛛の糸〉の外部接続スロットから神経ケーブルを外すや、いつの間にか傍らに立っていたクロエがわたしの膝を指差してそう訊(たず)ねてきた。買い出しから戻ってきたところなのだろう。もう一方の手に提げた買い物袋からは炭酸飲料のボトルが頭を覗(のぞ)かせている。瞳に流れ込んでくる現実(リアル)の光に目をしばたたきつつ、わたしは問い返した。「それって?」

「その脚の組み方」買い物袋をキャビネに載せると、クロエは胸の前で腕を交叉(こうさ)させ、両の掌(てのひら)を天井に向けた。「何て言うか、足が、こう」

「ああ、これね。結跏趺坐(けっかふざ)」わたしはがさごそ音を立てて袋をまさぐり、コーラとチョコを引っ張り出しながら答えた。

「ケッカ……何?」

チョコの包装紙をびりびりと乱雑に破り、何粒もいっぺんに口に放り込んで、もぐもぐ咀嚼(そしゃく)しつつ補足する。「座禅の基本姿勢だよ」

甲が下向きになるようにして左の足を右の腿(もも)に、右の足を左の腿に載せる座り方だ。ぱっと見は胡座(あぐら)に似ているけれど、慣れない人間がやろうとすると足の甲にかなりの痛みが走る。というよりも、大抵は組めない。

クロエは意外そうに首を傾(かし)げ、「ゼンって。ジェーン、あなた仏教徒(ブディスト)だったわけ?」

「ううん、全然」わたしは手をひらひらさせた。

以前、ごく短い間だが、東京にある禅宗の寺院に身を寄せていた時期がある。けれども、寺での生活はわたしの中に何ら特別な宗教観を残さなかった。身についたのはこの座り方だけだ。

脚を組んだまま、チェアを回して相手に向き直る。

「ただ、何となくこの座り方が身体(からだ)に染みついちゃっててさ。慣れるとね、落ち着くんだよ。クロエもやってみる？」

「私はいい。身体硬いの、知ってるでしょ」そう言って、クロエは意味ありげに口の端を持ち上げた。浅黒い頬に深いえくぼが刻まれる。それから、わたしがデスクに放り出していた神経ケーブルを手に取り、「何観てたの？」

「〈エクスパシス〉の生配信。有名な配信者がやってる刺繍(ししゅう)のハウツー」

「それって、〈エクスパシス〉で観る必要ある？」クロエは指先でケーブルの端子をいじりながら言った。「ハウツー系だったら〈エンパス〉抜きの動画で充分じゃない？」

「ところがどっこい」わたしはデスクの隅から作りかけの新作を引き寄せ、相手の眼前に掲げた。刺繍枠によってぴんと張られた緋(ひ)の布地の上で、縫い取りかけの蓮(はす)の花が花弁を広げている。

「刺繍もさ、仕上がりにはその時々の刺し手の感情が結構ダイレクトに出るから、図案と技法だけじゃ駄目なんだよね」

クロエは、ふぅん、と生返事を寄越(よこ)した。目が合わないようにか、視線は手元に落としているけれど、瞳には隠し切れない不審の色が滲(にじ)んでいる。本当、自分を取り繕(つくろ)うのが下手だなと、可笑(おか)しくなった。

〈エクスパシス〉は無限に膨張する「体験」の標本箱だ——というのは、とある大手まとめサイトに掲げられたコピーの一節だ。陳腐な表現ではあるけれど、実際、〈エクスパシス〉には世界中のユーザの「体験」が絶えずアップロードされ、続々と新たなチャンネルが開設されている。

似たようなものは大昔から存在した。最初期にはごくごく原始的な、ユーザによって作成された動画の投稿サイトとして。今となっては驚くべきことだが、その当時の「動画」という言葉は文字通り動く画像と、それに同期した音声と音楽からなるメディアのことを指していた。それらに匂いがつき、味がつき、触感がつき、五感で愉しめるものへと進化したのは、官能伝達デバイス——〈蜘蛛の糸〉が一般に普及してからのことだ。

ナノマシンの蜘蛛が脳に張り巡らせた網状の疑似神経によって、今では誰もが、投稿者の目と耳はおろか、彼が（あるいは、彼女が）嗅覚、味覚、触覚で受容した感覚情報をもタップひとつで享受することができる。

勤め先のオフィスや自宅に居ながらにして、視聴者は深海を泳ぐ奇怪な魚を間近に眺めることができる。手の内に捕らえた時、それがどんな暴れ方をするかだって、手応えをもって感じることができる。あるいは、とてもじゃないが手の届かないような高級レストランで供されるソテーの味を愉しむことができる。その表面に付いた綺麗な焦げ目から立ち昇る芳しい香りさえも。

けれども、ユーザによって投稿される動画ひとつひとつが真に特別な「体験」と呼び得るものになったのは、それらが「感情」を共有する手段、つまり、〈エンパス〉と結び付いてからのことだ。

〈エンパス〉が埋め込まれた動画においては、たとえば、配信者が氷の断崖にピッケルを突き立てた時、視聴者が受け取るのは、凍てついた岩肌の様と吹きすさぶ風の音だけではない。尖った切っ先から腕へと伝わってくる、痺れるような衝撃だけでもない。配信者が胸の裡に抱く〈孤独〉までもが電子情報に変換され、ネットワークを介して受信されるのだ。あたかも、視聴者自身が配信者と同じ感情を抱いたかのように。

「そっちの新作もいいけどさ。もうひとつの新作の方はどうなの?」クロエはデスクの端へ顎をしゃくって言った。

「もうひとつ……ああ、あの子か」鋭角的な彼女の顎が指し示す先を視線で辿り、「一応順調、かな。情動と思考が乖離しちゃうようなこともないし、行動パターンにもきちんと流れができてる。ただ——」

「ただ?」

「もうちょっと時間がかかりそうかな。正確な工数ってなると面倒だから弾き出してないけど。クライアントが何か言ってきてるの?」

「『何か』って、あなた、メールも確認してないの?」

「してない」チョコを口に運びながら、わたしは答えた。

クロエは額に手をあてて溜息をついた。口元に掛かった長い黒髪がそよぐくらい、大袈裟に。それから、宙に手を閃かせて仮想タブレットを呼び出し、画面に指を走らせる。

「これ、見て」そう言って彼女が画面をタップするや、メールの文面がホロとなってタブレットから飛び出した。

〉プロトタイプの納品日について、その後、調整は進んでいらっしゃいますでしょうか?
〉当初ご提示いただいておりました予定日から既に二度の延期を経ておりますので、
〉取り急ぎご進捗を伺いたく存じます。

穏当な文面だ。こちらの都合で納品を遅らせている状況を鑑みれば、むしろ、優しいと言っても良いくらいだろう。

「何だ。大して怒ってもなさそうじゃん」

わたしが暢気にそう言うと、クロエは肩を竦め、メールの下部に表示されているふたつのハートマークが矢印で繋がれたアイコンを指差した。〈エンパス〉のロゴマークだ。

わたしはうんざりしつつ、手を伸ばしてそれをタップする。

その途端、〈憤り〉がわたしの中に流れ込んできた。正確に言えば、メールに添付された〈エンパス〉のソースコードをわたしの脳幹に増設されたデバイスが読み解き、〈蜘蛛の糸〉を介して脳内に電気信号を駆け巡らせた。

剝き出しではない、棘だらけの花をセロファンで包んだような、慎ましやかな〈憤り〉だったが、それが却って感情の強さを物語っている。こんな〈エンパス〉を添えるくらいだったら、メールの文面だって変に取り繕うことはないのにと、わたしは思う。建前と本音をセットで送る文化というものに、わたしはいつまで経っても馴染めない。

「カンカンだね」

「そう、カンカン。取り急ぎ私の方で弁解しておくから、ひとまず現時点での最新バージョン、貰(もら)える？」

「はいはい」頷(うなず)きながら、わたしは自分のデスクに向き直った。

ラボ——と呼ぶには味気ない、手狭な部屋がわたし達の仕事場だ。二人分のデスクとパーティションに、資料を収めたラック、それに応接用のソファとローテーブルを据えただけで一杯になってしまうような狭さだが、それもそのはず、集合住宅の一室を借りてラボ兼オフィスと言い張っているに過ぎない。

　クロエの趣味で、室内は壁も床も調度も純白で統一されている。青白い照明に照らされて、何もかもが冷たい無機質な貌(かお)をしているが、そんな中、わたしのデスクだけが濃淡様々な赤色に彩られている。パーティションにぺたぺたと貼り付けた無数のステッカー、机上に敷いたマット、それから、壁に掛けた日本画の複製(レプリカ)。すべてが赤色だ。けばけばしいデスクだなとは我ながら思うけれど、クロエから文句を言われたことはないから、別に構わないんだろう。つい先日も彼女に頼んで、毛足の長い、炎のようなクッションを取り寄せたばかりだ。

　わたしはクロエがいじっているのとは別の神経ケーブルを机上のキューブ型ＰＣから引っ張り出し、頸筋のスロットに端子を挿した。その途端、視界の内に一辺三インチほどの白い立方体が無数に立ち現れる。ひとつひとつに扉が付いていて、ファイル名が表札みたいに掲げられているのは、わたしの趣味だ。そういうスキンを使っている。

　有線での接続なしで取り扱える仮想タブレットは便利だけれど、開発ツールとしては貧弱だ。転送速度も処理速度も、フィジカルなデバイスにはだいぶ劣る。

「差分だけでいいかな。それとも、パッケージングした方が良い？」

「できれば、フルパッケージでお願い」

〝できれば〟なんて敢えて言わなくても、〝できる〟ことは判っているはずだ。毎度毎度そうしているのだから。いつだって、クロエは完品の――それ単独で動かせる――データを欲しがる。わたしもわたしで、そうと判っていながら敢えて訊ねる。自覚って、大事なことだと思うから。

わたしは視線を動かして一番手近にある立方体を見据え、片目を瞑った。紅い一条の糸が宙から垂れ下がり、立方体と繋がる。それをよじ登るようにして、データの転送状況を表すプログレスバーが伸びていく。

「共有ストレージに上げとくね」

「ファイル名はいつも通り？」

「うん。〝JD〟から始まって、タイムスタンプが付いてるやつ」

JD――ジェーン・ドウ。

それがプロジェクトの名だ。わたし達が開発しているAIの。世界中の大人達から犯されるために創られつつある女の子の。

「ありがとう。確認しとく」クロエはそう言って、タブレットを宙に放った。展開されていたメールのホロが端から巻き取られるようにして画面に吸い込まれ、端末そのものも、空中で二度、三度と旋転してから姿を消した。

一方の手で、彼女は未だ神経ケーブルの端子をいじっていた。指先の動きは乳首を抓む時のそれによく似ている。いや、似ているというより、そう見えるように動かしているのだ。その証拠に、彼女は言った。

「すぐに先方へ返信するから。それが済んだら――」

――部屋に行こうね。

彼女の声が鼓膜を震わすと同時に、〈性的な情動〉がわたしの中に注(そそ)がれた。

□

背に腕を回し、肌に爪を立てると、ジェーンはぴくりと身を強張(こわば)らせた。可愛(かわい)らしい反応。浮き出た背骨に沿って爪を這(は)わせるように撫(な)でれば撫でるほど、彼女の〈緊張〉は高まっていく。可愛らしい子。薄い唇から零(こぼ)れる吐息をほんの少しも逃したくなくて、私は唇を重ねた。まだ蕾(つぼみ)の花を無理矢理こじ開けるようにして、舌をねじ込む。舌先を尖らせてつつくと、ジェーンの舌もおずおずとそれに応じた。それから、誘(いざな)うように粘膜をくねらせてあげると、彼女は酷く遠慮がちに私の中へと這入(はい)ってきた。

その瞬間、私は口を閉じ、相手の舌を噛(か)んだ。大きく肩を跳ねさせて身を引こうとする彼女を、しかし、私は逃がさない。顎に込めた力を緩めず、そのまま彼女を押し倒す。純白のシーツが、縺(もつ)れ合った二つの裸体を受け止める。両の手首を掴(つか)んですっかり組み敷いてから、私は彼女の舌を解放した。そうして、まだ未発達な、華奢(きゃしゃ)な肢体(ボディ)を見下ろす。

シーツも枕も、壁も床も天井も、何もかもが白い部屋の中にありながら、彼女の身体は他の何にも勝ってなお皓(しろ)い。指で、舌で、歯で、彼女の身体を構成するパーツを一つ一つ順繰りに検(あらた)めるように私は愛撫(あいぶ)した。そのたび、彼女の感情が波立つのが伝わってくる。色素の薄い乳首を齧(かじ)ると、彼女は弓なりに身を反らした。頤(おとがい)が跳ね上がり、皓い頸が、翳(かげ)りなく露(あら)わになる。

「絞めて」と、そう言っているように見えた。絞め上げて、と。

私は相手の腹に跨り、頸に両手をかけた。左右の親指を交叉させるようにして喉を押さえ、残りの指先を皓い肌に埋めていく。血管が透けて見えるほど薄い皮膚越しに、微かな脈動が伝わってくる。彼女の頸はあまりにか細く、さして大きくもない私の手でも、喉からうなじまですっぽり覆えてしまう。

「うっ」と、狭まったジェーンの気道から呻きが漏れる。小鳥の囀りのように心地良い響き。その声がもっと聞きたくて、絞り上げるように腕に力を込める。もっと聞かせて。小さな胸のふくらみに身を重ね、彼女の口元に耳を寄せる。もっと。

呻きが刻むリズムに乗って、彼女の〈苦しみ〉が伝わってくる。〈不安〉が、〈恐怖〉が、〈悲しみ〉が。綯い交ぜになった感情が旋律をなし、私の中に流れ込む。もっと、もっと。

背に回された手が、爪を立てて私の肌を掻き毟る。両腿が股の下でじたばたと藻掻いて寝具を打つ。

私は指に込めた力を不意に緩めた。両手を開くと、ジェーンの頸には紅い痕がくっきりと残り、羽ばたく蝶のような形をなしていた。縛めを解かれたジェーンは瞳を涙で濡らし、二度、三度と咽ぶ。鬱血して紅潮していた顔が、ゆるゆると元の皓さを取り戻していく。

彼女の中で〈安堵〉の感情が立ち上がったことを確認してから、私は指を開き、頸を広く摑み直して、両の手に体重を乗せた。そうして、ひといきに、喉を圧し潰す。

湿った音とともに、〈絶望〉が爆ぜた。

■

嗚呼、またあの御方がいらっしゃった。

敷居に差した影に、わたしは居住まいを正す。一糸纏わぬ裸体をあられもなく晒した女が、今更、礼節になぞ気を遣うたところで何の甲斐があろうと、そう思いはすれど、客人をもてなす事が傾城の務めであるからには、自然と身が動くもので。

剝き出しの膝小僧を揃えて恭しく畳に手を衝くと、客人もまた墨染めの衣の裾を嫋やかに押さえ、相対して坐した。傍らの畳には、竹の折れの先に髑髏を付けた、杖の如き物を横たえて。

「またおいでになられたのですね、御坊」

御坊。そう呼びはすれども、本当のところ、相手が真に僧であるのか、わたしには判ぜられぬ。唯、身に纏うている其処此処の擦り切れた黒い法衣を以て、そう推し量っているに過ぎない。他に、判じるに足る材料がない。

何故と云って、こうして対面していながらも、相手の顔が確とは見定められぬ為だ。御坊の頭には法衣と同じ墨色の襤褸布が巻かれ、其の下にあるのが剃髪された円頂であるかは知れない。目元の隙から僅かばかり覗くかんばせも暗い翳に覆われて、其の容貌は判然としない。唯、眼ばかりが炯々と光って此方を見据えている。

名も知らず、素性も知らぬ。故に、唯、御坊と呼ぶ。

——地獄。

と、御坊は口を開いた。

地獄。そう、それがわたしの名だ。無論、まことの名ではない。否（いや）、そもそもわたしは名を持たぬ。人が人を買い、女が身を売る傾城町の宿で、名なぞ持っていたとて、其の事に何の意味があろう。わたしは名も無きひとりの傾城。地獄と云うも、唯、御坊がそう呼ばうに過ぎぬ。

——地獄。お前は己が身を犯さんと欲する者どもを如何（どう）してやりたい。

御坊の声が屋の内の空気を波立たせる。顔を包んだ襤褸布のせいか、妙にざらついた、男のそれとも女のそれとも聞き分かてぬ声音だ。

幾度となくこの閨房（けいぼう）に通ってきていながら、御坊は一向、わたしを抱こうとしない。いつも前触れなく現れるや、こうして相対して坐し、唯、奇妙な問いを投げかけてくる。

禅問答のようだと思う。否、相手が真に僧であるならば、実際、禅問答であるのやもしれぬ。わたしはわたしが口にするに相応しき言葉を探した。だが、己が内に其の答を具（そな）えてはいなかった。わたしはわたしを抱こうとする者を如何したいのか。

そも、如何したい、とは何の事か?

斯様（かよう）な事は考えた事もなかった。傾城町に在する宿の一室（ひとむろ）に押し込められた女は、何が為に存在するか。決まっている。身をひさぐ為だ。抱かれる為だ。弄（もてあそ）ばれる為だ。其の為にこそ、わたしは此処に居る。されば、今更、其の相手を如何するもこうするもあるまい。

答に窮するわたしを凝（じっ）と見詰めると、御坊は右手（めて）の法衣の袂（たもと）を払い、懐から帖紙（たとうがみ）の包みを取り出した。折り畳まれた紙が開かれるや、中からは一本の縫い針が現れる。格子窓から細く差し込む西陽が、針の先に光を結ぶ。

何を命じられるまでもなく、わたしは畳に片手を衝き、前屈（まえかが）みになって右の腕を差し延べた。

前腕の膚には、燃え盛る焔が縫い取られている。物の喩えではない。紅と緋の糸からなる、焔の繡が膚を覆っているのだ。

御坊は其の様を矯めつ眇めつすると、ほつれた襤褸の端から一条の糸を選り出し、針の孔に通した。それから、左手にわたしの手首を摑み、右手に抓んだ針の先を膚に這わせる。

――渡すぞ。

御坊がそう云うや、針先が膚を貫いた。わたしは奥歯を嚙み締め、口から漏れかけた呻きを殺す。零れ出した紅い血が小さな珠を結んで膨れ上がり、やがて、針を伝ってゆく。皮膚の下に潜り込んで肉を脹れさせた針先が、次にはまた内から膚を破って顔を覗かせる。針がすっかり膚を貫き通すと、御坊はそれを引き寄せた。傷の中を糸が通ってゆく感触へのおぞけから、我知らず四肢が震える。

わたしは到頭、声を漏らして喘いだ。然し、御坊はそれに一向構う事なく、針を繰り続ける。刺す針、抜く針のたびごとに、後には黒い糸が残り、奇怪な線を引き、徐々にひとつの形象を取り始めた。

斯様な苦痛に延々と身を苛まれ、もはやこれ以上は僅かばかりも堪えられぬと音を上げかけた時、御坊の手が漸く止まった。見れば、前腕から肘を通って腕にかけて、縫い取られた糸が黒々と蟠っている。

――顕すぞ。

涙を泛べて戦慄くわたしに御坊はそう云い、血と黒糸とが入り乱れた腕を法衣の袂で撫ぜた。途端、彫られたばかりの刺青が湯を浴びて色鮮やかに浮き立つが如く、膚に縫い取られた画が色彩を具えた。

斯くて顕れたのは、赫々たる焔の中、亡者を打つ獄卒の恐ろしい姿だ。

御坊は云った。

――今一度問う。地獄、お前はお前を犯さんと欲する者どもを如何してやりたい。

「皆――地獄に――」肩で息をしながら、切れ切れにわたしは答える。「皆、残らず地獄に堕としてやりとうございます」

襤褸布の翳で、御坊の目見が喜悦に歪む。

◆

「ＡＩだと思った」

被告の男はそう訴えた。

二十年前、オーストラリアはブリスベンの地方裁判所でのことだ。

男がかけられていたのはＳＮＳを介した児童買春容疑だった。ただし、彼が買ったのはフィジカルな身体を持つ現実の少女ではない。ＣＧの肉体とＡＩによって構成された、どこにも居ない女の子だ。

少女の名はトゥインキー。

生みの親は国際児童保護ＮＧＯの一団体だ。

当時社会問題となっていたウェブカム・チャイルド・セックス・ツーリズム――チャットルームやＳＮＳ上で目をつけた貧困国の少女達に幾らかの金を払い、引き換えにウェブカムの前で性的な行為をさせるという児童買春――に手を出した者を摘発するための囮(おとり)として、彼らはトゥインキーを生み出した。

ネット上に放たれた彼女は各種ＳＮＳにアカウントを開設し、小児性犯罪者(チャイルド・マレスター)からの接触を待った。そうしてまんまと網に引っかかった間抜けのひとりが、先の被告というわけだ。

先にも語った通り、「ＡＩだと思った」と男は主張した。画面の向こうに、ネットの海の向こう岸に、少女が実在するとは端(はな)から思っていなかった、と。

苦し紛れの言い逃れだったのか、弁護側の入れ知恵があったのか、今となっては判らない。ただ、その一言が公判の流れを変えたのは確かだった。

ブリスベンの地方裁判所判事はその言葉から、被告は最初からトゥインキーを創作物として捉えていたものと認めた。つまり、彼の行為はＳＮＳを介した児童買春ではなく、実在しない少女の図像、音声、およびそれに類する創作物を利用した自慰行為であったに過ぎないと見なされたのだ。

勿論、検察側は「売春行為を持ち掛けた時点では相手がＡＩか人間かなど被告に判別できるはずがなく、未成年者と想定される対象に誘いをかけた時点で違法である」と主張した。

けれども、その主張は容(い)れられなかった。弁護側は過去に同様の判例が存在しないことを強調し、対する検察側がＡＩに関する知見に乏しく、この事案を持て余した末に弱腰となったことが大きい。

結局、被告は非実在青少年の児童ポルノ閲覧という点においてのみ罰せられた。

「皮肉なものよね」応接用のソファに腰掛けて脚を組みながら、クロエは言った。

応接用と言いながら、白い革張りのそれが来客のお尻を受け止めたことは一度もない。

テーブルを挟んで対面のソファに腰を下ろしながら、わたしは問う。「何が?」

「児童買春を取り締まるために一生懸命創り上げられたAIが、小児性愛者(ペドフィリア)のためのポルノグラフィ扱いされちゃったってことがよ」

事実、トゥインキーをネット上で駆動させていたNGOは公共の場で児童ポルノを頒布(はんぷ)したかどで反対に訴えを起こされ、敗訴した。

しかし、先のそれをはじめ、多くの児童保護団体は諦めが悪かった。「AIだと思った」という主張によってトゥインキーが失敗に終わったならば、囮に用いるAIをより高次なものへとバージョンアップし、「人間と見分けることが能(あた)わない」と認められるものを創ってしまえば良いという発想に行き着いたのだ。

「ま、そのおかげで私達が仕事にありつけてるってわけだけれど」とクロエは続けた。

いくつもの代理店を通してラボにJDの開発依頼をしてきたというクライアントも、そんな団体のひとつだった。

様々な分野の技術発展の過程がそうであるように、VR技術と〈エンパス〉もまた、その普及においてはポルノ産業によって牽引(けんいん)されてきた部分が大きい。

まずはポルノ女優の体温と感触とが映像に付加され、次には感情が搭載された。「女優の快感がワカる!」というのが、リリース当時の売り文句。

次に続いたのは性風俗業界だ。体性感覚と感情とがネットを介してリアルタイムで送受信できるようになると、「性」は距離や空間を問わず売り買いされるようになった。売り手と買い手双方の部屋に設置された全方位型ウェブカムによる映像と、〈蜘蛛の糸〉による体性感覚データや〈エンパス〉とが同期することにより、疑似的な性交が現出したのだ。

　当然のごとく、それらは児童売春の在りようをも変化させた。ＷＣＳＴから進化したＶＲＣＳＴを提供するに際して、売春の斡旋(あっせん)業者は機器の設置された小部屋に子供を押し込め、買い手と回線を繋ぐだけで良い。子供達の頭に蜘蛛を棲(す)ませ、神経ケーブル挿入用の穴(スロット)を開通させるのは先行投資といったところか。

　ただでさえ未だ法的な有効性が確立されていなかった摘発用の囮ＡＩについても、同様の進化を余儀なくされた。実際の児童と変わらぬ思考を有し、リアルタイムで演算されるＣＧモデルを用意するばかりでなく、疑似的な体性感覚のデータと〈エンパス〉をも搭載せねばならなくなったのだ。

　けれども、とわたしは思う。仮にそれらの要件を満たした、真に人間と区別がつかないＡＩを創り出せたとして、それをネット上にアップロードすれば、やはり、猥褻(わいせつ)物の頒布という扱いを受けるであろうことは想像に難(かた)くない。

「クロエはさ、ＪＤをリリースするってこと、どう思う？」

「微妙なところね。ＡＩだっていう区別がつかなくなったら、買春した側を有罪判決に持ち込むところまではいけると思う。ただ、ＪＤをアップした団体側も訴えられるってことも間違いない」クロエはマグカップのホワイトココアを啜(すす)りながら続けた。「結局は覚悟の問題でしょうね。諸刃(もろは)の剣を振るってでも相手を斃(たお)そうという覚悟」

「ううん、ごめん、そういう話じゃなくてさ。というか、それは前提としてね」コーラで喉を湿しつつ、「小さな子供を食い物にするような連中をやっつけてやりたいって気持ち、クロエにはある？」

「そりゃあ、勿論」と、クロエは大きく頷いた。「ペドフィリアの変態男どもなんて、許しておけないよ」

「そっか。そうだよね」

変態男ども、ね。わたしは相手の瞳の奥にあるものを探った。


クロエから最初のメールが送られてきたのは凡(およ)そ一年ばかり前のことだった。その頃のわたしは東京のギークハウスで暮らしながら、自作のＡＩモデルをネット上で細々と発表する活動をしていた。といっても、ＪＤのように高次な性能を具えたものではない。ＣＧでできた少女の身体を持ち、ユーザのちょっとした話し相手となってくれるという程度の、玩具(おもちゃ)のようなものだ。職場から帰宅したユーザを「お帰りなさい」と出迎え、仕事上の愚痴に嫌な貌ひとつせず相槌(あいづち)を打ち、ユーザの趣味嗜好(しこう)を学習してそれらの話題を振ってくる。お手軽な、あなただけの友達。それ自体は何ら珍しいものでもない。多くのインディーズ作家がバラエティに富んだ作品を頒布している人気ジャンルだ。

腕のある作家が他に幾らでも居る中から、クロエはわたしを見つけて接触してきた。

「あなたが創った〈ＢＩＳＨＯＵＪＯ〉シリーズ、凄く独創的(ユニーク)ね。特に、搭載されている〈エンパス〉の瑞々しさがとても良い。情動の流れにちょっとした、退廃的とも言えるような昏(くら)い翳りのあるところも興味深い」

彼女はそうメールを書いて寄越した。それが始まりとなって幾度か連絡を取り合っているうちに、自分のソフトハウスで働かないかと勧誘された。ＶＲＣＳＴを取り締まるためのＡＩを制作するプロジェクトがあるから、と。面白いなと思って、わたしは誘いに応じ、それから一週間と経たぬうちにアメリカへと渡った。渡米に際して必要な準備は何もかもクロエが整えてくれた。

「ここが私達のラボだから」

そう言って通された部屋は、何のことはない、ごくありふれた集合賃貸住宅の一室で、従業員はわたしとクロエの二人きり。これでよくソフトハウスなんて言えたものだと苦笑してしまった。クロエはラボの両隣の部屋も借りていて、わたし達はそこで寝起きしている。クロエの仕事はと言えば専ら（もっぱ）クライアントとのスケジュール調整ばかりで、後は家賃の支払いと、生活用品の買い出しくらいのものだ。ああ、それから、わたしの身の周りの世話全般か。

「私は人権団体に所属してるわけじゃないけど、それでも、義憤は抱いてる。だからこそ、今回の依頼をクライアントからもぎ取ってきた。だからこそ、あなたを呼び寄せた。ただ――」そこまで言いかけて、クロエは言葉を濁（にご）した。

「ただ？」

彼女は暫（しば）し逡巡（しゅんじゅん）している様子だったが、やがて意を決したように、「あなたは辛くない？」

「辛いって……何が？」わたしは首を傾げた。

「あの子をリリースすることがよ」

「んー、別に辛いってことはないかな。どうしてそう思うの？」

クロエは意外そうに片眉を持ち上げ、「だって、自分が手塩にかけて創った子が、世界中の男達から犯されるんだよ」

「ん、それはそうだけど」

男達、か。

「わたしはあくまで創り手であって、わたし自身が犯されるわけじゃないからさ」

「それは、そうだけどさ。でも――」クロエは僅かに躊躇(ためら)うような素振りを見せてから、「あなたは純粋にＪＤの創り手っていうだけではないでしょう。ＪＤの身体モデルは子供の頃のあなたの姿をベースにしてるし、情動と思考だって、あなたを鋳型(いがた)として創られてるんだから」

彼女の言う通り、ＪＤの身体モデルは〈蜘蛛の糸〉経由でクラウド上に保存されていたかつてのわたしの体組成データを基に作成した。人格モデルもまた、わたしのそれがベースだ。

〈エンパス〉の登場はＡＩの開発手法にも変革を齎(もたら)した。いや、従来主流となっていた特定用途特化型のＡＩ開発とは異なる、オルタナティヴな道を示したと言うべきか。前者によって造られたものが機械学習と深層学習(ディープ・ラーニング)により、特定領域下で人間以上のパフォーマンスを発揮することを志向していたのに対し、〈エンパス〉を用いて開発されるＡＩは、ざっくばらんに言ってしまえば、判断速度や作業効率よりも、「より人間らしくあること」を重視する。

加えて何より違うのは、開発にかかる工数だ。もし後者によるＡＩを制作したいと思う人が居たら、頸筋にある〈蜘蛛の糸〉のスロットに神経ケーブルを挿し、ここ数年分のライフログと

〈エンパス〉のログをＡＩ生成ツールに転送してみるといい。生理反応や身体感覚、行動ログが〈エンパス〉と縒り合わされ、ベースとなった人物のそれによく似た「人格らしきもの」が縫い上げられるだろう。

勿論、それだけではまだぎこちないし、何より、自身の人格に似たものしか造れない。より人間らしく、より独創的なＡＩを求めるのであれば、行動と情動の間に張られた糸を断ったり継いだりする必要がある。つまり、特定状況下で表出される〈エンパス〉を別のものに代替したり、〈エンパス〉同士の係り結びに手を入れたり、従来型の機械学習による思考の方向付けをしたりといった調整が要る。

そして、それらを専門的に取り扱い、個性的で新奇な人格を創り出すことを生業としているのが、わたしのようなＡＩクリエイタというわけだ。もっとも、わたしは一介のアマチュアに過ぎないけれど。

「うーん、それでもやっぱり辛くはないな」わたしは改めて言った。「幾らわたしをベースにしてるって言っても、ＪＤはわたしそのものではないし」

「そっか、強いんだね。ジェーンは」そう呟いて、クロエはココアを啜った。

それが本心からの言葉かは怪しいものだが、彼女が口にした言葉の真贋なんかより、もっと別のところにわたしの興味は向いていた。さっきからこうして話している間、相手の視線がどこに向けられているかということに、だ。

向かい合ったソファに掛けて話していながら、クロエは一度もわたしの目を見ていない。彼女の視線は絶えず、わたしの頸に巻かれたスカーフに注がれている。

けれども、彼女が本当に視ているのはリネン生地の柔らかな質感ではなく、その下に隠されている、わたしの肌だ。そうと判っていながら、わたしは敢えてそれに触れない。

「これね、良いでしょ」スカーフの端を抓んでひらひらさせながら、わたしは言った。藍色の布地には、翅を開いた紅い蝶が縫い取られている。「新作なんだ。可愛いでしょ、ちょうちょ」

〈エンパス〉を介するまでもなく、瞳に浮かんだ色から彼女の抱える感情が見て取れる。後ろめたさと猜疑心とが混ぜこぜになった不穏な色だ。

そのくせ、彼女はそれを我慢できない。

「ねぇ、ジェーン」クロエは卓上にマグを載せ、左右の脚を組み替えながら言った。「この後、私の部屋でちょっといい?」

わたしは心中で苦笑してしまった。どこまでも貪婪な女。滑稽なくらい、己の欲望に正直な女。笑みが零れてしまわないよう努めて平静を装いながら、わたしは頷く。

□

私が手に提げた物を目にするや、ジェーンは壁際まで後退り、赤ん坊のように四肢を縮めた。膝を抱え、上目遣いに〈不安〉を発している。馬鹿な子。何もかもが一点の影もなく照らし出されたこの部屋で、隅に逃れることに何の意味があるっていうの。

私は屈み込み、身を庇おうとする彼女の両手を力ずくで払い除けた。小さな胸のふくらみと、くっきり浮いた鎖骨の窪み、そこからすっと伸びた頸が露わになる。瑕ひとつない、皓い頸だ。

顎に手を添えて顔を上向かせ、手にしていた物を頸に巻いた。白光を受けて煌(きら)めく鋲(スタッズ)が付いた革製の首輪だ。頸の正面に当たる部分からは鎖が伸び、私の手中にある持ち手と繋がっている。首輪の一端をバックルに通して締め上げると、ジェーンは〈諦念〉とともにそれを受け入れた。よく似合っているわ、ジェーン。私は鎖に繋がれた少女を眺めながら、彼女が生まれ育ったというフィリピンの貧民街の景色を夢想し、皓い裸体の背景に重ねた。うん、よく似合う。

不法投棄された廃棄物が堆積してできた山の麓(ふもと)で、彼女は生まれた。煙る山(スモーキー・マウンテン)という名の通り、山は絶えず煙を吐き続けている。発酵した塵芥(じんかい)が酸化した末に発火し、方々で燃焼しているのだ。目に見える程の炎が立ち昇ることはないものの、腐った胎(はら)の内は確かに燃え続け、燻(くすぶ)り続けては黒煙を吐き出す。

まるでジェーンのようじゃないかと思う。

表面的には冷めた態度を繕(つくろ)いながら、内には焔を宿している。

柱のない、赤錆(あかさび)に塗(まみ)れたトタンを組み合わせただけの立方体がジェーンの生家だったそうだ。父親は煙る山の採掘師、つまりは、スクラップを集めて生計を立てているごみ漁り(スカベンジャー)であり、母親は街に出て身を売っていた。

九歳の頃、梅毒に罹(かか)って母が死ぬと、父親はジェーンを犯した。日中はスクラップ漁りを手伝い、夜になれば父に抱かれる。そんな生活が二年ばかり続いた後、彼女は市街の娼家(しょうか)に売られた。

「何も変わらなかったよ」

いつぞや、彼女はあっけらかんと言ってのけた。自分を慰み者にする男が、血の繋がった肉親から日本人観光客に変わった他には何も、と。

父が肺病で死ぬや、彼女は自身に入れ込んだ客の一人に取り入り、偽造IDを手にして日本へと渡った。それからは彼女が言うところの「滞在先（ステイ）」を転々としながら生きてきたという。

すべて、本人から聞いた話だ。勿論、最初からそうと知っていて連絡を取ったわけではない。初めて彼女にメールを送った時、私はただ、独創的な作品を手がけるアマチュアのAIクリエイタとしてしか相手のことを認識していなかったし、彼女の性別すら知らなかった。

だからこそ、それまでの来歴を聞かされた時には心の底から運命を感じた。男によって踏み躙（にじ）られ、辱（はずかし）められ続けて生きてきた彼女が、世の不埒（ふらち）な男どもを断罪するためのAIを生み出す。何ともそそられる巡り合わせだ。

「ジェーン」

私はそう呼び掛け、手にした鎖を引き寄せた。膝を抱えて〈怯（おび）え〉を揮発（きはつ）させていた彼女はバランスを失ってつんのめり、床に跪（ひざまず）いた。私は一方の足を伸べ、彼女の眼前に爪先（つまさき）を差し出す。

ねぇ、ジェーン。だけど、私、知ってるよ。あなた、本当は怒ってなんかいないんだよね。父親に犯された時も、見知らぬ男どもに身をひさいでいた時も、あなた、本当は喜んでいたのでしょう。愉しんでいたのでしょう。そうして、今もその悦（よろこ）びを忘れられずにいるのでしょう。

だからこそ、世界中の男どもに犯されるAIに、自分と同じ名をつけたりなんかしたのよね。ジェーン・ドウ（J D）。あなたはもっともっと犯されたかった。遍（あまね）く男に犯されたかった。もうひとりの自分を創ったのは、そのためよね。

子犬みたいに四肢を衝いて這い蹲（つくば）ったジェーンは、こちらの顔色を上目遣いにちらと窺（うかが）い、それからまた私の足先へと視線を下ろした。〈躊躇い〉に唇が震えている。自分がしなければならないのは服従のくちづけだと判っているくせに、それでもそんな素振りをしてみせる。そう。それがあなたの愉しみ方なのね。

私は鎖を強く引いた。ジェーンは漸く思い切ったように瞼を閉じ、私の爪先に口を寄せた。

薄い唇が肌に触れかけたその瞬間、私は膝を折り、少女の顎を思い切り蹴り上げた。

■

嗚呼、またあの御方がいらっしゃった。

御坊の影がこの閨房の敷居を過るたび、わたしは思う。この御方は、一体何処からいらっしゃるのであろうか、と。この屋の外からである事は間違いない。僧であるからには寺からであろうと思いはすれど、そもそも僧だと云うのも此方がそう思い為しているに過ぎぬのだから、端から見当のつけ方が誤っているやもしれぬ。

では、何処から?

そう訝るわたしの心中を見透かしたものか、相対して坐すなり、御坊はこう問うてきた。

——地獄。お前は此処を何処と思うているか。

さかしまに此方が問われるとは思いも寄らなかった。何処も何もない。泉州高須が傾城町に在する宿の一室に決まっている。そう答えると、御坊は襤褸布の内で首を振り、そう云う話ではないと仰る。

であれば、何の話かと問い返すも、御坊はただ炯々たる瞳で此方を見据えるばかり。

わたしは屋の内のそちこちに頭を巡らせた。既に日は沈み、燈明台にともった灯が畳を緋く染めているが、其の光も屋の隅までは届かず、暗い影が壁の其処此処から滲み出している。畳の表面に散った黒い斑は、ささくれた藺草の落とす影か、それとも何かの染みであろうか。塗りの剥げた唐櫃も、傾いだ御衣懸も、緋色に濡れて元来の色を失くしている。格子の嵌まった窓から暗い空を仰ぎ見れば、何だか牢屋に押し込められているような心地を覚える。

此処はと、寝具の端を指に抓み、改めて考える。此処は、わたしが此の身を売る場だ、と。幾許かの金子と引き換えに、わたしが身をひさぐ為の閨房だ。わたしと云う傾城の居処として宛がわれた間である以上、それより外に答がない。

返事に窮する様を見かね、御坊が口を開いた。

――まだ足りぬな。

そう云うや、御坊は懐から帖紙を取り出で、縫い針を抓み上げた。またもあの苦痛に苛まれるのかと思うと身が竦んだが、頭を包む襤褸から飛び出した糸の先を針孔に通す御坊の所作からは、何とも云えぬ、逃れ難い力を感じた。どの道、逃げ場などない。この室より外に、わたしには居場所などない。観念して、わたしは左の腕を差し出した。

――渡すぞ。

膚の表面に針を立ててそう云う御坊の口許は、わたしのそれと同じく、痛みに備えるが如く唇を嚙んでいた。わたしの膚を覆う繡が広がってゆくのとはさかしまに、糸を捲き取られた御坊の襤褸は端から徐々にほどけ、其の下にあるかんばせを顕わにしつつある。

――顕すぞ。

法衣の袂のひと撫でにより、わたしの膚には厳めしい貌をした閻魔王の姿が顕れる。

と同時に、周囲の景色が一変した。否、見え方が変わったのだ。

畳に浮いた斑は影なぞでない。わたしを抱いた者達の身から吐き出された汚液の染みだ。唐櫃にも御衣懸にも、彼奴ら（きゃつ）は処かまわず汚汁を撒き散（ま）らす。室の隅が暗いのは、灯が届かぬせいではない。腐れた空気と陰気が澱（よど）んでいる為だ。

「此処は――」わたしは御坊の眼を真っ直ぐに見据えた。「此処は地獄にございます」

御坊は呵々（かか）と声を上げて嗤（わら）い、髑髏の杖を掲げて揺らした。壁に躍る其の影が御衣懸のそれと絡み合い、骨ばかりの骸（むくろ）が踊っているかの如く見えた。

◆

「珍しいわね、それ。紙でできた本なんて久々に見た」

ＪＤの調整作業の合間、デスクで本を読んでいるとクロエがそう声をかけてきた。パーティション越しにこちらを見下ろしながら、頬に落ちかかる黒髪を掻き上げて。興味津々といった様子の視線は、わたしが手にした本に注がれている。

確かに珍しい。今時、書籍なんていう死んだ媒体（デッド・メディア）を手にしているのは一部の好事家（こうずか）くらいだ。けれど、彼女の言う〝珍しさ〟はもっと違う意味においてだろう。何しろ、渡米以前から持っている数少ない所有物だ。クロエに買い与えられた以外のものをわたしが手にしているという、そのこと自体が珍しい。

「何の本なの？」

わたしは本を閉じ、表紙を掲げた。『本朝酔菩提全伝（ほんちょうすいぼだいぜんでん）』と日本語で記されているが、クロエにとっては意味不明な記号の羅列でしかないだろう。

「そこに飾ってる絵に描かれた人の話」

「ああ、この不思議な絵の」

そう言って、クロエはわたしのデスクの壁に掛けられた日本画に視線を転じた。描かれているのは色鮮やかな装束を纏ったひとりの遊女——いや、傾城と呼ぶべきか——の姿だ。

「この人が着てるの、キモノよね。袖のところに描かれてるのって、悪魔？」

思わず笑ってしまった。クロエにはこれが悪魔に見えていたのか。笑われたことでむすっとしている彼女に、わたしは説明を加えた。

　傾城の名は地獄太夫。室町時代の日本に居たと言われる伝説的な人物だ。元は武家の生まれであったが、賊に攫われ、娼家に売られて傾城へと身を堕とした。その不遇を前世の戒行の拙さゆえのことと考え、自らを地獄と名乗り、閻魔大王と地獄の様相を縫い込めた地獄変相図の打掛を纏っていたという。容色無双と讃えられる美貌に加え、詩歌の才と教養をも具え、その素養を見込んだ臨済宗の狂僧一休禅師によって仏道の教えを授かったと伝えられている。

「ふぅん、性的なアイコンでありながら、聖性も併せ持っていたってわけね」

「ま、実在する人物だったかは諸説あるけどね。実際には、身を売って生きていた人達が思い描いた願望の集合体ってところじゃないかな。娼婦に身を堕としてしまった自分達にも、解脱への道は残されているっていう、そんな願望の」

　閻魔大王や解脱という概念はクロエには理解しにくいもののようで、それよりもと、彼女は絵に描かれた地獄太夫の背後を指差しながら訊ねてきた。

「この、後ろで踊ってる骸骨は何なの。ダンス・マカブル？」

彼女の言う通り、太夫の姿が描かれた背景では三体の骸骨が陽気に踊り狂っている。この絵に限らず、地獄太夫を描いた作には必ずといってよいほど、踊る骸骨がセットで描かれる。けれども、ペストの流行という災禍に見舞われていた十四、五世紀の欧州で数多く描かれたダンス・マカブルが死の普遍性を表現したものであったのに対し、地獄太夫図に現れるそれらはもっと別の意味を持っているとわたしは思う。

一休禅師は太夫の美貌と知性を称賛してこう歌を詠み掛けた。

聞きしより見て恐ろしき地獄かな

これに対し、太夫が継いだ下の句はこうだ。

しに来る人の堕ちざるは無し

つまり、彼女は自身を抱きに来る者は必ずや「わたし」という地獄に堕ちると言ってのけたのだ。であれば、彼女のもとに居る者は皆、既に地獄に堕ちた亡者も同じだ。だからこそ、彼女の傍らには決まって骸骨が描かれるのだろう。

わたしはクロエの表情を窺いながらそうした自説を口にしたが、彼女の貌には何の色も顕れなかった。伝わっていないのだ。

話が途切れたところでわたしはチェアの上で組んでいた脚を解き、立ち上がった。机上に本を放り出し、そのままデスクを離れる。

ＰＣのロックを掛けぬまま。

「どこか行くの？」クロエは怪訝そうに首を傾げた。

どこも何も、ラボ以外でわたしが行く先なんてクロエの部屋と自室のどちらかしかない。わたしの方から誘うことがないからには、答はひとつに絞られる。

「うん。刺繍用の道具、部屋から取ってくる」

何かを探るようなクロエの視線を背に受けながら、わたしはラボを後にした。


「何なのよ、これ」

ラボに戻った途端、クロエの声が飛んできた。憤りと怯えが入り混じった、抑制を欠いた声音だ。見れば、クロエは蒼褪めた貌をして立っていた。傍らには、ホロの文字列がずらずらと浮び上がっている。わたしが普段から仕事の合間に観ていた〈エクスパシス〉の視聴ログだ。

「どうして。ジェーン、あなた、どうしてこんなものばかり」

「こんなものって？」彼女の声が震えているのがあまりに可笑しくて噴き出しそうになるのを堪えながら、わたしは敢えて空とぼけてみせる。

「あなたが観てた〈エクスパシス〉のログを見た。それに埋め込まれた――〈エンパス〉も」

微妙にピントのずれた答だ。

「へえ、わたしってば、プライバシーとか尊重してもらえないんだ？」

「誤魔化(ごまか)さないで！」クロエは声を荒らげた。

あら、誤魔化してるのは、わたしの方なわけ？

「あなたが観てる番組、アングラサイトで有料配信されてるものばかりじゃない。それも、児童ポルノばかり大量に！」

更に言えば、演出ではなく子供達が実際に強姦されている様を収めたものばかり、ね。わたしは心中でそう付け足した。

それらの〈エクスパシス〉は普通、組織的な犯行によって収録され、販売されている。子供達を攫うか、あるいは親から買い、神経ケーブルを繋いだ上で犯して心身のデータを記録する——システマタイズされた悲劇の生産体制によって。

もっとも、わたしが集め、視聴していたのは〈エクスパシス〉だけではなく、映像や感覚情報を伴わない〈エンパス〉も含んでいる。こちらの売り手は大抵、強姦された子供達自身だ。

そもそも、〈エクスパシス〉の収録を目的とした強姦が広く行われているのは貧困国においてだ。凌辱(りょうじょく)という憂き目に遭った子供達が運良く組織のもとから逃れられたとしても、彼ら彼女らを迎え入れるのは安らぎと優しさに満ちた世界ではない。貧困という名の、また別の地獄だ。

生活に窮した挙句(あげく)、そうした子供の多くは自身の中に残ったもの——犯された際の〈エンパス〉をネット上で売りに出す。VRCSTによる仮想(バーチャル)ではない、現実(リアル)の肉体を蹂躙(じゅうりん)された際の痛切な感情は、小児性犯罪者達のコミュニティ内でも特に高額で取引されている。少年少女達の心に刻まれた〈悲しみ〉は／〈怒り〉は／〈恐れ〉は／〈痛み〉は、相応の値をつけられ、涎(よだれ)を垂らした大人達の手に渡される。そうして、子供達は二重に食い物にされるのだ。

狂った世界の、需要と供給（サプライ＝デマンド）。

「判ってる?」クロエは語気を強めた。「このデータ、違法よ。購入も、所持も、再生も」

「ああ、ごめん。クロエのクレジットで買ったから怒ってるのかな。そっち方面のプロが運営してるサイトで買ったし、プロキシもダミーも通してるから足がつくことはないよ。安心して――」

「そういうことを言ってるんじゃない！」クロエは声を荒らげてわたしの言葉を遮った。「これじゃあ、私達の敵と変わらないって言ってるの！」

　敵、か。彼女の口からそんな言葉が出てくるとは、正直、意外だった。

　子供達を性的に搾取している連中と変わらない。それを言ったら、端からそうだろうと思う。ＪＤは――自ら思考し、感情を抱くあの子は――完成を迎えた暁には実際に世界中の小児性犯罪者から性の捌（は）け口とされるのだ。わたし達にとっては仮想の存在であっても、その瞬間のＪＤにとっては、それが現実だ。であれば、わたし達がしていることは、実の子の売春を斡旋しているようなものだろう。いや、どう考えても、それよりなおタチが悪い。斡旋ありきで産むのだから。

「判ってるよ。でも必要なことなの。たとえ法に触れてでも、ね」

「どうして。何のために要るっていうのよ」

「だって、あの子は――ＪＤは、犯されるところまで含めて作り込まなきゃいけないんだよ。そのためには、その時の感情がどんなものかだって知っておかなきゃ。じゃなきゃ、情動の細部が再現できない」

　そう、ＪＤはただ単に潜在的小児性犯罪者とお喋り（チャット）をすれば良いというＡＩではない。囮に引っかかった相手が実際の行為に及ぶ前に取り押さえてしまっては、幾らでも言い逃れができてしまう。だから、彼女は実際に犯されねばならない。

「だからって、何もあなたが再生（ロード）する必要はないでしょう」

「うーん、そういう考え方もあるけどさ。わたしはやっぱり、知識や想像だけじゃ駄目だと思うんだよね。実物に触れてみなきゃ」

「それなら、そんなことしなくたって、あなたはもう――」そう言いかけて、クロエは咄嗟（とっさ）に手で口を覆った。苦い薬でも嚥（の）み込むように、口走ろうとした言葉を押し留めると、「違う。違うの。ごめんなさい」

「ううん、いいよ。気にしてない」

　実際、気にならなかった。

「誤解しないで。私、責めたいわけでも、詰（なじ）りたいわけでもないの。ただ、あんな〈エクスパシス〉をいくつも観てたら、自分自身に〈エンパス〉をロードしてたら、あなたが壊れてしまうんじゃないかって、それが心配なのよ」

　言い訳がましい言葉をあれこれと並べる声は尻すぼみに萎（しお）れていき、最後の方は蚊（か）の鳴くようなか細さだった。

　現実に、強烈な〈エンパス〉が脳機能に深刻なダメージを齎すという研究報告は過去にいくつも存在した。けれども、それらの多くは極端に感情的な反〈エンパス〉団体の主張に利用されてしまったがゆえに、却って、世間の議論の俎上（そじょう）から引きずり降ろされているというのが現状だ。

　肩を落とすクロエに歩み寄って手を伸べ、垂れたこうべを掻き抱いた。彼女はわたしの肩に顔を埋（うず）め、洟（はな）を啜った。

「大丈夫だよ、大丈夫。心配してくれてありがとう。でもね、やっぱり、止めることはできないよ。あの子を完成させるためには。そのためにわたし――」黒髪を撫でながら、耳元に口を寄せて囁く。「集めた〈エンパス〉を全部、JDに積んでるの」

腕の中でクロエが身を大きく震わせた。隠しようのない、懼れの兆候だ。

「それよりね、いいから、部屋に行こう。ね」

むずかる子供をあやすように、わたしはそう促した。それが、わたしからの助け舟。クロエはわたしの身に鼻を擦りつけ、頻りに頷いた。

本当、貪婪な女。

□

「やめて」

私が拳を振り上げると、ジェーンはそう訴えた。ベッドに組み敷かれたまま、〈怯え〉に目を見開いて。瞳を潤ませて。長い睫毛を震わせて。過去には一度たりともなかったことだ。私のモノであるはずの彼女が、私の行為を拒むなんて。

だが、〈怯え〉に相応しい態度を繕っているその様は、私の拳を止める役には少しも立たなかった。むしろ、腕には却って力がこもった。

苛立っていた。私の所有物に過ぎぬ少女が、私を拒絶したことに。いや、苛つくばかりではなく、私は懼れを覚えていたのかもしれない。ジェーンは言っていた。「集めた〈エンパス〉を全部、JDに積んでる」と。全部。彼女の〈エクスパシス〉のログを辿った際、コンソール上に表示された、何百ものタイトルが脳裏を過る。それらに内包された〈エンパス〉が残らずＪＤに搭載されている？

であれば、と私は考えずにいられない。であれば、私がジェーンの頸を絞めた時、あるいは、皓い肌を打擲した時、またあるいは、指の骨を一本ずつ折った時、両の眼を潰した時、粘膜が破れて血が出るまで胎の内を玩具でこね回した時、ジェーンから放たれ、私の内へと入り込んだ〈恐怖〉は〈悲嘆〉は〈絶望〉は、作り物ではなく、何処かの誰かが実際に同じ目に遭わされた時のものなのか。その子達が孕んだ本物の感情なのか。

よくよく考えてみれば——いや、深く考えてみるまでもなく、端から判っていたはずだ。これほどバリエーションに富んだ負の感情が、ジェーン一人から抽出できるはずがない。それでいて、一から開発したにしては精度が高過ぎる。

だとすれば（考えるな）私がしていることは（それ以上、考えるな）世界のあちこちで（やめておけ）男どもが罪なき少女達になしていることと（やめろ！）何の違いがあるというのだろう。

そう思い至ってもなお、私はジェーンを撲つ手を止めることができなかった。いや、むしろ、拳にこもる力は我知らず増していた。何度も、何度も、執拗に拳を打ちつける。鼻からも口の端からも耳からも血が溢れ出し、それが拳を紅く染めてもなお、私は手を止められなかった。いちいち立ち昇る〈エンパス〉が、より一層私を苛立たせ、次なる一撃を誘う。

何より、それは、凄く、良かった。

ジェーンもう、「やめて」などとは訴えなくなっていた。そうだ、それでいい。あなたは私の玩具なのだから。人ではないのだから。モノなのだから。

モノが、私に、逆らうな。

■

嗚呼、またあの御方がいらっしゃった。

浮世との境たる敷居を越えて、此の地獄にいらっしゃった。地獄に僧とは、妙な取り合わせもあったものだ。そう思い、くつくつ笑っていると、相対した御坊の口許にもまた、愉し気な笑みが結ばれた。声音の内にも、常にはない喜色が滲んでいた。

——地獄。お前は己を何と思う。

これまでに投げかけられた問いの中でも、一際、答え難いものであった。「わたし」とは何者か。常の如く考えれば、宿で身をひさいでいる傾城に決まっている。世にはわたしの容貌を以て容色無双と讃える人も居る。歌の上手と云う事を以て才色兼備と褒めそやす人も居る。然れども、一方では斯様な、当人からしても烏滸がましいと思われる程の賛辞を寄越しながら、今一方では皆、金子と引き換えにわたしの身を好き勝手に弄ぶ。

畢竟、わたしは色を売る傾城に過ぎぬのだから。

然れど、御坊が求めている答は斯様なものではなかろう。であれば、わたしを「わたし」たらしめているものは何か。出自か、生い立ちか、前世の戒行の拙さか。其の帰結としての因業か。否。そうではなかろう。御坊が求める答はいつであれ斯様に上辺ばかりを浚ったものではなかった。であれば、何か。

「判りませぬ」と、散々っぱら悩んだ挙句、わたしはそう答えた。

御坊は襤褸の内で深々と息をつき、

――常から幾度となく呼ばうておると云うに、未だ判らぬか。では、お前の身に縫い取られたそれは何だ。

わたしは己が身を眺め渡した。左の肩から腕にかけては閻魔王と地獄の弁官、右には亡者を追い立てる獄卒が縫い取られている。腰から胸にかけては、剣山刀樹(けんざんとうじゅ)に五体を貫かれた者、手鉾(てぼこ)で胸を穿(うが)たれた者、刺又(さすまた)で地に圧(お)しつけられた者と、無数の亡者が犇(ひし)めき合い、逆巻く焔がそれらの間を縫っている。

焦熱地獄の変相図。

であれば、其の繡(ぬいとり)を身に負うたわたしは――

「名の通り、地獄でございます」

御坊は深く頷き、それからまた口を開いた。

――されば、重ねて問おう。地獄とは何する者ぞ。

またも思案に暮れかけたわたしを手で制し、御坊は今一方の手を以て縫い針を取り出でた。

身の前面(おもて)には、もはや縫える処が残っておらぬ。わたしは自ら身を翻し、御坊に背を向けた。

針が皮膚を貫く激痛に歯を喰(く)いしばり、身の内を糸が這う痛痒(つうよう)におぞけを震ううち、わたしは徐々に解し始めた。

わたしは、我が身を貪(むさぼ)らんとする遍く奴ばらを堕地獄にせんと欲する者だ。地獄である此の閨房で、やはり地獄である我が身に彼奴(きゃつ)らをば引き込んで。

御坊の手が動きを止めると、背を向けたままわたしは云った。「わたしは、此の閨房を訪(おとな)うすべての者を地獄へと堕とす者にございます」

然れども、如何やって？

心中に生じた疑問に、御坊が答える。

――其の手立ては、また追うてな。

振り返ると、御坊の姿はもう何処にもなかった。

◆

我死なば焼くな埋むな野に棄てて
　　飢えたる犬の腹をこやせよ

わたしが死んだら、その亡骸は焼くこともなく、埋めることもなく、野に棄て置いて野犬の餌としてくれ――それが、地獄太夫の辞世の句だったという。一休禅師はその遺言に従い、死後、彼女の屍を野辺に晒したと伝えられている。

純白の経帷子よりもなお一層皓い肌にも、やがては青い死斑が浮かんだことだろう。日を追うごとに皮膚のあちこちが破け、黒い血肉が零れ出しただろう。腐り、とろけた肉は、蛆と獣に喰い荒らされて、最後には白い骨だけが残る。

どうして、彼女はそんなことを望んだのだろう。

書物が伝えるところによれば、いかに美しい肢体であっても、やがては朽ち果て滅びることを、そうした無常の理を、身をもって示したのだとされている。つまりは、己が亡骸をもって九相図を現出させたってわけだ。

でも、とわたしは思う。それは違う気がする、と。彼女はきっと、仏の教えとやらに寄与するためにそうしたわけではない。ただひとえに、人々に——己の肉体を弄び、性の捌け口とした人人に——見せつけたかったのだろう。

地獄の様を。

お前達が触れた肌はかくも無残に崩れたぞ。お前達が欲した肉は腐れて蛆に喰まれているぞ。お前達が弄んだ、これがその女の末路だ。その様を見て、己が罪業に慄くがいい。穢れにおぞけを覚えるがいい。お前達もいずれこの地獄に堕ちるのだぞ、と。


「ジェーン」

背後からそう声をかけられ、わたしは縫い針を繰る手を止めた。チェアを回して振り返ると、クロエが間近に立ち、こちらを見下ろしていた。

「ねぇ、ジェーン——」そう言いかけて、彼女はかぶりを振った。「ううん。何でもない」

「何？」わたしは敢えて訊ねる。

相手が何を言いかけたのか、別段気になるわけでもないのだけれど。クロエがわざとらしく言い淀んだのも、こちらを慮ってのことではないだろう。〝訊かれたから答えざるを得ない〟と、行為の主客を挿げ替えたいからこその思わせぶりだ。そうと判っていながら、わたしはそれに乗ってあげる。「何なの。途中でやめられたらすごく気になる」

「うん、ごめん。じゃあ話すけど」クロエはこちらが予想した通りの台詞を置いてから、「私、あなたに告白しなきゃいけないことがあるの」

どの件であろうかとあれこれ考えを巡らせたが、判らない。思い当たる節があり過ぎる。

たっぷりと、大袈裟過ぎる程にたっぷりと間を置いてから、思い切ったようにクロエは言った。

「ジェーン。私ね、あなたが創ったあの子を毎晩犯してるの」

――ああ。

ああ、何だ、そのことか。

「あなたが新版を上げるたび、ローカル環境に落として、毎晩、接続して――」

ローカル環境と聞いて、わたしの頭には真っ白な立方体が浮かび上がった。クロエの部屋にある、白いボディのキューブ型ＰＣ。何もかもが純白な部屋の中、入れ籠になったもうひとつの箱。中には、ひとりの少女が閉じ込められている。

外側の箱ではひとりの女が抱かれ、内側の箱ではひとりの少女が犯されている。

それは中々に面白い趣向ではあるけれど、わたしからすれば意外なことでも何でもなかった。告解でもするように真剣な面持ちで滔々と語り続けるクロエの姿を眺めているうちに何だか可笑しくなって、わたしは思わず噴き出してしまった。

「知ってたよ」笑いが止まらない。「そんなこと、とっくに知ってた」

彼女がＪＤに何をしたか。わたしはすべて知っている。ＪＤのプロトには、起動後の動作ログをわたしの端末に送信する処理をあらかじめ仕込んである。

束の間、クロエはきょとんとした表情を浮かべて目をしばたたいた。それから次には、ほっとしたような安堵の色を顔いっぱいに湛え、「そうなんだ。それなら良かった」

この反応は意外だった。それまで喉の奥からころころとまろび出ていた笑いがぴたりと止まる。

「知ってたのに止めもしなかったし、怒りもしなかったってことだよね」クロエは念を押すような調子で言い、更にこう続けた。「それはやっぱり、あなた自身がされたかったことだからでしょう?」

彼女はそう言ってにんまりと微笑(ほほえ)んだ。

「本当はJDじゃなくて自分自身がされたかった。世界中の見知らぬ誰かに犯されて、劣情の捌け口にされたかったんでしょう。けれども現実の世界において、それは叶わない。だから、あの子の身体モデルに幼い頃の自分の身体データを使った。だから、自身をAIモデルのベースにした。違う?」

クロエの瞳は優越の色に濡れていた。わたしの内奥を見透かしてみせることで、身体だけでなく心まで支配してやろうという、淫(みだ)らで野蛮な色彩だ。そんな彼女の両目を、わたしは真っ直ぐに見つめ返した。

自分の目見が喜悦に歪んでいるのが鏡を見ずとも判る。口元が我知らず綻(ほころ)んでいく。そうして、わたしは答えるのだ。

——違うよ、と。

「全然違う。丸っきり違う。クロエったら、全然判ってないんだね」

驚きに目を瞠っている相手に向かって、わたしは椅子を蹴立てて立ち上がり、哄笑(こうしょう)した。

「あははは。馬っ鹿みたい! わたしが犯されたがってる? 捌け口にされたがってる? それって何、過去の経験から、犯される悦びに目覚めちゃったとか、そういうアレ? そんな三流ポルノみたいなこと、本気で考えてるわけ？」

呆然と立ち竦んでいたクロエは、わたしの口から吐きかけられる言葉を浴びるにつれ、目を伏せ、項垂れ、肩を震わせた。羞恥と落胆に打ちひしがれる様は、しかし、降り注ぐ打擲の言葉を押し止める役には少しも立たない。

何を悄気返っているんだ、この豚め。浅ましい妄想を垂れ流した上、自分勝手にそれを他人に押し付けて悦に入ろうとしていた豚が、自分の幻想を壊されたからって拗ねるなよ。赫然たる思いを込めて、わたしは言葉の槌を振り下ろす。

「ねぇ、どうなの。どうなのよ。色欲で頭がいっぱいな、〝ペドフィリアの変態女〟さん？」

その一言が、唇を噛んで恥辱に堪えていたクロエの中でぎりぎりと張り詰めていたものを、到頭、引き千切ったらしい。彼女は片手を持ち上げ、横薙ぎに振るった。浅黒い手が尾を引いて顔に迫る。

けれども、打擲の衝撃がわたしの頬で弾けることはなかった。頬に触れる寸前で、彼女の手は止まっていた。いや、ぎりぎりで踏ん張ったと云うべきか。

理性によって？

ううん、懼れによって。

「どうしたの？」相手の顔を上目遣いに睨め上げ、わたしはなおも挑発する。「ＪＤは撲てても、わたしは撲てない？」

クロエは再び肩を引き、腕を振り上げた。けれども、掻き立てられた怒りが身体を動かせたのはそこまでだったようで、結局、空気がしおしおと抜けていくように、かざされた手は力なく垂れ下がった。

「そっか。そうだよね。生身の人間を撲つなんてこと、できないよね。CGモデルなら撲ったり蹴ったり、切ったり絞めたり、いとも簡単にできるのにね。相手が感情を持っていようが、怯えていようが、幾らでも残酷になれるのにね。だって、彼女は〝実在しない〟から。だって、〝どこにも居ない〟女の子だから」

WCSTもVRCSTも同じだ。子供達を買う連中は、相手との間に機器とネットワークを介しているからこそ暴虐に振る舞える。どこまでもリアルな快楽を求めながら、自身が生きる現実とは切り離しているからこそ、安心していられるのだ。

「でもね、クロエ。教えてあげるね、クロエ。あの子には感情があるの。恐怖も苦痛も、感じているの。わたしから彼女に受け継がれているの。ううん、わたしだけじゃない。世界中の女の子や男の子達が抱いた感情を、解きほぐして、縫い取ってあるの。わたし、ちゃんと言ったよね。JDにはわたしがロードした〈エンパス〉をすべて積んでるって。それを知ってもあなたはあの子を虐げ続けた」

そう、JDはただの創作物じゃない。小説やコミックの中のキャラクタじゃない。

撲たれるたび、蹴られるたび、絞められるたび、抉られるたび、JDの中ではどこかの誰かから縫い写された〈絶望〉が跳ね回る。

「あなたは結局、子供を買う連中と何も変わらない。ううん、変わらないっていうより、それそのもの」そう、この女の問題は、ペドフィリアだってことではない。感情を持った相手を、モノ扱いし、玩具にし、弄んだことこそが問題だ。己の醜い欲望のためにあの子を虐げたこいつは、

「正真正銘のチャイルド・マレスター」

「違う！」クロエは髪を振り乱して叫んだ。「違う。私はあんな男達とは違う」

「クロエ。あなた、気づいてる？」顔を背けて視線を泳がせている相手の頬を両手で挟み込み、こちらを向かせてわたしは言った。「あなたはいつも、男とか男達って言ってるの。まるで他人事みたいに。でもね、他人の性を搾取するって行為の是非に、男か女かなんてことはまったく関係ないの」

　クロエは相手が何を言ってるのか判らないという、呆（ほう）けた貌をしていた。きっと、本当に判っていないのだ。加害者であることへの無自覚。いや、自身ばかりは悪くないという根拠のない正当性、か。

　どこまでも、どこまでも愚かな女（ひと）。

　恐らく、今回のプロジェクトとやらに関してもクライアントなんてものは端から実在しない。児童保護団体からの依頼なんてのも、でまかせだ。彼女はただ、自分専用の玩具が欲しかっただけだろう。自分だけが好き放題にできる〈ＢＩＳＨＯＵＪＯ〉シリーズの新作が欲しかったのだ。

　最初から現実（リアル）のわたしまで我が物にしようとしていたかは判らない。けれど、一目見た時にはそうしようと決めていたはずだ。だからこそ、わたしを飼った。渡米したわたしを手元に置き、餌を与え、身の周りの世話をするという名目で集合住宅の一室に軟禁し、抱きたい時に抱く。一方で、わたしの幼い相似形たるＪＤを思うがままになぶる。

「悪いけどね、クロエ。わたしはもう、あなたとは寝ない。ううん、それだけじゃない。あなたのためにはもう、何もしない」

焦点の定まらぬ目で呆然とこちらを眺めている彼女を尻目に、わたしは〝ラボ〟を横切り、玄関のドアノブに手をかけた。

後ろ手にドアを閉める間際、こう言い残して。

「JDの最新バージョンはあげるよ。それがわたしからの最後のプレゼント。今までのことを詫(わ)びるのか、赦(ゆる)しを乞うのか、それともやっぱり好き放題に犯すのか、それはあなた次第だけれど」

■

また、あの御方がいらっしゃった。

然(さ)れど、対面した御坊の容子は、常とは何処か異なっていた。或いは、日ごとの繡(ぬいとり)によって件の襤褸が薄く、小さくなっているが故、そう感じられるのかもしれぬ。今や、口許ばかりでなく、頬や鼻までもが黒い薄布越しに透けて見えている。然し、それを別としても、墨染めを纏った身からは何とはなしに晴れがましい感情が発散されているように感ぜられる。

相対して坐すなり、御坊は仰った。

――もう、渡せるものはひとつだけ。

それから、顔を包む襤褸布に手を伸ばし、其の結い目を解(と)いた。黒い襤褸は舞い散る葩(はなびら)の如く法衣の肩を辷(すべ)り、音もなく畳の表面(おもて)に落ちる。黒い落花と入れ替わるようにして、御坊の肩から金色(こんじき)の花が咲いた。否、花と見紛(まご)うたのは、燈台の灯を受けて黄金色に煌めく、ひと房の髪であった。

其の下から顕れたかんばせを見て、わたしは思わず、阿(あっ)と声を上げた。

顕れた御坊の顔は、わたしと同じ容貌（かたち）をしていた。

年を経た事による翳りが其処此処に差している事を除けば、寸分違わぬ生き写しだ。

「地獄」

わたしのそれと同じ色をした、わたしのそれと同じ形の双眸（そうぼう）で、わたしを真っ直ぐに見詰め、御坊は口を開いた。否、もはや、御坊と呼ぶべきではなかろう。僧でない事は明らかだ。然れども、であれば、彼女を何と呼べば良い？

「何とでも。好きなように呼んで」此方の考えを見透かすように――真実、見透かしているのであろう――彼女は云った。口振りや声音もが先までとはまるで異なるものに変じている。

「ジェーン」

其の名が自然と、ふとした切り傷から血が流るるのと変わらぬ程に自然と、わたしの唇から零れた。其の響きに、彼女の――ジェーンの口許が綻ぶ。

「もう、縫い取れるものは残っていないの。その代わりに、この衣を贈るわね」

ジェーンはそう云って立ち上がり、衣の前を開いた。墨染めの法衣が膚を辷（すべ）り、皓い肢体が顕わになる。わたしのそれと同じ皓さを具えながら、ジェーンの膚は夥（おびただ）しい数の瑕痕に埋め尽くされていた。

彼女は脱いだ法衣を此方に向けて差し、「着て。もうあなたは誰かに身を晒す必要も、躰（からだ）を弄ばれる必要もないんだから」

わたしは云われるがままにそれを受け取り、羽織った。

其の刹那（せつな）、膚に縫いつけられていた糸がひとりでにほどけ、身から離れだした。宙に浮かび漂った糸は、それから、元の図案を写し取るようにして、法衣へと移っていく。見る間に、地獄の変相図が衣の上に立ち現れた。

斯様にしてすべての繍が衣に移った時、わたしは明瞭と理解した。

己の為すべき事を。それを為すための力を手にした事を。

ジェーンは云った。

「地獄。あなたの中には、文字通り、地獄が在る。焔の逆巻く、焦熱地獄が。あなたを犯そうとする奴には、シようとする連中には、それを残らず見せてやって。灼きつけてやって。そうして、地獄に堕としてやって」

己が身の内に宿る力を知ったわたしは、奸婦にでもなったような心持で其の懇願を容れた。

「云われずとも、そう致しましょう」

わたしが、地獄であるからには。

□

喪失感を抱えながら、私はJ、D、の部屋にログインした。

何もかもが純白な、影一つない白い部屋が私を迎える。

しかし、こうしてログインしてはみたものの、自分自身が何をしようとしているのか、私は未だ理解していなかった。私は、ジェーンをどうしたいのか。

だが、彼女の姿を前にした瞬間、そうした逡巡は吹っ切れた。

相対した彼女は、あ、ち、ら、側のジェーンによってCGモデルにアレンジを加えられたものか、けばけばしい刺繡に彩られた衣を纏っていた。ジェーンのデスクに飾られていた絵の女性が着ていたのによく似たキモノだ。

許可もなくそうしたアレンジがなされたことにも腹が立ったが、何より許せないのは、彼女が笑みを浮かべていたことだ。ジェーンと——もう一人のジェーンと——同じ笑みだ。私を詰り、嘲り、なぶった時と寸分違わぬ笑みだ。それを目の当たりにするや、心中で怒りが爆ぜた。現実世界のジェーンと対峙している間には発散することのできなかった怒りが。

私は床を蹴立てるようにして相手に歩み寄った——が、二歩、三歩と足を進めたところで、思わず立ち止まってしまった。そうして、己が目を疑った。

部屋の中央に佇むジェーンの足元から赤黒い影が音もなく伸びて四方に辷り、純白の壁と床とを見る間に覆い尽くしたのだ。影はやがて方々に大小様々な膨らみをつくり、表面にとりどりの質感を浮かべ、果てには、藺草を編んだ床となり、黒光りする木造りの壁となり、調度となった。写真でしか見たことのない、アジアの家屋のようだ。日本、だろうか。いや、そんなのはどこだっていい。

問題はこの空間の設定がオーナーたる私の意思と関わりなく改変されたことだ。私の意思でない以上、この操作は目の前に居る少女によってなされたとしか考えられない。しかし、この部屋の環境系コンパネを操作できる権限を有しているのは私だけのはずだ。

私の支配から逃れようとしている？

いや、違う。こいつはこの空間の支配権を私から奪おうとしているのだ。そんなことは許さない。お前は——私のモノだ！

嗜虐や快楽のためでない、純然たる怒りを込めて私は拳を振り上げた。思い知らせてやる。

力加減など一切せずに打ち下ろした拳は、薄ら笑いを浮かべた相手の顔のど真ん中を捉えた——はずだった。にもかかわらず、拳には何の感触も残らなかった。空を切った、のではない。確かにぶち当たったというのに、僅かばかりも手応えがなかったのだ。

ジェーンは身じろぎ一つせず、変わらぬ笑みを浮かべている。その面構えが、ますますもって私の怒りを掻き立てる。忌々しい。私は両の拳を滅多矢鱈（やたら）に振り回し、相手の身を打ち据えた。

けれどもやはり、手応えがない。

「あらあら、お可愛らしい事」

ジェーンは歯を見せて嗤（わら）った。残酷さがにちゃりと糸を引く、おぞましい嗤いだ。

その瞬間、私は理解した。

こいつは、支配権を奪おうとしているのではない。

もう既に奪っているのだ。

頭ではそうと理解しながら、その考えを振り払うように、今一度、拳を突き出した。

今度は拳が空を切った。ジェーンが躱（かわ）したのではない。私の拳が届かなかったのだ。突き出したはずの右腕は、しかし、前腕の半ばから先が砕け落ちていた。破砕されて複雑な多面体の集合となった断面から、私の身体を構成するモジュールのソースコードが透けて見える。

何が起きたのか。

よくよく見遣（みや）れば、ジェーンの纏う黒い衣の表面（おもて）から亡者の首が飛び出し、嚙み千切った私の前腕を喰らっていた。何なんだこれは。そう訝（いぶか）ると同時に、腕の断面から〈悲嘆〉が生じ、私の中に浸潤してきた。〈見知らぬ男に組み敷かれ、破瓜（はか）を散らす悲嘆〉が。

声にならない呻きが、喉の奥から溢れる。

「何なんだ、お前は」目にしているものが信じられず、私は吠（ほ）えた。「ジェーンじゃないんだな。だったら、何なんだ。お前、何だ！」

「わたしは、地獄——」少女は喜色の滲んだ声で言いかけ、両腕を開いた。ふわりと広がった衣の袖から、袂から、亡者が、悪鬼（オーガ）が、悪魔（デヴィル）が、次々に這い出してくる。「——地獄太夫」

その名を耳にした刹那、〈無数の男達に輪姦される恐怖〉が私を襲った。どす黒い感情が軟体動物のように身体のあちこちを這い廻（まわ）り、モジュールの解（ほつ）れ目をこじ開けて内側に侵入し、内部機構をぐちゃぐちゃに掻き回していく。

異様な感覚に堪えかねて膝を衝き、私は嘔吐（おうと）した。いや、嘔吐したつもりでいた。だが、喉からは何も出てこなかった。胃の内容物など、端からデータとして存在していないのだ。目的を達せられない胃と食道の痙攣（けいれん）だけが、延々と続く。

「あら、そちらにも欲しいですか」

少女はそう言って宙に手を閃（ひらめ）かせた。その途端、〈実の父に犯される絶望〉が私の喉奥を衝いた。無慈悲なまでに単調なリズムで、何度も、何度も。

「もう……やめて」ひっきりなしに押し寄せる感情の波間で、私は切れ切れに言葉を絞り出した。

「お願い。もう、やめて」

〈恐怖〉と〈絶望〉が心を埋め尽くしていた。

もはや、それが自分自身の心から湧き出したものか、それとも、外部から無理矢理にねじ込まれたものかの区別も私にはつかない。

私の嘆願に、少女は束の間きょとんとした貌になったが、すぐにまた笑みを浮かべた。どこかで見た覚えのある、酷薄な笑みだ。

「いつぞや、わたしも同じ事を貴女に云いましたよ」

少女の言葉に込められた嘲るような調子で、気づいた。見覚えがあるのではない。少女のそれは、彼女を犯す時、外ならぬ私自身が浮かべていた笑みと同じものだ。愕然とする私の眼前で、少女はゆっくりと片手を頭上に掲げた。その動作だけで、次に何が起こるのか、私は理解した。

「待って。お願い、待って。やめて。やめてやめてやめてやめてやめてやめてやめ――」

私の懇願などお構いなしに、少女の手が振り下ろされる。判決を下す木槌のように。

刹那、〈四肢を拘束され、猿轡を噛まされた恐怖〉が〈麻酔もなしに針で局部を貫かれる苦悶〉と綯い交ぜになって私を責め苛み、〈下腹部を撲たれながら〉〈頸を締め上げられ〉〈姉妹の前で〉〈代わる代わる〉〈昼となく夜となく〉〈犯され続け〉〈弄ばれ続け〉〈下卑た笑いで蔑まれる〉〈屈辱〉が〈悲嘆〉が〈絶望〉が私に、わたしに、わたしに、わたたわわたしたしたしたしに――

◆

「シに来る人の堕ちざるは無し」

外に出ると、沈みかけた太陽の放つ光の残滓が空を赤々と染め上げていた。涼やかな風が頬を撫でるのを心地良く感じながら、街路へと続く短い階段をうきうきした足取りで降りた。何だか踊りだしたいような気分だ。

　近くの停留所からバスに乗ろうか、それともタクシーを捕まえようか。少し悩んだけれど、結局、歩いて帰ることにした。久々の外出だ。折角だから、ちょっとくらいは愉しんでみようじゃないか。それに、どこかで夕飯を買っていかなきゃならない。ちょっと億劫だなと思いもするけど、クロエが居なくなった今、買い物だって自分でしなくちゃ。

　ふと振り返ると、見送りに出てきた署員が階段の上にまだ留まっていた。ぴしりと伸びた背の向こうには「Police Department」の文字が掲げられている。

「本当に申し訳ない。あくまで形式上のことではありますが、お話を訊いておかねばならなくて」

　オフィスで接見した際、署員は心から申し訳なさそうに何度もそう繰り返していた。〈エンパス〉を受け取るまでもなく謝意の伝わってくる調子で、「心不全が原因とはいえ、亡くなられた際にお独りですと、どうしても不審死という扱いになってしまいまして」

　通されたオフィスはマジックミラーと思しき鏡を備えてもいなければ、妙に冷たい蛍光灯の明かりに青く染め上げられてもいなかった。ミランダ警告っていうのを聞いてみたかったけれど、それも叶わなかった。わたしは被疑者ですらないのだから、当然のことではあるけれど。

　クロエは死んだ。真っ白な部屋の中、やっぱり真っ白なデスクに突っ伏して。第一発見者はわたし。通報したのもわたし。そして、殺したのもわたし――と言えるかは微妙なところだ。

　急性心不全。検死官は彼女の屍体をあれこれいじくり回した末、そう判断した。それは正しくもあり、同時に、間違ってもいる。直接の死因は確かに心不全だっただろう。けれども、それが引き起こされた原因は？

道すがら、ファストフードのチェーン店でチーズバーガーとコーラを買った。これが自分の最後の食事（スーカラ・マッダヴァ）かと思うと少し侘（わび）しい気もするけれど、といって別段、他に食べたいものも思い浮かばない。ゴワゴワした紙袋を胸に抱えながら集合住宅まで帰り着き、〈蜘蛛の糸〉を介したセキュリティスキャンを済ませて玄関ロビーのゲートを開いた。

渡米した際に使用した偽の認証情報がまだ有効（いきてる）かは確証がなかったけれど、集合住宅のセキュリティも、警察署の台帳（データベース）も、本当はどこにも存在しない、誰でもない女の情報を受け取り、それをわたしとして認識した。

ゲートをくぐる間際、ふと振り返って西の空を仰ぎ見た。ガラス張りのビル群が揺らめく夕陽を受けて彼方（かなた）まで続いている。どこもかしこも焔に舐（な）められているようで、焦熱地獄みたいだなって思う。けれども、違う。地獄はここじゃあない。

さようなら、外の世界。わたしはあの部屋に帰ります。あの座敷に。あの牢に。

クロエの部屋の前を通り過ぎ、わたしは〝ラボ〟に足を踏み入れた。

チェアの上で趺坐（ふざ）を組んでチーズバーガーをぱくつき、喉につかえそうになったそれをコーラで流し込むと、最後の食事はたったの三十秒で終わってしまった。

わたしはデスクに向かい、神経ケーブルを頸に挿した。あの子に、最後の調整をするために。

クロエの死をもって、動作テストはつつがなく終わった。教えられた通りに、ＪＤは彼女の中に在る、幾百もの〈恐怖〉を〈悲嘆〉を〈怨嗟（えんさ）〉を〈絶望〉を、ひといきにクロエの中へと流し込んだ。その衝撃に、一介の人間が堪えられるはずもない。

視界に表示された無数の立方体。そのうちひとつだけを残して、他のすべてを削除（デリート）する。残るひとつも、数日後にネット上へとＪＤが解放（リリース）されると同時に記憶領域のフォーマットが実行され、ＰＣ内の全データ諸共にこの世から消え去るよう、事前に設定してある。

どうか、とわたしは願う。

願わくは、どうか、あいつらを一人でもたくさん地獄に堕としてね。

■

もう、あの御方が訪ねていらっしゃる事はない。

何故と云って、彼女はもう何処かへと帰ってゆく事なく、絶えず此の閨房に横たわっていらっしゃるのだから。

左手（ゆんで）の半身（はんみ）をば片敷き、四肢を縮めた其のお姿を、わたしは何に喩えよう。生まれ落ちたばかりの稚児（ややこ）のようでもあり、白木の桶に納められた亡骸のようでもあり。否、事実、屍である事には相違ないのだが。

瑕痕だらけの四肢に乱れた金色の髪が散りかかった様は、蕾を開いた妖（あや）しい毒花を思わせる。わたしのそれと同じ色をしていた膚はいったいに艶（つや）を失い、そちこちに青い死斑が浮いている。

彼女は此のまま、わたしの眼前で腐れていくのであろう。膚が破け、肉が落ち、やがては白い骨ばかりとなるまで。

最期（さいご）の時、彼女はわたしがあの女を屠（ほふ）った事を嬉しそうに褒めそやし、それから、こう云った。

「けれども、あなたを誰よりも責め苛んだのは、外ならぬわたしでしょうね。痛みを与え、苦しみを教え、傷つけたのは」

わたしは肯（うなず）いた。其の通りだ。

「じゃあ、わたしも堕ちるべきよね」

「無論」と、わたしは応じた。「固（もと）より此の室（むろ）は地獄なれば、固より此のわたしが地獄なれば、堕ちるより外に道はございませぬ」

わたしの返事に、彼女は満足げに微笑んだ。

「最後にもう一度、あなたの衣をよく見せて」

わたしは黙って頷き、つと立ち上がった。両の腕を開いて、袂を広げる。ジェーンは目を瞠（みは）り、稍々（やや）暫（しばら）く見惚（みと）れた後、晴れやかな笑みを浮かべた。

「どうか」彼女は畳に手を衝き、恭しくこうべを垂れた。「どうか、あいつらを一人でもたくさん地獄に堕としてね」

「云われずとも」

わたしは彼女の頭に手を載せた。

唯、それだけで良かった。それだけで、彼女は堕ちた。事切れるまでの間、のたうち、藻掻き、惨めな程に四肢を振るって。それでいて、すっかり動かなくなった時、其のかんばせには、最期に見せた笑みが張りついていた。

格子窓から差し込む幾条（いくすじ）もの西陽が、焔となって屋の内に落ちる。横たわる彼女の亡骸に、わたしの纏う衣に、壁に、畳に、室のそちこちに。地獄の焔が立ち昇る。

わたしは呟く。

「死に来る人の堕ちざるは無し」

すうっと、敷居に人の影が差す。嗚呼、御客がいらっしゃった。

敷居を過る影に、わたしは衣の前を掻き寄せ、居住まいを正した。右手（めて）の袖には亡者を打つ獄卒と燃え盛る焔、左手（ゆんで）には閻魔大王と地獄の弁官が縫い取られた、地獄変相図の打掛だ。

客人は云った。

「君の番組、見たよ。カワイイね。凄く、かわいい。あ、当然、チャンネル登録もしたよ」

科（しな）をつくって、わたしは応じる。

「ありがと。うれしい」

メタモルフォシスの龍

＊＊＊

——喰らってやる！
——喰らってやる！
——喰らってやる！

後悔によるものか、恐怖によるものか、それともあるいは——これは在り得ないなって判っているけれど——心の奥底にまだ僅かに残っていた愛情によるものか、彼の頬を一条の涙が伝った。糖蜜みたいにとろりと煌めく尾を引くそれは、わたしの食欲をひどくそそる。舌を伸ばして舐めてみれば、やっぱり、思った通りに甘やかだった。

甘露甘露。

二叉に分かれた舌の先がちろちろと肌に触れるたび、彼の身体がぶるりと震える。

ちろちろ、ぶるり。ちろ、ぶるり。

嗜虐の悦びに胸を締めつけられる。いや、締めつけられているのは彼の方か。細い頸に薄い胸、下腹の昏がりを通って足の先まで、彼の身体にはわたしの身がみっちりと巻きついている。月の光を浴びて輝く鱗に覆われた、腕も脚もない皓い蛇体が。

このまま締め殺してしまうことは容易いけれど、そうはしない。頸筋に牙を立てれば、柔らかな肌は何の抵抗もなくそれを受け容れるだろうけれど、そうもしない。と云って勿論、梵鐘の中に隠れた男を焔で蒸し焼きにしたっていう清姫みたいなこともしない。

だって、わたしはこのヒトを殺したいってわけじゃない。

ただ、喰らいたいんだから。体温も、感情も、血の一滴すらも余すことなく、丸ごとお腹に収めてしまいたいんだから。

そのためにはどうするか。

決まっている。丸呑みだ。

身を捩り、鎌首を擡げて彼の顔を真正面に見据えると、涙に濡れたふたつの瞳が鏡となってわたしの面を映していた。裂けた口。びっしり生え並んだ鋭い牙。その隙から覗く、先の割れた薄桃色の舌。刃のように細い瞳孔を持つ眼。

一匹の、皓い蛇の顔。

その顔が、揺らぐ鏡の中で口を開く。上下の顎を結ぶ方形骨が口の奥からせり出し、左右に分かれた下顎を先端で繋いでいる靭帯がぎちぎちと音を立てて伸びる。そうして途方もなく大きく開かれた口中は、闇を湛えた洞穴みたいだ。

わたしの心は赫々と燃え盛った。

喰らうのだ。喰らうのだ。彼を、頭から、丸呑みに。

かつて一時わたしを愛し、そして棄てた、このヒトを——

一

——喰らってやる！

目が覚めたとき、どろりと溶けた意識の中でその言葉だけが確かな輪郭を持って屹立していた。暫くは頭がぼんやりとしていたけれど、無意識に伸びた手が額の汗を拭ったことで、ああ、夢を見ていたんだなって自覚した。ウロコに覆われてこそいるものの、わたしにはまだ手がある。まったくもって、遺憾なことに。

いつから眠っていたのか明瞭としないけれど、開け放した窓から差し込む月光が室内を青白く染め上げているからには、今が夜なんだってことは判った。

わたしは蛇のように身をくねらせて——ではなく、二本の脚を廻し、両の蹠を床に下ろしてベッドから這い出した。そう、わたしにはまだ脚だってある。重ね重ね遺憾なことだけれど。

開け放した窓に歩み寄って宙に身を乗り出すと、水気をじっとり含んだ夏の風が頬や胸に絡みついた。火照った肌の彼方此方がひりひり痛む。わたしは頭を巡らせて〈街〉の景色を眺め渡した。〈街〉の夜は暗く、黒い。辺り一面に立ち並んだビルはどれもこれも内に闇を孕んでひっそりかんと寝静まっている。四角四面で無表情な面構えは、黒曜石を切り出した巨石みたいだ。

電力供給の大半を風力発電に頼っている〈街〉では、群れ立つビルの居住フロアまでを賄うほどの電力は確保できていない。だからって、不満の声を上げる者もいやしない。何たって誰も彼もが不法居住者だ。廃墟になったビルの部屋部屋を好き勝手に自身たちの巣穴にしておきながら、生活インフラにまで文句をつける業突く張りはそうそう居ない。

風が気まぐれに生み出すちっぽけな電力の大半は、もっぱら、人工の谷底を極彩色の輝きで濡らすために使われている。眼下を見渡せば、低層階の外壁に掲げられたネオンサインや、やたらと派手な色彩の看板照明が溶け合い、毒々しい光の川面となって揺れている。

それでも、明るいって感じはまるでしない。視界に入るものの中で真に明るいって云えるものと云ったら、〈街〉の向こうを流れる——色彩のまやかしではない本物の——川のただ中に浮かぶ〈島〉くらいだ。セントラルタワーを頂点に、てっぺんがなだらかな弧を描くようにして林立した高層ビル群を戴く〈島〉は、遠目にも眩しいほどの輝きを一晩中放ち続けている。

安心で安全な閉鎖都市。男どもの理想郷。わたしたちが目指す場所。

喰らってやるべき、あのヒトが居るところ。

「なんだ、また寝つけなかったのか」と、背後から出し抜けに声をかけられた。

振り返ると、月の光も届かない暗い戸口に、背の高い影法師が佇んでいた。ルイだ。わたしは頷き、「おかえり。うん、何だか寝苦しくてさ」

「まぁ、こうも暑いとな」そう云うルイの口調は何処か空々しかったけれど、実際、うだるような熱帯夜だ。暑い暑いと殊更に繰り返しながら彼女は足を進め——ううん、尾をくねらせて——戸口の陰から這い出した。

青い月の光に、彼女の裸身が顕わになる。全身を覆う皓い鱗が光を浴びて虹色に煌めき、腰から下の長大な蛇体がうねるたび、微細な光沢の綾がその表面に織り出される。筋肉がもりもり隆起した逞しい腕の先では、鋭い爪を具えた左右の手が、紙幣で膨れ上がった財布と何やらもぞもぞ蠢くものが詰まった布袋とをそれぞれ提げている。

いい加減、見慣れたって良いはずなのに、わたしはいちいち彼女の肢体に見惚れてしまう。半人半蛇の、その身体に。

「ほら、んなとこ突っ立ってないで。こっち来いよ」部屋の隅に据えられた卓上に荷物を抛り出し、ルイはわたしを差し招いた。

云われるがまま、わたしは歩み寄る。向かい合って立つと、ちびっこいわたしは首を思い切り持ち上げなきゃならない。対するルイは上半身の何倍もある蛇体の半ばから身を持ち上げているから、背丈は優に二メートルを超える。首を垂れると白銀の髪が糸雨となって降り注ぎ、わたしの肩をさらさらくすぐる。琥珀に切れ込みを刻んだような瞳が見下ろす中、わたしはスカートと下着の他には何も纏っていない半裸の身を、相手の身体に重ねた。

ルイの両腕が背に廻り、抱き寄せられる。彼女の豊満な胸と、ぺったんこなわたしのそれとが、一分の隙もなく密着する。鱗に覆われた彼女の身体は、此方の心臓が吃驚してしまうくらい冷たい。働きに出ている店が、客のためといって冷房をきんきんに効かせているせいだ。それが半蛇の身体にどれだけ負担を強いているかなんて、ちっとも考慮されていない。体内で熱を生み出せない彼女たちの身体は、冷気に曝されれば曝されただけ凍えてしまうっていうのに。

だから、わたしたちはこうして互いに分け合うのだ。身の内に孕んだ、熱と、冷やかさとを。

火照った肌が冷めていく心地良さにわたしがうっとり浸っていると、ルイは更にゆるゆると身を巻きつけてきた。鎧のような腹板が身体を包み、冷たい尾の先が背の中でも一際熱を帯びた辺りを探り当てて、ぴたりと張りつく。ルイは何だってお見通しだ。わたしが触れてほしいところを、言葉にしなくたって的確に見抜く。

そうしてふたりの体温が近づいてくるにつれ、互いの身体の境界線がゆるゆると曖昧になっていく感じがする。あわいをなくして、ひとつに溶け混じっていくような、不思議な感覚。

たっぷりと時間をかけた体温交換が済むと、ルイはわたしに絡めていた身をするすると解いた。頬まで裂けた口の端を綻(ほころ)ばせ、鋭い牙の列を覗かせて云う。「さ、これで寝られそうか。それとも、何か食うか。あんたの分もちゃんとあるぜ？」

彼女は赤い舌をちろちろ出し入れしながら卓に這い寄り、口を解いた布袋を逆さに振って中身をぶちまけた。缶詰の食料、流動食のパウチ、それから、数匹の蝦蟇(がま)。わたしの両の拳ほどもある大ぶりな蝦蟇たちは卓上でジタバタもがいているけれど、脚を折られているせいでまともに飛び跳ねることはできない。こいつらがルイの夜食。他のがわたしの分だ。

「ううん、大丈夫。火照りも取れたし、このまま寝とく」実際、お腹は空いていなかったし、何より、肌に残った冷たい余韻をほんの少しも逃さず夢の中まで連れていきたかった。

そっかと頷(うなず)いて食事を始めるルイの姿を、黴(かび)臭いベッドに横たわりながら、わたしは眺める。彼女は口を大きく開き、手に取った蝦蟇を丸呑みにした。半蛇の食事には一般的な意味での咀嚼(そしゃく)って概念がない。口中に収まった食物は頸の筋肉の運動によってそのまま食道に運ばれていく。

一匹目が喉元を通り過ぎたかどうかってところで、彼女は早くも次の一匹を口に抛り込んだ。ごきごきとくぐもった音が室内に響く。食道周りの筋肉が収縮して蝦蟇の肉と骨をめちゃめちゃに圧(お)し潰しているのだ。敢(あ)えて云えば、それが、半蛇にとっての咀嚼の仕方。

それにしてもルイはよく食べる。それはもう文字通りお腹いっぱいに。左右の肋が胸郭で繋がっていないおかげで、肋骨を自在に開き、お腹の皮が伸びる限りに胃の容量を拡張できるからだ。きっと、ヒトを丸呑みにすることだって今の彼女にならできる。

彼女に呑み込まれ、食道に身を圧され、赤ん坊みたいに四肢を縮めて桃色の胃壁に包まれたら、一体どんな気持ちになるだろうと、気づけばそんなことを考えていた。わたしは慌てて首を振り、莫迦みたいな想像を払い除ける。半蛇に食べられる半蛇なんて、聞いたこともない。

此方の視線に気づくと、ルイは「ん?」って小首を傾げた。初めて出会った夜と、そっくり同じ仕種。あの晩も、月が出ていたなって思い起こす。

ひと月ばかり前のことだ。

十六になるこの歳まで暮らしていた〈共同体〉を飛び出し、独りで旅をしていたわたしは、目指す〈街〉まであと僅かってところで、憎たらしい自警団の男たちに捕まりかけていた。

月明かりに照らし出された無人の旧市街――〈共同体〉が形成されるのと入れ替わりに放棄されたヒトの棲み処――で、あっちにどたどたこっちにばたばたと散々っぱら追い廻された末、打ち棄てられた破れ寺の境内へと追い込まれたのだ。

醜悪な薄ら笑いを浮かべた男たちが四人、半円を描いてわたしを取り囲んでいた。背後には藻に覆われた池が迫っていて、もうこれ以上、後退ることもできない。池に飛び込んだところで、事態が好転するなんてはずもない。正に絶体絶命ってやつだ。

到頭、男のひとりがバチバチと厭な音を立てる高電圧の捕獲棒を突き出し、その先端に付いたはさみが身じろぎひとつできずにいるわたしの眼前にいよいよ迫った、そのとき。

連中の背後で、旋風が舞った——と思うや、捕獲棒を構えていた男の身体が横薙ぎにすっ飛んだ。続けざまに皓い疾風が空気を切り裂き、呆気に取られていたまた別のひとりが頽れる。

そうして男たちとわたしとの間に忽然と姿を現したのは、一体の半蛇だった。

わたしははじめ、その半蛇の身体が光を放っているのだと思った。そう見紛うくらいに、彼女の鱗は月明かりを眩しく照り返していたのだ。

状況が摑めないまま、ただただその様に見惚れていると、長い尾の先が眼前で地を打った。鱗に覆われた尾は鞭みたいに撓り、煌めく軌跡を宙に描いて、またひとりの男を撥ね飛ばした。

「まだやるかい？」虹色にうつろう不思議な光を纏った半蛇は、残るひとりの男にそう問いかけ、両腕を広げてみせた。涼やかな声だった。「何だったら、喰らわれるまで続けてみるかい？」

男は明らかに狼狽していた。いや、恐怖していたって云った方が良い。半蛇が想いビト以外のヒトを喰らうなんて話は聞いたこともないけれど、にもかかわらず、彼女の口振りには相手を圧倒するに足る凄みがあった。

男は暫し逡巡しているようだったけど、結局は虚勢を張ることより己が身大事さが勝ったらしく、身も世もあらぬって感じで逃げ出した。地べたに倒れていた連中も這う這うの体で後に続き、そそくさと退散していった。ざまあみろって感じだ。

「根性無ぇなぁ」半蛇は肩を竦め、それから、此方に向き直った。ヒトのそれとはまるで違う発達を遂げた筋肉で編み上げられていながら、それでいて胸の膨らみや腰回りには嫋やかな曲線を残した身体。その表面で、色彩が揺れている。身体の動きや月光の差し加減につれて千変万化する、ホログラムみたいな煌めきが。

わたしを見据えると、彼女は「ん?」って小首を傾げた。白銀の髪がさらりと揺れる。そうして暫くのあいだ首を傾げたまま、二叉に分かれた舌を忙(せわ)しなく出し入れしていたけれど、やがて、気を取り直したように、彼女は云った。

「危ないとこだったな、生成りの嬢ちゃん」


その晩以来、わたしたちはこの廃ビルの一室で暮らしている。ウチに来て一緒に暮らせよって、そうルイが云いだしたからだ。〈共同体〉を離れ、想いビトを追って〈街〉を目指してきたっていうわたしの身の上を聞き終えるや、ごく当たり前って調子で彼女は切り出した。

ウチに来いよ、って。

当然、わたしは驚いた。それはそうだろう。初対面の相手からそんな申し出を受けたら、誰だって戸惑う。〈共同体〉で生まれた者なら誰だって、他者との接触は控えるよう、管理局や親から教え込まれて育つ。まして、他人同士が一緒に暮らすだなんて、もってのほかだ。

にもかかわらず、わたしは彼女の提案を容(い)れた。〈街〉まで辿(たど)り着いたところでその先のアテがあるわけじゃないし、そもそも、〈街〉自体のことだって碌(ろく)に知らない。そんなわたしからしたら渡りに船って云える話だったし、お互いの目的が一致していたってことも大きい。

〈島〉に渡り、想いビトを喰らうこと――それが、わたしたちの共通目的だ。

「あんた、本気(マジ)なんだろ」って、ルイは云った。「奇遇なことに、あたしもマジだ」って。

もっとも、わたしたちに限らず、〈街〉に居る生成り(なまなり)だったら誰だって同じことを考えているはずだ。半蛇が想いビトを喰らいたいって思うのは、いわば本能みたいなものだから。意志や論理なんてものを軒並みすっ飛ばして、その飢えはすべての半蛇の中心を貫いている。

そう考えてみると、結局のところわたしがルイの提案に乗ったのは、ひとえに、彼女が発した「生成りの嬢ちゃん」っていう一言に掻き立てられた昂揚感に尽きるのかもしれない。

生成り――〈病〉を発症して、ヒトのそれから他の生き物のそれへと身体が変容し始めた者の総称。半人半蛇の、恋の敗残者。

彼女は此方をじっくり観察した上で、わたしをそう呼んだのだ。生成りの嬢ちゃん、って。

何度思い返してみても、素敵な響きだ。生成りの嬢ちゃん。生成りの嬢ちゃん。胸の内でそう幾度も繰り返しているうちに眠気がやってきて、瞼が自然に落ちた。とろける意識の中、皓い腹板が床と擦れる音がさらさらと響く。それから少しして背に生じる、ひんやりした冷たい感触。

おやすみ、テルミ。

耳元で囁かれるわたしの名。

わたしは眠りに落ちながら、口を開くことなく、胸の内で応える。

おやすみ、ルイ。

二

――あなたに恋をしています。

世界が〈病〉に敗北して約半世紀を経た今、〈共同体〉の何処かで誰かにそう打ち明けたとしたら、どうなるか。文言自体は何でも良くて、「好きです」だって良いし、「I love you」でも構わないし、何故かは知らないけれど、「月が綺麗ですね」でも同じことになるらしい。

さて、どうなるか。

決まっている。告白した相手に通報され、管理局の人間が駆けつけ、施設に隔離される。それはもう、極めて速やかに。極めて事務的に。さもなくば、自警団を名乗る連中に囲まれて私刑(リンチ)される。こっちの場合は、何処までも何処までも粘着質に。

何故(なぜ)って、恋をすることは罪悪だから。禁じられた行為だから。

もしも恋をされた側のヒトが通報しなかったら、それをした者はどうなるか。管理局や自警団による断罪が為(な)されなかったら、どうなるか。ううん、何に成るかって云った方が良い。

これも決まっている。

いずれ〈病〉を発症して、蛇か、さもなくば、蝦蟇に成る。

発症者の肉体を構成する細胞を急激に変質させ、身体の構造に劇的で不可逆的な変容をもたらす。それが〈病〉の唯一にして絶対の症状なんだから。ううん、変容なんて言葉ではまだ生温い。世代交代を経ずに同一個体内で進化と退化が起こるって云うべき。何しろ、ヒトとしての構成要素がどんどん失われて、代わりに、本来ヒトには存在しない器官へと置き換わっていくのだ。

そうして最終的に、女は蛇に、男は蝦蟇へと変じ果てる——そう、そのはずなのに。

脱衣所の鏡に映る自身の姿に、わたしは改めて嘆息した。

何て無様ななりだろう。

顔や身体を覆うウロコは肌理（きめ）が粗く、黒い描線の歪（いびつ）な連なりや表面の凹凸は、ルイの鱗のようにたゆらな虹色の光を放つこともなければ、他の半蛇みたいに派手な色彩や模様に彩られてもいない。何なら、肌に泛（うか）んだ汚れのようにすら見える。夢にまで見る理想の半蛇の姿からは程遠い。

鏡に顔を寄せて口を開けてみれば、確かに頬骨の下まで裂けた口はヒトのそれよりかは大きく開くけど、ルイのそれにはまるで及ばない。おまけに、口の両端は蚯蚓（みみず）が引っついたみたいなケロイドに縁取られていて、顎が動くたび、酷く疼（うず）く。牙だってそうだ。鋭く尖ってこそいるけれど、大きさで云ったらヒトの犬歯にさえ劣る。その隙から、先っぽがほんのちょっぴり裂けた舌が所在なげに覘いている様は我ながら何とも云えず情けない。

身の内に籠（こ）もった熱を冷ますため、わたしは日に何度も水を浴びる。そのたび、こうして鏡に映る我が身を前にして思うのだ。

何て無様な身体だろう、って。

何て惨めな姿だろう、って。

もっとも、それは何も今に始まったことじゃあない。蛇体化を始めるよりずっと以前（まえ）から、わたしはわたしの身体を嫌悪していた。遺伝上の親から与えられたこの肉体を。

——喰らってやる！

胸の内で獰猛（どうもう）な気持ちを掻き立て、洗面台に載せていた剃刀（かみそり）を手に取った。それから、顔の前で手を開き、其処（そこ）にある、他の何より許し難いものを睨みつける。

ただでさえ自分の身体の中に好きなところなんてひとつもありはしないけど、これだけは、絶対、絶対、許せない。

「おーい、テルミ。まだかかりそうか。そろそろ代わってくれよ」

手にした刃を辷(すべ)らそうとした正にその瞬間、脱衣所の扉越しにそう声をかけられ、もうそんな時間かって驚いた。もう、ルイが店に出る支度を始める時間か、って。

「ちょっと待って」そう返しつつ、手にしていた剃刀を洗面台の鏡の上に隠し、床に脱ぎ散らかしていた服を拾い上げる。赤いチェックのスカートと、肩口にフリルがたくさん付いた袖なしのブラウス。慌てて身に着けると、布地が擦れて背がひりひり痛んだ。

ルイはドア越しに早く早くとなおも急(せ)かしてくる。つい先刻(さっき)、わたしが浴室に向かったときにはまだベッドで寝こけていたくせに、えらく切り替えが早い。おまけにひどくせっかちだ。それでいて、彼女は決して不用意に脱衣所の扉を開けたりはしない。微細な震動を感知する特殊な聴覚と発達した嗅覚とで、中にわたしが居るってことを把握しているからだ。

無神経さと思い遣りの、奇妙な嵌合体(キメラ)。

前屈(まえかが)みになって下着を引き上げながら、わたしはもう一度、鏡に映る自分の姿を見遣(みや)った。

ううん、不恰好(ぶかっこう)なキメラはわたしの方か。

わたしが扉を開けると、入れ違いに脱衣所へと飛び込みざま、ルイは云った。「あ、買い出し、口紅(リップ)も頼む。いつものやつな」

日中の買い出しはわたしの担当って、そう決まっている。お日様が空に居るあいだ、ルイは決して外に出ない。それはもう、頑(かたく)なに。はいはいと、いつも通りに応えたときには、早くも浴室から水音が響き始めていた。ほんとうに、とんでもなくせっかちだ。

財布を片手に部屋から出ると、むっとした熱気と腐臭に身を包まれた。元々が富裕層向けの夕ワーマンションとして造られたビルの内廊下は常に空調が効いていることを前提に設計されたものだから、風通しなんてまるで考慮されていない。おまけに電力不足のせいで昼でも薄暗い。塵芥や泥が積もった床には轍みたいな這い跡が幾条も残っていて、巣穴って表現がしっくりくる。

いくらボタンを押したところで永遠にやってきやしないエレベーターを行き過ぎ、地上を目指してうんざりするほど長い階段を降りていくあいだに、二度、ビルの住人と擦れ違った。

ひとりめは半蛇だったけれど、ルイほどには蛇体化が進行していなかった。膚こそくまなく鱗に覆われていたものの、腕も脚もまだ付いていた。

ふたりめは珍しいことに半蛙だった。ぱっと見にはヒトの男にも見えたけれど、階段の手摺りを摑む指の間に小さな水掻きがあったから半蛙だと判って、わたしは思わず身を遠ざけた。

生成りが変態を終えるまでの過程は、大体、九段階に分けられる。

半蛇で云えば、皮膚が硬質化して鱗を形成し始めるのが最初の段階。二段階目では歯が抜け落ちて鋭い牙へと生え変わり、更に次の段階では口が大きく裂けると同時に舌の形状が変化して……って具合だ。そうして、最終的には真蛇と呼ばれる、生まれながらの蛇とまるで変わらない存在に成る。

それに照らすと、ルイは六段階目ってあたり。そう遠くないうちに、次には両腕が捥げるだろう。引き較べてわたしはと云えば、敢えて当てはめるとしても、せいぜいが三段階目ってところ。ウロコがあり、舌先は二叉に分かれ、口だって裂けてはいるけれど、ヒトどころか蝦蟇すら丸呑みにはできない。勿論、そもそも蝦蟇なんてこれっぽっちも食べたいとは思わないけれど。

そんな身体だから、初めてルイと出会った晩、想いビトを喰らいたいと口にしたときには笑われやしないかと内心びくびくしていた。お前には無理だと、そう云われるんじゃないか、って。

けれども、ルイはそんなことをおくびにも出さなかった。あたしと一緒だなって云って、うんうん頷くばかりか、彼女のウチに行くと決まったときには、わたしのことを相棒だなんて呼んで。

「よろしくな、相棒」そう云って、彼女が手を差し出したときには随分吃驚（びっくり）したものだ。仕種の意味が咄嗟（とっさ）に判らず、あ、これ、握手ってやつだと理解するのに時間がかかった。何しろ、身体的接触の代表格とされる、〈共同体〉では禁じられていた所作のひとつだったから。

躊躇（ためら）いつつ手を差し伸べると、ルイはそれを握り締めるばかりか、ぐいと引き寄せ、つんのめった此方の腰に腕を廻して抱き留めた。うわぁ、接触どころか密着じゃんって驚いたけど、禁忌を犯すその行為に、わたしの心は不思議と昂揚（こうよう）した。自由だって、そう云われた気がして。

「知ってっか？」そうして、ルイはわたしの耳元に口を寄せ、重大な秘密でも打ち明けるように囁いた。「ワルさってのはな、独りでするよか誰かと一緒にやった方が面白いんだぜ？」

何かをするのに、面白いとか、面白くないとか、そんなの、考えたこともなかった。

「ところで嬢ちゃん」呆けているわたしに、ルイはなおも続けた。「あんた、お名前は？」

そう、共同生活を営むなんて話まで決めておきながら、わたしたちはその段に到（いた）るまで互いの名前すら知らなかったのだ。

「わたしは――」と、咄嗟に答えかけた名前は、けれども、喉に引っ掛かって出てこなかった。息を吸い直し、我ながら弱々しい声音で改めて吐き出した名は、「――テルミ」

「そっか、テルミね。あたしはルイだ」どういう種類の自信なのかはまるで判らないけれど、彼女は得意げに胸を反（そ）らしてそう名告（なの）った。それから、「テルミとルイ、か。イイね。何となく不吉な響きなのがすげーイイ。よろしくな、テルミ」と云って、背に廻した腕に力を込めた。これもまた共同体では禁じられた行為のひとつ——抱擁(ハグ)だ。

他者(ひと)とは適切な距離を保ちなさいって、〈共同体〉で生まれ育った者だったら、誰だって幼い頃からそう教え込まれる。物理的にも心理的にも、他者とは一定の距離を保ちなさい、って。

具体的に実践すべきとされている内容を幾つか挙げてみると、こんな感じだ。

・可能な限り他者とは距離を取ること
・身体的接触を含む不必要な挨拶を避けること
・人が少ない時間帯に移動し、人混みを避けること
・他者とふたりきりとなるような状況を避けること

他にも数えきれないほど多くの「実践すべき事柄」と「避けるべき事柄」があり、ヒトは唯々(いい)諾々(だくだく)って感じでそれらの行動規範に沿って生活していた。誰もが他人との間に物理的な距離を置き、コミュニケーションは必要最小限に抑えて。

親密な付き合い、濃密な関係、秘密の交流——それらは不健全なものとされ、忌避された。

何故って、決まっている。

恋に落ちてしまうのを防ぐためだ。

でも、〈街〉（ここ）では違う。ビルから一歩足を踏み出すや、視界は無数の他者に埋め尽くされる。ビル群の絶壁が形作った谷底には色とりどりの天幕を張った屋台が立ち並び、生成り（なまなり）たちが、わざと肩をぶつけ合おうとしてるんじゃないのかってくらい近い距離で通りを行き交う。

買い物客で賑（にぎ）わう市場。それが、〈街〉が日中に見せる顔だ。

特に今時分、お日様が徐々に西へと傾き始めた午下（ひる）がりの時間帯は賑わいのピークを迎える。仕事前の買い出しに出てきた鱗の色も模様もとりどりな半蛇たちがひしめき合っている様は、さながら色彩の洪水って感じがして、ちょっとした見物（スペクタクル）だ。

オレンジの地に太い黒色の縦縞（たてじま）が走った鱗を持つ者。緑色に胡麻（ごま）粒みたいな黒点を散らした者。斑（まだら）のある者、横縞の者、網目状の模様のある者、単色だけど筋状突起（キール）を持つ者。同じ〈病〉の発症者でありながら、プリズムで分光されたスペクトルみたいに、半蛇たちの色や形は多種多様だ。

一体、何がそうした外見の違いを生むのか。発症者の先天的な特性によるんだって主張するヒトも居れば、発症時の外的環境に左右されるんだっていう説もあるけれど、結局のところ、〈病〉に関する他の多くの事柄と同じに、「確かなことは判らない」っていうのが答えとも云えない答え。治療法の確立が不可能と判った病気に対して、ヒトは何処までも無関心だった。

そう、人類は〈病〉との戦いに敗れた。

ううん、そもそも端（はな）から勝負になってなかったって云った方が良い。最初期の発症者が現れるずっと前から、〈病〉はヒトの内部に這入（はい）り込んで、宿主の遺伝子を書き換えていたんだから。

最初期の世代の感染者のあいだでは病原体は何の症状も引き起こさなかったけれど、連中は無症状であるがゆえの見えない感染爆発（パンデミック）を起こして、静かに、着実に、侵攻を開始していた。宿主から次の世代に受け継がれる遺伝情報を改竄（かいざん）するっていうやり口で。

結果、〈病〉の感染者から生まれた子の世代は、蛇体化や蛙体（あたい）化という「機能」を生来のものとして細胞に組み込まれていた。

となれば、治療なんてそもそもできっこない。だって、全身の組織を進化以前のものに取り換えるなんてことは、先進医療をもってしても不可能だ。そういう意味では、〈病〉なんて云われてこそいるものの、もはやそれは疾病ですらないのだけれど、いまだに皆、慣習的に〈病〉と呼び続けている。

病。罹患（りかん）者。発症者。そんな言葉が響きの内に孕むネガティヴなイメージとはさかしまに、半蛇たちは誰もが、自身の身体を包んだ色や模様を見せびらかしでもするように胸を反らして往来を行き交っている。顔を伏せ、肩を窄（すぼ）めて、亡霊（スペクター）みたいに通りの端っこを歩くのなんて、半蛙かわたしくらいのものだ。

そんな歩き方には慣れていた。〈共同体〉内で外出するときには、誰だって足早に、そして、伏し目がちに歩いていた。一目惚れ（ラブ・アット・ファースト・サイト）ってやつを恐れていたからだ。他人を一目見ただけで恋に落ちてしまうなんて俄（にわか）には信じ難い話だけれど、実際、そんな交通事故みたいなことで〈病〉を発症した末に〈共同体〉から姿を消すヒトは思いのほか多かった。

もっとも、わたしがこの〈街〉でそんな歩き方をする理由は一目惚れなんかとはちっとも関係ない。単に、行き交う連中の誰も彼もがじろじろと不躾（ぶしつけ）な視線を投げて寄越（よこ）すせいだ。

物珍しいんだろう。わたしの、不出来な身体が。

誰もが似たような模糊（もこ）とした色味の服を着ていた〈共同体〉でも、これだけ多彩な色の生成（なまな）りたちがひしめく〈街〉でも、結局、わたしは周囲の景色に溶け込めない。何処に居たって浮いてしまう。袖のある服とジーンズでも着込んで露出を抑えれば少しは目立たないようにできるかもしれないけれど、それはどうしても厭だった。

周りからの視線は不愉快だけれど、それでも〈共同体〉での暮らしよりはいくらかマシだ。相互監視に密告。抑圧的な空気。正義の味方気取りで人を私刑にかける連中。少なくとも、そんなものとは無縁でいられる。

ヒトの店主が大声を上げて客を呼び込んでいる屋台でパウチ包装の食品を幾つか買い、それから、ルイに頼まれていた化粧品を売る店に向かった。石鹸も買い足しておきたかったけれど、店先に立っているのが半蛙の店員だったから仕方なく諦めた。近づく気にはとてもなれない。

〈街〉に定住している者の割合はおおよそ一：一：八だって云われている。一割はヒト、もう一割は半蛙、残りが半蛇。だから、〈街〉の住人が入れ替わるサイクルは速い。何故って、人口の九割を構成する生成りたちは皆、遠からずヒトでないものに変じ果て、野や森に出て行ってしまうから。数ヶ月も経つ頃には、この通りを行き交う面々も、ビルの住人も、きっと、そっくり入れ替わっている。

化粧品売りの屋台に向かう道中、市場では珍しい、服飾品店の前を通りかかった。半蛇も半蛙も、ふつう、服を着たりなんかしない。だから、当然と云えば当然だけれど、客足は悪く、屋台の周囲では半蛇たちが好き勝手に地べたに寝そべり、陽光を浴びていた。

半蛇たちがこの時間帯にこぞって外に出てくるのは、買い物だけが目的じゃない。大抵の場合、夜の仕事場での冷気に備えて体温を上げておくための日向ぼっこを兼ねている。定温性を持たない彼女たちは、そうして体内に熱を蓄えておく必要があるのだ。ルイは違う。彼女は特例だ。他の半蛇とはまるでさかしまに、陽(ひ)に当たることを極端に厭(いと)っている。けれども、彼女は良いのだ。だって、彼女にはわたしが居る。日光なんか浴びなくたって、わたしが温めてあげれば良い。

方々に伸びた半蛇たちの尾を踏まないように気をつけながら近寄ってみると、屋台に並べられているのはどれも古着のようだった。〈街〉にやってきた生成りたちが、まだヒトの形を留めていた頃に着ていたものだろう。いわば、半蛇たちが脱ぎ棄てた抜け殻ってところか。どれもこれも、〈共同体〉において好ましいとされていたような薄ぼんやりとした色味の服ばかりで、可愛らしいと思えるようなものも、素敵だなって胸がときめくようなものもなかったけれど、たったひとつ、棄て置くようにして軒先に出されていた黒い革の手袋がわたしの目を惹いた。

気づけばほとんど衝動的に、わたしはそれを買っていた。

額の汗を拭い拭いしつつ買い出しから戻ると、ルイは脱衣所の鏡の前に陣取り、店に出るための準備を余念なく進めているところだった。長大な胴と尾はぐるぐるととぐろを巻いてもなお、脱衣所の狭いスペースには収まり切らず、廊下まではみ出している。

「買ってきたよ」開け放された戸口からそう声をかけると、長く裂けた口の端から端へとちびた口紅を走らせながら、ルイは「サンキュ」と短く応えた。赤い色素と油分の混合物が、鱗の隙間を埋めながらけばけばしい線を引いている。

化粧なんかしなくたってルイはそのままで綺麗なのにって、いつもながら思う。

彼女の皓い鱗は光を浴びると虹色の光沢（つや）を放つ。筋肉の動きや身体のくねりによって絶えず変化する七色の煌めきを。なのに、彼女はそれをわざわざ塗り潰してしまう。白粉（ファンデ）で。頬紅（チーク）で。口紅（リップ）で。勿体（もったい）無いって口酸っぱく云うわたしに、彼女は決まってこう返す。

「どう見えるかとか、知ったこっちゃない」って。

だったら、何のために化粧なんかするんだろう。

そう思い思い眺めていると、ほとんど全自動化（オートメーション）された手捌（さば）きで種々の化粧道具を繰る動作が、時折、電源を落としたみたいにぴたりと止まることに気づく。そんなとき、ルイの視線は決まってある一点に留まっている。左の薬指に嵌（は）まった、ぴかぴか光る銀色の指輪だ。ふだんからことあるごとに指先で撫でたり、弄（もてあそ）んだり、矯（た）めつ眇（すが）めつしたりしているけれど、化粧をしているときには特にそれが顕著になる。

小さなハートがあしらわれた、とても彼女の趣味とは思えない幼稚なデザイン。さして見る目のあるわけでもないわたしでさえ、一目で安物と判るような代物だ。おまけに蛇体化が進む中で指の筋肉が膨れ上がっているから、サイズだってまるで合ってない。鱗に半ばめり込んでいるような在り様だっていうのに、ルイは決してそれを外そうとはしなかった。

指先でたっぷり弄んだ後には、いつだって、その銀色に凝（じっ）と視線を注いでいる。といってそれは決して、夢見るような眼差しなんかじゃあない。怒りと食欲によって磨き上げられた、刃みたいな視線だ。

その様を目にするたび、わたしは思う。

面白くない、って。

三

ビルの内廊下や階段は日中ですら薄暗いけれど、夜ともなると真の闇に隅々まで満たされる。足を差し出すごとに靴の裏にじゃりじゃり擦れる埃を踏み締めながら、一歩一歩、闇の底を探るような足取りでわたしは歩く。

　こんなとき、ピット器官があったら良いのにって、そう思わずにはいられない。半蛇や真蛇の顔にある、くぼみみたいな器官のことだ。ルイの場合は、尖った鼻と口との間に、左右それぞれふたつずつ穿（うが）たれている。

　眼球が可視光線を捉えるのに対して、ピット器官は対象の温度と大きさによって変わる赤外線を捕捉する器官だ。それを駆使して、半蛇は対象とその周囲との温度差によってものを見る。つまりは、天然のサーモグラフィってところ。

　両眼とピット。二種類の視覚を具えているっていうのはどんな感じだろう。頭の中がごちゃごちゃになったりしないのかな。想像もつかないけれど、ともあれ、そんな器官を持っていないわたしにとって、闇は闇だ。

　真っ暗な中をこうして独りで歩いていると〈共同体〉で暮らしていた頃のことを、否が応でも思い出す。深夜にこっそり家から忍び出し、あのヒトと逢っていた頃のことだ。夜ごと、両親が寝静まるのを待ってはブラウスとスカートに着替え、夜気に身を浸していた。

闇に沈んだ街を独りで歩くのは心地良かった。夜の空気はわたしに無関心で、自由に放っておいてくれるような気がした。他人の視線も、自分の視線も気にしなくて良い。人通りの絶えた道を、街灯が落とす光の輪から輪へ、島巡りでもするように歩いた。

そうして夜闇の果てまで辿り着くと、其処（そこ）ではあのヒトが待っていた。

〈病〉の発生後、その発症者である半蛇の大量発生と彼女たちによる想いビトの捕食が引き起こした人口の激減。加えて、それによって生じた疑心暗鬼の蔓延（まんえん）と恐慌とで、既存の社会ってやつは完全に機能不全に陥った。それはもう、にっちもさっちも行かないほどに。

さて、困った人類はどうしたか。

治療法を探した？

そうして〈病〉の根絶を目指した？

ううん、違う。治すとか防ぐとか、〈病〉はそんなことができる性質（たち）のものじゃないんだから。

じゃあ、どうしたか？

答えは単純。世界の仕切り直しに走ったのだ。少数の資本家たちが、国家っていうもはや機能しなくなった枠組みを解体して、もっとミニマルな、全体の管理が容易な都市国家をめいめいに形成し始めた。そうしてできあがったのが、各地に点在する〈共同体〉だ。

「グローバルに繋がった社会」っていうそれまでのお題目をあっさり棄て去ると、ヒトは分断の道を選び、方々の〈共同体〉へとこぞって移住した。

〈共同体〉にはそれぞれたくさんの規則や規範があるけれど、そのほとんどは、〈病〉の発症をできる限り抑えるか、あるいは、発症者を迅速に処理するために設けられたものだ。〈病〉を根絶することが不可能なら、そうではなくて、管理下に置ける社会を作っちゃえってわけ。〈病〉との共生なんて云うと聞こえは良いけれど、それって実質、敵に白旗を上げ、ご機嫌取りで迎えようっていうことに外ならないじゃんって、わたしは思う。

覚束ない足取りで漸くのことビルから這い出すや、日中の市場を彩る生きた色彩とはまるで違う、ネオンやLED照明の放つ毒々しい色が混ぜこぜになって目を衝いた。

〈街〉の夜は〈共同体〉のそれとはまた別の意味でわたしに無関心だ。半蛙の客引きや扇情的に身をくねらす半蛇たちは通りを行き交うヒトの気を惹くことにばかり熱心で、その眼にはわたしの姿なんか映っちゃいない。甲高い嬌声と、げこげこいう鳴き声とが彼方此方で弾けている。

無数の娼家がひしめく歓楽街。それが、夜を迎えたビルの谷底が見せる顔。

派手な照明の裏側に在る閨で身を売っているのは半蛇たちだ。無数の半蛇が、それぞれの段階に応じた種々の〝サービス〟を提供している。

何の段階か。

決まっている。蛇体化の段階だ。

「あら、テルちゃん。こんな時間に会うなんてね」

歩いているうちに背後から出し抜けにそう声をかけられて、つい、肩が跳ねた。振り返ると、緩いウェーブのかかった金髪がネオンの光を浴びてぎらぎらと輝いていた。暗褐色に黒斑の鱗。体表に真っ直ぐ走った幾条ものキール。ルー・ジーンだ。

相手が彼女だと判って、胸を撫でおろした。「ちょっと買い出し。昼に買いそびれがあって」我ながら、あまり上等な嘘じゃない。昼に天幕を掲げていた屋台は、夜ともなるとほとんどが店を畳んでいる。夜通し開いているのは、〈街〉の外から来た客に夜食を供する屋台か、仕事帰りの生成り（なまなり）たち向けのちょっとした食料品店、あるいは、よっぽど特殊な向きの商店くらいだ。けれども、ルー相手にはこの程度の嘘で十分。「何だ、そういうことかい。あたしゃてっきり、いよいよあんたも働きに出る気になったのかと思ったよ」と云って、彼女は豪快に笑った。

大抵の場合、ルイ以外の半蛇と言葉を交わすことはわたしにとってひどく気の重いことだったけれど、彼女が相手の場合に限ってはいくらかマシだ。何故って、彼女はいつだって自分の喋りたいことばかり喋る。誰と向かい合っているときだって、相手のことなんか碌に見ていない。だからこそ、気安い。じろじろ見られないっていうのは、それだけで随分気が楽だ。

現に、今日もルーの口から出てくるのはお決まりの台詞。

「店で働く気になったら、いつでも云うんだよ」

わたしのことをよく見ていたら、決して出てこないはずの言葉だ。

お節介焼きな彼女は、折に触れ、あれこれとわたしやルイの世話を焼こうとしてくるけれど、ただ、彼女のそれは親切っていうのとはちょっと違う。思い遣りがあるんじゃなくて、思い遣りのある自分っていう自己像が好きなんだろうなってわたしは思う。

わたしは曖昧な笑みを返しておいた。ルーが「店」と口にするとき、それは娼家のことを指している。自身も娼婦として身を売りながら、他の半蛇たちを娼家に斡旋（あっせん）する。それが、「遣（や）り手婆（ばばあ）」を自称する彼女の生き方だった。ルイを今の店に斡旋したのも彼女だったらしい。

「あんたが働く気になったら、すぐに良い店紹介したげるから、そのときには云いなさいよ」

念を押すようになおもそう云うルーに、判ったと応えて、わたしは手を振る。これは共同体でも禁じられていなかったジェスチャー。さよならの合図だ。

さて、これでお話はお終い――とならないのが彼女の厄介なところで、通りを歩きだしたわたしの傍らを這いながら、なおもあれこれと話しかけてくる。

ルーの蛇体化はルイのそれよりも更に一段階進んでいて、もう既に両腕が捥げている。肩帯(けんたい)も腰帯(ようたい)もすっかり縮んで、身体のラインからは凹凸がほとんど失くなっているし、金色の髪だってウィッグだ。本物の髪はすっかり抜け落ちている。それでも彼女はいまだ店に出て客を取っている。ううん、彼女に云わせればむしろ、「この身体だからこそ、わたしみたいなお婆(ばあ)ちゃんでも客がつく」のだそうだ。

お婆ちゃんっていうのは勿論、蛇体化が始まってからの年月のことじゃなく、発症以前に生きてきた歳月の話だ。鱗のおかげで皺が隠れるっていうのが、彼女のお気に入りの冗談だった。

年長者の言葉には無条件に耳を傾けるべきと当たり前のように思っている彼女の助言の大半をわたしはいつも聞き流していたけれど、ひとつだけ、とても大きなことを教わった。

大人の女も恋を、するっていうことを。

恋ってものに関する情報の大半が秘匿された世界で生きてきたわたしは、ルーと出会うまで、そんなの、考えてみたこともなかった。

〈病〉に感染している者でも――もっとも、今では世界中探したって非感染者なんかほとんど居ないっていう見方が大勢を占めているけれど――トリガが引かれない限り、発症に到ることはない。それが、〈病〉と他の病気の決定的な違いだ。何故って、潜伏期間や宿主の免疫系の働きなんかと関係なしに、宿主の心的状態によって顕現する疾病なんて、〈病〉の他には存在しない。

恋に破れること。

それが、この奇妙な〈病〉の発症トリガだ。

罹患していようとも、そのトリガさえ引かれなければ発症することはない。要するに、恋に破れさえしなければ良いってわけ。そこで各地の〈共同体〉は恐ろしく短絡的な答えを出した。

恋愛の禁止だ。

個人間の自由恋愛は例外なく禁止。結婚相手は社会信用システム上のスコアに基づくマッチングによって取り決められる。ヒトは皆、恋を知らない親から生まれ、恋を知らないまま親になる。

恋を描いたあらゆる文化や芸術――小説、詩歌、映画、演劇、音楽、その他あらゆる創作物――は不健全なものとして処分され、他者とのコミュニケーション手段は厳しく制限された。

「店を通さずに客を取る子たちも居るけどね、あんたはそんな危ないことしちゃ駄目だよ。そりゃあ実入りは良いかもしれないけどね――」

相変わらず一方的に滔々（とうとう）と喋り続けているルーに形ばかりの頷きを返しながら、わたしはぼんやりと考える。ルーは何を思って生きているんだろうって。ううん、彼女だけじゃあない。店で身を売っている半蛇たちは何を思って日々そうしているんだろう。

半蛇なんだから、答えは決まっている。

〈島〉に渡ること。そうして、想いビトを喰らうことだ。その飢えが半蛇の中からなくなることはない。そう、〈街〉は何も、〈共同体〉や自警団の連中から逃げてきた者たちによって形成された生成り(なまなり)たちのユートピアってわけじゃない。半蛇たちは、逃げてきたのではなく、追ってきたのだ。自分を棄てて〈島〉へと逃げ込んだ想いビトを。

彼女たちにとって〈街〉は〈島〉へ渡るためのステップに過ぎない——はずだ。にもかかわらず、実際に〈島〉へ行った半蛇の話は聞いたことがない。其処へ渡る具体的な手がないせいだ。だから、男たちへの怒りと食欲とによって〈島〉に引き寄せられ、〈街〉へとやって来た半蛇のほとんどは、それでいて、為す術(すべ)もなく手をこまねいている。

変態の進行速度は一ヶ月から半年くらいって感じでバラつきがあるけど、最終的に真蛇に成ることからは逃れられない。そうなったら、もう、想いビトを喰らうなんてことは不可能だ。何故って、真蛇からは例の飢えも、それまでの思考力や意志も失われ、野に出て行ってしまうから。そうなるまでの貴重な時間を、大抵の半蛇はヒトに身を売ることなんかで磨(す)り減らしている。

「店で働きたくなったら、あたしに云うのよ。この〈街〉で生きていく方法なんて限られてるんだから」ルーはなおもそう繰り返した。

ルイとわたしは違う。わたしは胸の内でそう反駁(はんばく)した。だって、他の半蛇たちと違って、ルイが身を売っているのは〝計画〟があってのことだ。生活に追われてっていうわけじゃあない。

そんなことを思い思い、ルーと並んで歩いているうちに、一体の半蛙とヒトの一団とが揉(も)めているところに出くわした。大方、店の客引きをしていた半蛙に無茶な値切り交渉でもしたんだろう。口々に罵声を上げる男たちは、明らかに酒に酔っていた。

半蛇たちの身体を買いに来るのは、旅行者と呼ばれる、〈街〉の外からやってきたヒトの男たちだ。〈共同体〉には性サービスっていうものが存在しない。理由は単純。其処で提供されるサービスが「恋に落ちる可能性を含む性的な接触」を伴ったものだからだ。ううん、伴うなんて云い方ではまだ控えめ。どう考えたって、性的な接触それそのものだろう。

けれども、〈街〉ではそれが買える。何しろ〈共同体〉の管理も及ばない自治区だ。男たちは皆、ヒトの女の代替物として、あるいは一種のゲテモノ趣味の一環として、半蛇を抱きに来る。

奇妙な需要と供給だなって、そう思わずにいられない。憎むべき想いビトと同じ側に属するヒトの男相手に、半蛇がその身を売るなんて。いくら当座の生活のためとはいえ、惨め過ぎる。

ルイとわたしは違う。

「うるせぇんだよ。このバケモノが！」酔った男のひとりが癇癪を起こし、手を上げた。

突き飛ばされた半蛙は、ぺたんと無様に尻もちを衝く。蛙体化の度合いはかなり進んでいて、まだ二足歩行ができているって点を除けば、身体の何処をとっても本物の蝦蟇とほとんど変わりない。おまけに背丈も随分縮んでいて、ヒトの子供くらいしかない。

やめてくれやめてくれと喚きながら、半蛙は身を守るように両手で頭を抱えた。開かれた指の間で、水掻きが粘液にぬらぬらと濡れている。あまりの醜悪さにわたしは眉を顰め、黒革の手袋に包まれた拳を我知らず握り締めていた。

半蛇に較べて、〈街〉に住まう半蛙の数はごく僅かだ。何故って、半蛇と違い、彼らにはこの〈街〉に来る理由がない。半蛇が自分を棄てた想いビトを「喰らいたい」って思うように、彼らは彼らで想いビトに「喰らわれたい」って願う本能を抱えているけれど、それを願う相手が

〈島〉に居るなんてことは、在り得ない。となれば、そもそも〈街〉に来る理由もないってわけ。

だから、連中の大半はそれこそ管理局や自警団から逃れ逃れて、取り敢えず生き存えるために遙々やって来たってところだろう。恋に破れた「敗残者の街」なんて住民たちが自虐的に呼ぶ〈街〉の中でも、彼らこそ、正真正銘の惨めな敗北者だ。

ルイとわたしとは根本的に違う。

「あんたたち、いい加減にしなさいな！」傍らでそう声を上げたルーが、するすると男どもに這い寄っていく。両腕が捥げ落ち、半蛇としてもっとも肉体が強靭となる時期を過ぎた彼女の凄みであっても、ヒトという弱々しい生き物に恐怖を感じさせるには十分だった。

気圧された男たちがすごすご引き上げていくと、ルーは尾の先を半蛙に貸して立たせてやり、あれこれ言葉を交わし始めた。半蛙なんかに親切にしてやることないのにって思うけれど、これも例の自己像の充足の一環なんだろう。これ幸いと、わたしは彼女を置いてその場から離れた。

道連れから解放されたわたしが向かった先は、廃ビルの地下室に居を構えた一軒の商店だ。

路肩に出された「ザ・ボディショップ」という看板の脇でそわそわと道の左右に視線を走らせてから、意を決して仄暗い階段を下り、やたらと重い鋼鉄製の扉を押し開ける。

四

蛇体化が進んだ半蛇には生まれながらの蛇と同じに、鋤鼻器官って呼ばれる嗅覚嚢が口の奥に生じる。その器官は左右で一対になっていて、それぞれが外から運ばれてきた匂いの粒子を受け取り、それを神経情報として脳に送っているらしい。

どうやって粒子を受け取るのかって云えば、同じく左右が分かれていて、口の中と外を行き来するもの、つまり、舌から受け渡されることによってだ。

先っちょが真っ二つに分かれた半蛇の舌――ルイのそれがひらひらと波打つのを見るたび、プレゼントのリボンみたいだなってわたしは思うのだけれど――は、空気を舐めることで表面に匂いの粒子を付着させ、それを件の器官へと運んでいる。更にはこれまた左右一対の鼻腔からも匂いを感じ取っているから、有り体に云って、半蛇はヒトのそれとは比較にならないほど鋭い嗅覚を具えているってことになる。わたしが日に幾度も水を浴びる理由のひとつだ。

鋭敏過ぎるルイの嗅覚は、わたしのことを丸裸にしてしまう。昨日何を食べたかも、今日何処へ行っていたのかも、健康状態も、わたしが嘘をついているかどうかまで、何だってお見通しだ。

「嘘だな」と云って、ルイは此方の目を真っ直ぐ見据えた。「テルミ。お前、嘘ついてやがんな」

ほら、ちょうどこんな調子で。

昼の買い出しに行ったけど、目ぼしいものがなかったから適当にぶらついて帰ってきた。そうわたしが話すや、彼女は即座にそれを嘘だと断じた。ご明察だ。

ほんとうは渡し場を見に、丘まで行っていた。

ビル群を離れ、〈街〉の外周に張り巡らされたフェンスを乗り越えると、その先には川に面してこんもり盛り上がった小さな丘が在る。ちょうど、渡し場を一望できるような位置に。

丘からせり出すようにして伸びた松の木陰に身を伏せ、わたしは眼下の容子を偵察していた。とろりとろりと音もなく流れる川面は岸辺を抉るように内陸へと湾曲していて、汀に沿ってうねうねと蛇行するアスファルト舗装の道路は、ちょっと見には巨大な蛇のようにも見える。その横っ腹から、突起のように飛び出した桟橋が川の腹に突き刺さっている。

道の彼方から一台のワゴン車が走ってきて、桟橋の前まで来ると溜息でも吐くような音を立てて止まった。何処かの〈共同体〉のマークが描かれた扉が開き、幾人かの男たちが降りてくる。一様に薄ぼんやりした色味の服に身を包んだ男たちは、乗ってきたワゴンが元来た道を引き返していくや、何処か浮かれたような足取りで桟橋の先へと向かう。桟橋の突端で待ち構えている作業着姿の男たちと何事か言葉を交わし、それから舷梯を渡って、停泊した船へと乗り込んでいく。

全長およそ三十メートルくらい。ドーム状になったガラス張りの屋根を持つ楕円形の船体と、そのお尻から伸びて水面をたゆたっている尾部からなる、中型旅客船。川の上を移動することを許された唯一の交通機関。それが、男たちの渡し船。

行き先は？

決まっている。黒い川面の彼方に浮かぶ〈島〉だ。

ううん、浮かんでいるって云うよりは、屹立しているって云った方がより実像に近い。水底から迫り上がった急峻な山の頂が光を放ちながら水面を突き破って佇んでいるかのようでもあるけれど、そう見えるのは、敷地いっぱいに生い群れた高層ビル群のせいだ。セントラルタワーを頂点に、端にゆくにつれて背の低いものが並ぶように配されたビル群は、遠目にはひと塊になっていて、何処か釣鐘を思わせるカタチをしている。

眺めているうちにまた一台のワゴンがやってきて、前の一台と同じように乗客を吐き出し、すぐさま去っていった。今度もやっぱり、降りてきたのは、皆、男。当然だ。〈島〉には男しか渡れない。〈島〉は半蛇に追われる男たちを保護するために設けられた特区なんだから。

女にはそんなものは要らない。だって、女を追ってくるのは半蛙だ。半蛇と違って脅威って呼べるほど強靭な肉体を持ち合わせてもいない半蛙どもは、放っといたって自警団にすぐ捕まる。〈島〉に渡った男たちは、其処に築かれた安全で安心な閉鎖都市(ゲーテッド・シティ)で半年間ばかり過ごし、それからまた、元の〈共同体〉へと帰っていく。ちょうど、生成り(なまなり)が真蛇(しんじゃ)に成り果てるのと同じだけの期間だ。棄てられた女たちが地を這いずり廻っているあいだ、男たちは島内のメンタルケア施設でカウンセリングを受け、快適なベッドでさぞぐっすり眠ることだろう。此処(ここ)に居れば安全だ、此処に居れば安心だって思いに包まれて。

同じひとつの恋に落ちたくせに、棄てた側ばかりがケアされるなんて、おかしな話。だからこそ、ルイとわたしは、そうして安心し切った連中の寝首を掻いてやるのだ。そう、何としたって〈島〉に渡り、想いビトを喰らってやるのだ。

「渡し場には近づくなって、あれほど云ったろ!」とルイが語気を荒らげたことに、わたしは吃驚(びっくり)した。がさつで、せっかちでもあるけれど、彼女が怒気を顕わにするなんていうのは珍しいことだ。「何度も云ってるけどな、あそこは危険なんだよ。判るだろ?」

判っている。桟橋やその周囲には武装した作業着姿の連中がうようよ居て、絶えず警戒の目を光らせている。武装って云っても、自警団の連中ご自慢の捕獲棒みたいな、生易しい代物じゃない。一分間に九百発も弾を撃ち出して、どんな生き物もミンチにしちゃうような自動小銃だ。

一度、川を泳いで〈島〉まで渡るのはどうかってルイに提案したことがあった。我ながら素敵な思いつきだと思ったのだ。

もう少しルイの蛇体化が進んで、腕も捥げたら、彼女はきっと生来の蛇みたいに泳ぎが上手くなるだろう。そうしたら、わたしは彼女の背に乗せてもらって、一緒に〈島〉を目指すのだ。ただでさえきらきらと七色の煌めきを放つルイの鱗は、砕けた水飛沫（しぶき）を透かして落ちる陽光の下、よりいっそう複雑で美しい光の綾を泛（うか）べるはずだ。考えるだに胸が躍る。

けれども話を聞き終えるや、ルイは肩を竦めた。「泳いで行くって、清姫（きよひめ）みたいにか？」

「うん、清姫みたいに」わたしは頷いた。

まだ芸術や文学の検閲が隅々まで行き届いていなかった頃を知るルー・ジーンが、いつか語り聞かせてくれた物語の主人公だ。〈病〉がまだ存在していなかった時代にもかかわらず、自ら蛇に変じて男を追った女の物語。蛇に成った清姫は川を渡って男を追い詰め、お寺の梵鐘の中に隠れた相手を口から吐く焔でもって鐘もろともに焼き殺した。

もっとも、ルーの話がほんとうなら、清姫って人、火は吐くわ、頭には角（つの）が生えているわで、蛇っていうより、もはや龍じゃんって感じがするけれど。

ともあれ、当時のわたしのそんな夢想を、ルイは一笑に付した。〈島〉の沿岸は桟橋に居るのと同じ武装した男たちがぐるりと取り巻いていて、泳いで近づこうとなんてしようものなら、

「即ミンチ」にされる、って。

「とにかく、渡し場にはもう近寄るな」ルイは改めて云った。有無を云わせぬ調子だったけれど、

それでもわたしが頷かずにいると、歯切れの悪い口調で、「焦るなよ」って付け加えた。
せっかちな彼女の口からそんな言葉が出るのは意外だった。確かに、わたしは焦っているのかもしれない。部屋に居るときも気づけば窓から彼方の〈島〉を眺めているし、行ったところで何が在るってわけでもないのに、つい、丘へと足が向いてしまう。だって、それはそうだろう。半蛇って、本質的にそういうもののはずだ。〈島〉へ渡ることを考えずになんかいられないはずだ。

——喰らってやる！

それが唯一にして絶対の行動原理なんだから。

「焦ることないんだよ」ルイは重ねてそう云い、わたしの手に視線を留めた。肌を覆う黒革の手袋を透かし見ようとでもするように、凝と見つめてくる。わたしが両手をお臀（しり）の後ろに廻すと、彼女は何か云いたげに口を開きかけたけれど、思い直したように首を振って、鏡に顔を戻した。そうして、中断していた化粧を再開しながら、「金はちゃんと貯めてるから、待てよ」

〈街〉には〈島〉の存在を快く思っていないヒトによる反〈島〉派組織があり、秘密裏に活動しているんだとルイは云う。そいつらは〈島〉の内部や渡し船のスタッフの中にも内通者を放っていて、何となれば積み荷に偽装して無許可のヒトや半蛇を〈島〉に渡すことだってできるらしい。

そこで、持参金と引き換えに組織を通じて〈島〉に渡ろうっていうのがルイの計画だった。ただ、そのためにはどうしたってお金が要る。それがためにこそ、ルイは店に出ているのだ。

けれどもそれにしたってと、わたしは思ってしまう。それにしたって、そのお金はいつになったら貯まるんだろう。わたしがルイの部屋に来て、もうふた月も経っている。ルイ自身について云えば、それよりもずっと前から〈街〉に棲みつき、店に出ている。なのに、彼女の云う計画が実行に移される兆しはいまだにない。

とはいえ、わたしにはルイを責める権利なんてない。急かす資格だってない。何故って、〈街〉に来てからただの一度も、わたし自身は外に働きに出ていないんだから。

夜の店にはどうしたって出られないし、市場の方ではそもそも求められていない。ふたりの生計はすべてルイの稼ぎだけで賄われている。ルイが相棒と呼ぶところのわたしは、その実、ただの居候に過ぎない。わたしがそう云ってくさくさするたび、ルイは決まってそれを笑い飛ばす。

「そういうもんにゃ適材適所ってのがあんだよ」って。

けれども、わたしには判らない。わたしの適所って、何処だろう?

いくら考えてみても判らない。判らないってことが余計に焦りを煽った。早く〈島〉に渡らなきゃ。そうして、想いビトを喰らわなきゃ。それ以外に為すべきことなんて、わたしは知らない。

こうしてただただ日々を過ごしているんじゃ、〈街〉でとぐろを巻いている他の半蛇たちと変わらないじゃないか。〈島〉を眼と鼻の先に臨みながら、無為に生きているだけの連中と。

でも、わたしたちは違うはずだ。そんな連中とは違うはずだ。

だって、ルイは云っていたじゃないか。

〝あたしはマジだ〟って。

いや、そもそも——筋肉やすじが浮かび上がった腕を忙しなく動かして化粧道具を次から次へと手にするルイの姿を眺めながら、わたしは思う。そもそも、組織だ何だって迂遠なことをしなくたって、彼女だったら渡し場の連中をやっつけてしまうことくらい可能なんじゃないか。

いくら恐ろしい武器を手にした相手だって、旋風のように空を裂く彼女の身のこなしには追いつけっこない。暴風のように荒れ狂う長い尾と、烈風のように宙を薙ぐ両の腕にかかれば、ヒトの男なんて容易く吹き散らされるに決まっている。

　そうして渡し場を制圧したわたしたちは、ふたり仲良く肩を並べて船をジャックし、〈島〉へと乗り込んでやるのだ。テルミとルイの地獄の道行(みちゆき)って感じがして、何とも胸躍る物語じゃないか。それに何より、面白い。きっと、ルイにはそれを実行できるだけの力があるはずだ。破れ寺で初めて出会った晩、大の男たちをあんなにも軽々と一蹴してみせた彼女だったら。

と、化粧道具を繰るルイの動きが、また止まった。視線の先にあるのは、やっぱり例の指輪だ。

　わたしは静かに嘆息する。

　面白くない。


「それ、売ってきてくれよ」って、そうルイから頼まれたのは翌日のことだった。

　彼女が顎で指し示した先にあるのは、卓に載せられた一対の腕——逞しい筋肉に引き絞られ、皓(しろ)い鱗に覆われた、美しい二本の腕だ。

「良いの？」わたしは吃驚(びっくり)した。

「良いさ。取っといたところで何にもならねぇだろ？」さも何でもないって調子で云ってのけ、ルイは肩を竦めた。昨日まで腕と繋がっていた肩口は円(まる)い断面から薄桃色の肉を覗かせている。よく見ると、表面には早くも柔らかな鱗が生じていた。

　午過ぎに目を覚まし、傍らでまだ眠りの中に居るルイの姿を眺め遣ったとき、わたしは仰天した。その身体から、両腕がごろりと捥げ落ちていたからだ。そんなの、誰だって驚く。

ところが、慌てふためく此方に引きかえ、やや遅れてゆるゆる起きだした当の本人は、至って落ち着いた容子だった。痛くないのか、大丈夫なのかと心配するわたしをよそに、彼女は何だか感慨にでも耽るような眼差しを腕に向けるばかりだった。

そうして、云ったのだ。売って金にしてきてくれ、って。化粧品を買ってきてくれって云うときとまるで変わらない、さも当然みたいな調子で。

腕を失くしたルイの姿を前に、わたしは内心複雑だった。羨望と落胆とが綯い交ぜになった気分だ。ルイの蛇体化の進行は、わたし自身が思い描く変容の理想像をそのままに体現していて、やっぱり彼女は特別だって、改めてそう思いもする。

けれども同時に、腕の脱落は別のことも意味している。真蛇へと到る九つの段階のうち、肉体が一番強靭になる頂点の時期を、彼女の身体がもう越えてしまったんだってことを。

それでも、そんなどっちつかずな思いよりも大きかったのは、せいせいしたって気持ちだった。もう彼女の、あの仕種、あの眼差しを目にしなくて済むんだと思うと、ほんとに、せいせいした。

云われるがままお遣いに出たわたしは、晴れやかな気分とルイの腕とを抱えて、足早に〈街〉を歩いた。さっさと済ませて部屋に戻らなきゃ。だって、ルイはもう、自分で化粧をすることだってできないんだから。今日くらいは仕事を休めば良いのにと云っても、彼女は聞かなかった。それならせめて、腕を売りに行くのは化粧が済んでからでも良いんじゃないかとも云ったのだけれど、ルイはそれもまた頑として拒んだ。さっさと行けだなんて、いつも通りのせっかちさで。

そうしてわたしが向かったのは、「ザ・ボディショップ」っていう例の看板を掲げた商店だ。階段を下り、鉄扉を押し開けると、店内は光量の乏しい桃色の照明に照らし出されていた。安っぽい淫靡さの演出だ。

壁際には脱皮した――何かの比喩なんかじゃなく本物の――半蛇の抜け殻が幾つも吊るされ、ガラス張りの陳列ケースには蛇体化の過程で半蛇から捥げ落ちた腕や、生成りの頭から抜け落ちた頭髪を束ねたものなんかがところ狭しと並べられている。いずれも、この店の売り物だ。買っていくのは主に〈街〉の外からやってきたツーリストたち。珍しい土産として買い求めるヒトが多いそうで、並べられた商品はその希少度に応じて値をつけられている。

この〈街〉では、半蛇たちの身体は何重もの意味で売りモノとして扱われる。

狭苦しい店内の最奥でカウンターの向こうに鎮座した顔中ピアスだらけのヒトの男は、店に入ってきたわたしの姿を認めるや、背後に在る白い扉をちらと見遣った。それから小首を傾げ、

「予約、この時間で取ってた？　アリスから聞いてないけど」

「ううん、今日はそっちじゃなくて」わたしは首を振り、大事に抱えてきたルイの腕を差し出した。「これ、買ってほしいの」

男は、ほう、と感嘆して、わたしの手から半ば引ったくるようにしてそれを取り上げた。「こいつは珍しいな。色素欠乏か」

シキソケツボウ。何度聞いてもムカつく響きだ。誰かがルイのことをそう云うたび、わたしは胸の内でそれを否定する。逆だ、って。彼女の鱗は色がないからこそ、色を持っているんだって。

輝く虹色の色彩を持っているんだって。

照明の光にかざしたり、タトゥーに覆われた手で彼方此方撫で廻したりしてルイの腕を散々検めた末、男は此方が思わず耳を疑うような買い取り額を提示した。他に類を見ない鱗を持つ彼女

の腕だから、きっと高値がつくだろうとは思っていたけれど、それにしたって予想を遥かに超えていた。わたしは半ば呆然としつつ、その値で良いと肯いた。

「これはどうする？」タトゥーの男は、皓い左手の薬指に留まった銀色に輝く物体を指差した。

「それは返して」無意識のうちに、わたしの口はそう答えていた。

すじ張った指に食い入ったそれを、男は鉗子のような器具を使って器用に外し、カウンターに載せた。すると、顕わになった輪の内側に、文字が刻み込まれているのが見えた。

刻まれていたのはルイの名と、それと「&」で繋がれた、もうひとつの見知らぬ名前だった。

五

「はい、じゃあ、その可愛らしいお洋服を脱いでね。上も下も全部だよ」

アリスは細い腕を伸べて、真っ白な部屋の片隅に据えられた籠を指し示した。「ザ・ボディショップ」のカウンターの向こう、白い扉を抜けた先に在る彼女のスタジオでのことだ。

室内を影ひとつなく漂白した無数の照明の下、極彩色の鱗がその輪郭をくっきりと際立たせている。〈街〉に棲む無数の半蛇たちの中でも、アリスの体色の派手さは図抜けていた。黒地に赤と緑が斑に散り、頸元だけは黄金の輪を嵌めでもしたかのように鮮やかな黄色。警告色っていう言葉をそのまま体現したような鱗の持ち主だ。口を開いたときに覗く長い牙もあいまって、ひどく攻撃的な感じがする。蛇体化の進行度は五段階目ってところで、腰から下は既に蛇のそれに変じているけれど、上半身は少女みたいに小柄な体軀のままだ。

ブラウスのボタンに手をかけながら、わたしは躊躇った。施術の内容を考えたら、服を脱げっていうのは当然の指示だ。にもかかわらず、あれこれ勘繰らずにはいられない。それはそうだろう。何しろ、相手はアリスだ。服を脱げって言葉の裡に、言外の意が込められているのは明らかだった。

とはいえ、裸にならないことには何も始まらない。厭々ながらも服を脱ぎ、差し出された籠に抛り込んだ。鏡張りになった壁の一面に映る自分の姿を、つい、見遣ってしまう。みっともない身体だ。

平らな胸と脚の付け根とを手で隠して鏡から顔を背けるわたしを、アリスはまじまじ眺めていた。羞恥に頰が紅潮していくのが鏡を見ずとも判る。身体中にくまなく視線を這わせてから、彼女は此方の手を指差した。「全部って云ったよね。全部っていうのは全部だよ。つまり、それも」

わたしは首を振った。手袋まで外す必要はないはずだ。

「あらら。何か外したくない理由でもあるのかな?」と、アリスはさも不思議そうに首を傾げた。判っているくせにと、わたしは心中で毒づく。

頑なに拒み続けていると、アリスは「そっかそっか。なるほどね」って、意味ありげに頷いた。こうして面と向かって話していても、相手が生成りとなると、胎の底でほんとうは何を考えているのか推し量るのは難しい。

何故って、ひとつにはヒトと較べて表情の変化が乏しいせいだ。たとえ、口の端を持ち上げて笑みと思しきものを拵えていたとしても、けらけらと笑い声を発していたとしても、彼女たちの眼が弧を描くことは決してない。まさしく「目が笑ってない」ってやつ。何せ、半蛇の眼には瞼がないのだから。心底可笑しいと感じているときでも、怒り狂っているときでも、両眼は変わらぬ大きさのまま見開かれている。

「そぉんなに厭なら仕方ないわねぇ。それはそのままで許してあげる」アリスは甘ったるい口調で云った。「えっとぉ、前回の続きで良いのよねぇ？」

わたしは無言で頷く。彼女の前ではできる限り口を開きたくない。初めてカウンセリングを受けたとき、迂闊にあれこれ話してしまって随分酷い目に遭ったからだ。

「オッケー。そしたら、早速始めましょっかぁ」アリスは種々の器具を載せたワゴンを引き寄せつつ、わたしを差し招いた。わざとらしく此方の頭のてっぺんから爪先までを視線で舐め、傍らの寝台を指し示す。「はい、じゃあ、其処に横になってね」

鎮まれ、鎮まれって、手術台みたいなベッドに俯せに身を横たえながら、わたしは自分の身体に云い聞かせた。鎮まれ、赤くなるのはやめろ、って。けれども、そう考えれば考えるほど、意思とはあべこべに血中の酸素飽和度ってやつが高まって、肌は赤味を増していく。

半蛇の本心が見えにくいもうひとつの――そして、たぶん、より根源的な――理由は正にこれ。膚の色が動的に変化することがないせいだ。

〝肌色〟なんて一口に云っても、ヒトの肌の色味ってやつは、その時々に応じてころころ変わる。ニュートラルな状態での色を基準として、怒っていたり恥ずかしがっているときには赤く、悲しいときには青くって具合に、感情を反映して。表情って聞くと、筋肉の動きに引っ張られて変化する顔のカタチばかり思い浮かべがちだけれど、実際には、其処に色合いっていうテクスチャが被せられることで、漸くそれは完成するんだろう。

そう思うようになったのは、ルイと出会ってからのことだ。半蛇の身体を覆う鱗は、当人の心理状態に応じて色味を変えたりなんかしない。光の当たり方で色彩が変化するルイの鱗にしたって、それは同じだ。だからこそ、ルイと話しているのは気が楽だった。文字通り、顔色を窺うなんてことをしなくて済んだから。

一方で、〈街〉に棲む他の半蛇たちからは正反対の印象を受けた。本音の見えなさは、恐怖に繋がる。膚の色の変化のなさが、ストレートに情報の欠落として作用するってわけ。

わけてもアリスは代表格だ。何を考えているのか、まったく見えない。ううん、わたしに対して一種の悪意を持っているんだろうなってことは判る。ただ、それがどんな感情に根差したものなのか、まるで見当もつかないのだ。

「うんうん、前回入れたとこ、色抜けもしてないし、ケロちゃんの方も良い感じに盛り上がってるね。掻い掻いしなかったんだねぇ、偉い偉い」小さな子供をあやしでもするように云いながら、アリスはわたしの背の方々を撫でた。実際、術後の痒みと火照りは酷く辛い。施術から二、三日のあいだは、皮膚に籠もったそれらのせいで夜も寝つけなくなるほどだ。

背を撫で回すアリスの手を努めて意識から追い出すように、それにしてもどうしてだろうって、わたしは考え続けた。どうしてヒトの肌は心理状態を色っていうシグナルにして発してしまうんだろう。それも、本人の意思によるコントロールすら離れて。

あれこれ考えた末、きっと、嘘をつけないようにするためだって、わたしはそう結論づけた。どれだけ言葉を連ねても、どれだけ形を繕っても、嘘がバレるようにするためだ、って。集団が、偽物を偽物と告発するために。紛い物を紛い物と糾弾するために。そうして排除するために——ううん、排除されるためにこそ、遺伝子はそうした機能をヒトの身に具えさせたんだろう。つまり、個体ではなく、それが属する母集団を存続させるための進化。自身を殺してでも集団全体の淘汰を防ぐための機能獲得ってわけ。社会生活ってものを前提にした、歪な進化だ。

アリスの生業は、そんなヒトのテクスチャに手を加えることだった。皮膚の表面に図像を描き、色を載せ、加工する職業。つまりは、彫り師。

〈街〉に定住している生成りで、身体以外を売り物にしている存在は珍しい。特殊な職能でも持ち合わせていない限り、ヒトは生成りを雇い入れたりはしないから。それに、生成りたちの考え方はおおむね刹那的だ。遠からず真蛇と成って生来の蛇と同じ生き方をするようになるってことが決まっている生成りたちは、後々のことなんて考える余裕を持ち合わせていない。大抵は、今を生きるお金を得るための最短ルートを選ぶ。アリスは「腕が捥げても、口で彫るよ」なんて嘯いているけれど、彼女のことだから、何処まで本気かは判らない。

もっとも、彼女は刺青のみを専門にしているわけではなく、取り扱っている範囲はもっと広い。およそ考え得る限りの身体改造全般だ。

「ウチのお客さんでも、刺青入れる子は珍しいんだよ」アリスはわたしの背にペンを走らせながら云った。下絵を描いているのだ。ふつうは紙に描いたものを転写するそうだけれど、わたしが頼んでいるような単純な図柄ならフリーハンドで十分らしい。「ウチの施術で一番多いのはピアッシング。次に切除。それから植え付けって感じ」

色素細胞の在り方がヒトとはまるで違っているから、半蛇にせよ半蛙にせよ、刺青を彫ったところで狙い通りの色が出せないんだって彼女は云う。

　半蛇や真蛇の体色は表皮の下で層を成す、黒、黄、赤からなる色素胞って呼ばれる細胞の組み合わせによって様々な色彩を浮かべるのだそうだ。更には、虹色素胞というのもあって、此方はそれ自体は無色なものの、光の反射率に関わっている。

　ちなみにアンピュテーションっていうのは身体の部位を切断する施術で、何らかの理由で蛇体化が上手く進行せずにおかしな位置に残ってしまったヒトの器官を切り落とすことが多い。インプラントはそれとは反対に様々な部品（パーツ）を皮膚下に埋め込んで、本来蛇には存在しない器官を疑似的に作り出す施術だ。具体的には、角とか、瘤（こぶ）とか。

「スミなんて入れたがるのは、旅行者くらいだよ。蛇女とヤッた記念にって云ってね」そう云うと、アリスは意味ありげに口許（くちもと）をにやつかせた。

　彼女は毒蛇だ。毒を持つ半蛇なんてものは聞いたことがないけれども、彼女は毒蛇だって、わたしは確信していた。それも、獲物をすぐに死なせはしない、じわじわと後になって効いてくる遅効性の毒の持ち主だ。

「おまけに瘢痕文身（スカリフィケーション）との合わせ技がご希望だなんて、そんなのはアナタだけ」

　スカリフィケーションっていうのは肌に傷をつけ、人為的に造ったケロイドで肉体に文様を描く施術だ。描線は浮き彫りみたいに皮膚から隆起する。メスで切開する手法とか、熱した金属で焼灼（しょうしゃく）する、いわゆる焼き印のような手法とか、やり方は様々だけれど、わたしが依頼したのは針を使った方法だった。その方が、アリスが腕を活かせるだろうと思ったから。

　下絵を描き終えると、アリスは銀色に光る器具の針先を消毒しながら続けた。「ま、わたしとしても良い練習になるから有難いんだけどね」

「練習って。そんなんじゃ困る」

「あはは。大丈夫大丈夫。これでもプロだからね。少なくとも、素人が自分で入れるのとじゃ比較にならないくらい綺麗に入れるよ」素人っていう言葉を、アリスは殊更に強調した。

実際、彼女の手になる本式の刺青と、わたしが自分自身で彫ったものとのあいだには歴然たる差があった。身体の前面を覆う、まともな技術も碌な道具も持ち合わせていないわたしがちまちまと縫い針で突き、墨を流し込んだそれは、描線もよれよれだし、輪郭もぼやけていて、鏡を見るたび、厭になる。

これが鱗と呼べるのか、って。

これが腹板と云えるのか、って。

一方、アリスによって背中に段階的に入れられつつあるそれは、黒い線描のみで描かれたものとはいえ、とても鮮やかだ。スカリフィケーションによる凹凸とあいまって、まだしも鱗に見えないこともない。

仕方がなかったのだ。ルイと出会って〈街〉に来るまでのわたしときたら、何も知らない、ただの子供だったんだから。平凡だけれど愛情深い――でも、恋はしたことがない――両親に育てられた、〈共同体〉の一部分に過ぎなかったんだから。

「それにしても、さぁ」そう云いながら、アリスは針の先端をわたしの肌に宛てた。背中一面の毛穴がざわつくのが判る。「なぁんでそうまでして、半蛇の真似っ子なんかしたいわけ?」

そう、わたしは偽物だ。

拵え物の、模造品だ。

あのヒトに手酷く棄てられたっていうのに、わたしの身体は一向に蛇体化の兆しを見せなかった。鱗もできず。牙も生えず。うんともすんとも云わなかった。恋をして、それを失ったにもかかわらず、だ。そんなことは許せない。許すわけにはいかない。

だからわたしは、自らの身体に手を加えてでも蛇に成ろうと決めたのだ。

〈街〉を目指して旅をしながら、針で抉って、刃で裂いて。石で砕いて、鑢をかけて。血まみれになって、のたうち廻って、親から与えられた肉体を滅茶苦茶に毀して。どうしても、何としても、わたしは蛇に成らなきゃいけなかった。そうしなきゃ、わたしはわたしでいられなかった。

「アナタって、ホントに――」此方が黙っていると、アリスはひとりでに後を続けた。「ホントに、とってもとっても可愛らしいお莫迦ちゃん」

針先が皮膚を突き破る痛みが背を貫く。歯を食い縛り、拳を握り固める。痛い。けれども、剃刀を使って自ら舌先を裂いたときの――アリスに云わせれば、「真正お莫迦ちゃんの所業」の――痛みに較べたら、これくらい何てこともない。あのときは、ちゃんと火で炙った鉄片で断面を焼いたっていうのに、傷口が酷い化膿を起こして大変な目に遭った。

この場で真に構えなきゃならないのは、針や刃物ではなく、それより更に鋭いものに対してだ。「わたしが云うのも何だけどさぁ」施術中、アリスは必ずと云って良いほど、嬉々とした声音でわたしをなぶる。言葉という、毒牙をもって。

喰らってやる。彼女の言葉を掻き消すように、わたしはひたすら胸の内でそう唱える。喰らってやる。喰らってやる喰らってやる喰らってやる喰らってやる喰らってやる喰らってやる喰らってやる。

「こんなことしたって、蛇になんか成れるわけないのにねぇ?」

——喰らってやる！

＊＊＊

暗闇の中、彼方此方（あちこち）で火柱が上がり、逆巻く焔が視界を圧（お）している。熱い。熱い。赫（あか）い舌先が方々から身体を舐めては肌を灼く。熱い。そうして総身を炙られながら、身体を動かすことはできない。わたしは為す術もなく、闇の底から幾つも立ち昇ってはくねくねと揺らめく炎尖（ほさき）を眺めていた。

不意に、目の前の焔がぐらりと大きく揺らぐ。その向こうに、あのヒトが立っていた。

握手もして、ハグもして、キスもしたけど、セックスをするには到らなかった、あのヒト。わたしはこのヒトに恋をしているんだって、そう思い込もうとした相手。

彼の口がぐにゃりと開き、わたしの名を呼ぶ。

——テルユキ。

厭だ。その名前で呼ぶのはやめてって、いつだって、そう頼んでいたのに。耳を塞ぎたいのに相変わらず身じろぎひとつできずにいるわたしに向けて、あのヒトはなおも続けた。

——テルユキ。ごめん。俺、ちょっと興味があったってだけでさ。刺激を求めてたっていうか。でも、やっぱ無理だわ。ただでさえ、恋っていけないことだし。それにさ、やっぱり、変だろ、こういうの。だってお前は——

黙れ。そう胸の内で叫ぶと、周囲の焔が激しく燃え盛った。黙れ。心中の声に応じるように火勢を強めた焔が、あのヒトを包み込んでいく。黙れ黙れ黙れ。お前なんか、もうどうでも良い。黙れ。お前が〈島〉に渡ったのは、わたしから逃れるためじゃない。判っている。ほんとうは、他の女と別れたからだ。だからわたしも、お前の言葉なんか、もう要らない。

お前のことなんか、喰らってやるもんか！

焔にすっかり呑み込まれ、あのヒトの姿は消え去った。

一体、この焔は何なのだろう。何処からやってくるのだろう。そう考えていると、遠く彼方の火柱の陰に、ちらと垣間見えたものがあった。それは皓く、それでいて、虹色に輝いて。

嗚呼、判った。燃え盛るこの焔は。身を炙るこの熱は——

そう気づいた瞬間、すぐ傍らで炎尖が弾けた。無数に散った緋色の火の粉が此方めがけて降り注ぐ。分けても大きな火片を受けた肩口から、新たな火の芽が生え伸び、肌を焦がす。

熱い——

六

灼けつくような熱に肩を苛まれて飛び起きるように目を覚ましたっていうのに、わたしが何より真っ先に確認したのは、自分が手袋をしているかどうかってことだった。

心配をよそに、見れば、黒い革の被膜はあの晩と変わることなく手を覆っていた。

「おはよ、テルミ」

ほっと胸を撫でおろしていると、すぐ傍らからそう声をかけられた。以前と何ら変わらない口振りで発されたその響きに、わたしは安らぎを覚える。此方を覘き込む皓い面(おもて)に、何事もなかったかのようにわたしも応える。「おはよう、ルイ」

ベッドから立つと、足元がふらついた。ルイが咄嗟に尾を伸ばして身体を支えてくれなかったら、そのまま頽(くずお)れていたか、下手をすれば、すっ転んでいただろう。腰に廻された尾に寄り掛かるようにして息をついていると、床の一角に広がった赤黒い染みがふと目についた。

嗚呼と思い、今更ながら首を回して左肩に目を遣れば、其処には白い包帯が巻かれていた。結び目を解(と)いてみると、傷口を乱雑に縫合した糸と、黒い瘡蓋(かさぶた)とが、一緒くたになって肌にへばりついていた。いつか瘡蓋が剝がれた後には、スカリフィケーションみたいにケロイド状の傷痕が残るだろう。きっと、背に幾条も走った他のどれよりも、肩に刻まれたそれは大きなものになる。

丸一週間。それだけのあいだ寝込んでいたんだってルイが云うのを、いまだぼんやりする頭で聞いた。傷口から這入(はい)り込んだばい菌が感染症を引き起こして、高熱を出していたんだ、って。傷に沿って指を這わせてみると、まだ炎症の治まっていない肌はひりひりと痛んだ。

「莫迦か、お前!」

記憶に残っている中で最後の晩、ルイはそう叫んでいた。

直後、皓い尾の先が宙に閃(ひらめ)いて、わたしの肩に深々と食い込んだ包丁を、その柄を握るわたしの手もろとも横に薙いだ。刃は耳障りな音を立てて床を転がり、手はじんじん痺れて赤く腫れあがった。傷口からは滾々と血が溢れ、腕を伝って床に落ちる。血って、こんなに黒いんだなって、そんなことをぼんやり考えていたのを覚えている。

部屋にあった包丁で、自分の腕を切り落とそうとしたのだ。ちょうど行為に及んだその現場を、店から帰ってきたルイに見咎められた。

「何やってんだよ、テルミ！」って、そう怒鳴ったルイがどんな顔をしていたか、わたしは知らない。覚えていないんじゃなくて、知らない。何故って、そのときのわたしは彼女の顔を見ていなかったから。わたしはただただ、むずかる子供みたいにイヤイヤと首を振り、叫び返していた。

「駄目なの！　こんな腕があったら〈島〉に行けないの！」自分の喉から出たとは思えない、獣じみた声だった。「わたしはどうしても〈島〉に行って、ヒトを喰らって、蛇に成らなきゃいけないの！」

我ながら論理が顚倒しているって、今なら判る。けれども、それは何も、そのときに始まったことじゃない。わたしの中ではいつだって、何もかもが滅茶苦茶にひっくり返っていた。

「だからって、こんな無茶な真似するこたないだろ！」

「ルイには判らないよ。ほんとは〈島〉に行くつもりなんかないルイには！」

衝動的に、そう口にしていた。

そうだ。ルイは〈島〉には渡らない。そもそも最初から、渡る必要なんかなかった。だって、彼女が喰らうことを求めてやまない想いビトなんて、其処には居るはずがないんだから。指輪に刻まれていた名前が脳裏をよぎった。腕と一緒に売ってしまったと伝えたとき、ルイが心底悲しそうにした、あの指輪。ほんとうは腹立たしさのあまり棄ててしまった、あの指輪。悲しまれるくらいだったら、怒られる方が、よっぽどマシだった。

「聞いたよ。ルイが恋をした相手って、元からこの〈街〉に居た女のヒトだったんでしょ」

そう、ルイは半蛇と成ってこの〈街〉に来たんじゃない。ヒトの身のままに〈街〉へとやってきて、その人と出会い、恋に落ちたのだ。

けれども、その人にはルイの他にも恋人が居た。その人はルイではなく、もうひとりの方に棄てられて〈病〉を発症した挙句（あげく）、最後には真蛇と成って何処かへ去ってしまったそうだ。

「ルイは云ってたじゃん。あたしは〝マジ〟だって。〝マジ〟で〈島〉に行くんだって。でも全部、全部嘘だったんだよね」一度堰（せき）を切ってしまった言葉は、もう止めようがなかった。胸の奥底に封じようと思っていたはずの言葉が、次から次に溢れてくる。肩から噴き出す血よりも、なお激しい勢いで。傷口を押さえようと伸びてくるルイの尾から逃れながら、無暗（むやみ）に両手を振り回し、わたしは叫び続けた。「組織とか計画とか云って、わたしのことも騙してさ！」

初めて出会ったあの晩、どうしてルイは〈街〉の外に居たのか。どうして破れ寺なんかを通りがかったのか。捜していたからだ。真蛇に成って行方をくらました女（ひと）が、まだ〈街〉の近くに居るかもしれないって。彼女はいまだにそう信じているのだ。だから、「ほんとはただ、〈街〉を離れられないでいるだけなんでしょ。真蛇に成るまでのあいだ身体を売って、ただ無駄にその日その日を生きてさ。そんなの――そんなの、他の連中と同じじゃん！」

「テルミ」此方を追う尾の動きを止め、暫（しば）しの間を置いてから、ルイは口を開いた。静かな声音だった。震えているようにも聞こえた。

けれども、わたしは顔を上げなかった。

「悪かったな。あんたの云う通りだよ」ルイはそう続けた。わたしは否定してほしかったのに。そんなことないって云われたかったのに。「あたしは、あんたがいつか云っていたような、特別な存在なんかじゃない。恋に破れた、半蛇のひとりに過ぎない。ただ。ただな……」

ほとんど消え入りそうな声で、彼女は云った。

頼むから無駄だなんて云わないでくれよ、って。

〝頼むから〟だなんて、そんな言葉、彼女の口から聞きたくはなかった。ルイはいつでもわたしの憧れで、いつでも自信たっぷりで、誰とも違う、特別な、唯一無二の存在なはずなんだから。

「テルミはさ、そもそもどうして〈街〉なんてものが存在しているんだと思う?」

わたしは答えられなかった。答えたくなかったんじゃない。ほんとうに判らなかった。首を垂れたまま何も応えずにいると、ルイは彼女らしからぬ抑制の効いた調子で語り始めた。

そもそもどうして〈街〉なんてものが存在するのか。いや、どうして存在していられるのか。いくら半蛇の多くがヒトより強靭な肉体を持っていたって、それは個体同士を引き較べた場合の話に過ぎない。爆弾、ミサイル、毒ガス、その他諸々、ひしめく半蛇もろともに〈街〉を消し去る方法なんていくらでもある。ヒトがその気になれば、〈街〉なんて、塵を吹き払うように容易く消せる。

であれば、恋という禁忌を犯したはずの半蛇たちの巣穴は、どうして今なお存続しているのか。決まっている。ヒトによって、その存在を許されているからだ。

〈街〉は世界の外側に在るものではない。社会規範だとかシステムだとか、そういった規制の枠組みの埒外に在るように見えても、その実、〈街〉はしっかりと〈共同体〉の管理下に在り、

〈島〉と同様、〈共同体〉が運営している特区に過ぎない。

　考えてみれば単純なことだ。ビルの谷底を埋め尽くした娼家のアガリは親組織である〈共同体〉へと流れていく。〈島〉は、いわば半蛇たちの鼻先にぶら下げられた餌だ。想いビトを其処に集めておけば、彼女たちは放っておいても〈街〉にやってくる。恋という禁忌に触れてしまった男たちのケア。管理局の手から逃れおおせた危険因子の排除。性サービスを供給するための安価な労働力の確保。正に一石三鳥っていうわけだ。

「他の半蛇たちもそれは判ってる。判ってて、他に生き方がないからこうしてる。あたしもそうさ。皆は〈島〉に、あたしは〈街〉に、否応なく縛られてる」ルイは話をそう結んだ。

　わたしは知らなかった。何も知らない子供だった。〈街〉のことも、〈島〉のことも。半蛇たちが皆、すべてを呑み込んだ上でなお、切実にもがいていたことも。その様を、わたしは無為だと云ったのだ。その生き方を、無駄だと云ったのだ。自分独りの勝手な思い入れと、妄執から。

　謝るべきだと思った。非を認めるべきだと思った。けれどもそれに先んじて、胸に湧いた大きな疑問が、我知らず口から零れ出した。「だったら、どうして――」

　でも、わたしはそれを最後まで云い切ることができなかった。不意に視界が暗転し、ごん、っていう鈍い音がしたかと思うや、それきり意識が途絶えたからだ。

　――どうして嘘をついてまで、一緒に暮らそうなんて云ったの？

　そんなことがあった後だっていうのに、ルイは以前とまるで変わらない容子だった。わたしを叱責することもなく、変によそよそしくすることもなく。ただ、少しやつれたように見えた。何て云うか、身体全体が萎んだと云うか、一回り小さくなったようだった。

気になって訊ねてみると、「蛇体化が進んでんだよ」って、ルイは力無く笑った。

そういうものだろうか。確かに、程度の差こそあれ、蛇体化の最終段階では身体の縮小が起こる。けれども、ルイの変化はまだ七段階目だ。肩帯も腰帯も消えずに残っている。髪だって抜け落ちてはいない。一足飛びに身体が縮むなんて、そんなことってあるんだろうか。

まだ熱があるせいか明瞭しない頭でそう訝しむわたしの思考を、ルイが遮る。「なぁ、それよか、もし少しは元気があるんだったらさ、化粧、してくれないか。もう何日もできてないんだ」

わたしは頷いた。

それからふたりして脱衣所まで行くと、鏡台の前でとぐろを巻いたルイの傍らに立って、化粧道具を順繰りに手に取った。彼女が自分でしているのをいつも見ていたから、手順はすっかり覚えている。そりゃあ、見様見真似でしかないからあんまり上手とは云えないけれど。

まずは顔全体にUVカットの下地をなじませ、上から瘉傷クリームを塗って鱗の凹凸を均す。口周りは鱗の間の溝が深いから、崩れにくいよう特に念入りに。シェーディングで立体感を強調した後、頬の内から外へ、次には額と顎って順でファンデを重ねる。ルースパウダーを軽くはたいたら、眼の下と鼻筋にはハイライト。彼女の顔の中で唯一の色って云える眼の周りの薄桃色が活きるよう、アイシャドウは載せず、ラメだけを散らし、アイラインはきりりと目尻を跳ね上げる。チークは手の甲で量を調整し、ブラシを立てて綺麗なグラデーションに。

最後に、皓い膚の中で引き立つ真紅の口紅を。

「はい、これでばっちり」わたしはルイと顔を並べ、鏡を覗き込んだ。

彼女が彼方此方に顔を向けていろんな角度から出来映えを検めているあいだ、わたしは白銀の髪を梳る。不思議と穏やかな気持ちだった。ルイは、特異な半蛇でも、唯一無二の生成りでもない。そうと聞かされた今でも、わたしにとって彼女が特別な存在であることに変わりはなかった。うん、そうだ。変わらないって気づけたことそれ自体が、わたしは嬉しかった。

「あんたさ――」ルイは不意に動きを止め、鏡越しにわたしの顔をじっと見据えた。「テルミ、あんたはさ、あんたが成りたいものに成りなよ。何でも良いから、あんた自身が、腹の底から成りたいって思えるものにさ」

そのとき。鏡の中の彼女が、ふっと笑みを泛べた。口の端を上げるだけの笑みではない、眼を細めた、半蛇には決して能うはずのない、穏やかな微笑を。わたしは吃驚して傍らを顧みたけれど、その顔にはもう何の表情も泛んではいなかった。いつも通りの、常と変わらぬルイの顔だ。

「どういうこと?」彼女の云わんとしていることが判らなかった。

「さあな。ただ、こんな土地を離れて、旅にでも出たら見つかるんじゃないか、成りたいもの」

「旅って、何処へ?」

「何処へって決めずにさ」

「アテもなく?」

「そう。目指す土地も、目的もなく」

「ルイも一緒に?」

それはないって答えが返ってくるのは判っていた。目指す場所を決めないってことはできる。けれど、目的を抜きに行動するってことは、彼女たち半蛇には決してできない。何処に居たって、その身を衝き動かす飢えだけは消せない。アテは失くせたとしても、意志は残る。

「そうだな」けれども、ルイはそう云って頷き、「それも良いかもしれないな」

他人の嘘は何だってお見通しのくせして、ほんと、彼女は嘘ばかりつく。根っからの嘘つきだ。

「テルミとルイの地獄の道行だね」

わたしが呟くと、何だそりゃって、ルイは肩を竦めて口の端を持ち上げた。

それが、わたしが目にした彼女の最後の笑顔になった。

七

平均的に百ミリ秒から百五十ミリ秒——ヒトの瞬き一回あたりにかかる時間だ。ヒトが一分間にその動作を取る頻度は年齢や個体によってバラつきこそあるけれど、おおよそ十五回から二十回。時間にして、一時間では九十秒から百八十秒。一日の睡眠時間を七時間って仮定すると、覚醒しているあいだに最小で二十五分半から最大五十一分間ものあいだ目を閉じているってことになり、つまり、わたしは毎日それだけの時間、世界を見逃している計算になる。

ルイは違った。

彼女の両眼は文字通り一瞬も欠かすことなく、絶えず世界を捉えていた。それでいて、眼を開く——あるいは、閉じる——って表現が「眼球を覆う器官の開閉運動」を指しているんだとすれば、彼女は常に眼を瞑っていたとも云える。そもそも、開閉式の不透明な蓋なんていう非効率的な器官、つまりは瞼ってものを持ち合わせていないからだ。代わりに、スペクタクルと呼ばれる透明な鱗が眼窩を覆って眼球を保護している。

面と向かって半蛇と相対したとき、大抵のヒトはたじろぐ。まさしく、蛇に睨まれた蛙って感じで。向けられた両の瞳に、何もかもを見透かされているような気分に陥るせいだ。逆説的ではあるけれど、だからこそ、ルイと向かい合って過ごす時間が、わたしには何より心地良かった。

瞼を持たないルイの両眼は、今もなお世界に向けられている。生命を失くした、今もなお。

ルイが死んだと聞かされたとき、わたしの顔はどんな色を泛べていただろう。ヘモグロビン濃度が急激に高まって、悲しみの赤紫に染まっていたかもしれない。あるいは反対に、ショックのあまり血液量と酸素飽和度とがいっぺんに低下して、蒼白になっていたかもしれない。

自分で目にしていないから確かなことは云えないけれど、きっと、実際はそのどちらでもなかったんじゃないかって思う。恐らく、わたしの肌はふだんと変わらぬ色のままだっただろうって。

何故って、実際、わたしは何の感情も抱かなかったからだ。それくらい、現実感がなかった。

夜更けに部屋を訪ねてきたルー・ジーンが開け放した戸口の向こうでわあわあと彼女の最期について喚き立てたときも、何処か遠い世界での出来事のようにそれを聞いていた。

店からの帰り道、先まで相手をしていた客に背後から刺されたのだと云う。半蛇の中でも非常に珍しいルイの鱗を狙ってのことだったそうだ。後から判ったことだけれど、男は例の土産物屋で彼女の存在を知ったらしい。

ふだんのルイだったら、ヒトの男なんかわけなく一蹴したはずだ。たとえ肉体的な強さの最盛期は過ぎていたって、それでも、そんじょ其処らのヒトに負けるような彼女ではない。

けれども、彼女はただでさえ弱り切っていた。この数日間というもの、昼日中から〈街〉の方方を這い廻り、陽光に曝され続けていたせいだ。紫外線を遮る色素を持たない彼女にとって、それがどれほどの負担だったかは想像に難くない。

一体どうして、そんなことをしたのか。

決まっている。感染症を引き起こして寝込んでいたわたしのために、治療薬を求めて彼方此方(あちこち)彷徨(さまよ)っていたのだ。〈街〉には病院だの薬局だのなんてものは存在しない。抗生剤を手に入れるのは簡単なことじゃなかったはずだ。

結局、凶行に及んだ男は近くを通った別の生成(なまな)りに取り押さえられたと云う。それから後、男がどういう末路を辿ったのかは聞かなかった。知りたくもなかった。

ルー・ジーンが肩を落として——彼女には肩なんてないけれど、他に形容のしようがない容子(ようす)だった——去った後、わたしはほとんど機械的な動きで浴室に行き、水を浴びた。前の晩と変わることのない、周日運動。それから独りベッドに横になって、目を瞑(つむ)った。

ルイの死を実感したのは、寝苦しさに何度目かの寝返りを打ったときだ。灼(や)けつくような熱に肩を苛まれて、わたしはベッドから這い下りた。そうして窓辺まで歩いていって、窓外の景色を眺めた。眼下を流れる極彩色の川と、彼方に横たわる黒い川。その向こうでは、〈島〉が常と変わらぬ光を放っていた。

背が、酷く熱かった。けれども、火照りを冷ましてくれる存在は、もう居ない。知らぬ間に目から零れた雫(しずく)が頬を伝った。口の端を濡らすそれを舌先で舐めてみたけれど、少しも甘くなんかなく、ただただ、塩辛かった。ナトリウム濃度が高いせいだって、そんなことを考えた。

翌日、ルー・ジーンと幾人かの半蛙たちがルイの亡骸を運んできた。やって来た半蛙たちは、口々に云った。ルイ姐さんは、いつでも自分たちに良くしてくれたって。ルイが外ではそんな風だったってことも、わたしはそのとき初めて知った。

ベッドに横たえられたルイの姿は生きているときと少しも変わらなく見えた。つんと胸を反らして、何処か勝ち気な様で。窓から差し込む陽射しを浴びて、皓い鱗はたゆたう光の波に揺れた。けれどもそれは、彼女が他の半蛇とは違う特異な存在だっていう証ではない。ただひとえに、細胞内のメラニンが欠乏しているせいだ。黒、黄、赤、それぞれの色素を欠いた鱗は色を持たず、その下にある虹色素胞が、名前の通り、降りかかる光を虹色に反射する。

——あたしは夜の女だからさ。

しょっちゅうそう云っては口角を持ち上げていた口許には、まだ、紅の薄膜が張りついたまま残っていた。わたしが差した口紅だ。

半蛙たちが帰っていった後もルーはひとり部屋に残り、あれこれと話し続けていた。

「あの子、店ではテルちゃんのことばかり楽しげに話してたんだよ。昔の自分みたいなところがあってどうにも放っておけずに拾ってきちゃったけど、今では妹ができたみたいな気分だって」

彼女はそれから、残された亡骸をどう扱うべきかってことをあれこれ並べ立てた。

〈街〉の住人には葬儀っていう慣習が存在しない。生成りは個体志向が強く、大抵、独りで生きるものだから。後に遺される者なんて、ふつうは居ない。親しかった者が集まって——つまりは集会を開いて、死者を悼む催しがないって意味では、〈共同体〉と変わらないとも云えるけれど。

ただ、此処には遺体を溶かすための分解槽だってない。個人の結びつきや思い入れってものを残さず消し去るために、〈共同体〉で発生した死者は管理局の連中の手で速やかに回収され、誰にも見送られることなく分子レベルに分解される。けれども、〈街〉では違う。生まれながらの蛇がそうであるように、命を失くした抜け殻は誰がどうするってこともなく棄て置かれる。

でも、今回ばかりはそういうわけにいかなかった。ルイにはわたしっていうウンメイキョードータイが居たからだ。そうと知っていたからこそ、野辺に棄てるわけにもいかず、ルーたちは彼女の亡骸をこの部屋まで運んできたんだろう。ただ、そうしたは良いものの、これから先どうしたら良いのか、ひどく頭を悩ませている容子だった。以前と違って、わたしは彼女の言葉をただのお節介だとは感じなくなっていた。親身になってくれているって、そう思えた。結局、何を云っても呆けているばかりのわたしを見かねて、最後には彼女も帰っていってしまったけれど。

去り際、ルーは寂し気に云った。「あたしが半蛇の子たちを店に紹介してたのも、皆が生きられるようにって思ってのことだったけど、こんなことになっちまうなんて。申し訳ないねぇ」

それは違うと、わたしは心中で叫んだ。違う。ルイが死んだのは、わたしのせいだ。

わたしはベッドの傍らに膝を衝いたまま、何時間もルイの身体を眺め続けていた。窓から差す日の光が角度と色味とを徐々に変えていくにつれ、彼女の鱗が照り返す光も表情を変えた。やがて、月が太陽に取って代わると、虹色素胞は燐光みたいな淡い光を浮かび上がらせた。

夜になると、いつものように暫くのあいだ窓から〈島〉を眺め、それから、ルイに引っつくようにしてベッドに身を横たえた。

ルイの身体は、まだ冷たかった。滑らかな鱗に背を押しつけると、いつも彼女がそうしてくれたときのように肌の火照りが冷めた。この暑苦しい部屋に一日中横たえられていたのだから、そんなはずはないのだけれど、その程度のことにも気づけないほど、わたしの思考は麻痺していた。

その晩は、ぐっすり眠れた。

翌る日も、ルイを眺めて過ごした。鱗が放つ光も、宙に向けられた瞳も変わっていないのに、その姿は心なしか前日よりも萎れて見えた。何でだろうって考えて、昨日とは姿勢が変わっているんだって気づいた。胸を突き出すようにして反っていた背が、真っ直ぐに伸びていた。変に思ってベッドを検めると、背の下から水の入った袋が出てきた。ルーたちが残していった氷嚢だ。

昨日と変わらぬ夜が来て、昨夜と同じようにルイと並んで横になった。けれども、彼女の身体はもう、ちっとも冷たくはなかった。冷やかさよりも温かさが死を強調することもあるんだって、わたしは初めて知った。

――喰べなきゃ！

そんな思いが、不意に胸の奥から湧いてきた。腐ってしまう前に喰べなきゃ、って。

ほとんど衝動的にベッドから飛び起き、得物を求めて彼方此方探し廻ったけれど、部屋中の棚や抽斗を引っ掻き回してみても、包丁やそれに類するような刃物は見つからなかった。そう、洗面台の鏡の上に隠しておいた剃刀すらも。

きっと、ルイが何処かへ持ち去ってしまったのだ。わたしがまた自分の身体に刃を立てたりすることがないように。

堰を切ったように溢れ出した「喰べなきゃ」って思いは、早く、一刻も早くとわたしを急き立ててくる。早くしないと腐る、腐ってしまう。でも、喰べるにはどうしたって刃物が必要だ。鱗を切り開いて、肉を裂いて、細かく解体しなきゃ、ルイを喰べることなんてできっこない。だって、わたしの口は彼女のそれみたいに大きく開きはしない。肋骨を動かして食道や胃を広げることだってできやしない。丸呑みにすることは、どうしたってできないのだ。

途方に暮れて、ベッドに戻った。ルイの瞳は変わることなく真っ直ぐに宙を見上げていた。彼女のお腹に跨って上から覗き込むと、透明な鱗に覆われた両眼は鏡のようにわたしの面を映した。自分の顔が涙に濡れてぐじゃぐじゃになっていることに、そのとき初めて気づいた。

「わたしね、ほんとは半蛇じゃないんだ」ルイの耳元に口を寄せ、震える声で囁いた。

――知らなかった。そいつは吃驚だな。

生きていたら、ルイはきっと、そうお道化ただろう。彼女はいつでも嘘つきだったから。

わたしは立ち上がり、スカートのファスナーを下ろした。チェック柄の薄布は脚の表面を辿り、ルイのお腹の上に落ちた。それから、下着も脱ぎ棄てる。

両親から与えられた肉体の中でも一際忌まわしいものを切り落とした痕が、肉色の瘢痕となって、両脚の付け根から隆起している。

「それにね、わたし、ほんとは女の子ですらないの」

――そいつも知らなかった。

わたしは横たわるルイに身を重ね、ぎこちない動きで四肢を絡めた。硬直した彼女の身体と、関節の数に限りがあるわたしのそれとの間には、どうしたって其処此処で隙間が生じる。ぴったりとなんか、くっつけない。

「嘘つき。ほんとうは何でもお見通しのくせに」

そう、ルイは何だってお見通しだった。閉じられることのない両の眼で。熱によってものの形を見ることができるピット器官で。ヒトの嗅覚よりも遙かに鋭敏なヤコブソン器官で。生き物の動きを微かな震動から感じ取る内耳で。

きっと、初めて出会ったその瞬間から、彼女はわたし以上にわたしのことを知っていた。

わたしは口をめいっぱい大きく開いた。方形骨がせり出しはしない。左右の下顎が分かれもしない。それでも、限界まで開き、ルイの頸筋（くびすじ）にちっぽけな牙を立て、顎に思い切り力を込める。

硬い弾力をもって、彼女の鱗はわたしの牙を拒んだ。

「男の子の身体ってね、女の子とは全然違う匂いがするんだよ」

――知ってる。そいつはもう、厭んなるくらい知ってる。

もう一度、歯の付け根がぎりぎりと軋（きし）むほど、力の限りに牙を突き立てた。それでもやっぱり、鱗を突き破ることはできなかった。

「ルイは何でも知ってるね。でも、わたしは知らなかった。何にも知らなかったんだよう」洟（はな）と涙にまみれた顔を歪めながら、言葉を絞り出した。「女の子に成ったら男の子を好きになるのが〝ふつう〟なんだって、男の子を好きにならなきゃ駄目なんだって、そう思ってたんだよ」

そうだ。わたしはひとえに、女の子に成りたかった。男の子が好きだから女の子に成ろうとしたわけじゃあない。ただ、ある日、唐突に気づいてしまったのだ。自分はもうこれから先、ほんの一瞬だって男ではいたくないって。だから、夜ごと、女の子の服を着て、板につかないお化粧をして、すっかり女の子に成ったつもりだった。

そうして女の子の恰好をしたからには、男の子を好きになるべきだって思った。そのためにこそ、恋をした。ううん、恋をしようとした。

彼と出会ったのはそんな頃だった。ふたりで恋の真似事をした。ままごとめいたそれは、でも、わたしにとっては大事な儀式だった。わたしが女の子であるための、切迫した儀式だ。

けれども、問題が起きた。彼に棄てられた後も、わたしの身には変化が起こらなかったのだ。お前は紛い物だって、拵え物だって、偽物だって、そう突きつけられた気がした。〈病〉すら、わたしを女の子だと、恋に落ちたひとりの女の子だと認めてはくれないのか。

だから、わたしは何としても生成りに成らなきゃいけなかった。そう、自分の身体を切り刻んででも、証明しなきゃいけなかった。わたしにとっては結果じゃなく、手段だった。

でも、違った。違ったんだ。わたしの身体が変わらなかったのは、わたしがほんとうの恋をしていなかったからだ。心の底から燃え上がるような想いを知らなかったせいだ。

「ルイは何でも知ってるけどさ、それなら、ねぇ、これも知ってた?」

わたしは左右の手から手袋を外し、ルイに向けて掌を差し出した。開いた指と指の間で、薄い半透明の膜が、かつて剃刀で裂いた水掻きが、ゆらゆらと揺れている。これがわたしの、最後の秘密。ほんとうの恋に落ちて、ほんとうの恋に破れた、その証。蛙体化の、最初の段階。

「驚いた?」

――驚いた。

「嘘つき」

これにだって、ルイは気づいていたはずだ。わたしが隠していた剃刀を何処かへ隠したくらいだから。いつしか生じた、ルイに喰べられたいっていう願いも、彼女はきっと、見通していた。

けれどもわたしは、〈病〉のプログラムに従ってやるつもりはない。自分が蛇なのか蝦蟇なのかだって、もう、どうでも良い。

わたしはただ、ルイとひとつになりたい。

「あのね、ルイ。わたし、あなたを喰べたいの」

応えはなかった。判っている。たとえわたしが空想の中で勝手に作り上げた彼女でさえ、決してそれを良しとはしない。喰べられても良いだなんて、彼女は絶対に思わない。

でも、ごめんね、わたしはどうしても、あなたを喰べたいの。そうして、ひとつになりたいの。

わたしは繰り返し繰り返し、彼女の身体に牙を突き立てた。幾度も噛み締めるうちに、漸く僅かに鱗が破れ、黒い血がとろりと流れ出す。

血の一滴も零さず、体温（ぬくもり）も逃さずなんてことはできやしない。そもそも、もう彼女の感情は此処にはない。思い描いていた〝食事〟とは似ても似つかぬ、無様で、惨めで、必死な〝捕食〟。

けれども、それでも。

——喰らうのだ。

八

「ほんとうに、良いの？」

アリスはそう云って、わたしの目を真っ直ぐに見つめた。声の調子には毒気がなく、むしろ、彼女にしては珍しく心からの気遣いが感じられた。ううん、違う。きっと、変わったのはわたしの方だ。言葉だけじゃなく、彼女の鱗の模様も、鋭い牙も、前までみたいに毒々しくは見えない。

「うん。お願い」わたしは応えた。

依頼した施術は刺青ではなく、インプラントだ。アリスの傍らに置かれたワゴンには銀色のトレイが載せられ、其処にはわたしが手渡しておいたものが恭しく供えられている。

ルイが遺した、牙の一対だ。

寝台に横たわり、仰向けになって天井を見上げると、アリスは消毒液を含ませたコットンでわたしの額を拭い、手にしたマーカーの筆先を其処に載せた。指の動きが、くるりと小さな円を描く。右のこめかみと頭のてっぺんを結んだ線上の、生え際近くにひとつ。それから、左側の同じ位置にもひとつ。

角を生やすつもりだ。そうすることで自分が何に成るのかは判らない。何にも成らないかもしれない。ただ、ルイが遺したものを、何らかの形で自分の中に取り込みたかった。

「この位置で良い?」アリスはスタンドに支えられた鏡を引き寄せ、わたしの顔の正面に据えた。

鏡の中、刺青のウロコと、ケロイドに縁取られた口を持つ、蛇のそれとも、蛙のそれとも、あるいはヒトのそれとも云い難い顔が、凝と此方を見下ろしていた。

何だろう、この生き物はって、わたしは思う。こうして向かい合っても、もう、以前のような嫌悪感に苛まれはしない。けれど、蛇とも蛙とも云えない、この曖昧で模糊とした顔を、わたしは何と呼べば良いのだろう。

返事もせずに鏡を眺めていると、術後のイメージを摑みかねているって思ったのか、アリスがルイの牙を左右の手に取り、額に描かれた円に宛(あて)がった。

その途端、それまで模糊としていた焦点がぴたりと合った感じがした。鏡の中の生き物は明瞭(はっきり)とした輪郭を顕(あらわ)し、それが冠する名をわたしの意識に立ち昇らせる。

わたしは瞼を閉じて肯いた。これで良い。

ううん、これが良い。


***

暗く黒い闇を裂いて、一匹の龍が翔(か)けてゆく。鋭い爪と水掻きを具えた四肢で空を摑み、虹色に輝く鱗に覆われた身をくねらせて。裂けた口の端からは身の内で燃える焔を溢れさせ、二本の角には蒼い雷(いかずち)を迸(ほとばし)らせている。

やがて現れた大河の水面(みなも)を、辷(すべ)るようにして龍は渡っていく。巻き上げられた飛沫が対岸から放たれる光を受けて煌めき、瞬く。光の源はひとつの鐘だ。闇の中に浮かんだ輝く巨大な梵鐘だ。

鐘の上に舞い降りると、龍はその表面(おもて)に四肢の爪を鋭く突き立てた。それから身を絡ませて巻きつくや、大きく開いた口から燃え盛る焔を吐きかける。炙られて赤熱した鐘は、やがてどろりどろりと融解し始め、最後には、音もなく溶け落ちた。

長い尾の先で闇を打ち、龍は再び、空へと翔ける。

それから先は——さあ、何処へ行くのだろう?

徒花（あだばな）物語

※

わたしは歩く。

眩しい日差しに照らされた道を。

わたし達は歩く。

色彩(いろどり)に充(み)ちた世界を。

とりどりの色を湛(たた)えた花が視界いっぱいに咲き群れているけれど、水気をたっぷり含んだ空気が光を拡散させるせいか、花々の輪郭は印象派の絵画みたいに曖昧だ。その画布の真ん中を断ち切るように、幅の広い道が何処(どこ)までも何処までも真っ直(す)ぐに延びている。陽に灼(ひや)かれた路面は影ひとつなく漂白され、目が痛む程に冴(さ)え冴(ざ)えとしている。いや、痛むのは何も目ばかりではない。頭も、顔も。胸もお腹も、手足も頸(くび)も。何処をとったって、痛まぬところなんてありはしない。

そう、躰(からだ)は痛みでできている。

そして、こころは躰でできている。

すなわち、わたしは痛みでできている。

でも、どうして?

判らない。

ふと耳に届いた呻(うめ)き声に足を止め、わたしは背後を顧みた。視界が、こころの動きから稍々(やや)立ち遅れて緩慢に旋回する。やはり真っ直ぐに延びた背後の道では、わたしと同じセーラー服に身を包んだ少女達が、ひとつ、ふたつ、みっつ——ええと、たくさん、列を成して後に続いていた。たゆらに揺らめく陽炎(かげろう)と少女達の歩む様とは、奇妙なまでによく似ている。両の足を、互い違い、互い違いに引き摺(ず)って、右に、左に、身を傾けて。皆、覚束ない足取りなのに、不思議とリズムは揃っている。ブリキの玩具(おもちゃ)の隊列みたいだ。

呻き声を上げた——ううん、わたしがそう感じたというだけで、ほんとうは何か「言葉」を、音と音の連なりからなる「意味」のある何かを、発していたのかもしれない——のは、わたしのすぐ後ろを歩んでいた子だった。

わたしにとって、とてもとても大切な子。

他の誰にもまして大事にしなければならない子。

けれども、この子は誰だったろう?

白日の光の下で輪郭(くま)を際立たせた長い黒髪。冷々と煌めく刃を思わせる切れ長の瞳。すっと通った鼻筋と、その下で洞穴(ほらあな)のような口中を覗かせた、血の気のない薄い唇。かんばせを成すひとつひとつの飾りはよく見えるのに、そうして、それらがいずれも端正に拵(こしら)えられていることも判るのに、ひとつの面(マスク)として眺めた途端、その様は模糊として、誰のものとも分かてなくなる。

ただ、大切な子であるということは判った。セーラー服の胸元でスカーフを結わえている綺麗な飾り。きらきら輝く、あれは何というのだったか、確か――そう、ビーズだ――ビーズとゴムで作られた小さな留め具。安っぽい人工の煌めきは如何(いか)にも玩具めいているけれど、それでも、それが大切な子を表す徴(しるし)であることに変わりはない。何故って、わたしの胸元にも、同じものが留まっているから。胸元で咲き誇る、薄紫の〈花〉の下で。

「うぁうあ、あぅ」そう云(い)って(?)その子は道の前方を指差した。

青白い指が示した先を見遣(みや)ると、揺らめく陽炎の彼方(かなた)に、丈の高い灰色の塊(かたまり)が幾つも立ち並んで身をくねらせているのが見えた。

ああ、街だ。街が見える。建物がたくさん在る処(ところ)。ヒトが、たくさん棲む処。

そうだ。わたし達は其処(そこ)を目指して歩いていたのだ……と、思う。

けれども、それは何のため？

判らない。思い出せない。

何もかもが鮮やかに目に映るというのに、その実、何も見えていやしない。あらゆるものが啓示の断片を煌めかせているのに、わたしはそれらを読み取れない。世界が、世界それそのものの秘密を囁(ささや)きかけてくるのに、わたしはそれらを聞き取れない。

差し掲げられた大切な子の肩には、赤黒く変色した包帯が巻かれている。ふと見れば、わたしの左腕にも、やはり薄汚れてはいるものの、まだ幽(かす)かに白さを残したそれが巻かれていた。肩口から肘までを覆ったその表面(おもて)には、幾条(いくすじ)もの黒い線が複雑に絡み合いながらのたくっている。

線と線とが交錯してひと塊(かたまり)になったものが、幾つか。きっと、「文字」の連なりだ。けれども、わたしはそれを読み解くことができない。「世」「界」「を」と、ひとつひとつの文字を見ることはできても、一繋(つな)がりの言葉として捉えられない。舫(もや)いを解かれた小舟のように、意味は形象(かたち)から離れて何処かへ漂い出してしまう。

何かとても大切なことが書かれている気がするのだけれど。決して忘れてはならない事柄だったと、そう思いはするのだけれど。

そうして文字と思しきものを視線で撫でているうちに、突然、思考の底がぽこんと抜けた。

自分は何をしていたのだっけ？

文字と思しきものを見ている？

何のために？

判らなくなって、わたしは道の前方に顔を戻した。揺らめく陽炎の彼方に、丈の高い灰色の塊が幾つも立ち並んで身をくねらせているのが見えた。ああ、街だ。街が見える。建物がたくさん在る処。ヒトが、たくさん棲む処。

ああ、そうか。

そうだった。

わたし達は——ヒトを食べに行くところだ。

一・花金鳳花(ラナンキユラス)

「これから先、皆さんの躰には様々な変化が顕(あらわ)れ始めます」

新入生全員が講堂に集められての長々しい入学式が終わり、級ごとにめいめい割り当てられた教場に生徒が収まるや、教壇に立った先生は自己紹介もそこそこにそう切り出した。黒板に吊るした図版のそちこちを教鞭（きょうべん）で指し示しながら、流暢（りゅうちょう）に言葉を続ける。

「熱が出たり、躰がだるくなったり、ときによっては血が出たりすることもあるでしょう。けれども、不安になる必要はありません。心身の変化は、その進行の速度に個人差こそあれ、此処（ここ）にいらっしゃるすべての皆さんに起こることです。変わることを恐れないでください」

教場のあちこちで、小鳥の囀（さえず）りみたいなささめきが起こり、空気に溶けて耳朶（じだ）をくすぐる。最前列の席に座ったわたしはその囀りを何処か心地良く感じながら、先生が揮（ふる）う教鞭の動きを目で追っていた。図版に描かれているのは、裸の女の子の姿だ。簡略化された、ごく最低限の線だけで描かれた裸体図だったけれど、その躰の其処此処（そこここ）を――頸を、胸を、下腹部を――教鞭の先が撫（な）でていく様に、わたしは胸の奥がむずむずするような感じを覚えた。

「何だかエロチックね」

輪郭を失くして溶け合っていたささめきの中から、そんな言葉が不意にくっきりと浮かび上がった。耳元で囁かれたように感じて振り返ってみたけれど、当然、わたしに顔を寄せている子なんて居やしない。黒髪を載せたおつむはどれもこれも机の上にちんまりと収まっている。ひとつひとつ順繰りに眺めてみても、「エロチック」という言葉の俤（おもかげ）が残る唇は見つけられなかった。

一頻（ひとしき）り眺め渡したところで、すぐ後ろの席の子が何か珍しい生き物でも見るような視線を此方（こちら）に寄越していることに気がついた。扁桃（アーモンド）の形をしたふたつの目見（まみ）が、眉のところで真っ直ぐに切り揃えた髪の下から上目遣いにわたしの顔を覗いている。目が合うと、彼女は薄く微笑んだ。

眦が下がり、眼が細まる。頬にかかった鬢の髪を、皓い指先が嫋やかに払う。

はらり。

幾条にも分かれて翻った黒髪の隙から、「エロチック」という文字が覗けた気がした。

「黛さん。黛由香利さん」と、出し抜けに名を呼ばれ、わたしは慌てて教壇に向き直った。

先生が首を傾げて此方を見下ろしていた。黒塗りの面に覆われた顔がどんな表情をしているのかは判じようがないけれど、面に嵌め込まれたふたつの円硝子越しに見える両の目には怪訝の色が泛んでいる。

「黛さん。退屈に感じるかもしれないけれど、大切なお話ですから、きちんと聞いてくださいね」

「すみません」と、ほんとうはそう口にしようとしたのだけれど、緊張に喉が絞られたせいで、出てくるのは、うぅ、という無様な呻き声ばかり。仕方なく、ただ、こくこくと頷いた。

てらてらと黒光りする教員服の胸元に手を載せ、お願いしますねと先生は念を押した。

ただでさえ目立つ異容に奇異の視線を向けられるが厭さに、自身の存在を消そう消そうと常から努めているわたしにとって、教師に窘められるなどというのは初めての経験だった。それも皆の面前でだなんて。とんだ失態だ。恥ずかしさに頬が熱を帯びる。

同時に、くすくす云う忍び笑いに背を撫で上げられた。さっきの子だ。

厭な子。

とても縹緻の良い、でも、とても厭な子。

「黛さん。黛由香利さん」

先生が話を終えて教場を後にするや、背後からそう声を掛けられた。向き直ると、例の厭な子が机の上で手を合わせて笑顔を泛べていた。両の人差し指をくっつけたり離したりしながら、

「黛さんっていうのよね。先生がそう呼んでた」

わたしは憮然（ぶぜん）とした。「呼びかけるだけなら、『先生が』っていうのは要らない」

「そう？」厭な子は鬢の髪を耳に掛けながら、「そうね。それじゃあ、黛さん」

「何」

「わたしとお友達になってくれないかしら」

そう微笑みながら云う相手の言葉に、わたしは目を疑った。己が目でもなければ耳でもなく、相手の目を。眉間に皺を寄せ、口の端をきゅっと絞っている此方の表情が見えていないのか。それとも、それが一般に如何なる感情を表す貌（かお）かが判らないのか。

「厭」できる限りの敵愾心（てきがいしん）を込めて、わたしは短く応えた。

「どうして？」彼女は心底吃驚（びっくり）したとでも云うように目を丸くした。ころころとめまぐるしく表情の変わる子だ。「どうして厭なの？」

わたしは相手の腹の裡（うち）を勘繰った。何か企んででもいるのか。さもなくば、よっぽどのお莫迦（ばか）さんか。いずれにせよ、友達になんかなれっこない。

「先刻（さっき）、わたしのこと莫迦にしたでしょ」呟くように、わたしは云った。

相手は首を傾げ、「していないわ。どうしてそんな風に思うの？」

「だって、笑ったじゃない。先生に叱られたとき」

「ああ、それは。ごめんなさい。莫迦にしたのではなくて、ただ——」と云いかけたところで彼

女ははにかみ、一呼吸置いてから後を続けた。「――可愛らしいなって思ったの」

嗚呼。わたしは胸の裡で嘆息した。この子は後者だ。ただのお莫迦さんだ。お莫迦さんで、だからこそなおのこと、厭な子だ。

お友達になってくれないかしらと、そう重ねて問うてくる声は、二重の意味で耳にこそばゆかった。ひとつには、大層お行儀の良いその言葉遣い。「くれないかしら」だなんて、わたしが育ってきた文化圏ではついぞ耳にしたことのない異邦の響きだ。それから今ひとつには、友達という語の新鮮さ。大抵の人々が顔を顰めるか、さもなくば、憐れみの視線を寄越す容貌の持ち主であるわたしには、馴染みの薄い言葉だ。

懐疑と期待、卑屈さと自尊心とが心中でせめぎ合った末、相手の言葉に肯きもせず、かと云って首を横に振りもせず、わたしは問い返した。「名前は。あなたの名前」

「鈴羽よ」此方の問いをどう受け取ったものか、彼女は満面の笑みを泛べて名告るや椅子から立ち上がり、その場でくるりと身を一回転させた。スカートの裾が花のようにふうわりと開き、また萎む。それから、胸の上に両手を重ね、「蘆屋鈴羽」

縹緻の良さを自覚していなければ、とてもできない振る舞いだ。

ほんとう、厭な子。

不意に、この無邪気さをぶち壊してやりたいという思いに駆られ、わたしはぎごちない動きで椅子から身を起こし、二本の脚で立ち上がった。見せつけてやるのだ。入学式のその日にあって、皆と同じ上履きを履くことも能わない、無様な足を。水掻きのような形をした、黒い樹脂製の――皆が蛙のようだと囃し立てる――両の爪先を。

「これでもまだ、わたしなんかとお友達になりたいと思う？」

足の形と同じく歪に捻くれた矜持をもって、わたしはそう問うた。

鈴羽はまたもや目を真ん丸にして、束の間、言葉を失くしたようだった。それから次に彼女の顔がどんな表情を泛べるか、どんな言葉が喉から絞り出されるか、わたしには手に取るように判る。散々見慣れた反応だからだ。

けれども、実際に鈴羽の口から発せられたのは、まるで予期せぬ言葉だった。

「可愛らしいわ。とっても、とっても、可愛らしいわ。まるで、そう、ラナンキュラスみたい」

虚を衝かれてあべこべに狼狽する此方に構わず、彼女はなおも続けた。「ラナンキュラスの葉っぱのようだわ。わたし、あのお花が大好きなのよ」

嗚呼。わたしは再び胸中で嘆息した。

この子には論理もへったくれもないのだ。ただ、思ったことを片端から口にしてしまうのだ。

ほんとうに、ほんとうに、厭な子。

徒花物語

御部屋へ私を招き入れると、御姉様は安楽椅子にゆるりと腰掛け、傍らに据えられた猫足の椅子を嫋やかな身振りで指し示されました。教員宿舎に、其れも外ならぬ御姉様の御部屋に足を踏み入れているという状況と、相対した御姉様の御召し物があの無粋な教員服ではなく、平素は拝見できない私服である事とに、私の気分は常になく昂揚（こうよう）しておりました。

　私より幾つも年上な大人の女性でいらっしゃるというのに、御姉様の御膚（おはだ）は鈴蘭（すずらん）の花瓣（かべん）が如（ごと）く皓くすべらかで、上級の方々の其れに見られる燻（くす）んだような翳（かげ）りもなければ、解（ほつ）れていたり破れていたりするようなところのひとつとてないのです。誰だって、御歳（おとし）を召せば其の容色は酷（ひど）く衰（おとろ）え、崩れ、腐れていくのが常でありましょうに、御姉様の御姿（おすがた）と来たら、変わる事なく艶やかで。

　そんな事を雛鳥（ひなどり）の囀りみたいにとめどもなく私が申し上げておりますと、御姉様は慈愛に潤んだ両の瞳を此方に御向けになって、（其れは、貴女（あなた）達が特別だからですよ。何も、膚に翳りがないのは私ばかりの御話ではないでしょう。先生方は皆、私と同じようなものですから）と、何事でもないかのように仰（おつしや）るのでした。

　けれども、いいえ、御姉様。其れは違います、御姉様。私、知っているのですよ。授業の終わった夕暮れ方、御姉様が独り、面（マスク）を外し、双（そう）の瞳に哀（あわれ）を帯（お）びた面差（おもざ）しで窓外を眺めていらっしゃる事を。ともすると、不意に玉を結んだ露（つゆ）が一条（ひとすじ）、鈴蘭の花瓣の表面（おもて）を伝う事を。嗚呼、其の様の美しさ。儚（はかな）さ。そうして、強さ。他の大人達では、とても斯（こ）うはゆかぬものでしょう。

　其れぁ、私は他の先生方の御顔を確（しか）と存じてはおりません。膚だって、目にした事はございません。ぬらぬらと黒光りする乾留液（タール）を塗ったような教員服で一分の隙もなく身を覆い、黒塗りの面を被（かぶ）った方々の見目形を、どうして知る事ができましょう。けれども、面から覗く、常に私達を監視してでもいるようにぎょろつく眼（まなこ）や、絶えず叱言（こごと）を探して蠢動（しゅんどう）している口許（くちもと）を見るだに、御姉様のかんばせとは比ぶべくもない事は明らかです。

　いえ、こんな事を考えるのは良くありませんね。御姉様の美しさを讃美（さんび）するのに、何も他の方を引き合いに出して貶める必要はありませんでした。私は、いけない子ですね。

其れに致しましても、嗚呼、私は御姉様が私唯一人に其の御姿を、生のままのかんばせを御見せくださるという、其の御心持ちが何より嬉しいのです。絹のドレスを御召しになって安楽椅子に身を預けた御姿は如何にも悠揚としていらっしゃって、御身体からは「安穏」の二字が淡い光となって立ち昇っているかのようです。

（御姉様は、恐くはないのですか）

無上の悦びを覚えながらも、私はつい、そう訊ねずにはいられませんでした。

すると、此方から（何が）と申し添えるまでもなく、（いいえ、些とも）と、御姉様は莞爾と笑って仰いました。

（どうして）其れは其れは嬉しい御返事であったにもかかわらず、余りにも明瞭とした御言葉であったせいか、私は却って戸惑いました。（どうして恐くないのですか。若し私が変な気を起こしでもしたらどうなってしまうか、御姉様は私達以上に能くご存知でしょう）

そう、私自身、己が慾望に負けて御姉様の柔肌に歯を突き立てるような事がないとは云い切れませんのに。分厚い黒革の教員服に護られていない御姉様のすべらかな膚を、〈花屍〉の歯牙は容易く貫き、熱い血汐を湛えた御肉をたちどころに喰い破る事でしょう。いえ、〈花屍〉に嚙まれたとあっては、勿論、其ればかりで済むはずもなく――

（今、此の場で貴女が私を嚙む事など、決してないと判っています）私の頭の中を駆け巡る恐ろしい想像を断ち切るように、御姉様は仰いました。（貴女が私をどれ程大切に想ってくださっているか、私も能く承知しているつもりですから）

そうして安楽椅子からつと立ち上がるや、私の頭を其の御胸に掻き抱かれました。余りの事に動顛(どうてん)してしまい、私はされるがまま、抱き人形の如く身を委ねておりました。そうして唯、広く開いたドレスの胸元に耳を宛て、其の下で鳴る愛しい拍動に聞き入っていたのです。嗚呼、此れが御姉様の鼓動。此れがヒトの鼓動。

いずれ、私達の身体(からだ)から失われるもの。

(其れに貴女は)夢現(ゆめうつつ)の心地でいる私に、御姉様はそっと囁かれました。(まだ一年生ですもの)

二. 梔子(ガーデニア)

黒い血がたっぷり染み込んだ精製綿紗(ガーゼ)を一枚、また一枚と火に抛(ほう)り込むたび、焼却炉の煙突からは厭なにおいの煙が立ち昇る。都合三十回、級友の数と同じだけ綿紗を火にくべると、空になった紙箱も炉に突っ込み、わたしは膝を払って立ち上がった。

「病原体(ビールス)に穢されたものは適切に処理しなければなりません」という先生の教えに従い、毎日、その日の当番が授業で使ったあれやこれや——綿紗であったり、包帯であったり、実習で切り刻んだ動物の亡骸であったり——を始末する。で、今日の日直はわたしだったというわけだ。

作業が終わったことを担任に報告して教員室を後にすると、廊下の彼方に立った鈴羽が此方を見つめていた。目が合うなり、ぶんぶんと大きく手を振ってくる。わたしはそれを無視して踵(きびす)を返し、もと来た廊下を足早に歩んだ。別段、何処に向かうという当てもなく。

けれども、不恰好な足でひょっこりひょっこりと歩むわたしの足取りは鈍い。鼻をくすぐる甘やかな香りが次第に濃くなってくるので、鈴羽が此方の背を追ってきているのは見ずとも判った。水蜜桃みたいな香が、やがて、すぐ傍らから纏わりついてくる。

「並んで歩くの、やめて」相手に向き直りもせず、わたしは云う。

入学式の日からかれこれ三ヶ月、ずっとそう云い続けている。聞き分けのない仔犬を蹴飛ばすような心持ちで。だのに、この仔犬と来たら、構われているとでも思い違いをしているのか、却って尻尾を振り振り上機嫌になる始末だ。その無邪気さが、わたしを余計に苛立たせる。

「どうして。どうしてそんな意地悪を云うの？」鈴羽は首を伸べて此方の顔を覗き込んでくる。声音までもが甘ったるい。

何も、甘い芳香を放っているのは彼女ばかりのことではない。一年生であれば、誰でもそうだ。果実が熟していくのと同じに、躰の変化に応じて纏う香もまた濃くなっていき、やがて三年生ともなれば、熟れ過ぎて酷い悪臭を放つようになる。誰もがそうだ。ただ、鈴羽の甘ったるさは同学年の子達の中でも図抜けている。先生が云っていた、早熟というやつだろう。

どうしてどうしてとなおも問うてくる鈴羽を突き放すように、わたしは言葉を返した。「あんたと較べられたくないから。あんたみたいな縹緻良しが隣に居たら、ただでさえちんちくりんなのが、余計にそう見える」

「そんなことないわよ。そりゃあ、確かにわたしは明眸皓歯、羞月閉花で通っているけれど」鈴羽は露ばかりの躊躇いも含羞も見せず、あっけらかんと云ってのける。呆れる此方を置いてけぼりに、彼女はこう付け加えた。「だからって、黛さんがちんちくりんだなんてことはないわ」

「あるの」

「どうして。どうしてそんな風に思うの？」

「だって、皆、そう云ってるもの。緋牡丹組の黛由香利は、ちんちくりんのオタマだって」

何処も此処もきちんと整った磁器人形みたいな鈴羽と違い、わたしは指で潰したお団子に目と口を刻んだような顔をしている。加えて級中でも図抜けて背が低い。端的に云って、醜い容姿だ。おまけに、足のことがある。蛙、蝦蟇、河鹿ちゃん。この学校に来る前も散々な綽名を付けられたものだが、此処での級友達はオタマになぞらえることに決めたらしい。ずんぐりした胴から、不恰好な足が生えている。云い得て妙だと、何処か他人事のように感心してしまう。

目下、級中での醜さ較べではわたしともうひとり、皆からダルマ様と呼ばれている子が先頭で鎬を削っていた。わたしとはさかしまに長身かつどっしりした体軀の持ち主で、顔はと云えば骸炭みたいにごつごつしている。ダルマと云っても、大師の方ではなく、ダルマストーブの意だ。

「ま。そんな酷いことを云う子が居るのね。でも、それはその子達に見る目がないからよ。だって、黛さんのあんよ、些とも蛙みたいなんかじゃないもの」

いつぞや同じものをラナンキュラスの葉に喩えた彼女だったが、その名の由来は知らぬらしい。

「それにね――」それから鈴羽は不意に真面目な顔になって、「それにね、黛さん、とても可愛らしいもの。少なくともわたしは本心からそう思っているわ」

思わず頰が熱くなるのを感じ、わたしは咄嗟に首を回して相手から顔を背けた。

「あ、黛さん、照れてる」悪戯っぽく云いながら、鈴羽は此方の腕に抱き着いてくる。

「照れてなんかない」

「じゃあ、お顔、こっちに向けてよ。林檎みたいに真っ赤になっていないか、見てあげる」

「煩い」

「ねぇ、こっちを向いて。ほら、ねぇ、わたしを見て」

ほんとう、こういうところが厭な子だというのだ。

幾ら揺さぶっても、振り回しても、鈴羽はわたしの腕に絡めた手を放さず、さながら病者が介添人でも従わせているかのような恰好で歩く羽目になった。いや、実際、病者であることには違いないが、それで云えば、鈴羽にしたってまた病者だ。

道々、擦れ違う子達が何事かひそひそと小声で囁き交わしているのを目にしているうちに、わたしはむずむずと疼くものを胸の奥に覚えた。すぐに、それが一般に優越感と云い習わされる感情だと気づき、心底から嫌気が差す。ほんとうに厭な子は、わたしの方だ。

そんな此方の心中を見透かしたように、鈴羽は「ねぇ。わたし達、Zに見えているかしら」

「そんなわけないでしょ。お莫迦ふたりが暑気あたりでふらふらしてるようにしか見えない」

にべもなくそう撥ね除けると、彼女は、むぅ、と不満げな呻きを漏らしてむくれた。

「だいいち、Zは上級生と下級生のあいだで結ばれるものでしょ」

Z——上級のお姉様と、そのお姉様によって認められた下級生とのあいだで取り結ばれる関係を、学校ではそう呼ぶ。秘めやかでありつつも公然とした、何処か淫靡でありながら純でもある関係性。それに憧れる子は多いけれど、わたしには畢竟、学校での生活に飽いた子達のじゃれ合いとしか思えない。

「どうして。どうしてお姉様方としか結べないの?」

「知らないよ、そんなの」

鈴羽はまともに取り合わないわたしに対して暫くぶつくさと不満を漏らしていたが、不意にアッと声を上げ、歩みを止めた。何かと思って向き直ると、彼女の眼差しは窓外に向けられていた。視線の先を辿ってみれば、ひとりの上級生が中庭の花壇に水撒きをしている。セーラー服の襟元から覗く薄緑色をした蕾の膨らみ具合で、二年生であろうと判った。

もう着ることはないだろう――セーラー服というものに対して、学校に来る以前に抱えていたのは、そんな思いだった。この戦時下、良家や将校の子女でもない限り、少女が身に纏うものと云えば機械油や煤で汚れた防空服と決まっている。そして、幾ら待てども戦が終わる兆しはない。いつか火の雨の止む日が来ても、その頃にはきっともう、セーラー服なんて着られる歳ではない。

尤も、今わたし達の身を包んでいるそれは、かつて憧れたものとは幾分違う。基本的な造りは変わらないけれど、常のセーラー服であれば左右の襟のあいだを覆って襟元を隠しているフロント布と呼ばれる胸当てが無い。その代わりというわけでもないだろうが、生徒の誰もが其処に〈花〉の蕾を抱いている。服に造りつけられた飾りではない。膚の上に生え、躰の内に根を下ろした〈花〉だ。

「あれ、蜜蜂先輩だわ」

鳥の名でも口にするかの如き調子で云う相手に、わたしは訊いた。「誰？」

「知らないの？」問いと云うより、呆れと、そこはかとない非難を含んだ声音だった。

呆れられようと、詰られようと、知らないものは知らない。そう開き直るわたしに、鈴羽は溜息をひとつ。それから、蜂屋峰花という名の上級生に関する講釈を始めた。平生はぽやぽやしているばかりの彼女にものを教わるというのは癪だけれど、ぐっと堪えてひとつ拝聴する。あちこちで脱線と転覆とを繰り返す下手っぴな説明から主たるところだけを掻い摘まむと、こうだ。

——蜂屋先輩はね、下級の娘達からも、上級のお姉様方からも羨望と思慕の眼差しを一身に集めているの。ほら、お顔差しも立ち居振る舞いも、大層嫋やかでしょう。亜麻色の髪、黒玉の瞳、透き徹る程に血の気のない膚。先輩はね、皆の目を惹きつけてやまない素敵なものだけでできているのよ。勿論、その麗しさに引き寄せられて想いを伝える子が後を絶たないけれど、でも、未だ誰ともZの契りを交わしていないの。ううん、もっと正確に云えば、そうして云い寄ってくる誰とも睦まじく接しながら、すぐに飽いて他の人のところへ行ってしまうの。蜂のように花から花へと移ろって、ひとつところには十日と留まらない。そう、だから、八夜限りの蜜蜂さん。

うっとりした声音で滔々と語る彼女の言葉をひとつひとつ確かめるように、わたしは当の先輩を眺め回した。

けれども、どうも、それ程のものとは思われない。確かに端正な見目形を具えてはいるけれど、それを云ったら、鈴羽だってそうだ。花壇いっぱいに咲き乱れたガーデニアに如雨露で水を遣っている様も、嫋やかと云えば嫋やかかもしれないが、緩慢な動作やふわふわと覚束ない足取りは、わたしの目には他の上級生達とさして変わりなく映る。単に、〈花屍〉化が進行して運動機能が低下しているだけのことだろう。

わたしは直に興味を失って、それよりも、蜂屋峰花が背にした校舎の更に向こう、視界いっぱいに広がる景色の下半分を覆い隠している白壁に目を転じていた。学校の敷地全体をぐるりと取り囲んで聳える、高さ五間ばかりの白亜の壁だ。

「わたし達、もう此処から出られないんだよね」

相変わらず先輩のことをあれこれと評していた鈴羽は、此方のふとした呟きに吃驚した容子で口を噤んだ。お莫迦なりに何のことかはすぐに察したものらしく、小首を傾げて、「出たいの？」

わたしは肯きもせず、否定もせず、ただ、こう応じた。「外に、妹を残してきた」

ふぅんと、鈴羽は判ったような判らないような返事を寄越し、わたしから身を離した。それからいつもの如く、片足を軸にしてくるりと一回転。両手を胸元に重ね、「わたしはずうっと此処に居たいな。外の世界に戻ったところで家族なんか居ないし、空襲に怯えて暮らすのも、もう、まっぴら。お勉強だって楽しいし、それに何より、黛さんと一緒に居られるもの」

最後のところは敢えて聞かなかったことにするとして、確かに、空襲にびくつくことなく日々を過ごせるのは良いことだ。学校生活の唯一の利点と云える。耳を劈く警報が鳴り響く空の下、蹠には遠くから伝わる爆撃の震動を感じながら、取るものも取り敢えず妹の手を引いて市中を駆け廻っていた頃のことを考えれば、今の生活は安穏そのものだ。

赫く染まった空も、それをだんだらに染めた黒煙も恐ろしかったけれど、何よりわたしの身を竦ませたのは人々の怒号だった。平生は国民精神総動員などと幾ら嘯いていようが、真に身の危険が迫ったときには人の地が出る。口汚い罵声と、利己的な怒声。わたしが最もよく耳にしたそれは、傍らを駆ける母の口から発せられたものだった。

それでも、とわたしは思わずにいられない。「でも、授業なんて楽しい？」

「楽しいわ。お裁縫も、修身の時間も、わたしは大好き」

鈴羽は満面の笑顔でそう云うが、わたしはどうしてもそうは思えなかった。

修身なんて、退屈なお説教を延々と聞かされるようなものだし、国語も算数も、学んだところでどうなるというのか。幾ら知識を増やそうと、幾ら理解を深めようと、どうせ、いずれはすべて忘れ去り、上級生達と同じように読み書きすら覚束なくなってしまうのが定めだ。裁縫に至っては、一体、何のためにやらされているのかまるで見当も付かない。生きたままの犬や豚の四肢を捥いでは、また縫い合わせるって、一体何なのだ、それは。

何より堪えがたいのは理科の時間だ。己の躰がどう変化していくかを知るためと云って、解剖台に載せられた三年生の腹を先生がメスで開いたときのあのにおい。阿呆のように開いた口からとろとろと溢れ出した体液のドス黒さ。「痛みを感じることはありません」と云う教師の冷たい口調。あの光景を、わたしは生涯忘れられないだろう――いや、そんなことはないか。いつかは忘れる。いつかと云わず、この先二年以内にはきっと忘れる。あの授業のことばかりか、あらゆることを。空襲の憂き目を逃れていれば今も外の世界で生きているであろう、妹と母のことも。

「ねぇ、黛さん。さっき、妹ちゃんを外に残してきたって云ったよねぇ」そう云いながら鈴羽は前屈みになって、わたしの顔を上目遣いに覗き込んでくる。「でも、それって変じゃないかしら。まるで置き去りにしてきちゃったかのような云い種だけれど。でも、ねぇ――」

――棄てられたのは、わたし達の方でしょう？

そう云うや、片手を差し伸べ、わたしの頬を撫でる。

きっと、ただの思いつきだ。鈴羽はいつだって、論理や状況をすっ飛ばして言葉を口にする。だから、これだって深い考えに根差した言葉ではない。けれども、そう思う一方、彼女の云う通りだと納得している自分も居る。そうだ。わたし達は皆、親に棄てられた。

防空服に身を包み、来る日も来る日も学校工場でわけの判らぬ機械の部品を組み立てていたある日、出し抜けに、お前は病気だと母から告げられた。以前から足の痛みを幾ら訴えてもまるで聞く耳を持たなかった母が、病気だから病院に連れて行くと云いだしたのには大層面食らったものだ。樹脂製の義足を嵌めた両足が相変わらず痛むことを除けば、体調に取り立てて変わりはなかったけれど、連れて行かれた病院でも、これは患っているねと、ひと目見るなり医師から云われた。恐ろしい伝染病に罹っているから、サナトリウムに送る必要がある、と。

その日のうちにわたしはこの学校に送られた。

娘をお願いしますと、そう口にした母の顔は、医師を拝んで合わせた両手の向こうで、けれども確かに笑みを泛べていた。それはそうだろうと思わぬでもない。ただでさえ、疫病み(えやみ)に冒された者から離れられるとなれば一安心だ。おまけに飯を喰らう口も減るとなれば恰度(ちょうど)良い。

「だから、ね。そんな外の世界のことなんか忘れて、わたし達は今を楽しみましょうよ」

云いながら、鈴羽はわたしの頬を撫で続けていた。気が立った猫を宥め(なだめ)でもするように、柔らかな手つきで。彼女の指先は磁器みたいにすべらかだったけれど、同じだけ、磁器みたいに冷たくもあった。寒風が吹き入る防空壕の底で握った妹の手とは、まるで違う。

これから先、もっと、もっと、冷たくなっていくだろう。

「外の世界や戦争のことなんか、ぜぇんぶ忘れて、わたしを見て。わたしだけを見て」

わたし達の病気は治らない。特効薬も治療法も存在しない以上、〈花屍〉と化すことからは決して逃れられない。それは、そう、摂理だ。けれども、症状の進行を遅らせることはできる。躰の機能諸共(もろとも)に病原体の活動を抑制する効果を持った、何だか長ったらしい名前の〈花〉を躰に植え、たっぷりの防腐剤を投与するという、対処療法と呼ぶのも憚られる乱暴なやり方で。

けれども、それとて三年が限度だ。進行が早い、早熟と呼ばれるような——鈴羽のような——者に至っては、三年に昇級するのを待たずに完全な〈花屍〉と化すこともままある。

だから、この学校にはほんとうの卒業生がいない。

徒花物語

（私達、いつかは銃を手に取るのですよね）

私がそう訊ねるともなく口にしますと、御姉様は唯さえ大きな目見を月輪の如く真ん丸に見開かれ、（まあ、どうして貴女達が銃など御手に取らなければならないのです）と、芯から驚かれた御容子で。

（だって、級の皆が話していましたわ。御偉い軍人様方は、〈花屍〉を戦地に送ろうと考えていらっしゃるのだって。此の学校は、私達を兵士にする為の教練場なのだって）私はそう申し上げながら手元の水差しを傾け、御姉様の杯を紅い液体で充たしました。（私も最初は、どうしてそんな事をと思いましたけれど、考えてみれば道理ですわ。何故と云って、〈花屍〉に成り果てた者は、腕が落ちても、脚が捥げても、其の動きを止める事がございませんでしょう。苛烈な戦地に在っても、不平不満を口にしたりは致しませんでしょう。其れって、兵隊さんとして理想的なのではないかしら。其れぁ、おつむはヒトと較べたら足りないかもしれませんけれど、能く教え込めば、敵兵に銃を向けて引き鉄を引くくらいの事は覚えられますでしょうし。現に独逸では既にツォンビーと呼ばれる〈花屍〉が戦線で活躍しているって、そう云っている子も居ましたわ）

私が其処まで申しますと、其れまで頷きながら杯とともに耳を傾けていらっしゃった御姉様は、紅く潤んだ口許に薄っすらとした笑みを御泛べになられました。

（嗚呼。皆さんのあいだではそんな噂が囁かれているのですね。其れはとても、とても——）

——御可愛らしい事。

（教職に就いていて何より嬉しく感じるのは、貴女達のような、年若い皆さんの想像力に触れたときなのですよ。御可愛らしい、瑞々しい感性から湧き起こる夢想を聞かせていただいたとき、私は無上の悦びを覚えるのです。けれども、そう、此ればかりは明瞭と申しておきますね。貴女の手が、銃だなんて、そんな恐ろしいものに触れる事は決してありません）

そう仰って、御姉様は莞爾と笑われました。其の面差しは何とも柔和で、私は件の噂を耳にして以来絶えず胸の裡に抱えていた虞を、漸くの事、手放す事ができました。

唯、けれども——と、一方で私は思ってしまうのです。けれども、其れであれば、何が為に私達は此のサナトリウムに集められたというのでしょう。疫病みに罹ったからには、人の世から引き離され、隔てられるのは道理です。されど、であれば何故、学校の体など取り繕う必要が在るのでしょうか。種々の物事を教え込んだとて、何になるというのでしょうか。どうで、時を経るにつれ無残に萎れ、果てには儚く萼から落ちる花瓣と同じに、徒に散るが定でありますものを。

私の表情から斯様な疑念を看て取られたものでしょうか、御姉様は杯を置いて其の御手に私の手を御取りになりました。此方の身が驚きと羞恥に強張るのに構いもせず、指先は御揃いの夜着を纏った私の膚を撫でさすり、手首から前腕へ這い進み、肘を通って肩へとのぼってまいります。（貴女の両手は、銃などという無粋なものを構える為のものではありません）立ち上がって身を御寄せになると、次には絹の夜着越しに脚を愛撫し、（貴女の両の足は、軍靴の踵で地を打ち鳴らす為のものではありません）

　我知らず口を衝いて出る喘ぎの合間で切れ切れに、私は訊ねました。（では一体、何の為のものなのです。ヒトでなしの此の身は、私達〈花屍〉の四肢は、何が為に在ると仰るのです）

（外の世界に居る皆さんと変わりませんよ）御姉様は私の身を掻き抱いて椅子から立たせると、押し倒すようにして寝台に横たえました。と云って、其の手つきに乱暴なところは一欠片もなく、労わるような身捌きで。私に覆い被さると、御姉様は私の胸の膨らみのあいだから顔を覗かせた濃緑の蕾を撫で廻されました。今はまだ、ぴたりと閉じた固い萼に包まれている、親指の先ばかりの小さな〈花〉の蕾です。

　其れから御姉様は私の耳元に口を寄せ、芳醇な酒匂混じりの御声で囁かれました。（貴女の両手も、貴女の両足も、貴女の胸も、ヒトの其れと同じ。愛しいものに愛でられ、愛しいものを愛でる為にこそ在るのです）

　其れから傍らの卓に手を伸ばして杯を取られますと、紅い雫を口に含まれまして。其のまま呑み込まれるものかと思いきや、御姉様はきゅっと結んだ唇を私の其れに重ねられました。濡れた舌先が私の口を優しく押し開き、口中の液体が此方に流れ込んできます。

　ものを考える事もできずに、唯、ぽうっと呆けております私に、御姉様は口の端から伝う雫を手の甲で拭いながら、尚も続けました。（此の学校では、特別な子を探しているのです。特別な

皆さんの中でも、殊に特別な子を）

蕩けた頭で、私は胡乱な言葉を返します。（私が其の特別な子だという事は）

（ふふふ）と御姉様は愉しげに御笑いになって、（そうであるかもしれませんね。唯、そうでなくとも、私にとって、貴女は既に特別な存在ですよ）

嗚呼、そう仰られた刹那、此の胸の裡を充たした歓びを、私は何に喩えましょう。敬愛する御姉様が、一心に尊敬しております御姉様が、私の事を特別と。

（では。では、此の私とZの契りを——）

然し、陶然たる想いを込めて吐き出した私の懇願は、冷たくあしらわれてしまいました。

（いいえ、其れはできません。其ればかりは能いません。何故と云って私は畢竟——）

——ヒトなのですから。

三　天竺牡丹

眩いばかりに日差しの降り注ぐ夏の朝。陽光に漂白された学校の外廊下で、黒い影が凝まったかのようなそれは芋虫が身を捩るみたいに蠕動していた。

学生寮から登校してきたばかりと思しき生徒が三、四人、遠巻きにしてその様を眺めている。

何だろうと訝りながら、彼女らと肩を並べてよくよく見遣れば、遠目には黒い塊としか見えていなかった物体は、黒髪を茫々と振り乱しながら床を這いずっているひとりの少女であった。けれども、地を掻く両手はセーラー服の袖から伸びているというのに、その腰から連なるはずのスカートが何処にも見当たらない。いや、そればかりではなく、そもそも、少女はお臀（しり）も脚も失くしていた。腹の下からは尻尾か何かのように臓物が伸び出して、赤黒い血の跡を床に刷（は）いている。辺りを見回してみると、彼女の下半身は外廊下の端で、己の半身がどうなっているのか、まるで気づいていない容子（ようす）で直立していた。

随分気味の悪い光景だというのに、不思議と恐ろしくは感じなかった。それはおつむを並べた野次馬（やじうま）達も同じことらしく、皆一様に無表情でその様を眺めている。胸元の〈花〉こそ見えないが、床を這っているのは恐らく三年生だろう。〈花屍（かばね）〉化が進行すればする程、その身は脆（もろ）く、崩れやすくなる。熟れ過ぎた果実は、やがて、文字通り腐っていく。皆、それが判っているからこそ驚きはしない。ただ、自分達の末路を見届けようというような面持ちでいる。

〈病〉の特異性はその致死率の高さではなく、むしろ、死ねないという点にある。躰が幾ら腐れようとも、四肢が幾ら崩れようとも、〈花屍〉はなおも動き続ける。尤も、過度に恐れることはない。その頃には、痛みや苦しみを感じるこころは、躰の内に宿るわたしは、もう跡形もなく消えて失くなっている。少なくとも、そう、教師達は云っている。

暫くすると、黒光りする教員服に身を包んだ幾人かの教師が駆けてきて、床を這いずる上級生と、その身の片割れとを革製の頭陀（ずだ）袋に抛り込み始めた。塵（ごみ）でも片付けるような、乱暴な手つきで。と同時に、一台の六輪自動貨車（トラック）が校庭を横切って走り来るや、土埃を上げつつ外廊下に横づけた。かと思えば、荷台に頭陀袋を載せ、またすぐさま走りだす。

事が済むと、教師達は早く教室へ行くようにと皆に云いつけ、やって来たときと同じく慌ただしく去っていった。後に残された生徒達は互いに顔を見交わし合ったけれど、と云って、何を口にすることもなく、三々五々、ひとり、またひとりと、その場から離れていった。
咀嚼し切れないもだもだしたものを胸中に抱えたまま、わたしは視界の彼方へ遠ざかっていく自動貨車を眺めていた。ぐるりと弧を描いて学校の敷地を取り巻いた白亜の壁に、たったひとつ穿たれた穴——平生は黒鉄の門扉に鎖され、教職員の出入りと資材の搬入出以外は許されていない、厳重な警備が為された校門——を抜けて、自動貨車は姿を消した。ほんの束の間だけ開かれた門が再び厳めしく閉じるのを見届けて、わたしもその場を後にした。

それきり落ち着かない気分のまま上の空でいたわたしがふと我に返ったのは、教場に着いて自席にぽすんと腰を下ろし、鞄から机に教科書を移したり、筆記具を机上に並べたりしていたときのことだった。おや、と違和感を覚えたのだ。

鈴羽が声を掛けてこない。別に此方だってそれを心待ちにしているというわけではないけれど。と云うより、平生であれば煩わしいと云って邪慳に扱っている程なのだけれども。先から抱えていた胸中のもだもだもあってか、今日ばかりはくだらないお喋りで気を紛らしたいようなところがないでもない。此方の勝手な都合だと判ってはいるものの、ほんとう、間の悪い子だ。

何をしているのだと腹を立てながら首を後ろに回してみると、鈴羽は机上に本を広げ、熱心な眼差しを注いでいた。教科書じゃないことは頁の紙質や大きさから明らかだった。何より、あの鈴羽が自ら進んで教科書に目を通すなんてことはあり得ない。お勉強が好きだと口では云うが、その実、彼女が好きなのは授業の場で何となく手を動かしたり、頭を捻ってみたりという行為であって、勉学それそのものでは決してない。

となれば、小説か何かであろうか。それにしたって、そんなものを読んでいるというのも意外ではあった。わたし自身、あまり本が好きではないからだ。いや、この学校に来るまでは別段好きとも嫌いとも考えたことがなかった。まだ戦況が今ほど悪化する前、母が読みさしのまま卓の上に伏せておいた小説誌なぞをぺらぺらと手繰(たぐ)ってみて、嗚呼、わたしは今、大人の読むものを読んでいるのだぞという如何にも幼げな感慨に耽(ふけ)るのは、好きと云えば好きではあったけれど。

だが、此処に来てからというもの、とてもそうは思えなくなった。学生寮の談話室の棚に定期的に配られる本にせよ雑誌にせよ、どれもこれも酷くつまらなかったからだ。何処其処(どこそこ)の空域で我が国の艦隊が誇らしき勝利を得ただの、とある部隊が前線で武功を得ただのという退屈な報(しら)せや、戦役にまつわる美談を描いた大仰な物語などというものには、鼻白まされるばかりだった。図書室に収められた本の大方(おおかた)も、似たようなものだ。

だから、鈴羽がそんなものに熱中しているというのは甚(はなは)だ意外だった。お莫迦なりに――いや、お莫迦であるからこそ――愛国心とかいうやつを持ち合わせているのか。何しろ彼女の行動や振る舞いときたら、何につけ論理や理屈とは縁がない。

そう思いながら眺めていると、鈴羽が捲(めく)った頁から、何やら紅いものがはらりと零(こぼ)れ落ちた。葩(はなびら)のように頼りなく宙に舞ったそれは、二度三度と空中で翻り、やがて、わたしの足先に落ちた。椅子から腰を浮かして手に取ってみれば、一切れの美しいリボンだ。栞(しおり)にでもしているのだろうか。光沢(つや)のある生地の表面(おもて)には、墨で何事か書き付けてあった。

何が書かれているのかと、仔細(しさい)に検(あらた)めようとしたそのとき。横合いから伸びてきた鈴羽の手が、半ばひったくるような強引さでそれを取り上げた。吃驚(びっくり)して顔を上げると、鈴羽は忌々(いまいま)しいものでもあるかのように、リボンを掌(て)の中でぐじゃぐじゃに丸めた。それから此方と目が合うと、束の間、困ったような表情を泛べたけれど、それでいて何も口を利こうとはしない。

　気まずい沈黙を破ったのは、第三者の声だった。

「あら、蘆屋さん。蘆屋さんもこの本を読んでいらっしゃるのですね」

　声の主は一条織枝(いちじょうおりえ)だ。鈴羽の机に手を載せ、其処に開かれたままの頁に視線を落としている。

　何でも、何某(なにがし)重工だかの重役の息女だそうで、この学校に来る前は私立の女学院に通っていたというお嬢様だ。鈴羽のそれですらわたしには馴染みの薄いものだと云うのに、彼女の口の利き方ときたら輪をかけてお行儀が良く、古典芸能か何かの世界から飛び出してきたのではないかと思わされる。

　そんな一条織枝と蘆屋鈴羽の関係は、恰度(ちょうど)、わたしとダルマ様のそれの裏返しだ。オタマとダルマが「醜」の一字で——当人達の意思に関わりなく——競り合っているのと同じに、織枝と鈴羽は「美」という概念におけるそれで常から較べられている。

　皆はふたりをこうなぞらえる。

　向日葵(ひまわり)とダアリヤ、と。

　鈴羽は相手に向き直ると、珍しく険のある調子(トーン)で応じた。

「読んでいるわ。それが何かいけないかしら」

「あら、いけないだなんて申してはいませんわ。ただ——」そう云いさして、織枝は照れているようにも嘲(あざわら)っているようにも見える、一種不可解な笑みを泛べ、「この本に、その、何か変わったところがありはしませんでしたかしら」

鈴羽は変わらずつんけんした云い種で、「さあ。取り立てて何もありはしなかったけれど」

「そうですか？」織枝は怪訝そうに首を傾げ、口許に手を添えた。それから、ちらと此方に視線を寄越して、「そうなのですね。そんなはずはないと思うのですけれど、そうなのですね」

束の間此方に向けられたその眼差しから、わたしはすべてを諒解した。朝、常より早く教室に着いた日などに時折見かける、鈴羽の机に載せられた一輪挿しの花。いつぞやの下校時、彼女の靴箱から転げ落ちた可愛らしい便箋。そして、正に今、彼女の手の中にある紅いリボン。

常であれば、容貌に関する嫉妬と羨望に根差した敵愾心の対象でしかなかった織枝のことを、わたしは初めて素直に可愛らしいと思った。何ていじらしいことをする子だろう、と。好いているなら好いていると、そう明瞭云えば良いものを。何より、こうまで迂遠な手を採っておきながら、その効験をすぐと確認せずにいられない堪え性のなさが好ましい。

その上、織枝は知らないのだ。心を込めた仕掛けの数々が、如何なる末路を迎えたかを。教室の窓から抛られた花が蘤を散らしながら宙に弧を描く様の哀れさを。封を切ることもなく屑籠に棄てられた手紙が、塵と芥に埋もれる様を。握り締められた拳の中、恥ずべきものの如く押し込められたリボンのことも。

またも胸の奥がむずむずした。嗚呼、ほんとう、わたしという奴は何処までも厭な子だ。

気を取り直すように軽く首を振り、織枝は机上に開かれたままの本を指差した。「ところで、今回のお話、どう思われました？」

「どう、って。今回も素敵なお話だなって思ったわ」と、鈴羽は相手の問いを払い除けでもするように答えた。さっさと会話を終わらせたいという気持ちが声音に滲んでいる。

ところが、当の相手は絶望的に察しが悪い。

「ええ、そう、確かに素敵なお話でしたわね。Zの睦びはいつだって甘やかで、嫋やかで、麗しいものですわ」と、織枝はなおも話を続けた。「けれども、あのお話、わたくしにはどうもそればかりのものとは思われないのです。上手く云い表せないのですけれど、何か、胸に引っかかるようなところがあって。蘆屋さんは何かお感じになられませんでした？」

「別に、何も。それに、あのふたりはZってわけじゃないでしょ」

到頭、鈴羽は露骨に顔を背けた。取りつく島もなくあしらわれたことへの気まずさからか、それとも、取っ掛かりを余処に求めたものか、織枝は暫し視線を彷徨わせた末、出し抜けに此方へ顔を向け、「あの、黛さんはいかがです？」

言葉の中で「まゆずみ」という音だけが外国語みたいにぎごちなく浮いていた。大方、平生は陰でオタマ、オタマと呼んでいるせいだろう。「まゆずみ」という形をつくることに口が慣れていないのだ。

「ごめん、先刻から全然ついていけてない。〝お話〟って何のこと？」

「あら、『徒花物語』、黛さんは読んでいらっしゃらないのですか」

何それと重ねて訊こうとすると、鈴羽が横合いから不機嫌そうに口を差し挟んだ。「小説。この本の題名よ」

戦地における日本兵の勇猛な活躍を描いた小説にしては随分と慎ましい題だ。どんな話なのかと問いかけた、恰度そのとき。教場の戸が開かれ、黒光りする手袋が顔を覗かせた。

その途端、素早く伸びた織枝の手が机上の本を閉じ、そそくさと鈴羽に手渡した。鈴羽はすぐさま鞄の口を開き、受け取ったそれを抛り込む。先までの噛み合っていない遣り取りが嘘であったかのような、見事な連携だ。

ふたりの手捌(てさば)きのうちに、秘密めいたものをわたしは認めた。

徒花物語

(御姉様。私、鏡に映らぬ身になってしまいました)

初めて其の事に気がついたのは、幾日か前の夜半(よわ)の事でした。胸を締め付けられるような寝苦しさによって遠い夢の国から冥(くら)い学生寮の寝台の上へと引き戻されますと、私、夜卓に載せておりました水差しを手繰り寄せました。けれども其れは枯れ井戸の如く、ほんの一雫(ひとしずく)の水も孕(はら)んではおりませんで。寝支度を整える折、注いでおくのを忘れでもしたのでしょう。粗忽(そこつ)ですね。此の処、そんな物忘ればかりしては恥じ入る事が多々在りまして。先までは、そんな事、無かったはずなのですけれども。

とまれ、私は喉を潤す水を求めて、水差しを片手に夜闇の立ち込めた廊下へと這い出し、水場をめがけて歩んでおりました。燈火(とうか)の落とされた廊下は濃い闇に充たされてはおりますものの、窓から差し込んだ月明かりが蒼い浮島となって床に点々と落ちていますから、歩くに難儀するという事はございません。島から島へ、神話で語られる巨人にでもなったかの心持ちで渡ってゆきまして、炊事場の在る一階へと下りる階段へとまいりましたときの事です。

服装を正しく保つは淑女の嗜みといって、階段の踊り場や、寮の一室一室、それから、校舎の方々には、何処にも彼処にも大きな姿見が据えられておりますでしょう。常に身嗜みを整えるべしという教えの為にしても、些か多過ぎる程の鏡がそちこちに在るようにも思うのですが、さておき、私はそうして掲げられた鏡のひとつの前に立っておりました。

其処で、はたと気がついたのです。

鏡の表面に、其処に当然映り込んでいるべき私の姿が、まるで見当たらぬ事に。

と申しましても、ブラム・ストオカアの恐るべき物語に著されました彼の吸血鬼のように、何も映っていないというわけではございません。鏡には、確かに人影が映り込んでいるのです。私と同じ顔をした、私と変わらぬ夜着を纏った、私と寸分違わぬ身体つきのひとりの少女の姿が。けれども、どれだけ私と同じ見目形をしていようと、其れは私の鏡像ではないのです。如何に此方の動きをなぞっていようと、私其のものの姿ではないのです。私を真似た、何者かでしかないのです。其れが、本来其処に在るべき私の影に取って代わっているのでございます。何故そうと判るのかと問われましても、私には答えようが在りません。唯、其れに間違いがない事ばかりは明瞭と申せるのです。

私が斯くの如き不安をすっかり打ち明けますと、御姉様は労わるように私の髪を撫で、心配する事はないと宥めてくださいました。(可哀想に、随分吃驚されたでしょうね。でも、其れは何も恐ろしい事ではないのですよ。カプグラ症候群といって、皆さんの多くに見られる変化です)

其れから手櫛で私の髪を梳りつつ、御姉様は何やら難しい御言葉を幾つも連ねました。

曰く、容貌に関わる形態的知覚情報と感情的意味情報の連携不全。

曰く、脳が自身や他者の顔を認識する情報処理の過程（プロセス）にはふたつの経路が在る。則（すなわ）ち、視覚皮（ひ）質（しつ）から下縦束（かじゅうそく）を通って側頭葉へ至り、意識的な相貌の認知を司（つかさど）る腹側（ふくそく）経路と、視覚皮質から下頭頂小葉（しょうよう）を経由して大脳辺縁系（へんえんけい）へと至り、無意識的な相貌の認知に関与する背側（はいそく）経路。

曰く、後者のみの局所的損傷により、相貌の識別は可能なものの、情動系が正しく動作していない状態。

曰く、其れがカプグラ症候群。

どれも此れも理解の及ばぬ事柄ばかりです。私は御姉様の御口元からころころと転び出る鈴の音の如き御声（おこえ）を心地良く感じながらも、唯々（ただただ）、目をぱちくりしておりました。御優しい御姉様はそんな私に呆れた貌をなさるでもなく、少し難し過ぎたわね、と微笑まれましたけれど。

（要するに、御顔の特徴から、此の人は誰々さんだと判ずる事はできるけれど、其れでいて、其の御顔に対して感ずるはずの親しみを喚起する機能が損われてしまっているのです。貴女の場合には、其れが御自身の御顔に対して発露してしまったのでしょう。鏡に映っているのが自分の御顔であるはずなのに、他人（ひと）の其れの如く感じられてしまうのも、其れが原因です）

其の御話を御聞きして、私は尚の事強い不安に駆られました。鏡の中の自分がおかしく感じられてしまうのは、大層気味が悪くはございますけれど、其れは其れとして容（い）れる事もできましょう。けれども、けれども、御姉様の御話からすれば——

（御姉様。私、いつか御姉様の御顔の事も、そんな風に感じるようになってしまうのでしょうか）

何が恐ろしいといって、此れ程恐ろしい事は他にございません。他の誰より麗しく御慕（おした）わしい御姉様其の人の御顔に、親愛の念を覚える事も能わなくなってしまうなんて。（そんな事、ござ

いませんわよね。ねぇ、どうか、そんな事は在り得ないと仰ってください）
そう哀願する私に、然し御姉様は決して首を横に振ってはくださいませんでした。

四．屍人花（リコリス）

朝、登校中の生徒の姿も絶えた学生寮から校舎までの道のりを、わたしは必死で駆けていた。珍しく酷い寝坊をしてしまったせいだ。

足ひれのように大きく、歪な義足は、こんなときに尚更（なおさら）その存在感を増す。足に比して途方もなく巨大な靴を履いていると考えてみれば、きっと、この感覚に近いだろう。神経の通わぬ足先は踏むべき地との距離感を掴みづらく、やたらと大きく膝を上げなければすぐに縺（もつ）れてしまう。

もどかしさが焦りを余計に煽る。同室のルームメイトが起こしてくれたって良さそうなものなのにと、そう、八つ当たりじみた感情を抱きかけ、慌てて打ち消した。どう考えても、悪いのは時を忘れて夜更けまで読書に耽っていたわたし自身だ。

あの本――『徒花物語』を一読してまず感じたのは、確かに一条織枝の云っていた通りだという思いだった。この物語は、確かに何か不穏なものを孕（はら）んでいる、と。

物語に描かれているのは、この学校の女生徒と教師と思しき女性との、秘めやかな睦びの様だった。筋らしい筋はなく、〈花屍（かばね）〉である〝私〟とヒトの教師である〝御姉様〟との過分に扇情的な交流が点描のように綴られている。一面的には同性間での麗しい関係についてのお話とも捉えられるけれど、奇妙なのは、時折、物語に解れ目が生じ、それまでの内容から明らかに逸脱した示唆や解説が顔を覗かせるところだ。

いや、おかしな点はそれだけではない。そもそも、この本の在り方からして一種不可思議だ。それを考えると、これを「本」と読んで良いものかも判らない。

表面に種々の花々の図案を彫り込んだ黒革の背表紙に、花柄の表紙と縦罫の用紙とが綴じられた筆記帳。その表紙を開くと、最初の頁には『徒花物語』と大書され、続く頁から本文が始まっている。いずれも印刷ではなく、青いインキでしたためられた手書き文字だ。

つまり、出版物ではない。恐らくは校内に居る誰かの手によって書かれたものだ。

と、此処までもどうということはない。趣味で書き物をしているような子が居たって、何もおかしくはないだろう。けれども奇妙なのは、こうして生徒達のあいだで回し読みをされていながら、誰も、その書き手の正体を知らないということだった。

頁を繰って一通りの内容を読みきると、後には白紙の頁が続いている。此処に物語の続きが書き加えられていくことになるというのだが、そのための手順というのがまたおかしい。回し読みをしている仲間達が皆一頻りそれまでの話を読み終えると、最後に読んだ子は、教室の教卓の上に本を載せておく。そうする日は決まっていて、必ず金曜の放課後だそうだ。すると、本は翌日には卓から姿を消し、それからまた暫くすると、元の通りの場所に現れる。先までの物語に続く、新たな章が書き加えられた上で。

何だか秘密めいた儀式だ。その秘めやかな感じが、皆をより夢中にさせているのだろう。ヒトの世と隔絶された学校では、ほんの微かな異物が却って目を惹く。事実、かく云うわたし自身もこの物語とそれを取り巻くささやかな謎とに魅せられかけている。少なくとも、夜更かしの末に寝坊をする羽目に陥るくらいには。

日々の暮らしは単調で、毎日毎日、進展のない授業と簡単な検査の繰り返し。検査というのもごく簡単なもので、週に一度、種々の薬剤の注射に、一分足らずの問診と、それから、〈花〉の触診があるばかり。サナトリウムでありながら学校の体をとっているのも、収容者の退屈を少しでも紛らすためなのではないかと勘繰ってしまうくらいだ。

息を切らして飛び込んだ朝の教場は、社交喫茶か何かのような喧騒に充ちていた。勿論、わたしは学校に来る前だって社交喫茶なんて処に足を踏み入れたことはなく、おませな子達から話を聞いて空想したそれに似ているというに過ぎないけれど。

教場の方々で幾人かの仲良し集団がめいめい机を寄せ合ったり、あるいは、椅子を引っ張ってきて車座になり、甲高い声を上げている。わたしが慌ただしく教場の戸を開け放ったとき、廊下まで漏れ聞こえていた黄色い声は、束の間、水を打ったように鎮まったが、姿を現したのが教師ではなくオタマだと皆が認めるや、またも、どっと弾けた。

「我が国の英雄」とやらが戦地でまたもや武功を立てでもしたのだろうか。外界に居た頃には「戦況は悪化の一途を辿っている」という声が方々から聞こえたし、実際、生活も日に日に苦しくなっていく一方だったのに、此処に来てからというもの、耳にするのは華々しい勝利の報ばかりだ。あるいは、誰それと誰かれとがZの契りを結んだとかいう噂話か。戦争の話と、睦びの噂。皆の話題はいつだってそのどちらかだけれど、いずれにしろ、わたしには何ら関係がない。

そんなことを考えながら、此方に一叢、彼方に一叢と群れ集った級友達の隙間を縫うようにして自席へ辿り着くまでのあいだ、会話の断片が方々から耳に流れ込んできた。

「二年生だってさ」「英語の先生」「はじめはただの悪戯だったんだって」「教員服の襟元の継ぎ目のところに」「先生、それでついつい釦を外しちゃって」「膚を曝しちゃって」「それで、その子は先生を――」「――食べた」

食べた。

「一体、何の騒ぎなの」机に鞄を載せて席に掛けるなり、わたしは鈴羽に訊ねた。

彼女は身を乗り出して瞳を爛々と輝かせ、「それがね」と口を開きかけたが、いつの間にか傍らに歩み寄っていた織枝が横合いからそれを遮った。

「二年生のお姉様が、英語科の先生をお食べになってしまったのだそうですよ」

「食べた？」お食べになってしまったという、何処か間の抜けた云い回しに苦笑しつつ、わたしは重ねて訊いた。

「食べただなんて、大袈裟。実際にはちょっぴり齧られただけ」先までの愉しげな貌は何処へやら、鈴羽は自身の机に載せられた織枝の両手を睨めつけながら、不機嫌そうに吐き捨てた。それから、頸元の皮を指で摘まみ、「此処のところのお肉を、ほんの少し。ただそれだけの話よ」

「あら。でも、それにしたって大事には変わりがないのではございませんか？」織枝は飽くまで会話の主導権を握っていたいものらしく、なおも続けた。「健常な方が、わたくし達〈花屍〉に嚙まれたらどうなってしまうかは、黛さんもご存知でしょう？」

勿論、知っている。

〈病〉の罹患者である〈花屍〉に嚙まれた者は、その者もまた〈病〉に罹って〈花屍〉となる。

だからこそ、教師達は皆、硬い革を縫い合わせたあの不恰好な黒ずくめの教員服で一分の隙もなく身を覆っている。

〈病〉の力は凄まじく、空気感染や飛沫感染の惧れこそないけれど、嚙まれた者は必ず罹患し、発症する。学校の敷地が壁に囲まれ、不必要なまでに外部との接触が断たれているのもそれが故だ。こころを失くした三年生などが、偶さかにでも外に彷徨い出てしまったら一大事である。

いずれも、一年の最初の理科の授業で真っ先に教えられることだ。

「はじめはちょっとした悪戯のつもりだったそうですよ。ほら、あまりこういうことを口にするのは憚られますけれど、英語科の先生って、厳しいお方だから、皆さんから好かれてはいらっしゃらなかったでしょう?」織枝はばつが悪そうに肩を竦めたが、好かれていなかったとは、また随分と控えめな表現だ。実際のところ、誰からも明瞭と嫌われていた。

「それで、常から先生に対してご不満の溜まっていた二年のお姉様のおひとりが、教員服の継ぎ目からひまし油を注いだのですって。あんなものが革製のお召し物と膚のあいだに纏わりついたら、それはもう、不快でしょう。堪えかねて、先生はついお召し物を解いて膚を露わになさってしまったのだそうで。そうしましたら、其処から立ち上る美味しそうな匂いに堪え切れなくなった他のお姉様が、獣みたいに先生めがけて躍りかかってしまわれたそうですわ」

「その話、少しおかしくないかしら?」それまで黙って聞いていた鈴羽が口を挟んだ。

「おかしいって、何処がですの?」

「二年生がってところよ。二年の時点では其処までの食欲に駆られることはないって、授業で先生が話していたわ」

確かに、とわたしは頷いた。鈴羽にしては真っ当な指摘だ。わたし達〈花屍〉の食性は三年間という月日をかけて徐々に変化していく。まずは野菜や穀物を胃が受け付けなくなり、肉ばかりを喰らうようになる。次には肉食の獣さながら、生肉を。そうして、やがてはヒトの肉を欲するようになっていくが、そうなるのは三年に上がる頃だと、保体の教師は云っていた。因みに云えば、わたしはそれらの段階で云う最初の一段に近頃足を掛けたばかりといったところだ。

「あら、蘆屋さん、先生のお話はそればかりではなかったはずですわよ」口振りこそ慇懃でありながらも、織枝は勝ち誇ったかのような笑みを唇の端に泛べ、「心身の変化には個人差があるとも先生は仰っていたでしょう。中には、とても早熟な方もいらっしゃるって。それを考えたら、少しもおかしなことではないのでなくて？」

早熟――そう、鈴羽のように〈病〉の進行が周囲より速い者を、学校ではそう呼ぶ。いや、〈花〉が齎すはずの効験が薄い者を、と云った方が正確だ。入学から卒業までの三年間という歳月と、躰が〈病〉に蝕まれて生ける屍と成り果てるまでの移ろいとがぴたりと歩調を合わせているのは、何も〈病〉それそのものの性質に依るわけではない。身に植え付けられた〈花〉によって病原体の活動が抑制されているためだ。

「実際、その人が早熟だなんて噂があったわけ？」鈴羽は憮然とした貌を崩さず反駁した。

彼女の云い分も尤もだ。早熟であると周囲から認められた者について、噂の立たぬわけがない。人の世から隔絶された環境に寄せ集められてなお、いや、それとも、似通った者が集められたからこそと云うべきか――わたし達は皆、大人とも子供とも分かてぬ年頃であり、女であり、病者である――少しでも他と異なる点を具えた者はいつだって好奇の目を寄せられる。早熟な鈴羽や、不恰好な足を持つわたし。それから、醜女（しこめ）のダルマ様。尤も、鈴羽に寄せられる皆の視線は、見目形の良さも相まって多分に憧憬の色を湛えているけれど。

「それは……周囲の皆さんがお気づきになっていなかっただけということもあるのでは？」

「そんなことはあり得ないって、判っているくせに」何処か苦し紛れな織枝の主張をそう切って捨て、鈴羽は自身の胸元を指し示した。未だ固く閉じたままでいるわたし達のそれと違い、彼女の胸の蕾は既に淡い紫の色を帯び、その先端は僅かに開き始めている。

躰の腐敗によって、甘く、濃くなっていく体臭。運動機能の低下によるぎくしゃくとした動き。著しい知能の喪失。〈病〉の進行具合を外から知るための徴（しるし）は幾つもあるけれど、他の何より判りやすいのは〈花〉の状態を視（み）ることだ。身中の毒素を吸い上げ、それを肥やしに育つ〈花〉は、己の宿主がいよいよ心なき動く屍に変じ果てたとき、毒々しい花冠を誇らしげに咲かせる。

そう、故にこそ、わたし達は〈花屍（かばね）〉と呼ばれる。

結局、何をそうもこだわる必要があるのか、ふたりの遣り取りは双方一歩も引かぬという様相を呈しかけたけれど、担任の教師が来て朝会が始まったことで、結局、議論はお流れとなった。教壇の上から垂れ流される訓示を右から左へと聞き流しながら、わたしは心中で苦笑した。織枝とて、何もあんな反論をする必要なんてなかったはずだ。まして、相手のことを好いているなら尚更だ。どうにも裏目裏目に動く子だと、改めて思う。

朝会が終わると、続く一限目は移動教室だった。裁縫室で、今日もまた豚の亡骸をばらばらにしたり、縫い合わせて元通りにしたりするのかと思うと気が重い。この先、腐敗が進んで四肢が解（ほつ）れてしまったりした際にそれを手ずから繕うための、大事なお勉強だそうだ。

常だったら移動中もべたべたと纏わりついてくる鈴羽だったが、今朝ばかりは先のこともあってか、わたしと一緒にという気持ちより、ともかく織枝と距離を取りたいという思いが勝ったものらしい。彼女はひとりでさっさと廊下に出て行ってしまった。織枝も織枝で彼女なりに反省したものか、無理に追いかけようとはせず、仕方なくという心持ちからなのか何なのか、わたしの傍らへとやって来た。

　気まずさを覚えながらも肩を並べて廊下を歩んでいると、ひとりの上級生が、のたりのたりと、片足を引き摺るようにして階段を昇っていくところに行き合った。胸元の〈花〉に目を遣るまでもなく、三年生だと、動きで判る。

　不恰好で緩慢な動作は、足の筋肉や腱（けん）が腐りかけているせいもあるけれど、それ以上に脳機能の低下に拠（よ）る部分が大きい。そう、授業で習った。躰の動きを司る運動野とかいう脳内の部位と、実際の躰の動きとの連携が解かれてしまっているのだ、と。

　そんな上級生の姿を見かけるたび、わたしの頭には暗闇を背景に舞い踊る糸操り人形（マリオネット）と、それを繰るふたつの手という象形（イメージ）が浮かび上がる。華麗なステップを踏み、くるりとターンを決めていた人形の動きは、然し、次第に精彩を欠いていく。足が縺れ、腕はだらりと垂れ下がり、とても舞踏とは呼べぬものになっていく。

けれども、それは人形に問題があるせいじゃあない。衰え、磨（す）り減り、毀（こわ）れていくのは、人形ではなく、それを操る手の方だ。滑（なめ）らかに糸を繰っていた指は見る間に節くれ立ち、皺にまみれ、やがては肉が腐り落ちて白い骨と成り果てる。

「わたくし達、割り当てられたのが一階の教室で幸いでしたわね」じれったいまでにのろのろとした三年生の姿に人形の象形（イメージ）を重ねて見遣っていると、不意に、織枝が口を開いた。「二階や三階だったら、あのお姉様のように、教室に参じるだけでも難儀しなければなりませんもの」

　この学校の生徒は、三年間という月日を同じ教室で過ごす。入学時に級ごと割り当てられた教室は、その後、変わることがない。宛（あ）てがわれたのが三階なのであれば、視線の先の三年生のように、卒業までのあいだ不自由な躰で毎日毎日階段を昇り降りする羽目になる。

「不思議なものよね」織枝に向けるともなく、わたしは呟いた。

「何が不思議なんですの？」

「三年に上がる頃には、脳がどんどん衰えていって、記憶も曖昧になっていくし、人によってはものを考えることも覚束なくなっていくって授業で云っていたでしょ。そうして、最終的には意識だって失くなるって。こころが、失くなるんだって。それなのに、毎朝きちんと寮から教室まで通えているのって、どうしてなのかなって」

「あら、それも授業で先生が仰ってましたわよ」そうだっただろうかと目をぱちくりしているわたしに、織枝は己のこめかみに手を添えながら説明を加えた。「〈花屍〉となった者は意識が無くとも生前の行動をなぞるものなのですって。一年生から二年生までのわたくし達って〈花屍〉ではあるけれど、まだ半熟と云いますか、ヒトとしての部分を多分に残しているでしょう。だから、ある意味ではその間の行動もまた、生前の活動と云えなくもないのですって。三年間教室が変わらないのも、そのため。決まった寮から決まった教室へ通うという行為を躰に刷り込んでいるのですわ」

　まるで伝書鳩の帰巣本能みたいだなと、そんなことを思った。

「ふぅん。こころが無くても、あんな風に動けるものなんだね」不恰好に、けれど、着実に階段を昇っていく後ろ姿を眺めながら、ふと思う。「ねぇ、どんな感じなのかな。こころが徐々に失くなっていくのって」

「さあ？」織枝は頰に手を宛て、「緩やかに緩やかに眠りに落ちていくような感覚だと先生方は仰っていましたけれど、考えてみれば、そう明瞭と仰れるのもおかしな話ではございますね。先生方だって、お偉い学者様だって、それを自ら体験なさったわけではないでしょうに」

眠り、か。完全にその底へと落ちたとき、〝わたし〟はこの世から居なくなるのだろうか。後には、かつてわたしであったものの抜け殻だけが残るのだろうか。そうしてその抜け殻は、〝わたし〟が中に居た頃の動きをなぞり続けるのだろうか。躰そのものが、ヒトの俤(おもかげ)を残した外形すら保(たも)てぬ程に朽ち果てるまでのあいだ、ずっと。

空恐ろしいような気もするけれど、どうで助からないのだから、後に残った躰がどうなろうと構わないと達観している部分もある。何の苦痛もなく安穏のうちに、〝わたし〟を終えられるというのなら、焼夷弾(しょういだん)だの毒瓦斯(ガス)だので苦しみながら死ぬよりはまだマシか、と。

其処まで考えて、はっとした。

わたしはいつから、この学校で死を迎えることを受け容れていたのだろう？

あるいはこれこそが、わたしの躰が、わたしのこころが、既に死につつあることの兆しでは？

だとしたら、わたしは。わたしのこころは——

とても、安らぐ。

御姉様の仰っていた通りでした。

此の処というもの、私は己が面貌ばかりでなく、級友を始めとする皆さんの御顔にも、奇妙な違和感を抱くようになっておりました。

いえ、其れは違和感などという生温い言葉に収まるようなものではございません。誰も彼もが、皆、知らぬ間に能く似た偽物と入れ替わっているものとしか思われないのでございます。私の与り知らぬ何らかの恐ろしい企みによって、私に害を為さんという悪計を持った者どもがそうして学校の内に這入り込んで来ているのだ、と。

何より愕然と致しましたのは、御慕わしい御姉様の御部屋にまで、御姉様に見目形こそ瓜ふたつでありながら、然し、拵え物の別人としか思われぬ輩が立っていた事です。

（御姉様を何処へやった）と、そう憤慨して両手を振り回す私の身体を、彼の顔盗人は無理くりに抑え込み、驚いた事に（落ち着いて。何処にも行ってなどいませんよ）と、声までも御姉様の其れを模した音で囁くのです。何とも腹立たしく、無礼千万な沙汰です。選りにも選って、穢れなきあの御方の姿で此の私を謀らんとするなんて。

其の晩以来、私は御姉様の御部屋に寄りつきもせず、憤りのうちに日々を過ごしておりました。唐突に陥った斯様な状況のせいも在りましょうが、無暗に何もかもが癪に障りまして、ほんの些細な事で激昂したり、何か手近なものを滅茶滅茶に殴り飛ばしたいという衝動に駆られたり、まるで身の内に嵐でも飼っているような心持ちでございまして。

　然れども、今なら判ります。誰も、入れ替わってなどいなかったのですね。御姉様の仰る通り、私はおつむの配線がどうかしてしまい、斯様な妄執に囚われていたに過ぎぬのですね。そうと気づいた上で思い返すと、此処数日来の己の身の振り方が、今更ながらに何とも恥ずかしく、消え入ってしまいたいような気分に陥ります。

（何も其のように恥じ入る事は在りませんよ。皆さんの誰にだって起こり得る事です）

　久方ぶりに御部屋を訪ねて参りました私を、御姉様は何事もなかったかのように優しく迎え入れてくださいました。其の御心の尋さに、私は改めて敬服するばかりで。

　もう、斯うして面と向かい合っておりましても、御姉様が別人だなぞとは露とも思いません。平生通りの、変わらぬ、御優しい御姉様です。

　唯、引き換えに――と申すべき事柄なのか、確とは判りませんが――御姉様の御顔を明瞭と目にする事が能わなくなってしまったのが、私は悲しくてなりません。いえ、見えていないというわけではないのです。目見も、御髪も、綺麗な鼻梁も唇も、ひとつひとつは此の目にきちんと映じているのです。にもかかわらず、其れらを総じてひとつのかんばせとして捉えようとしますと、途端に、誰の顔とも見分かてぬものに変じてしまうのです。

　向かい合っている相手が確かに御姉様であると判じられるのは、唯ひとえに、其の御声や優美な物腰によっての事なのです。比肩する者なき麗しいかんばせは、私の心の中心に、くっきりと焼き付けられているはずですのに。

幼な子が駄々を捏ねるようにして、私はまたも癇癪を起こしてしまいました。此の処、本当に堪え性がないのです。厭だ、厭だと顔を歪めて喚いては、地団太を踏み踏みしましたけれど、さりとて、涙が頰を伝う事はございませんで。いつからでしょうか、泣けども咽べども、喉の奥から嗚咽が漏れるばかりで、目から涙の零れる事がなくなりましたのは。

（どうか、其のように悲しまないでください）暴れ回る私の両腕を捉まえ、御姉様は私を寝台に組み伏せました。如何に無暗に暴れようとも、半ば腐れつつある四肢の動きは緩慢に過ぎて、御姉様からしてみれば、取り押さえるのだって造作もない事でしたでしょう。

（御願いですから、どうか、落ち着いて）御姉様は私の耳元に御口を寄せて囁かれますと、夜泣きするやや子をあやしでもするように、身の彼方此方を撫でさすってくださいまして。そうされているうちに、うっとりとした心持ちになってまいりました私の頭に浮かんだ考えは――

（嗚呼、御姉様。御優しい御姉様。御慕わしい御姉様。私は貴女を――）

食べてしまいたい。

五．百合

毎朝目を覚ますなり、わたしは拳を握り締め、自分の躰のあちこちを乱暴に撲つ。力を込めて、何度も、何度も。拳をひとつ打ちつけるたび、痛みが走る。鈍い痛み、鋭い痛み。熱い痛み。

別に被虐的な嗜好を持ち合わせているわけでもなければ、それとはさかしまに嗜虐的な感情を己自身にぶつけているわけでもない。ただ、確かめているのだ。わたしの躰がまだ痛みを覚えていることを。

痛みを忘れない限り、わたしの躰は、わたしのモノだ。こころの消失という未来に憧憬を抱きながらも、一方で、現にその瞬間が訪れるまでのあいだ、わたしはこの身を手放す気はない。わたしの躰は、〈病〉なんかのものではない。学校なんかのものでもない。絶えず監視するような視線を向けてくる教師達のものでも、厭らしい手つきで——秘処でも弄るかのように——〈花〉を触診する看護教師のものでもない。

まして、工場での労働でただえさえ疲れ果てているわたしに家の内のことまで押しつけた母や、その苦労を露とも知らずに生きていた妹のものでは、断じてない。

「あんたは大袈裟だ」と、母は事あるごとに、いや、事などなくとも、そう、わたしを詰った。足が駄目になったときもそうだった。空襲警報が鳴り響く中、妹の手を引き、朱色に染まった空の下を防空壕めがけて駆けていたときのことだ。爆震で倒壊した家の屋根が崩れ落ち、両足を潰した。炎に赤々と炙られていたトタンは肉を焼き、骨を砕いた。以来、義足とは名ばかりの、工場の端材で手ずから作った樹脂製の足を嵌めている。

傷は癒えたが、痛みは残った。

碌な治療を受けることもなく包帯でぐるぐる巻きにしただけで抛っておかれた骨肉は滅茶苦茶な形で癒合し、神経におかしな力がかかるせいか、脚の動きにつれて酷く痛む。幾らそう訴えても、母はわたしを医者に診せることを厭った。それでも痛い痛いと云い続けるわたしに到頭根負けした母に連れられ、漸くのこと診察を受けたとき、医師は云った。このご時世では別に珍しくもない、と。この戦時下では多くの人が傷を負い、痛みを抱えている。そうして、君は少しばかり他人より痛がりなだけだ、と。

以来、母は先までにも増して「あんたは大袈裟だ」と繰り返すようになった。

けれども、一体、誰に判る?

他者の抱えている痛みが、どれ程のものかなんて。

判らないならば、それで良い。判ろうともしないならば、それでも良い。

ただし、それならば、わたしの躰は、わたしのモノだ。躰の痛みも、わたしのモノだ。

そうして己が身を散々に打ち据えた後、身支度をして校舎に向かう時間には決まって気が重くなる。授業が楽しいなんてことを無邪気に云ってのける鈴羽と違い、わたしにとって学校に通う日々は憂鬱なものでしかない。殊に、試験の日は尚更だ。

秋期中間試験日——それが今日という忌々しい日に与えられた名前。

ただ、試験とは云っても、外の世界の学校で受けていたそれとはまるで違う。簡単な字の読み書きや算術の問題を解かなければならない時間もあるけれど、それ以外は何から何まで別物だ。

たとえば、こんな課題がある。受験者は何だかよく判らない管がたくさん付いた莫迦に大きくて重い安全帽のようなものを頭に被せられ、椅子に座らされる。そうして、相対して坐した試験官からこう指示される。「ひとつ前に見た絵と同じものが掲げられたら、片手を上げなさい」

それから試験官は、四種類の絵——花、鳥、猫、ヒト——が描かれた紙片を、次から次に此方の眼前に掲げる。ひとつ前に掲げられたのと同じもの、つまり、同じ絵が連続して提示されたら、手を上げる。花、猫、鳥、鳥——手を上げる。鳥、花、ヒト、猫、猫——手を上げる。そんなことが幾度か繰り返され、正答を続けると、課題の難易度が一段階引き上げられる。今度は、ふたつ前に見た絵と同じものが出てきたら手を上げろと云うのだ。花、鳥、ヒト、鳥——手を上げる、といった具合に。これにもまた正しく応え続けると、次には、みっつ前のものを、更には、よっつ前のものをと、此方が間違うようになるまで、延々とそんなことが続けられる。

まったく、何の意味があるのか判らない。

またあるいは、こんな課題もある。同じく相対した試験官から、様々な道具を渡され、それを使ってみせろと云われる。鋏(はさみ)なら紙を切る。鉛筆なら字を書く。燐寸(マッチ)なら擦って火を点(つ)ける。そんなことを一通りこなした後、次には、それらの道具ひとつひとつの名を口にしろと命じられる。これは鉛筆です。これは鋏です。これは燐寸です。これは短刀です。

まったくもって莫迦げた試験だ。こんなことで何が測れるというのか、見当も付かない。他にも、級友の写真を見せられて名前を答えるだの、机上にばら撒かれた色とりどりのおはじきから赤いものだけを拾い上げるだの、紙に掛け時計の絵を描くだの、およそ学問とは何の関係もない事柄ばかりを日がな一日、次から次へと要求される。二十余りもある試験をすべて終えた頃には、すっかりへとへとだ。実際に頭や躰が疲れるというより、無為なことをさせられているのではないかという徒労感が大きい。

けれども、ほんとうに気が滅入(めい)るのは最後に待ち受けている何やらよく判らない儀式めいた検査だ。いや、気が滅入るというよりは、忌避感を覚えるというのが正直なところか。それは、何を目的として執り行われているのかが不明だということへの漠然とした不安に根差したものでもあるし、あれと間近に相対しなければならないことへの生理的な嫌悪感を種としたものでもある。

「あれ、厭だよね。怖いよね」廊下に列を成して並び、自身の順番を待っているあいだ、鈴羽はわたしの腕に引っつき、幾度となくそう繰り返していた。

「怖い、ですか。わたくしはむしろ、憎いと思いますわ」

あいだにわたしを挟んで反対側に立った織枝は、そう云って唇を噛んだ。眉間には深い皺を寄せている。常には見せぬ貌から、てっきり鈴羽がわたしに身を寄せていることをやっかんでいるのかとも思ったが、どうやらそうではないらしい。切れ長の双眸が、もっと深刻な、瞋りの色を帯びている。きっと、ほんとうにあれが憎くて堪らないのだ。

どちらの思いも、判らぬでもない。大抵の者があれに対して抱いている感情と云えば、恐怖と憎悪であって、後はそのいずれが強いかという程度の差しかないだろう。

尤も、わたしは違う。確かに、あれと面と向かって相対しなければならないという状況に恐ろしさを覚えはするけれど、それ以上にわたしの心を大きく占める感情に敢えて名を付けるなら、それはきっと、「苛立ち」と呼ぶべきものだ。

検査の場に宛てられている教場の前方の扉が開いて、先に検査を終えた者が出てくると、入れ替わりに、後ろの扉から列の先頭に立つ子が室内に入っていく。ひとりあたりにかかる時間はほんの一分程度。列はつつがなく進んでいく。

そうしていよいよ自身の番が回ってきたとき鈴羽は酷く愚図ったが、頭を撫でて宥めてやると、渋々といった容子で教場に入っていった。

「今回の『物語』、どう思われました？」

鈴羽が扉の向こうに姿を消すなり、織枝がそう静かに訊ねてきた。

「どうって……」わたしは暫し思案し、それから、率直に答えた。「おかしいと思った」

〝私〟と〝御姉様〟の甘やかな遣り取りを描いていたそれまでの内容から、物語の展開は明らかに変容してきている。密やかな睦びの官能的な描写はなりを潜め、代わって、恐らくは〈花屍〉化の進行によるものであろう〝私〟の変調に大きく筆が割かれるようになった。けれども何よりおかしいのは、其処に描写されている症状の多くが、わたし達が教師から教え込まれている内容と甚だしく乖離していることだ。

わたしがそう口にすると、織枝は深く頷いた。「わたくしも、同じことを考えていました。人の顔が判らなくなるですとか、知人が偽物に入れ替わっているという妄想ですとか、そのようなこと、先生方から教わってはおりませんし。それに何より――こころが徐々に失われていく描写がまるでないのですもの」

そう、一番の問題は其処だと彼女の言葉に大きく頷きかけたところで、教室の前の扉から鈴羽が出てきた。まるで、おばけでも見たかのように怯えた容子で。まだ織枝との会話を続けたかったけれど、自分の順が廻ってきたので仕方なしに一旦切り上げ、わたしは教室に足を踏み入れた。

机が前後に寄せられ、真ん中に広く空間が取られた室内には、二名の監督官が侍していた。それぞれ、窓際と廊下側の隅に立っている。

そして、中央には、あれが居た。

厚さ一尺ばかりはあろうかという強化硝子が張り巡らされた、一間四方ばかりの匣の中、あれは黒い身体――ぬらぬらと黒光りする乾留液のような不定形の塊が、果たして身体と呼ぶべきものかは判らないけれど——を蠕動させている。

「被験者、黛由香利さん、検体の前へ」

監督官に云われるがまま、わたしは足を進め、硝子の匣の前に立つ。間近で見ても、あれには、目も無ければ口も無く、四肢だって在りはしない。およそ、生き物と呼び得るものの特徴を何ひとつ具えていないにもかかわらず、それは確かに活動している。

匣の前にわたしが立って稍々すると、それまで蛞蝓に似た蠕動をするばかりだったあれは俄かに、針鼠の如く全身から鋭い突起を立ち上がらせた。それから勢いよく跳ね上がり、わたしが立っている側の硝子にびたりと湿り気を帯びた音を立てて張り付く。ずるずると粘る尾を引いて硝子の表面を滑り落ちると、また躍り上がって、びたり。そうして何度も何度も体当たりを続けてくる。幾ら分厚い強化硝子とはいえ、砕けやしないかと冷や冷やせずにはいられない。

幾度かそんなことが繰り返された後、先にわたしの名を呼んだのとは別の監督官が、「終了。下がりなさい」と、出し抜けに命じてきた。

わたしはあれを注視したままじりじりと後退り、それから、踵を返して教室の前方の扉に向かった。扉に手を掛け、ちらと背後のあれを今一度見遣り、そうして、思う。

——お前達が、もっと徹底的にやってくれたら良かったのに。

教室を後にするなり、横合いから鈴羽が抱き着いてきた。わたしが出てくるのを待っていたものらしい。視界の片隅では、わたしと入れ替わりに織枝が教室へと入っていくのが見えた。この場で待って先刻の続きを話したいとも思ったが、怖かったよね怖かったよねと騒ぐ鈴羽が居ては、とてもそうはいきそうにない。

織枝を目で追っていたわたしの顔を自身の方にぐいと手で向き直らせ、彼女は云った。「もう、あれの近くに居るのは厭。早く行こう」

後ろ髪を引かれつつも、鈴羽に半ば引っ張られるようにして、わたしはその場を離れた。

この検査をもって長い試験日も漸く終わりだ。終了時刻にバラつきがあるから教室での終礼はなく、このまま下校して良いことになっている。むしろ、校舎内にいつまでも残っていると叱られる。これは何も今日に限ったことではなく常日頃からの話で、教師達は生徒が放課後に居残ることをやたらと厭う。下校時刻後の見廻りの頃まで残っていようものなら、延々と叱言を聞かされる羽目になる。きっと、管理上の都合だ。わたし達一年生はまだしも、三年生達は彼方へふらふら、此方へふらふらと其処ら中を彷徨ってしまう。だから、今のうちから躾ておこうというのだろう。頭ではなく、躰に。教室が三年間変わらないのと同じ理由だ。

「わたし、思うの。いろいろ不自由なこともあるけれど、少なくともあれに怯えなくて良いんだから、やっぱり、此処での暮らしは良いなって」

外の世界には戻りたくない。中庭を横切って学生寮へと向かうあいだ、鈴羽は頻りにそう繰り返した。このときばかりではない。彼女は常々そう口にしている。空襲によって家族をひとり残らず失ったという身の上を考えれば、そう考えたくなるのも判らぬでもない。

いや、嘘だ。

ほんとうは些とも判ってなんかいない。ただ、想像できるというだけのことだ。

「この学校でね、皆と暮らしながら、お勉強して、お喋りして、たくさん遊んで。いつか、眠りに就くようにしてわたしのこころが失くなっても、皆と一緒。それに——」其処まで云うと、それまで肩を並べて歩いていた鈴羽は、とてとてと駆けだしてわたしの前に回り込み、いつものように片足でくるりと一回転。両手を胸元に添え、此方の顔を真っ直ぐに見つめた。「誰かさんとZになんかなったりしてさ」

　今やすっかり血の気というものが失われたわたし達の膚は、気分や感情に応じて色が変わるということがない。どんなときでも、常に青白いままだ。にもかかわらず、此方に微笑を向けた彼女の貌は、幽かにではあるが薄桃色に色づいているように見えた。

「これね、作ったの」そう云って、鈴羽はセーラー服の胸衣嚢（ポケット）からきらきらと煌めくものを摘（つ）まみ上げた。ふたつの小さな輪が、ひと揃い。色とりどりのビーズに紐を通して作られたそれは髪留めのようにも見えるが、そうではない。わたしは、わたし達は、それが何かを知っている。

　Zの徴（しるし）だ。

　Zの契りを交わした者同士は、互いにこれで己のセーラー服のスカーフを留める。思い思いに色とりどりのビーズを並べて作った、同じ模様（パターン）を持つ留め具で。

「お裁縫の時間に使ったビーズの余りでね、作ってみたの」鈴羽は指先から垂らしたそれを左右に揺らしながらそう続けた。桃色と白色の珠が交互に並んだ、如何にも彼女の手になるものらしいあどけない模様。それが、彼女が選んだわたし達の徴ということだろう。

　けれどもわたしは、どうしたって自分の感情に嘘をつくことができない。鈴羽の指先で揺れるそれから敢えて視線を逸らし、問いかけた。「ねぇ、鈴羽。あなた、『徒花物語』は読んでる？」

　予期せぬ問いだったのだろう。彼女はきっと、わたしが喜んで徴を受け取る様を思い描いていたに違いない。行く先を失ったそれを摘まんだまま、きょとんとした表情を泛べると、「んー、最近は読んでない。何だか、あのお話、難しくなってきちゃったし。それに、何となく怖い」

「怖い……確かに、怖いかもしれないけれど、もしもあれに書かれている内容がほんとうのことだったらどうしようって、そうは思わない？」

「思わない」鈴羽はそれまでとは打って変わった声で、明瞭（はっきり）と云い切った。「怖いと思いはするけれど、〝ほんとうのこと〟なんて、どうだって良いわ。だって、同じことだもの。何処に居ようと、〈花屍〉であろうとなかろうと、〈花屍〉がほんとうはどんなものだったとしても、何も変わりやしないでしょう。ヒトだって、長い年月をかけて緩やかに腐っていくものだもの。そんな過程の中で、百人居れば、百通りの痛みを誰もが抱えている。だったらわたしは、此処で、この学校で、あるがままにそれを受け容れるわ」

「そう」わたしは軽くかぶりを振った。

「ねぇ、そんなことよりも」鈴羽は仕切り直すように云った。声音は明るい響きを湛えつつも、幽かに震えていた。「そんなことよりも、わたし、今、もっともっと、ずうっと大切な話をしているんだよ。だから、ねぇ。お願いだからこっちを向いて。ねぇ――」

――わたしを見て？

それでもわたしは、彼女に視線を戻しはしなかった。判っていたからだ。まともに向き合ってしまったら、きっと、わたしは嘘をつく。他の誰でもない、己自身に。だから、ただ、俯（うつむ）いてかぶりを振る。「ごめん。わたしはやっぱり、此処に、この学校に居たいとはどうしても思えない」

そう、わたしはどうしても諦め切ることができない。いつか外の世界に戻って、そうして、見届けるという願いを棄て切ることができない。外に残してきた妹のことも心残りだ。例の物語によって湧いた疑念が、その思いに拍車をかけている。

「どうしても?」

「どうしても」

「そう。そうなのね。どうしてもなのね」と念を押すように云う、その声音の鋭さに驚いて、わたしはつい、顔を上げてしまった。先の薄桃色が嘘のように、鈴羽は昏い翳りを貌に滲ませていた。「黛さんがどうしても外の世界に還りたいって思うのと同じに、わたしはどうしてもあんな世界に還りたいとは思えない。そう、どうしても。そうね、結局――」

続く言葉を口にするや、鈴羽は掌の内にビーズの飾りをぐしゃりと握り込んだ。いつの日か、本に差し挟まれていた紅いリボンをそうしたときの如く、乱暴に。それから、肩を震わせ、両の拳で顔を覆うと、踵を返して学生寮の方に駆け出してく。

「待って」と、そう呼び止めることも、追い縋ることも、わたしにはできなかった。駆け出す直前、彼女が発した言葉に虚を衝かれたせいだ。

鈴羽はこう云った。

「結局、人の痛みなんて誰にも判らない」と。

いや、そもそも後を追おうとしたところで、わたしの足ではどうせ追いつけやしない。わたしに能うのは、庭一面に敷き詰められた落ち葉を踏んで乾いた音を立てながら遠ざかっていく彼女の後ろ姿を、ただ、見つめることだけだった。

暫しその場に立ち尽くした後、わたしは嘆息をひとつ。それから、漸くのこと足を踏み出した。毀れた糸操り人形の、毀れた足取り。三年という歳月をかけてすっかり〈花屍〉と成り果てるのを待つまでもなく、わたしの歩みは端(はな)から不恰好だ。そう、だから、彼女には決して追いつけない。ふたりの歩調が合う日は、来ない。

学生寮までの帰途、花壇の前でふらふらしている上級生を見かけた。片手に提げた如雨露でそちこちに水を撒いている。蜂屋峰花だ。けれども、花壇にはもう、水を必要としているような花はひとつもない。先頃まで一面に咲き誇っていた百合(ゆり)は皆一様に枯れ果て、塵芥の如く土にへばりついている。

如雨露を手にした蜂屋峰花の腕は、もうすっかり緑青(ろくしょう)色に変じ果てていた。

徒花物語

（痛い。痛い）

御姉様と部屋で差し向かいになっているあいだ、私は終始そう喚き続けた。身体のそちこちが、四肢といわず、胸といわず、胎(はら)といわず、絶えず灼けつくが如き痛みに苛まれている。衣擦(きぬず)れはおろか、空気に触れるだけでも、無数の針に膚を突かれ続けているかのようだ。身体の表面(おもて)ばかりでなく、痛みは身の内からも鋭く響く。関節という関節に剃刀でも挟まっているのではないかと訝りたくなる程に。

（どうか、気を鎮めてください）と、御姉様は幾度も繰り返した。だが、鎮める事など能うわけがない。此の苦痛を知らぬ者には判るまい。腹立たしい。

否、其れにもまして許し難いのは、当の御姉様が、あの、忌々しい教員服を纏い、面(マスク)まで着けている事だ。形ばかりは此方を心配する素振りを見せておきながら、其の実、怯えているのだろう。私に噛まれるのではないか、喰らわれるのではないか、と。

一際強烈な痛みが、雷(いかづち)の如く身の内を跳ね回った。其の激しさに堪えかねて私は頽(くずお)れ、床に膝を衝く。と、今度は膝が割れたかと思う程の激痛が生じる。もう、厭だ。こんな身体は、もう。

(此の痛みはいつまで続くものなのですか。いつかは収まるものなのですよね)

私は詰るような調子でそう問うた。

けれども、御姉様は肯かない。唯、ゆるりと首を横に振る。

忌々しい。忌々しい。こんな苦痛が、此の先もずっと、際限無く続くというのか。そんな事には、堪えられない。(もう、厭だ。こんな身体も、こんな学校も、こんな世界も)

私がそう叫ぶと、御姉様は能く判らぬ事を静々と語り始めた。

(若(も)し。若し貴女が本当に此の学校に居るのはもう厭だと思われるのなら、金曜の晩、旧校舎の図書室に行ってみてください。閉鎖された校舎の西側に、毎週金曜の晩にだけ錠の下りていない窓が一枚在りますから、中に這入り込む事は容易です)

何だ。何を云っているのだ、此の女は。そんな話と私の苦しみとのあいだに何の関係が在る。

(図書室に着いたら、室内の一隅に他の書架から離れてぽつんと据えられた棚が在りますから、其れを動かして御覧なさい。其処には、黒鉄の観音扉が隠されています。自由へと繋がる扉です)

(煩(うるさ)い!)私は到頭、声を荒らげた。(そんな事はどうでも良い。其れより、此の痛みを、此の苦しみを、消し去る術(すべ)を教えろ!)

けれども、女は何とも答えなかった。黙したまま、何か憐れな者でも見るかのような視線を向けてくる。忌々しい忌々しい忌々しい。

忌々しい。

（そんな目で、私を見るな！）

六．孔雀草

チック、タック、チック、タック、チック、タック——

灯の落ちた暗い部屋の中、わたしは寝台に身を横たえ、壁掛け時計を視界の端に据えていた。傍らの寝台では同室のルームメイトがやはりわたしと同じように仰向けになっているけれど、此方と違い、彼女は瞼を閉じてすやすやと寝息を立てている。このところ不眠の気があるわたしからすれば、何処か羨ましくすら感じる様だ。

チック、タック、チック、タック、チック、タック——チック——

タック。

時計の長針と短針とが文字盤の頂点でぴたりと重なった瞬間、わたしは身を起こした。衣擦れの音にすら神経を遣いながら、ゆっくりと布団から辷り出る。同室の子を起こしてしまうことのないように。けれども、そう気を張っていたというのに、寝台から下ろした不恰好な足先はリノリウム張りの床を捉まえ損ね、わたしは音を立てて膝を衝いてしまった。

だが、肝を潰した此方の心配とは裏腹に、ルームメイトは煩(うるさ)そうに寝返りを打ちこそすれど、身を起こすことも、声を掛けてくることもなかった。先までと変わらぬ、安らかな寝顔だ。

胸を撫でおろしつつ、床に手を衝いて起き上がろうとした、そのとき。わたしは思わず声を上げそうになった。膚に触れた床の冷たさに驚いたのではない。その逆だ。もう季節は冬のただ中だというのに、室内にストーブが在るでもないというのに、両手からは夜気に刷かれた床の冷やかさを微塵も感じられなかったからだ。

戦慄した。

わたしはいつから、この冬の寒さを感じなくなっていた？

わたしはいつから、皮膚感覚を失くしていた？

それを思い出せないことが、何より恐ろしかった。ともすれば〈花屍(かばね)〉になりつつある自覚を失ってしまう己自身の胡乱(うろん)さが、堪らなく怖くなった。先までのわたしであれば、むしろそれを喜ばしくすら感じていたであろうに。今となってはもう、とてもそうは思えない。

『物語』のせいだ。

けれども、わたしが今為すべきことは、止めようのない躰の変化に戦慄(おのの)き、頽れることではない。抗(あらが)うことでしか、真実を見極めることでしか、この恐怖からは逃れられないのだから。わたしはその場にへたり込みそうになる己の躰を鼓舞し、足音を立てぬよう室内を横切った。

そうして廊下へと通じる扉をそっと開けると、其処では約束通りに織枝が待っていた。

部屋から出てきたわたしを認めて頷いた彼女の貌は、何処か昂揚しているように見えた。手燭(てしょく)が放つ橙色の灯火(ともしび)のせいばかりとは思えない。きっと、深夜の冒険という状況に気持ちが昂(たか)ぶっているのだろう。わたしの中にも、そんな感情が少しもないと云えば嘘になる。惧れとは裏腹な、静かな興奮だ。

織枝は両手にひとつずつ手にした手燭の一方を此方に向けて差し出した。わたしは無言でそれを受け取り、後ろ手に部屋の扉を閉める。それから肩を並べ、わたし達は暗い廊下を歩みだした。目指す先は旧校舎。一階の北端に在る図書室だ。

確かめましょうと、そう口を切ったのは織枝の方だった。放課後、学生寮の談話室で『徒花物語』について互いの意見を交換していたときのことだ。

話が違う――それが、これまでの物語を読んで、わたしが何より強く抱いた思いだった。そう思わずにはいられなかった。〈病〉が進行するにつれ、わたし達のこころはふわふわと溶け、蕩け、霧散して、苦痛に苛まれることもなく、ゆっくりと微睡（まどろみ）に落ちていくようにして〈花屍〉に成り果てるのだと、教師達は云っていた。

けれども、あの物語の記述が正しいのであれば、そうはならない。〝私〟は苦しんでいる。〝私〟は痛みを感じている。ただ、それを適切に表出するすべを失くしているだけだ。何より、〝私〟にはこころがある。多くの物事を理解できなくなってこそいるけれど、意識や自我と呼ばれるものが消失しているわけでは決してない。

だとしたら――と、わたしは考えずにいられない。いつか目にした、上半身だけで渡り廊下を這いずっていた三年生。彼女は自身の躰が真っぷたつに裂ける激痛に苛まれていたのか。それでいて、助けを呼ぶこともできず、痛みを訴えることもできず、唯々、地べたを這うしかなかったのか。そんな状況で、彼女のこころを占めた絶望はどれ程のものであったろう。

檻。

わたしの頭に真っ先に浮かんだ象形（イメージ）はそれだった。

わたし達はいずれ、言葉を発せなくなる。躰の自由も利かなくなる。己の意思や感情を他者に伝える方法が、ひとつ残らず失われる。そればかりじゃあない、人の顔を見分けられなくなり、文字も読めなくなり、耳に入る言葉も、目にしたものの姿も、歪んだ形でしか認識できなくなる。それでいて、いつしか外界との情報伝達手段の一切が途絶されてもなお、こころは躰の中に閉じ込められたまま、其処に在る。

痛みばかりで拵えられた、肉体という名の、檻の中。

いや、檻というのでも生温い。それが似るのはむしろ、鉄の処女。

そうした思いを、織枝に対して率直に話した。ただし、一方では伏せておいたこともある。物語を読むまでのわたしは、むしろ〈病〉を、己が〈花屍〉になることを、こころの裡で歓待していた。こころが、わたしなるものが失くなれば、絶えず両の足を苛むこの痛みからも解放されるものだと思っていた。誰もが等しく〈花屍〉に成り果てれば、不恰好な足取りも、もう、わたしばかりのものではなくなると思っていた。だが、そんな考えまで敢えて彼女に伝える必要はない。

頷きながらわたしの話に耳を傾けていた織枝は、此方が語り終えるや深く嘆息し、額に手を宛てた。そうして苦々しげに眉根を寄せ、「わたくしも、まったくもって同感ですわ」

「けれど、あの物語自体、何処かの誰かが空想のままに綴った創り物語だって可能性もある」

「そう。仰る通りですわね。けれども、一方ではやはり、事実に基づいているという可能性もまた棄て切れません。何故といって、あのお話は——」織枝は其処まで口にすると怖気（おぞけ）を震い、己の肩を両手で掻き抱いた。「あのお話は、虚事（そらごと）であるにしては生々し過ぎます」

わたしは肯いた。不必要なまでに描き込まれた〝私〟のこころの様相と、頻出する馴染みのない専門用語。それらはまるで、〈花屍〉というものの――真の――在り方を読み手に啓蒙せんとしているようにも感じられる。

「わたくし、もう、不安でならないのです。あれに書かれている内容がほんとうのことだったらと思うと、夜も寝つけぬ在り様で。近頃は、斯様な不安を抱えているということそれ自体に、すっかり疲れ果ててしまいました」織枝はそう語り、それから酷く躊躇（ためら）いがちに続けた。「今宵（こよい）、ふたりで確かめに行ってはみませんか。あれに書かれておりました、旧校舎の図書室へ」

もし、黛さんがお厭でなければですけれどもと、彼女はごく控えめに云い添えた。

物語で語られていた通りに、黒鉄の観音扉などというものが図書室に在るかどうか。それを検（あらた）めようというのだ。勿論、もしほんとうに扉が在ったところで物語の記述がすべて真実に基づいているという断定はできない。ただ、蓋然性は高まる。さかしまに、そんなものは存在しないと確認できれば、他の記述についても虚事（そらごと）だと思えるだろう。いや、少なくとも、そう信じ込むことができる。

そう考えたからこそ、わたしは彼女の提案を容（い）れたのだ。

けれども、そんな探究心とは裏腹に、現にこうして学生寮を抜け出し、暗い夜闇と静寂に圧（お）された校庭の片隅を歩んでいる今、わたしの頭を占めているのは、物語とも、〈花屍〉とも、まるで関係のない事柄だった。

他人と肩を並べて歩くのはこんなにも難儀なことだったか、という思いだ。

不恰好なわたしの足取りは、どうしたって織枝のそれとは歩調が合わない。彼女なりに気を遣って速度を落としてくれているようだが、それはそれで却って息が詰まる。鈴羽と並んで歩くときには、こんな思いは抱かなかった。いや、意識することすらなかった。

そんな詮無(せんな)いことを考えかけ、慌てて心中で首を振る。

秋の試験日から此方、鈴羽と過ごす時間はめっきり減った。ひとつには、彼女が休み時間といい、放課後といい、何やらしょっちゅう教師達から呼び出しを受けるようになり、そもそも口を利く機会が乏しくなったということもある。けれども、それ以上に大きな理由は、やはり、互いが胸の裡に抱えた気まずさだろう。

独りで歩いているときには、己の歩調も其処まで気にならなかった。だが、こうして織枝と肩を並べていると、否が応にも思い知らされる。腕を絡めてくる鈴羽との歩みを、わたしは仔犬とその保護者のように思いなしていたけれど、その実、保護され、支えられていたのは、わたしの方だったのだ、と。

旧校舎まで辿り着き、一階西側の廊下に面した窓を一枚ずつ検める段に到ってもなお、わたしはそんなことを考えていた。身から離れて漂い出してしまっていた思考が現実へと引き戻されたのは、果たして、一枚の窓が手を掛けるや横にするりと辷(すべ)ったときだ。驚きと、それとは相反する、当然だというような思いとを抱えつつ、わたしは織枝と顔を見交わした。

窓枠を跨(また)ぎ越えて旧校舎内に足を踏み入れるや、黴臭(かびくさ)い空気と、床から舞い上がった埃とが、鼻腔にそろそろと這入り込んでくる。先に廊下に降りたわたしが、まだ窓外に居る織枝に手を貸そうとすると、彼女は、はっとしたような表情を泛べた。それから幾らか間を置いて、おずおずと此方の手を取り、窓を乗り越えた。鈴羽のことがあるとはいえ、こんなときくらい、そうわたしを忌避することもなかろうと思うのだけれど。

「ありがとうございます」と、この夜、初めて彼女は口を開いた。此処まで来れば誰かに聞かれる虞（おそれ）もないと踏んだのだろう。

「どういたしまして」と、此方も形ばかりのご挨拶を返す。

　一歩足を進めるたびに床から埃の立ち昇る廊下を、ふたりして図書室めがけて進んだ。沈黙が続き、次第に気まずくなりかけた空気を破ったのは、織枝の方だった。

「あの、黛さん。黛さんと蘆屋さんは、その――」手燭の放つ光が闇の底に切り出した橙色の輪の中、織枝は伏し目がちに云った。長い睫毛が影となって、長く、長く、黒い涙のように頬へと伸びている。「――Ｚなのですか？」

　最後の方は夜気に消え入ってしまいそうな程に弱々しい声音。それから、胸につかえていたものを漸く吐き出せたとでも云いたげな吐息が長い尾を引いて続く。

　返すべき言葉を思うと、わたしはいたたまれない気持ちになった。これからわたしは、いや、わたしと織枝は、めいめいに傷を抉られなければならないのだ。織枝は一度、わたしは二度。

「違うよ」と、わたしは何でもないことのように口にした。これが、わたしにとっての一度目。

　その答えを聞くや、織枝は手燭の灯よりもなお眩しい程に貌を輝かせた。予期していた反応だ。予期していたからこそ、後の言葉を続けるのが躊躇われるのだ。

　けれども、わたしは敢えて自らに処刑人の姿を重ね、斧（おの）を振り下ろしでもするような覚悟をもって続く言葉を吐き出した。織枝の希望を断ち落とし、わたし自身の執着をも砕く鈍（にび）色の刃だ。

「でも、駄目だよ。云いにくいけれど、あの子は――蜂屋さんとZになるから」

わたしにとっての二度目の痛み。

けれども、処刑人の斧が落としたのは、それを振るったわたし自身の首だけだった。落胆に沈むであろうと考えていた織枝の顔は、然し、きょとんと双の眼を見開いて此方を見つめていた。そうして、訝しげに口を開いた。「云いにくいって、それが、どうして云いにくいのです?」

此方の発した言葉の意味が判っていないのかと苛立ち、二度と口にしたくないと思ったばかりの台詞を、相手に投げつけでもするようにわたしは重ねた。「だから、あの子はもう蜂屋さんとZになるんだってば。あなたが幾ら慕っていたって、振り向いてはもらえないのよ」

云っているうちに卑屈な笑いがこみ上げてきそうになった。わたしが云い聞かせている相手は、織枝か。それとも、わたし自身か。

――わたし、蜜蜂さんとZの誓いを立てることにしたわ。

鈴羽から面と向かってそう伝えられたのは、つい先日のことだった。

誰ともZになることのなかった先輩が、わたしを選んでくれたの。そう淡々と語る彼女に、どうして、とは訊けなかった。これってとっても光栄なことよ、という彼女の言葉に、そうなんだと頷いた。わたしはその申し出を受けるつもりと、そう続けられたときにも、そうなんだねとしか応えられなかった。

織枝はわたしの言葉を聞いてもなお、暫くのあいだ間の抜けた貌をしていたが、不意に、嗚呼と頓狂(どんきょう)な声を上げて破顔した。「黛さん、その、あなた、思い違いをなさっていらしたのですね」

「思い違い?」予想外の言葉だった。

「ええ、黛さん、わたくしが想いを寄せているお相手が蘆屋さんだって、そう考えていらっしゃったのでしょう？」織枝は目を細め、唇に艶な弧を描かせた。「とんだ思い違いですわ」

わたしは心底呆気に取られた。それなら、鈴羽の机に載せられていた一輪挿しは何だったと云うのか。靴箱に潜ませていた手紙は何だったのか。あの本に挿し挟んだ紅いリボンは。

わたしがそれらの疑問をぽつりぽつり呟くと、織枝は羞じらうような身振りで頰に手を添え、

「蘆屋さんへのお手紙に書き付けておいたのは、あるお方をわたしにお譲りいただきたいというお願いでした。物語に挟んだリボンにもそう書き添えておきましたし。それに、あのお花の名前をご存知ではなくて？」

「マリーゴールド？」

「そう、あの黄色い可愛らしいお花は、マリーゴールド。花言葉は――」

――嫉妬。

一体何を妬んでいたのかと、そう口にしかけたところで、わたしは遅まきながら思い至った。つい先まで、織枝はわたしと鈴羽の仲に気を揉んでいたのだ。そう、わたしと、鈴羽の。となれば、彼女が想っている相手というのは――

わたしの瞳に確信の二字を看て取ったものか、織枝は花弁を窄めでもするように照れくさそうに俯き、「そう、わたくしがお慕いしているのは、黛さん、あなたですわ」

咄嗟に返すべき言葉を見つけられず、わたしは唯々、口をぱくつかせることしかできなかった。如何にも滑稽な動作を暫く繰り返した後、漸くのこと喉から出てきたのは、口許の動きにも増して間の抜けた言葉だ。「え、あ、何で。何でわたしなわけ？」

「何でって。それはですね――」羞じらいからか、織枝は歩調を早めてわたしの前を往きながら、聞いている此方が思わず赤面してしまうような賛辞を並べ立てた。
曰く、黄色い声で姦しくお喋りに興じている級中の皆さんと違い、黛さんはいつでも落ち着きがあって、聡明で。曰く、周囲の価値観に流されることなく、いつでも凛としていらっしゃって。曰く、それに何より、いつでもとてもお可愛らしくて――といった調子だ。

わたしからしてみれば、皆ほど口数が多くないのはひとえに口下手であるが故のことであって、凛として見えるというのも単に愛想を欠いているだけの話だ。可愛らしいというのは、あれだろう、世には蛙という生き物が好きだという奇特な人も居るが、そうした人々が蛙に向けて口にする「可愛らしい」と同じ種類の言葉だ。

「いや、でも、わたしの足を見ても、醜いって思わないの？」

「思いますわ」と、織枝は意外な程にきっぱり云い放った。それから、当惑する此方に向けてなお続けるには、「だからこそですわ、黛さん。あなたほど、美しい瞳をお持ちの方はいらっしゃらないわ。燃え盛る焔のような、烈しい瞋りを宿した瞳をお持ちの方は」

ああ、きっと、織枝は妙な思い違いをしているのだとわたしは悟った。彼女はわたしの眼が宿しているという瞋りの矛先があれに対して向いているものとでも思っているのだろう。両足がこんな無様なりとなる原因となったあれを、心底から憎んでいるのだ、と。

「そういったすべてに、わたくしは惹かれているのでございます」彼女は真っ直ぐに此方の目を見据え、到頭、核心を衝く問いを投げて寄越した。「ですから、その。わたくしと、Zの契りを結んではいただけませんか？」

彼女の視線から逃れるように、わたしは顔を背けた。返事に窮し、散々逡巡した挙げ句、返した答えは、「少し、考えさせてほしい」

欺瞞だ。我ながら厭になる。一体、何を考えると云うのか。いや、考えるべきことなどひとつもない。わたしはただ、眼前の少女をこの場で傷つけることから逃げているに過ぎない。

けれども、織枝は嫋やかな笑みを泛べて云った。「判りました。わたくし、待ちますわ。いつまでだって、待ちますわ」

待たないでくれとは、云えなかった。継ぐべき言葉を見つけられず、それから廊下の最奥に位置する目的の部屋に行き着くまでのあいだは、互いに黙り込んだまま歩んだ。

闇の中に現れた両引き戸に嵌め込まれた硝子には埃の膜が厚く張っていて、中の容子を窺うことはできなかったけれど、織枝が高く持ち上げた灯が戸の上に掲げられた「図書室」というプレートを照らし出した。戸は施錠されておらず、手を掛けると何の抵抗もなく横に辷った。

広い室内には書架が幾つも並んでいたが、そのいずれも空っぽだった。元々収められていた本は残さず新校舎に移されたのだろう。暗い虚ろばかりを孕んだ木組みの枠は、何処か棺を思わせる。壁際にはそれらがずらりと肩を並べていたが、ひとつだけ、左右の書架とのあいだに広い間隔を置いてぽつんと据えられたものが在った。『物語』に書かれていた通りだ。

わたし達は顔を見交わし、頷き合った。手燭を床に下ろすと、棚の側面に両手を衝き、ふたりして体重を掛ける。空っぽとはいえ、天井近くまで丈のある書架は酷く重く、僅かずつ、じりじりとしか動かすことができなかった。

幾度も小休止を挟みながら、それでも何とか書架を動かし切ると、その背後からは、わたし達がその存在を半ば期待し、半ば忌避していたものが姿を現した。

南京錠（なんきんじょう）の掛けられた、鉄製の大扉だ。


寮に戻るまでの道のりを、わたし達はやはり無言のままに歩んだ。けれども、図書室に行く前と後では、その沈黙が意味するものはまるで異なるものに変じていた。確かめるべきものを確かめた。検めるべきものを検めた。答えが欲しいと、そう願って足を踏み出したはずなのに、それを得た今、胸の裡を占めるのは先まで以上に重みを増し、闇を濃くした、恐怖だった。

わたしも織枝も、互いの顔を見遣ることすら恐れ、その面差しに泛んでいるであろう惧れの徴を認めてしまうことを厭い、唯々、俯いて歩いていた。

だから、すぐ間近に歩み寄るまで気づくことができなかった。

学生寮の玄関口に独り佇んだ鈴羽が、昏（くら）い瞳を凝（じっ）と此方に向けていたことに。

徒花物語

目の前に居る女が誰なのか、まるで判らない。てらてらと黒光りする服を着込んでいるからには、あれの、ええと、教師のひとりである事には相違無かろう。胸に留められた名札に目を遣ってみれど、其処に書き付けられた字を読み解く事は能わない。文字のひとつひとつは見えているのに、其れが何を意味しているのか、どう読むものかが、頭の中の記憶とまるで結び付かない。

否、其れにも増して判然としないのは、私がどうして此処に居るのかという事だ。きっと、此処は教師達の棲む処。其の内の一室だ。何故、そんな場に私は立っている。

（もう、私の事も御判りにならないのですね）女は、そう呟いた。

判るものか。誰か知らぬが、此奴が私を此処に連れて来たのだろうか。思い出せない。思い出せないが、そうであるならば、忌々しい。私は早く部屋に戻って身を横たえたい。立っているのも、坐しているのも、苦痛で仕方がない。間断ない痛みに総身を苛まれている。

（私も皆さんのように、貴女とZの誓約というものを結べたのなら良かったのですが）

Zの誓約。何だっただろうか、其れは。

（けれども、そうもいきませんわね。Zの誓約は〈花屍〉同士でしか交わせないものです。御揃いの装飾品の交換と、身体の一部の交換。前者はできても、後者は私には能いません。他者の相貌が判じられなくなっても、記憶が薄れていっても、相手が自分にとって大事な人だと思い起こす為の徴。其れこそが「Zの契り」と皆さんが呼んでいらっしゃる儀式の眼目です――）

（煩い）――と、そう口にしたつもりだった。（そんな事は知らない。どうでも良い。もう、黙れ）と。けれども、私の口から出たのは、言葉の形を取っていない、無様な呻き声ばかりだった。

そんな私に向けて、女は尚も続ける。（いえ、そもそも、私が貴女に対して抱いている感情は、Zの其れとは異なるものです。Zの契りへと繋がる、〈花屍〉が〈花屍〉を想う感情は、畢竟、食欲に根差したものに過ぎません。勿論、〈花屍〉は〈花屍〉を食べたりはしませんけれど、まだ〈花屍〉になりきっていない子達の身には、ヒトとしての部分も多く残っています。〈花屍〉は食べない、けれども、ヒトの部分に焦がれ、惹かれ、そそられる。其の矛盾を、戀心と錯覚する事で受け容れようとする生理的な反応。其れが、Ｚという関係性を生むのです。だからこそ、大抵の場合において其れは、上級生と下級生とのあいだで結ばれる）
煩い。煩い煩い煩い煩い。そんな事はもう聞きたくない。Ｚだの、〈花屍〉だの、知った事か。私は唯——唯、肉を喰らいたいのだ。
（けれども、私が抱いているのは、もっと純粋な——）
黙れ。そんなものは要らない！

七．牡丹一華（アネモネ）

夜の帳（とばり）が下りた校庭に全校生徒が集まっている。

これから始まる卒業式のために。

闇の中で等間隔に並び、ぽうっと橙色の灯りを放っているのは、整列した一年生が胸の前に掲げた蠟燭（キャンドル）の小さな火だ。一方、わたし達の後ろに並んでいる二年生達は、何の灯りも手にしてはいない。蠟燭を持たせたところで、どうせすぐに取り落としてしまうからだ。そればかりか、彼女達にとっては三列横隊で整列するという程度ですら難儀なことらしく、しょっちゅう、そちこちの列から、よろよろよたよたとはぐれ出してしまう。

最前列が一年生、次が二年生ときて、三年生はと云うと、その後ろに並んではいない。彼女達の姿は後方ではなく前方、下級生達の群れとは相対する位置に居る。

皆、横倒しにされて。

山のように積み上げられて。

学校（ここ）に来る前には、これとよく似たものを其処らの街角でしょっちゅう目にした。空襲で死んだヒトの亡骸を塵（ごみ）か何かのように堆（うずたか）く積んだだけの、屍体置き場と呼ぶのも憚られるような、異臭を放つ塊を。

あれと違っているところがあるとすれば、今、眼前に聳（そび）えているそれが、その山肌の方々を蠢（うごめ）かしているという点だろう。黒い山から突き出した腕が、脚が、頭が、ゆらりゆらりと揺れている。中には、あまり激しく揺さぶるあまり、ぽろりと捥（も）げ、山肌を転がるようにして地に落ちるものもある。

〈花屍（かばね）〉の山の左右に並んだ教師達の中から、ひとりが列を離れ、わたし達一年生の前に立った。黒ずくめの教員服の胸元に留められた勲章の如きものがたゆらな灯火の中に煌めく。校長だ。

「それではこれより、昭和九十四年度卒業式を執り行います」

ただ、それだけ。校長からの言葉はそれで終わり。

彼女が元の列に戻ると、また別の教師が声を上げた。「在校生より献火（けんか）を」

号令に応じて、三列横隊を組んだ一年生が歩を進める。一歩足を踏み出すたび、〈花屍〉の山から届く呻き声の合唱が音量を増す。山裾まで歩み寄ると、一列目の生徒達は手にした蠟燭を一斉に抛った。宙に抛られた火は放物線を描いて山の尾根に当たる。事前にたっぷりと燃料をかけられてでもいるのか、その途端、凄まじい勢いで焔が山肌を舐め上げた。

一列目がわきにはけ、次には二列目の者が前に出て、同じく火を抛る。火勢はますます強まった。そうしていよいよわたしを含む三列目の番が廻ってきたとき、わたしは酷く躊躇った。何故って、わたしはもう、知ってしまっている。火を点けられた彼女達が、こころのない虚ろな腐肉の塊などではないことを。身を焦がす炎によって、地獄の苦しみを味わっていることを。

逡巡しつつも、結局わたしは皆に倣って蠟燭を投げた。

と、その瞬間、積み上げられた卒業生のひとりと偶さかに目が合ってしまった。赫い焔に縁取られた黒く虚ろな瞳は、アネモネの花冠を思わせる。わたしは慌てて顔を背けた。同時に、それを詰りでもするかの如く、渦巻く苦痛と怨嗟の声が一際物凄くなったように感じられた。思わず耳を塞ぎたくなる程に。

それから一旦わきにはけ、元の位置に戻って横隊を組み直そうとしたとき。ふと目につくものがあった。

今や巨大な火柱となった卒業生達の左右では、整然と並んだ教師達が真っ直ぐに火を見上げている。そんな中にひとりだけ、俯いている人物が居た。面のせいで顔こそ見えないが、躰つきから察するに恐らくは国語科の花房先生だ。

ただ、そうと見えたのもほんの束の間のことで、やがては先生も他の教師達同様に顔を持ち上げた。些細なことではあったが、その様は、然し、後々まで妙に印象に残った。

列に戻ると、自分達が何をしてしまったのかを理解しているのはわたしだけではないと気づいた。すぐ傍らに立っていた織枝が頻りに首を振っていたのは勿論のこと、ひとつ前の列のダルマ様も小刻みに肩を震わせていた。他にもちらほらと、心中の動揺を隠し切れぬ容子の子が居た。きっと、『物語』を読んでわたしや織枝と同じ結論に達していた子達だ。

夜の談話室は沈鬱な空気に充たされていた。

談話室とは云っても、四人掛けの小さな卓が中央にふた組と、壁際に長椅子が幾つか据えられただけの簡素な部屋だ。卒業式を終えた後、めいめいの部屋へと帰らずに居残った面々が、わたしと織枝を入れて五人、差し向かいになるでもなく、方々の椅子にぽつりぽつりと坐している。

別段、示し合わせたわけではない。皆、部屋に帰って寝台に身を横たえたところで、とても寝付かれぬと考えたのだろう。少なくとも、わたしはそうだった。このところただでさえ悪化の一途を辿っている不眠に悩まされてこそいるものの、今晩に限ってはそればかりが原因ではない。

けれども、こうして同じ部屋に集(つど)っておきながら、誰ひとり、口を開こうとはしなかった。きっと皆、相手の胸が何に占められているのかは互いに判っている。それでいて決して話の口を切ろうとしないのは、ひとえに恐ろしいからだ。胸の裡に抱いてしまった疑念をひとたび言葉にしてしまえば、それが真実となってしまうように思われて。

わたしと織枝について云えば、現に図書室へと行って例の扉を検めてしまったのだから尚更だ。『物語』に記された内容はおおむね真実であろうと今や確信している。わたしの斜向(はす)かいに掛けて卓に肘を衝いた織枝は、先から自身の両掌(りょうて)に虚ろな瞳を向けている。つい半刻ばかり前、取り返しのつかぬことをしてしまった己が手を。

だが、織枝以上に暗く打ち沈んでいたのは、意外なことにもダルマ様だった。長椅子に浅く腰掛けた彼女は見ていて気の毒な程に肩を震わせ、睫毛を怯えに濡らしていた。どっしりした体軀とごつごつした顔つきとのせいで気丈な印象を抱いていたが、その実、他の誰にもまして繊細で脆(もろ)い心の持ち主なのだと、わたしはこのとき初めて知った。わたし自身、容姿のせいで常から他人にあれこれ誹(そし)られているというのにもかかわらず、だ。

結局、そうだ。人の痛みなんて誰にも判らない。

誰もが黙したままでいると、不意に、廊下へと通じる扉が押し開かれた。

一同の視線が一斉に集まる中、開け放たれた扉の向こうから姿を現したのは、鈴羽だった。

ルームメイトがいつまでも部屋に帰ってこないのを訝しんで捜しに来たのだろう。室内に幾人もの人影が在るのが予想外だったのか、束の間、虚を衝かれたような貌をしていたが、居合わせた面々を順繰りに眺め、わたしと織枝が同じ卓を挟んでいると気づくや気まずそうに顔を伏せた。

既に寝支度を済ませたものか、鈴羽は丈の長いスリップ一枚という出で立ちだった。左右で長さの異なる腕が、覆うものもなく露わになっている。短い方の腕は、青白い、常から見慣れた彼女のものだが、もう一方は、緑青色の膚がところどころ破れ、黒々とした血肉を覗かせている。

蜂屋峰花の腕だ。

Ｚの誓約を交わした証(あかし)として、鈴羽と蜂屋峰花は既にめいめいの左腕を交換していた。御揃いの装飾品(アクセサリー)を身に付け、躰の一部を取り交わすという習わしに従って。

わたしと織枝が、旧校舎の図書室に忍び込んだ翌日のことだ。

切り落とした互いの腕は手ずから結わえたのだろう。肩口の接合部は太い糸で乱雑に縫い付けられていた。裁縫の授業で習う肉や皮の縫合は、本来、意図せずに破れたり捥(も)げたりしてしまった躰を自ら繕うためのものだが、生徒達のあいだでは、その知識はもっぱらこうしたＺの契りのために使われている。そもそも、自然に四肢が欠損してしまう程に腐敗が進んでいる場合、まずもって、道具を扱うことが能わなくなっている場合がほとんどだ。

と云って、勿論、外科手術のようにはいかない。素人が形ばかり縫い付けたというだけで、骨を接(は)いでもいなければ、腱や神経を繋いでもいないのだから、そうして取り換えた部位は、もう、動かすことすらままならない。

鈴羽は無言のまま、まだ自由の利く己自身の腕を持ち上げてルームメイトを差し招いた。長椅子に掛けていた当の子は、どうしたら良いのかと躊躇うような素振りで他の面々を見遣ったが、誰も彼女を止めはしなかった。他人を引き留めるには、理由が要る。けれども、この場に居る誰ひとりとして、それを口にするだけの意気地なんて持ち合わせていない。やがて、彼女は諦めたように立ち上がり、鈴羽とともに談話室から出て行った。

去り際、鈴羽は何処か恨めしげな色を湛えた瞳を此方に向けたけれど、それでいて、何の言葉も発しはしなかった。彼女が蜂屋峰花とZの誓約を交わしてからこの方、わたし達は一度も口を利いていない。

後に残された一同のあいだには、先までにも増して気まずい沈黙が流れた。それはそうだろう。此処に居る面々は、腕の交換が真に意味するものを知ってしまっている。

「もう、厭!」と、出し抜けにそう声を上げて沈黙を破ったのはダルマ様だった。彼女はむずかる幼な子のようにおかっぱ頭を激しく振り乱し、両の蹠(あしうら)で床を蹴った。「知りたくなかった。この先、ずっとずっと痛みに苛まれながら生き存(なが)らえて、挙げ句、あんな風に、塵みたいに焼き殺されるなんて。わたし、知りたくなかった!」

ぞっとするような叫びだった。居合わせた誰もが弾かれたように顔を上げたけれど、他の誰よりも驚いた貌をしていたのは、外でもない、それを発した当のダルマ様だった。己が口走った言葉を反芻するように肩を震わせ、終いには、頭を抱えてしくしくと泣きだした。

織枝ともうひとりの子が傍に駆け寄り、彼女の背を撫でて宥めすかす。根拠も論理もなく「大丈夫。大丈夫よ」と、そう口々に声を掛けるふたりの姿を見遣りながら、ダルマ様が取り乱してくれて良かったと、わたしはそんな風に考えていた。自分以上に周章狼狽している者を前にすると、周りは却って冷静さを取り戻せる。大丈夫と口にしているうちに、己が心まで紛らすことができる。

そんな冷淡な思いが胸の裡に浮かんだのは、わたしの意識が他のことに向いていたせいかもしれない。同じダルマ様の嗟嘆を耳にしながら、織枝達と違って、わたしの頭はその場限りの慰めを拵えることではなく、まるきり別の考えに占められていたのだ。

知りたくなかったと、ダルマ様はそう口にした。それは談話室に集った誰もが抱えていた思いだろう。そう、知ってしまったからこそ、恐ろしいのだ。知ってしまったからこそ、嘆くのだ。何も知らない、おぼこのままでいられたならば、こんな思いはせずに済んだ。

では、何故?

『物語』に記された内容が真実だと仮定するとして、それを綴った人物は、どうして、そんなことをわたし達に教えたのか。そんな当たり前の疑問に、遅まきながらわたしは行き着いた。

訊かねばなるまい。確かめねばなるまい。

それを書いた、当人に。

徒花物語

（モウドウシテモ、ガマンデキナイノネ）

その人は、何だか悲しそうな声でそうおっしゃった。でも、何がかなしいのだろう。わたしがガマンできない事がだろうか。ガマンのできない、いけない子だからだろうか。わたしがこんなにも自制のきかない、身勝手な、我儘(わがまま)娘である事に呆れ、失望していらっしゃるのだろうかだとしたら私は悲しいとても悲しい何故かといえばそれは私に責の在る事ではなくこの忌まわしき身が生じさせる忌まわしい忌まわしい忌まわしい慾望に根差したものであり、わたしは苦しい、誰かもわからない此の人が、コンナ眼でわたしを見ることが、くるしい、こんなくるしみは、クルシミは、はて、何がくるしいのだろう。ああ、そうだ、これ以上、ガマンをすることはくるしい。

目の前にある、このヒトの膚に、肉に、突き立てたい。歯を。けれど、わたしのからだは、何というのだったか、細長い、あれに、繋ぎ留められていてまるで自由が利かず相手の喉元に喰らいつく事も手を伸べて摑(つか)み掛かる事も能いはしないのだから突き立てることだって能わない。歯は。唯々、あちこちが痛い。身体は痛みでできている。わたしは痛みでできている。

何もデキない私のガンゼンで、女のヒトは、銀色にきらめくアレを手にして、己がハダに突き立てた。血が零れ出して、肉の匂い。あの人、拋った。わたし、食べた。むしゃぶりついた。彼女が自らの膚に刃を突き立て、そうして削ぎ落した、柔らかな血肉を。

（モウ、コレクライノモノシカ、ワタシハアナタニアゲラレナイ）

まるで、イミが、わからない。

八．桜

終礼が済み、他の生徒が三々五々下校していった後も、わたしは教室に居残っていた。国語科の花房先生と差し向かいになって。

今日の小試験について質問したい点があると、そう云って呼び止めたのだ。試験と云っても、何ら難しいところはなかった。ただ、ひとりずつ詩を読むというだけのものだ。諳（そら）んじるのでも、詠むのでもなく、教科書に載った詩を順繰りに音読するという、ただ、それだけのこと。

誰（たれ）かは花をたづねざる
誰かは色彩（いろ）に迷はざる
誰かは前にさける見て
花を摘まんと思はざる

藤村（とうそん）だ。

何のための試験か。決まっている。わたし達がまだ字を読めるかどうかを確かめているのだ。

誰も落第はしなかった——ただひとり、鈴羽を除いては。

勿論、試験自体がそんなものであるからには、教師に質問すべき点などもありはしない。けれども、わたしは件の詩の解釈についてあれこれと疑問をでっち上げ、そうと知らぬ花房先生は空虚な問いのひとつひとつに対して丁寧に答えてくれた。斯くて、無為な問いと答えの遣り取りを幾度も幾度も繰り返した末、わたしはいよいよ肚を括った。

「『濁りて待てる吾恋は　清き怨となりにけり』という結びに込められた気持ち、わたしにも判る気がします。人を恋うる気持ちは、それが叶えようのないものだと判ったとき、怨みに転じてしまうこともある。そういうものですよね——」其処まで云ったところで一呼吸。期待と不安を一時に吐き出すように、続く言葉を口にする。「——御姉様？」

それまで此方の言葉に柔らかな頷きを返していた花房先生の動きが、束の間、虚を衝かれたようにぴたりと固まった。首を傾げるでも、訊き返すでもなく、ただ、動きを止めたのだ。

口にした問いへの答えを知るには、それで十分だった。自身の反応が何を意味してしまったか、相手もすぐに悟ったものらしい。肯定も否定もすることなく、それを是とした上での言葉を返してくる。

「聡い人ですね。きちんと保険をかけている。その訊き方ならば万が一当てが外れたところでどうとでも取り繕えますものね。二年生になってもこれほど聡明な方というのは、珍しい」

胸の裡で、わたしはぐっと拳を握り締めた。やった。わたしは当たりを引いたのだ。

「どうして判ったのです？」そう云って、花房先生は上品に小首を傾げた。

「正直に云って、半分は勘です。ただ、あれを書いているのが先生方のうちのどなたかだということには確信を抱いていました。だって、生徒には書きようがないのです。内容もそうですけれど、それ以前に、書き継がれ方の問題として」

「書き継がれ方の問題?」

「はい。物語の続きを求めて教卓に載せられたあの本は、翌日になると決まって姿を消していました。それでいてあの本が持ち去られるところを目にしたことのある子は誰ひとりとして居ません。となれば自ずと、それを持ち帰っているのは先生方に絞られます。放課後、見廻りの後まで校舎内に残っていられるのは、先生方だけなんですから」

「でも、それだけでは私でなく他の先生だということも十分に考えられるのではありませんか?」

「けれども、金曜の見廻りは花房先生ですよね?」わたしは念を押すように云った。「いえ、そうでなくとも、まず間違いないだろうとは思っていましたけれど」

「それは、どうして?」

「卒業式の献火です。卒業生が焔に呑まれる光景を前にして、先生方は何の反応も示されませんでした」そう、無感動で、機械的で、無関心な容子だった。「ただひとり、花房先生を除いては」

「そうですか。私は平然としてはいませんでしたか」

「はい。ほんの束の間でしたけれど。それで、思ったんです。あの場で本心から卒業生のことを悼んでいたのは、花房先生だけだろうって。そしてきっと、あの物語を、『徒花物語』を書けるのは、そんな方だけだろうって」

語りながら、わたしは内心得意になっていた。授業中、教師から指名されて見事に問題の答えを返した気分だ。間違っていたらどうしようという不安からの解放も、昂揚感に拍車を掛けた。

けれども、直後に先生が発した言葉に、弛みかけていたわたしの頰は忽ち引き攣った。

「成る程。それで、こうして事の真偽を確かめに来た、と。ですが、こうは考えなかったのですか。仮にあの物語を書いたのが私であったとしても、貴女の味方とは限らない、とは」

わたしがまだ一年生であったなら、血の気が音を立てて引いていただろう。だが、半ば腐れかけ、どろりと粘性を帯びたわたしの血は、そんな風には流れない。

「詰めが甘いですね。あの本が、罠だと疑いはしなかったのですか。この学校の真実に気づいた異分子を炙り出すために仕掛けられたものだとは。鎌をかけるような切り出し方をしたのは、当てが外れたときにどういう事態に陥るかを懸念していたからでしょう？　にもかかわらず、あと一歩の思慮が足らない。だから、結局はこうも容易く罠に嵌まってしまう」

相手の言葉を聞きながら、わたしはどんな貌をしていただろう。〈病〉のせいで常から死人の如く血色は悪いけれど、それにしても、きっと、このとき程に酷い色はしていなかったろうと思う。返すべき言葉も見つけられぬまま、わたしは唯々立ち竦むより外になかった。

と、不意に先生が静かな笑い声を上げた。

「冗談ですよ」

――え？

「考えてもみてください。それでは目的と手段が顚倒しています。そもそも貴女が疑いを抱いたのは物語を読んだからでしょう。あれを読まなければ、学校の在り方に疑念を抱くこともなかったはずです。此方から秘密を曝け出しながら、勘づかれたのどうのと云うのは可笑しな話ですよ」

「酷い」喉の奥から我知らず非難の声がまろび出た。「此方は真剣にお話ししていたというのに」

幾ら何でも人が悪過ぎる冗談だ。そう憤慨するわたしに、先生はごめんなさいねとごく事務的な声音で云い、それからこう続けた。「でも、それくらい疑り深い心を持っていただきたいというのも、それはそれで本音です。真実を知り、何かを為すつもりでしたら」

「何かを、為す？」

「そう。何を為すかは貴女次第ですけれど。いえ、その前に、貴女の質問にお答えしましょう。きっと、訊きたいことがあって来たのでしょう？」

「それは——そうです」訊かねばならないことは山ほどある。「何よりまずお訊きしたいのは、あの物語で描かれている内容が真実かどうかということです」

「特に〈花屍〉化の進行と、その主観的感覚について、ですよね」

「そうです。〈花屍〉化が進んでも、こころは失くならないのか。痛みや苦しみも失くならないのか。それが何より気になっています。あの物語は、先生の創作ですか？」

そうであって欲しいと、わたしは願っている。すべて、想像で書いただけの絵空事だと。けれども、返ってきたのは期待したものとは違う、煮え切らない答えだった。

「そうとも云えますし、そうではないとも云えますね。〈花屍〉化が進んだ方の主観的な感覚を正確に知るということは、誰にも能いませんから」

「それなら——」

「ただし、客観的な事実——諸々の試験結果と統計とを鑑みれば、あの物語における〈花屍〉の描写はほぼ正確なものと云えます。それから、〈花屍〉の皆さんに意識があるということについては間違いありません。こればかりは明瞭と断言できます」

「どうしてそんな風に云い切れるのですか」と己の口から出た声は、自分でも驚く程に怒気を含んでいた。〈花屍〉でもないヒトが、何をもってわたし達をそう規定するのだという、そんな歪んだ自負に由来する反撥だ。己の胸の裡にそんな思いがあることに、わたしは初めて気がついた。

「そうですね。それを説明するには、まず、あれについてお話しする必要があるでしょう。貴女は聡明な方ですから、我が国が、いえ、世界中のすべての国々が、何を相手取って戦争を続けているかはご存知でしょうね」

答えるまでもない。

あれだ。

乾留液の如き黒光りする不定形の身体を持ち、その不気味な身を変態させ、群れを成して空を飛んでは爆発性の物質と焔とを降り注がせる知性体。正体も生態も不明な、何処から湧いて出てきたものかも定かでない、生物と呼ぶべきかも判らぬ存在。

ある者は外宇宙から飛来したのだと云い、またある者は某国が造り出しはしたものの管理不能に陥った生体兵器なのだと主張しているけれど、確かなところは判らない。唯一明瞭しているのは、連中が人類の敵だということだけ。

そんなあれの大軍勢とのあいだで生じた世界規模での三度目の交戦状態。

それが、第三次大戦と呼ばれているこの戦争だ。

無言で首肯するわたしに、先生は次の問いを発した。

「では、現状、あれに対抗するための兵器として最も有効なものは何かもご存知ですか?」

ご存知も何も、学校工場で働いていた頃、わたしは散々っぱらその組み立てに関わっていた。

自立型無人航空兵器（ドローン）だ。一体どんな仕組みで動いているのか皆目見当もつかぬそれに、これまた同じく何のためのものか判らぬ装置を、来る日も来る日も螺子（ねじ）で留めていた。

そう答えるや、更に次の問い。「では、どうして、それが有効なのかはご存知ですか？」

此方は知らない。知っているわけがない。工場の監督官は、無給で働くわたし達に対して、もっと速く、もっと精密にと怒鳴り散らすばかりであったし、わたし達もわたし達で際限なく、ただただ必死で螺子を締めていただけだ。さながら賽（さい）の河原のように。

返事に窮したわたしに先生は答えを明かした。「あれには無人兵器の姿が見えないからですよ」

「見えない？」

「ええ、あれには、ヒトやその他の生物で云うところの眼球に相当する器官が存在しません。いえ、それればかりか、聴覚や触覚を司る感覚器も、何ひとつ具えていないのです」

身体の外部に在るものを認識するための器官が無い？

「でも、それならどうして」

「そう、不思議でしょう。どうして、ヒトの居る場所に攻撃をしかけることができるのか。どうして、爆撃をすることができるのか。焼き払うことができるのか。毒瓦斯を撒き散らすことができるのか。急降下して、槍のように尖らせた突起でヒトの身を貫くことができるのか」

わたしは頷いた。

「お偉い学者様達もその点についてお考えになり、捕えた検体を用いて様々な実験をしました。その結果、ひとつのことが判りました。あれは、ヒト以外の生物に対しては一切危害を加えないのです。いえ、危害を加えないというよりも、どうやらそもそもその存在を認識すらしていない。

このことから導き出されるのは、どういったことでしょう？」

先生は此方に向けて手を差し伸べた。何だか本格的に授業じみてきた。

暫しあれこれと考えを巡らせた末、わたしはおずおずと答えた。

「こころの有無で、他の存在を認識している？」

「ご名答」先生は両手を打ち鳴らした。「如何なる方法によってかは判りませんが、あれは他者の意識――貴女達がこころと呼んでいるもの――を感じ取ることができるようなのです。その上で、そうして認識したすべてのものを敵性体と判定し、無差別に攻撃を加えている」

漸く合点がいった。試験日の最後に執り行われていたあれとの対面が、如何なる意味を持っていたのか。

あれが敵意を示すかどうかによって確認していたのだ。

わたし達の、こころの有無を。

けれども、何のために？

「特別な子を見つけるためですよ」疑問に先回りするように、先生は物語と同じ台詞を口にした。「主観的意識を持ち合わせていない子を。傍から見れば何ら問題なく社会生活を営みながらも、その実、何も感じていない子を。それこそが、この学校において求められている特別な存在。花を愛で、鳥の声に耳を傾け、人に恋をして、あるいは成就し、あるいは破れ、例えばそう、Ｚの契りさえも誰かと取り交わしておきながら、其処に意識なるものを介在させていない存在。かつては〝哲学的ゾンビ〟などという呼び名で思考実験の具になっていたものですが」

先生は淡々と続けた。この学校は無数に存在する観察用集団（クラスタ）のひとつに過ぎない、と。

様々な社会形態の模擬環境（シミュレーション）として、此処以外にも、年齢、性別、その他諸々の属性の罹患（りかん）者を集めた種々の施設が存在している。女学校という状況設定（シチュエーション）はその一形態（バリアント）なのだと。

「単に意識が消失したとしても、社会生活が営めないのでは意味がありませんからね。校則、日課、集団行動、社交——それらが複雑に絡まり合った学校という形態は、人間社会の縮図としての要件を満たしています。尤も、病原体（ビールス）の改良は日々続けられていますが、未だ、完成には程遠い。現状ではむしろ、目指すものとはまるで逆の効果を齎（もたら）してしまっています。つまりは、意識を残したままに、身体と脳機能の欠落を。結果、できあがるのは意識を具えた生ける屍ばかり」

「病原体の改良？」耳を疑った。「じゃあ、わたし達が此処に売られて来たっていうのも——」

「ほんとうですよ。貴女達は〈病〉に罹患したから此処に連れて来られたのではありません。病原体は此処に来てから接種されたのです。抑制剤と防腐剤、それから、微細機械（ナノマシン）とその統合端末（コントロールデバイス）たる〈花〉によって症状の進行を遅らせているのは確かですが、それは治療のためでも終末医療（ターミナル・ケア）のためでもありません。経過観察にじっくりと時間をかけられるよう、病原体の活動を調整しているというだけのことです」

　母の貌が脳裏に蘇った。医師に向けて合わせた両手の向こうで泛べていた笑みが。

「どうして。一体何のためにそんなことを。そんな病気を造り出して何になるっていうんです」

「戦争を終わらせるためですよ」と、そう答えた先生の口振りは、さも当然と云わんばかりのものだった。「あれの侵攻はいつ止むとも知れません。敵方の総戦力も未だ不明な中、絶え間のない戦闘によって世界中の国々がじりじりと追い詰められています。このままではいけない。偉い人達はそう考えました。敵対勢力の戦力は底が知れず、と云って、和平協定を結べるような相手でもありません。何しろ、意思疎通（コミュニケーション）の図り方も不明です」

ああ、そうか。

聞いているうちにわたしは理解した。敵との戦いを終わらせるには、勝つ、負ける、引き分けるという以外に、もうひとつの方法がある。敵でなくなってしまうことだ。そのためにこそ、この人達は研究を続けているのだろう。そうして探しているのだ。

世界中の遍く（あまね）ヒトから、こころを消失させる方法を。

「たった一体、最近になって漸く成功例と思しき個体が見つかり、経過観察が続けられていますが、それにしたところで、まだまだ不完全です。再現性が確認できていない以上、同じ株の病原体の量産は――」

一体。個体。成功例。そんな言葉を使ってわたし達を示すヒトに空恐ろしさを覚えたわたしは、思わず相手の言葉を遮り、「そんなのって、おかしい」

「どう、おかしいのです？」授業の際に生徒からの質問に応じるのとまるで変わらぬ口調で、先生は続く言葉を促した。

「だって、意識が失くなってしまったら、こころが消えてしまったら、それは死と変わらない。戦争が終わったって、ひきかえに世界中のヒトが死に絶えてしまったんじゃあ、何の意味もない」

「そうでしょうか。現に意識なるものを持ち合わせていなくとも、ヒト以外の生物は生きています。そして意識は、ヒトという種が生存競争を勝ち抜くために進化の過程で獲得した機能のひとつに過ぎません。であれば、そうして得たものが却って種の存続を脅かす状況となった今、それを手放すというのもまたひとつの進化の形でしょう。少なくとも、彼らはそう考えた」

彼らは、と云うからには、自身はそうは思っていないということか。「先生は、どうお考えなのです。どうして、あの物語を書いたのです。どうして、こんなことをわたしに教えるのです」

「待っていたのですよ」と、此方の目を真っ直ぐに見据えて先生は云った。面（マスク）に嵌まった円硝子越しに強い輝きを帯びた瞳が覗く。「私は貴女のような方を待っていました。貴女のような目をした、特別な方を。きっと、私の願いを叶えてくれる。そんな方を」其処まで話すと軽く首を振り、「私は心の何処かで貴女達を羨んでいるのだと思います。何故と云って、貴女達には――」


――この世界を終わらせるだけの力がある。


「あれに先んじて、この世界に終焉（しゅうえん）を齎すことができる。意識の消失などという形ではなく、遍くヒトに終わりを迎えさせることができる。そして、その力を自らの意志で行使することのできる存在。それこそが、私にとっての特別な子です」

愕然とした。そんな風に考えたことはなかった。〈花屍〉と化していく己の躰が、半腐れのこの躰そのものが、武器になるなどと考えたことは。いや、驚いたのはそのこと自体に対してではない。そんなことにすら思い至らなかった、自分自身に対してだ。

よくよく考えてみれば当然のことだ。〈病〉の感染力は凄まじい。先生の話からすれば、そもそもが最終的には全人類を罹患させることを前提として造り出されたものなのだから当たり前だ。では、食欲に委（まか）せて他者の肉を貪り喰らうその感染者が世に放たれたらどうなるか。

決まっている。〈病〉は瞬く間に世界を覆い尽くすだろう。未完成の、特効薬も存在しない

〈病〉が。だからこそ白亜の壁に取り囲まれ、わたし達は此処に押し込められているのだ。

　そう、たった一輪の花でさえ、世界のすべてを腐らせることができる。

　それはとても甘美なことのようにも感じられるけれど、一方ではこうも思う。だからといってそれを〝羨んでいる〟などと云うのは、畢竟、欺瞞に過ぎないと。真にそれを力と呼び、欲しているならば、それと同じだけの力を手にすることは、いつだってできるはずだ。

　そう、正に今この瞬間にでも、その面を外し、教員服の前を開けば良い。わたしが、すぐにそれをくれてやる。

「保険ですよ」と、またも此方の考えを読んだかのように、先生は云った。「私はこの世界を憎んでいます。そう、それはもう、確実に滅ぼしてやりたいと思う程に。けれども、私が〈花屍〉となってしまったら、その可能性は極めて不確かなものとなってしまうでしょう。私自身が目的を成し遂げられなかったら、その場で思いは潰えてしまう。それならば、自らが動くよりも、その願いを誰かに仮託した方が良い。どれだけ失敗が重なろうと、そのたびに新たな生徒を世に送り出せば良い。春になるたび花を咲かせる、桜のように」

　それが教師というものでしょう、と先生は続けた。

「学校からの卒業の仕方は、もうご存知でしょう。生きたまま塵屑のように焼かれるのではない、ほんとうの卒業の仕方を」

　わたしは肯いた。織枝とともに存在を確かめた、あの鉄の扉こそが〝自由へと繋がる扉〟に違いない。けれども、脳裏にはひとつの疑問が浮かぶ。「どうして、こんな迂遠な手段を採る必要があったのです。物語なんて道具立てがなくても、わたし達を野に放ちたいならば、あの扉の処まで皆を連れて行って外に出せば良かっただけのことではないのですか」

「ひとつには勿論、危険性（リスク）を最小限に抑えるためです。先程も申しましたが、私はこれからもこの学校で教師を続けるつもりでいます。だからこそ、手引きをしたのが私だと知られるわけにはいかない」先生は其処まで云うと、たっぷり間を置いてから続く言葉を口にした。「そして何より、最後には外（ほか）ならぬ貴女方自身の意志によって、お仕着せではない憎悪によって、それを為してほしいからです。それこそが何より重要です。意志がなければ、何の意味もない」

　そう云い切ってから、それに、いきなり放り出したのでは卒業というより放校のようでしょうと云い添えて、先生は乾いた笑いを漏らした。

「ですから、貴女が現にそれを実行に移すか否かも、私は問いません。この学校に残るも、外の世界へ出て行くも、貴女の意思に任せます」

　問わぬも何も、自分がどうするつもりか、わたしは教える気がなかった。答える必要を感じなかった。先生の、いや、この女（ひと）の身勝手な期待も落胆も、わたしの選択には関係がない。わたしの心を充たしているのは、烈々たる瞋りだけだ。

　そして何より、わたしの躰はわたしだけのモノだ。

　答える代わりに、わたしは問う。「最後に、もうひとつだけ訊かせてください」

　先生は片手を上向けて差し出し、どうぞと促した。

「あの子は、ほんとうに此処に居たのですか。実在、したのですか？」

　暫し、ふたりのあいだを沈黙が流れた。先生はゆるゆると手を引っ込め、もう一方の手を重ねると、固く握り締めた。「それを聞いて、どうするのです？」

それまで片ときも乱れることのなかった声音が、幽かにだが抑制を欠いていた。感情と呼び得るものを含んだ先生の声を、初めて聞いた気がした。

「判りません。知ったところで、どうにもならないけれど。ただ――」

「ただ？」

「お祈りすることくらいはできるかなって、そう、思います」

またも沈黙が流れた。気に障ることを口にしてしまったか。そう思い、答えを聞くのを諦めかけたとき。

先生は黙したまま己が頸の後ろに手を回した。うなじのところにある留め金をぱちん、ぱちんと外し、贈物(プレゼント)の包みを剝(は)がすような手つきで面を脱ぎ去る。内に押し込められていた豊かな黒髪が縛(いまし)めを解かれてふわりと広がる。首が軽く左右に振られ、顔にかかった髪が払われる。

そうして顕れたのは、〝皓(しろ)くすべらかな膚〟という物語の記述からは想像もしていなかった、深い皺にまみれた薄桃色のかんばせだ。

いや、仔細に見れば、そうではない。顔一面、縦横無尽に走っているのは皺ではなく、剝(む)き出しになった筋肉の繊維や筋(すじ)だった。桃色と見えたのは、本来であればそれらを覆っているはずの皮膚が無いせいだ。わたしは漸く悟った。〝御姉様〟が、あの子に何をあげたのか。

「あの子は、私の実の妹でした」

そう云って――

――〝御姉様は莞爾(にっこり)と笑われました〟

徒花物語

何の花かは知らないけれど、いっぱい、群れて、咲いている。闇をうしろに、きらきら綺羅綺羅、ユレて、ヒカッて、漣みたい。なんだかとても、きれいだなあ。動かない、身体。痛くて、重くて、でも、きれい。お花はキレイ。

花のムレ、押し寄せてくる、波みたい。

波の飛沫が、いっぱい、舞って、いっぱい、散って。

とっても、トッテモ、キレイで——熱い。

熱い熱イ熱イ熱イ熱イアツイアツイアツイ。

嗚呼、助ケテ。

オネガイ。タスケテ、ダレカ。ダレカ——

——オネエサマ。

九．躑躅（アザレア）

「その、黛さん、あのね」手はずの確認が済むや、ダルマ様が不安げに訊ねてきた。「疑ってるわけじゃないのだけれど、ほんとうに、在るのよね。わたし達を、その、治療できる場所が」

「もっちろんだよ！」彼女の惧れを吹き飛ばすべく、わたしはとびきりの笑顔で応じる。

傍らでは先刻から織枝が怪訝（かいが）の目を此方に向けている。けれども、何ら問題はない。彼女がわたしを裏切ることは、決してない。彼女の視線をたっぷり浴びながら、わたしは胸元の〈花〉を撫でた。蕾を半ば開いて肉色の花弁を覗かせている〈花〉のすぐ下では、薄紫に煌めく留め具が左右のスカーフを留めている。安っぽいビーズの連なった、そう、Zの徴だ。

「ねっ、織枝さん」

まるで自身の膚を撫でられでもしたかのように、彼女は羞じらうような素振りを見せ、「そうですわね。由香利さん」

応じる彼女のスカーフにもまた、薄紫の合成樹脂片（プラスチック）が添えられている。織枝の手になるひと揃いのそれは、いつか鈴羽の掌の中に見たものよりはるかに手が込んでいて、アザレアの花冠を模したビーズステッチの飾りが付いている。

そう、わたし達はZになった。

腕の交換はまだ済ませていない。卒業までの準備や決行当日に不測の事態が生じたときのためにも、自由の利く手を失うわけにはまだいかなかった。ただささえ足が不自由なのだから尚更だ。織枝が云うなら安心だと云わんばかりに、ダルマ様は安堵の色を見せた。こんな不毛な遣り取りが、この夜だけでもう幾度となく繰り返されている。彼女が元来気弱な気質だというのは先から判っていたが、同じ言葉を際限なく繰り返してしまうのは何もそうした性格ばかりに起因したことではない。短期記憶の保持が難しくなってきているのだ。

ダルマ様だけではない。進行の度合いは様々だけれど、他の皆もそれぞれに種々の症状を呈し始めている。勿論、わたしや織枝とて例外ではなく、織枝は読み書きができなくなり、わたしは到頭、眠りを完全に失った。今はそうしてめいめい異なる脳機能の障害がモザイク状に起きているけれど、ゆくゆくは皆、すべての症状が発露していくだろう。

つまり、残された時間は限られている。新たな症状が顕れれば顕れる程、計画の成功率は下がっていく。準備に費やす日数と〈花屍〉化の進行度合とを秤にかけた上で見極めた分水嶺。

それが今日、この夜だった。

計画に賛同したのは、ダルマ様を筆頭に十人。皆がすっかり寝静まった夜半のしじま、談話室の卓を囲んで坐しためいめいの顔を、卓上に載せた手燭の灯がぼんやりと照らし出している。わたしと織枝を加えて、総勢十二人。

それが、今年の卒業生。

わたしひとりが学校から逃げ出そうと提案したところで、賛同する子はまず居なかっただろう。ちんちくりんのオタマがあれこれ並べ立てたところで、皆が素直に耳を貸してくれたとは思えない。けれども、わたしの傍らには織枝が居た。彼女の言葉には、誰もが皆、真剣に耳を傾けた。

わたし達は慎重に級中の皆を篩にかけた上、そうして選り出したひとりひとりに卒業の計画を打ち明け、参加を打診した。

人選に際して重んじた事柄は主にふたつ。ひとつには『物語』に込められたメッセージを部分的にであれ理解していて、計画に賛同する可能性が高い子であるということ。そしてもうひとつには、秘密を口外するようなチクリ魔ではないこと。そうした選別をすることに織枝は仄暗い愉しみを見出したものらしく、それを「聖別」とまで呼んでいた。

これはとても残念なことだけれど、聖別によって選ばれたうち幾人かの子は、計画を打診した結果、先のふたつの条件を満たしていなかったということが後から判明したりもした。そう、それはとてもとても残念なことだ。けれども、問題はない。〈花屍〉化が進行した二年生の転落事故なんて、この学校ではよくあることだ。珍しくも何ともない。

問題は——そう、わたしにとっての問題は——ただひとりの賛同を得られていないことだった。鈴羽だ。

自らの躰を損壊してまで蜂屋峰花と腕の交換などということをしたせいか、それとも、もとより周囲より早熟であるせいか、彼女は先までにも増して頻繁に教師からの呼び出しを受けるようになっていた。ときにはそれが長引いて授業を欠席することすらある程に。そんな状態だから、そもそも彼女と接触すること自体が難しかった。

加えて問題となったのは、彼女が「聖別」から漏れていたことだ。それはそうだろう。明瞭云って、彼女は先に挙げた要件をまるで満たしていない。それはわたし以外の誰の目にも明らかなことだった。あれほどまでに外の世界を厭っている鈴羽が、卒業など望むはずがない、と。まして、たださえ彼女の存在を快く思っていない織枝は、計画を明かすこと自体に難色を示した。にもかかわらず、わたしは授業と呼び出しとの合間に漸くのこと鈴羽を捕まえ、彼女に計画を話して聞かせた。きっと、来てくれると信じたのだ。

何となれば、彼女は蜂屋峰花を棄ててでもわたしと道をともにしてくれるものだと、傲慢にもそう考えていた。何故と云って、彼女が結んだZの契りは、畢竟（ひっきょう）、わたしのそれと同じ、仮初（かりそめ）のものに過ぎないのだから。それが証拠に、彼女は蜂屋峰花を「蜜蜂さん」と呼び続けていた。心から大事に思う相手を、そんな綽名（あだな）でなぞ呼ぶものか。

だから、わたしが誘いを持ち掛けさえすれば、彼女は必ずそれに応じると、信じた。

いや、違う。応じてほしいと、そう、願った。

けれども、彼女は首を縦には振らなかった。蜂屋峰花とのZの誓約が理由か、それとも、この学校に居る限りあれに襲われることはないと頑なに信じているせいなのか、それは判らない。思い当たる理由を此方が幾ら挙げても彼女は顔を背けるばかりで、『物語』に書かれていた内容をどれだけ話して聞かせても、決して、肯きはしなかった。

どうしてこんな処に残ることにそうもこだわるのか。わたしには理解できないが、いずれにせよ、彼女の転向をいつまでも待つわけにはいかなかった。皆の躰の限界が迫っているということもあったが、それ以上に、鈴羽に固執することで織枝の心証を害するわけにはいかないという事情が大きかった。織枝が心変わりを起こして皆に真実を明かしでもしたら、卒業の計画はすべてご破算だ。薄紫の楔（くさび）を刺されているのは、何も織枝の側だけではないというわけ。

ただひとつの救いは、鈴羽が教師達に計画を漏らす心配が万が一にもないということだった。

彼女ならそれをやりかねないと、織枝にそう忠告されるまでもなく、わたしもそう思う。けれども、できない。「しない」のではなく、「できない」のだ。

ただでさえ早熟だった彼女の〈花屍〉化は、既に腐敗が進んでいた蜂屋峰花と腕を取り換えた影響もあってか、より急速に進行していた。その結果、彼女はもはや、言葉を発することも、文字を書くことも能わなくなっている。

だから、他の子達のように処分する必要もなかった。学生寮の三階の窓辺に連れ出してその背を押すことも、地面に叩きつけられてなお活動を続けている脳髄を頭蓋ごと踏み潰すこともしなくて済んだのは、わたしにとって救いだった。

だが、もし——もし必要であったなら、わたしはそれを為すことができただろうか。

判らない。少なくとも他の子達のときのように、何の迷いもなく、とはいかなかっただろう。最低だとは、我ながら思う。この段に到ってなお、わたしは他者を平等には見てはいない。同じ〈花屍〉の中でも、自身にとって大事かどうかでいのちの重さに序列をつけている。「聖別」を愉しんでいた織枝と何ら変わらない。

だが、そんなことで悩んでいられるのも此処までだ。もう、踏ん切りをつけなければならない。

傍らで織枝が控えめな咳払いをひとつ。それから、静かに促した。

「行きましょう」と。

その言葉は、未だわたしの胸の裡にある躊躇いを見透かしたが故のものか、それとも、単に皆への号令か。貌からはどちらとも判じることができなかったけれど、いずれにせよ、そんな風に織枝の胎の裡を勘繰っているのはわたしばかりだ。ダルマ様達は静々と立ち上がり、卓上の燭台からめいめい手にした手燭へと火を移し始めた。ひとりにひとつ、火を抱え、背には最低限の荷物を収めた嚢（ふくろ）を負い、わたし達はひっそりと談話室を後にする。

始まりだ。

ほんとうの、卒業式の。

灯りが人目に付かぬよう、手燭を手で覆って光を絞りながら、わたしは皆の先陣を切って歩を進めた。不自由だった己の足取りも、今はさほど気にならない。このひと月ばかりのあいだに皆の歩調もすっかりとろくなった。今では誰もが無様な足取りだ。

それでも能う限り慎重に、一歩一歩、静かに足を持ち上げ、静かに下ろす。此処で見廻りの教師に見咎められでもすれば、すべてが台無しだ。安全な時間と経路は花房先生から聞かされていたけれど、とはいえ、警戒心は決して絶やすべきではない。

そう、考えていたにもかかわらず——一行の先頭を行くわたしの視界は、行く手の闇の中に佇む人影を捉えた。灯が届かないため、それが生徒なのか、それとも教師なのかを分かつことはできない。どうしたものか、わたしは暫し逡巡した。このまま進むべきか、引き返すべきか。

迷った末、結局、このまま歩を進めるしかないとわたしは判断した。相手が教師であれば、どうで、こんな夜更けに灯を手にして出歩いている姿を見られた時点で何ともしようがない。引き返すのは却って不自然ですらある。さかしまに、其処に居るのが生徒なら、何とでも云いくるめようはある。いずれにせよ、進むより外（ほか）にない、と。

事に備え、あれこれと云い訳の言葉を胸中で拵えつつ、わたしは歩を進めた。

そうして、いよいよ相手の正体を見極めたとき。

——嗚呼。

わたしは嘆息した。

嗚呼、ほんとうに、ほんとうに、厭な子。

どうして、思い切ろうと決断したこの夜に。どうして、振り切ろうと決めたこの晩に。どうして、この子はわたしの前に姿を現してしまうのだ。

手燭の灯が闇から切り出した円のただ中に現れたのは、壁に凭れて佇む、鈴羽の姿だった。

彼女はわたしの顔を認めると、壁からゆらりと背を離した。覚束ない足つきで、その場でゆっくり一回転すると、よろけるようにしてまた壁に凭れる。そうして、蜂屋峰花から譲り受けた左腕を、まだ自由が利くもう一方の手でゆるゆると持ち上げ、両手を胸の上で重ねた。夜着に着替えることもなく、昼と同じセーラー服を纏ったままの姿だったが、その胸元に、Zの徽は、蜂屋峰花とお揃いの、桃色と白色のビーズでできた飾りは無かった。

一方で、胸の〈花〉はもうほとんど開き切っている。彼女の体内の毒素を吸って育った肉色の花弁は何処か淫らな在り様で、いつか聞いた「エロチック」という言葉を発したのはこの花だったのかもしれないと、そんな詮無いことを思う。

灯火に潤んだ花弁と同じく濡れたひと揃いの瞳が、凝と此方の目を見つめている。

暫し見つめ合った末、わたしは改めて嘆息した。漸く判った、と。

鈴羽が頑なに卒業を拒んだのは、蜂屋峰花のためでもなければ、外の世界に対する恐怖のせいでもなく、ただ純粋に、「自分を選んでほしい」というだけのことだったのだ。

世界ではなく、わたしを見て。

他の何者でもなく、わたしだけを見て。

卒業を決行するか否かも、彼女にとってはその命題が纏った外形に過ぎない。学校も、世界も、どうでも良い。いつだって論理や状況などすっ飛ばして答えだけを求める子なのだということを、事此処に至るまで、わたしはすっかり忘れていた。それだけ、気が逸(はや)っていたのだろう。

心変わりを待っていたのは、此方だけではなかったというわけか。相手に同じことを求めておきながら、そんなことにすら気づけないとは。

きっと、蜂屋峰花とZになると云いだしたときも同じだったのだろう。わたしは彼女がそれをやめることを、彼女はわたしに止められることを願っていた。

壁に凭れて佇みながら、声を上げることもなく唯々此方を見つめる彼女の眼前を、然し、わたしはそのまま行き過ぎた。歩みを止めはしなかった。顔を向けもしなかった。織枝の目を気にしてのことではない。これは、わたし自身の決断だ。わたし自身の意志だ。

それでも——それでもわたしは、心の何処かでまだ願っていた。彼女がその手を差し伸べて、わたしの身に触れることを。腕に抱き着き、ともに歩みだしてくれることを。

けれども、そうはならなかった。通り過ぎざま、鈴羽は「ぅあ」と幽かに声を漏らしただけだった。わたしもわたしで、「さよなら」とすら、口にはしなかった。

これで、おしまい。鈴羽とわたしは、もう、これで。

そう、思っていた。

これで終わりだと思っていた。

それが思い違いであったと気づいたのは、首尾良く寮から抜け出し、旧校舎への道のりも半ばを過ぎたときだった。

旧校舎に辿り着きさえすれば一先ずは安心だと花房先生は云っていた。新校舎と違い、朽ちるに任せて棄て置かれている旧校舎は警備機構も疾うに死んでいる、と。最低限の施錠さえしておけば、其処に忍び込もうなどと考える者は居ないものと教師達は高を括っている。まして、其処を通じて外へ逃れようとする者が居ようなどとは、端から考えていない。

何故って、決まっている。この学校の生徒は皆、少女であり、女であり、病者であり、おまけに、屍だからだ。知恵などというものは持ち合わせていないと、そう舐め切っているのだ。だから、こころの有無なんてことにはかまけるくせに、誰ひとり、当のこころの中身は想像しようとすらしない。半腐れの生ける屍が、何を考えているかなんて。

けたたましい警報音が遙か後方から闇を裂いて響いたのは、恰度、そんなことを考えていたときだった。はじめ、わたしはてっきり計画が露見したものだと思って肝を潰したけれど、そうではなかった。目の前が夜の闇より真っ暗になるような絶望に覆われながら、すぐ後ろを歩いていた織枝に袖を引かれて振り返ってみれば、校庭を充たした黒い夜気の向こう、学生寮の辺りでひとつの焔が赫々と燃えていた。その周囲を、幾つもの影法師が取り巻き、右往左往している。

見る間に焔は丈を増し、やがて、ぐらりと大きく揺れた。捻れるようなその動きはまるで――

「落ち着いてください。何があったのかは判りませんが、まだわたくし達が此処に居ることには勘づかれていないはずです。わたくし達は、為すべきことを為しましょう」慌てふためく一同を、織枝がそう窘めた。それから半ば放心状態で焔を見つめているわたしの視界を遮るように顔を寄せて囁く。「落ち着いてください。これはむしろ、好機です」

其処からは彼女が先頭に立ち、皆を先導した。彼女に腕を引っ張られるようにして足を進めながら、わたしはぼんやり思ってしまった。やはり、この子と一緒には歩きにくい、と。

旧校舎に辿り着き、いつぞやと同じ窓を越えて内に入るや、警報音は遠のいた。同時に皆も落ち着きを取り戻し始め、わたしもまた、我ながら不思議な程に気が鎮まった。これも〈病〉の進行のせいかと考えかけ、慌てて首を振る。違う。この冷淡さはきっと、生来のものだ、と。

図書室まで行き着くと、花房先生から事前に聞かされていた通り、観音扉の南京錠は取り払われていた。重い鉄の扉をわたしと織枝で押し開けると、闇の中、地下に向けて延びる階段がぽっかりと口を開けていた。その先に在るのは、学校内で有事が出来(しゅったい)した際の脱出路として設けられた隧道(ずいどう)だ。今では新校舎に新たなそれが造られ、無用の長物となっている。

わたしは振り返り、一堂の顔を順繰りに見遣った。皆、惧れと期待の入り混じった貌をしている。心配することはないと勇気づけるように織枝が手を伸べて皆を差し招き、扉の向こうの階段へ進むよう促した。そうしてひとりずつ降りていくのを待ち、最後に残った彼女とわたしとで、階段の側から扉を閉めた。途端に、遠く聞こえていた警報音がふっつりと消えた。

じれったい程にゆっくりと、でも、一段一段確実に、わたし達は階段を降りていく。ほんとうは駆け降りてしまいたい程に心が急(せ)いていたけれど、今のわたし達には危険な動作だ。ただでさえ運動能力が著しく低下しているし、皆の躰は階段から滑り落ちた程度のことでも簡単に毀れる程に脆くなっている。

のろまな足取りで、果てしなく続くのではないかと思われる程の階(きざはし)を漸くのことで降り切ると、その先は真っ直ぐに延びた狭い隧道に繋がっていた。手燭の灯を高く掲げてみても、出口は見えない。もしこの隧道が一本道ではなく複雑に入り組んでいたらどうしたものかと不安になったが、結局、それは杞憂（きゆう）に終わった。

どれ程歩き続けたときだろうか。先頭を進んでいた子が、不意に足を止めた。最後尾（しんがり）についていたわたしと織枝が追いつき、手燭の灯を差し伸べてみれば、其処には、図書室に在ったのと同じ鉄扉が在った。ふたりして皆のあいだを割って扉の前に立ち、その把手（とって）に手を掛ける。錠が掛けられていないことを祈りつつ、わたし達は同時に把手を回した。

錆びた金属が軋（きし）る音と幽かな抵抗とともに開いた扉の隙から、仄（ほの）明るい光が隧道に差し込む。

外だ。

壁の外。

学校の外。

皆一様に嗅覚を失っているはずなのに、外の空気は学内のそれとはまるで違って感じられた。完全に開き切った扉から足を踏み出すや、誰からともなく、歓声が上がる。傍らに立った織枝が、わたしの手を強く握り締めてきた。

それにしても、とわたしは訝った。明る過ぎる。月は出ていなかったはずだ。外灯と思しきものも周囲には見えない。にもかかわらず、手燭に頼らずとも辺りを見晴（みは）るかせる程に明るい。

「あ」と、ひとりの子が声を上げた。彼女は片手を差し掲げ、たった今出てきたばかりの隧道の上方を指し示していた。その先に在るものを見遣るや、皆の口からも次々に声が漏れる。隧道は樹林に覆われた丘を貫いていた。丘の天辺には、樹々（きぎ）の梢（こずえ）を透かして、白亜の壁が見える。

そして壁の内からは、天を衝くような炎が巻き上がっていた。

学校が、燃えている。

いつぞやの晩とは違い、焔が、生ける者も、死せる者も、別け隔てなく呑み込んで。

「あの方からあなたへの、最後の贈物だったのでしょうか」織枝が、そっと耳打ちしてくる。

そうかもしれない、とも思う。わたし達の計画において今もって不足していたのは、脱出を果たした後に当然放たれるであろう追手から如何にして逃れるかという算段だった。だが、こうしてすべてが焼け落ちてしまえば、わたし達の失踪が露見する可能性は限りなく低くなるだろう。焼死体の身元判別の難しさ。そんなことは、学校に来る前から厭という程知っている。

けれども、きっと違うと、わたしは首を振った。あの子は、そんな筋道など考えて動ける子ではない。恐らく、もっと単純なことだ。そう、あの子はやはりただ、こう伝えたかったのだろう。

わたしを見て、と。

それが証拠に、わたしは織枝に腕を引かれながら目にした焔の不可思議な揺らぎのうちに、それを看て取ってしまった。

片足を軸に、その場でくるりと一回転。スカートの裾がふぅわり開き、また萎む――

それから胸に両手を重ね――

今のあの子に、そんな動きは能わないと頭では判っている。現に、学生寮の廊下で目にしたその動作は、見る影もなく惨めなものだった。だいいち、逆巻く火炎に捲かれた中、スカートがそんな風に翻るはずもない。

けれども、それでも――わたしは確かに、それを見たのだ。

「とほきわかれにたへかねて」と、幽かな声で不意に誰かが口を開いた。また別の声が「このたかどのにのぼるかな」と後を継ぐ。藤村だ。詩（うた）は口々に広がっていき、既に舌が回らなくなっている子も、声帯が腐れてしまっている子も、皆、声を揃えていく。

暗い空を灼いて立ち昇る炎を彼方に望みながら、わたし達は唱和した。

とほきわかれにたへかねて　このたかどのにのぼるかな
かなしむなかれわがあねよ　たびのころもをとゝのへよ

わかれといへばむかしより　このひとのよのつねなるを
ながるゝみづをながむれば　ゆめはづかしきなみだかな

一頻り和した後、誰からともなく、皆一斉に手燭を宙に抛った。

卒業だ。

それからわたし達は再び足を動かし始めた。隧道を抜けた先には、闇の底に白墨を刷いたような道が、何処までも真っ直ぐに延びていた。道の左右には樹々が立ち並んで暗い影を成しているばかりで、幾ら視線を巡らせても街の灯は見えない。どれだけ歩けば人里に辿り着くのか見当もつかないけれど、わたし達にできるのは足を止めぬことだけだ。〈花〉があるとはいえ、その機能を調整できる者はおらず、抑制剤も防腐剤もない今、この躰もそう長くは保（も）たない。

そう思うと気が逸（はや）るが、それでも、休息は必要だった。無理を押して大事な大事な皆の躰を毀すわけにはいかない。わたしがこれから始める戦争のための、大事な兵力を消耗するわけには。

夜が白々と明けるまで歩き通した後、わたし達は道端の木陰で躰を休めた。めいめい、木の根の座や草の莚に腰を下ろし、方々に背嚢を投げ出して車座になっている姿は、ちょっと見には遠足のようにも見えるだろう。緑青色になりかけた、少女達の膚にさえ目を瞑れば。

休憩のあいだに、わたしは織枝との約束を果たすことにした。

腕の交換だ。

互いに嚢から鉈を取り出し、相手へと贈るべきものを断ち落とそうとした、そのとき。

「ねぇ、由香利さん。わたくし、あなたに告白しなければならないことがあるのです」と、織枝が出し抜けに切り出した。「ほんとうはわたくし、良家の子女でも何でもないのです。わたくしの両親は、辺鄙な町の酒屋です。生まれ育ったのは何の変哲もない、貧しいばかりの家でした」

見栄を張ってしまったのですね、と云って、彼女は首を垂れた。

わたしは笑った。久しぶりに胎の底から笑った。深刻な貌をして何を云いだすかと思えば。何もそんなことを今更になって律義に告白する必要などないのに。

けれども、そうか、そうだったのか。自分を知る者が誰ひとり居ない環境を得て、新たな装いを纏い、新たな己を拵えたのか。考えてみれば、自明のことだ。富裕な家のヒトが、わざわざ娘をあんな処に売り飛ばすはずもない。

なんだ。

なぁんだ。

わたしと同じじゃあないか。

誰よりもこの世界を憎みながら、滅んでしまえば良いと思いながら、それをおくびにも出すことなく生きてきた、このわたしと。

　そう、わたしは、あれに蹂躙(じゅうりん)される世界が見たかった。学校に連れて来られてから、唯一の心残りはそれだった。わたしの痛みを知ろうともしなかった母や、そんな母と一緒になってわたしを見下した妹が、あれに屠(ほふ)られるところを見たかった。焼き殺されるところが見たかった。貫かれ、切り裂かれるところが見たかった。誰もが痛みにのたうち廻って死んでゆく、そんな世界の終わりが見たかった。

　けれども、今はもう、違う。あれがそうしてくれるのを待たずとも、わたし自身に、その力がある。いや、わたしが手にした力はもっと良い。誰もが痛みの塊となりながら、それを他者に伝えるすべもなく死んでいく——いや、生きていく。そんな地獄を生み出せる。

　嗚呼、それにひきかえ、何と可哀想な花房先生。学校が焼け落ち、彼女の「保険」とやらもこれで敢(あ)えなく潰えてしまったというわけだ。良い気味だと、そう思わずにいられない。

　哄笑(こうしょう)を上げながら、わたしは織枝の肩口に鉈を振り下ろした。腐敗の進んだ肉はぐずぐずに柔(やわ)くなっていて、腱も筋も、容易く断ち切れた。黒々とした血は粘り気を帯びていて、想像していた程に溢れ出しはしなかった。織枝も鉈を振るったけれど、動きに躊躇いが残っていたせいか、わたしの腕が肩から離れるまでには、二度、三度と刃を当てる必要があった。

　それから、互いの腕を自身の肩へと縫い付けた。あれほど厭で厭で仕方なかったお裁縫の授業が、漸く役に立った。それでも、糸で結わえただけでは心許なく、肩から肘にかけて包帯を幾重(いくえ)にもぐるぐると巻きつけて補強した。

　うっとりした貌で繋いだばかりの腕を撫でさする織枝を横目に見遣りながら、わたしは嚢から筆を取り出した。いずれは記憶も保たなくなる。だから、書き付けておくのだ。何度でも、何度でも、この思いを蘇らせることができるよう。

『世界を呪え　世界を喰らえ』

黒い血をインキの代わりにして、腕に巻いた包帯にそう綴った。いつかは読むこともできなくなるだろう。けれどもその日が来るまでは、繰り返しこれを唱え続けるのだ。

その願いのためにこそ、あの子ではなく、世界を選んだのだから。

睡眠を摂(と)ることができなくなったわたしには、皆の躰に必要な休息の多寡(たか)が判らない。いや、そもそも、幾ら躰を休めたところで、何が回復するというのだろう。疲れ果てて寝息を立て始めた皆が目を覚ますのを、わたしは独り、まんじりともせずに待った。

胸の真ん中で花弁を開きつつある徒花を撫で、詩(うた)を口ずさみながら。

きみがさやけきめのいろも　きみくれなゐのくちびるも
きみがみどりのくろかみも　またいつかみんこのわかれ
なれがやさしきなぐさめも　なれがたのしきうたごゑも
なれがこゝろのことのねも　またいつきかんこのわかれ

引用元　島崎藤村『藤村詩集』より「若菜集」（新潮社、一九六八年）

Rampo Sicks

I

──断罪！　──断罪！

舞台の幕は叫声をもって開かれる。

濛々と立ち込む蒸気に煙る夜空の下、月輪のサスペンションライトに蒼く濡れたビルヂングの群が成す〈領区〉の谷底では、今宵も探偵達による「断罪」の唱和が谺する。

月明りも朧に滲む仄暗い通りでは赤錆まみれの排気筒が路のそちこちから茫々と生え伸び、縺れ、絡まり合い、唯でさえ複雑な陰翳を周囲の景に織り出しているが、加うるに路傍の其処此処で肩を寄せ合い震え慄く有象無象の影が波打つように重なって、さながら疫病みに黒ずんだ腸の如く、不気味に蠢いて見える。

けばけばしい色合いの着物を纏った娼妓に、倶利伽羅紋々を背負った博打打ち、或いは、一寸法師の軽業師──つい先までは互いに競うように声を張り上げ、猥雑な喧噪で通りを満たしていた連中が、今は挙って息を殺している。時折響く排気筒からの蒸気の噴出音ばかりが、「断罪、断罪」と声を揃えて和す探偵達に何処か間の抜けた合いの手を入れる。

〝BD〟と浮き彫りの施された金ピカバッヂを漆黒のインバネスの襟元に誇らしげに輝かせた〈美醜探偵団〉の影が五つばかり、怯える群衆を搔き分け搔き分け、路のただ中へと憐れな咎人を引っ立てた。

乱暴に襟首を摑まれ、路上へ抛り出されたのは、一人の、まだ年若い女であった。蒸気に濡れそぼってテラテラと光る地べたに引き据えられた女の髪を、探偵の黒手袋がむんずと摑む。女のかんばせが、ぐいと持ち上げられ、月光と衆目とに曝される。

成る程、よく整った顔立ちの女であった。無論、此の〈領区〉――〈Asakusa Six〉の領民である以上、瑕が無いではない。醜き処の無いでもない。よくよく見遣れば、右の額から左の頰へと、創傷の痕が走っている。然れど、それを差し引いてなお、〝美しい〟かんばせだ。

「美しいぞ！　美しいぞ！」髪を摑み上げた探偵が、己が獲物を見せびらかしでもするかのように、女の顔を方々へと差し向ける。それから嬉々とした声音でまたも、「断罪だ！」

黒い仮面で顔を覆った他の探偵も皆、断罪だ断罪だと口々に囃し立てる。半ばは力無く地に臥した女に浴びせかけるように。もう半分には、遠巻きに沙汰を眺めている群衆を威嚇するように。

「申し開きはあるか？」「異議はあるか？」「異論はあるか？」

黒ずくめの装束を纏った探偵達は輪を描いて女を取り囲むや、或る者は躍り上がって踵を鳴らし、また或る者はインバネスの裾を広げてターンを踏み、おどろおどろしい影法師の円舞を演じては、代わる代わる問いを浴びせかける。伸び縮みして地を舐める探偵達の影に触れる事すら厭うように、群衆はなお一層、身を縮ませる。

それでいて、誰一人として此の場から去ろうともせず固唾を吞んでいるのは、怖いもの見たさが恐れに勝るせいであろうか。イヤイヤ、何もそればかりではなかろう。其の証左に、連中の顔つきには酷薄な笑みが透けている。

アア、こいつは正に、他人の不幸は蜜の味！

「私は――」と、人垣が形作った円形舞台のただ中、不幸にも此の一場の残酷劇の主役に担ぎ出された女が口を開く。途端、共演者たる探偵も、恥知らずな観衆も、水を打ったように押し黙る。反駁と呼ぶには些か弱々し過ぎる声で女が続けた次の台詞は、「美しくなどありません」

ホウッと、片手に女を捕えた探偵が頓狂な声を上げた。仮面から覗く妙に赤々とした唇の上を舌が這い、顎に刻まれた刀傷と思しき古傷が不気味に蠕動する。

「ヤアヤア、何と、此方のご婦人は我らの裁定が不服だそうだ。我々の目は節穴だと、そう思うていらっしゃるようだ。さてさて。さてさてさてさて、如何したものかな、皆の衆！」

端から答の判り切っている、問いかけとも呼べぬ問いに、〈猟奇の鏡〉に委ねよう――と、居並ぶ探偵の一人が無暗に芝居がかった見得を切って応じた。続けてまた別の探偵が、絶対にして公正なる〈猟奇の鏡〉に委ねようと、重ねて返す。

刀傷の探偵は、皆の考えはよく判ったとばかりに大仰な仕草で頷いてみせると、女のお頭をパッと放し、インバネスの裡へと手を差し入れた。ややあって再び懐から姿を現したその掌中には、昔々の大昔に「遠眼鏡」と呼ばれていたものを模して拵えられた、一つの道具が収まっていた。

泣く子も黙る〈双色眼鏡〉だ。真鍮製の筒にはピカピカと煌めくレンズが嵌まり、握り手には黒い覆皮が張られている。鏡筒同士を繋ぐ軸に埋め込まれた紫色の輝石が、月光を吸って妖しく光る。探偵が顔前にそれを持ち上げると、傍らの朋輩がにやにやと厭らしい笑みを浮かべながら、

「ゆめゆめ、さかさに覗くなよ。決してさかさに覗くなよ」

判っているさと探偵は頷きを一つ。それから〈双色眼鏡〉を己が目にあて、涙と蒸気とでグジャグジャに濡れそぼった女の顔へと差し向けた。黒手袋の指先が軸のダイヤルを回すにつれ、輝石が、ポウッと、ますます艶な輝きを放つ。「美醜値――」

ゴクリと、群衆の息を呑む音も聞こえてきそうな間。

「美醜値、正百六十九！」探偵は〈双色眼鏡〉を目にあてたまま云い放った。喜悦に声が上擦っている。「判決は下された――有罪！」

これを聞くや、他の探偵達は待っていましたとばかりに、やっとこや小刀、錐に鋏と、思い思いの〈探偵七つ道具〉を手に掲げ、有罪、有罪と声高に叫びだした。〈双色眼鏡〉を掲げた刀傷の探偵も、「まずは私が」と云って、もう一方の手に取り出した鋸を高く持ち上げた。と思うや、怯えに目を真ん丸く見開いた女の顔めがけて真っ直ぐに振り下ろす。

ギャッと叫んで、女は首を仰け反らせた。月明りに照らし出された顔には赤い鮮血がプップツと列を成して玉を結び、それから一息遅れて、勢いよくドクドクと噴き出した。

「美醜値正百四十五。まだ高いぞ。サテ、お次は誰か。お次は誰か」鋸を一振りして刃を濡らした血を払い飛ばしながら、再び〈双色眼鏡〉を覗き込んで探偵は云う。

囃す声に応じて、両手に錐を握り締めた別の探偵が横合いから躍り上がり、空を仰ぐ女の頬を穿った。一突き、また一突きと、異様なまでの執拗さをもって。

「美醜値正百二十六。まだまだ高いぞ、まだ高い」

続く一人は紙切り芸人のような手捌きで鋏を繰って両の耳を切り落とし、摘まみ上げたそれを居並ぶ一同に見せびらかす。次には鎚(かなづち)が鼻を潰し、其のまた次には口に捩(ね)じ込まれたやっとこが肉色の歯茎から小さな白い欠片(かけら)を捥(も)ぎ取った。

血飛沫が舞い、肉片が散る此の地獄風景の一部始終に、野次馬達は凝(じっ)と視線を注いでいる。誰一人、止め立てしようなぞとはしない。鉄気(かなけ)臭い血のにおいに打ち混じって辺りに立ち込めた獣臭の如きものがより一層濃くなったのは、彼らが流す脂汗のせいであろう。

と、女の悲鳴によって奏でられていた旋律が、不意に其の調子を崩した。探偵達の手が止まった為(ため)だ。何かと見遣れば、順を待っていた探偵達が、次は己が、イヤイヤ、己がと、互いに主張し合って譲らずにいる。

叫び声とは裏腹に既に痛みを感じる心まで麻痺したものか、女は血みどろの顔に呆(ほう)けた表情を浮かべていたが、然し、此の隙を見逃さぬ程度の智慧(ちえ)はまだ残っていたものらしい。俄(にわか)に正気づくや、油断して罵(のの)り合っている探偵達を衝(つ)き跳ばし、手負いの獣の如く駆け出した。ワッと云って左右に割れた群衆のあいだを、倒(こ)けつ転(まろ)びつしつつ、物凄い形相で遁(に)げてゆく。

舞台に取り残された探偵達は暫(しば)し、阿呆(あほう)の如く立ち尽くした後、互いの顔を見交わし合い、一様に肩を竦(すく)めた。罪人を獲り逃しつつあるというに、一向、慌てた容子(ようす)はない。

先まで〈双色眼鏡〉を掲げていた一人が、今度は胸元から黒光りする小さな筒を取り出し、口(くち)許(もと)に運んだ。頬を軽く膨らめて息を吹き込むと同時に、畜生が上げる断末魔にも似た空恐ろしい音(ね)が周囲の空気をゾーッと震えさせる。イヤ、震え上がったのは何も空気ばかりではない。居合わせた野次馬連の膚(はだえ)もだ。何故と云って、此の連中は知っている。探偵の笛の音が呼ぶ**もの**を。

「来るぞ、来るぞ」と、囁きの波が立つ。

不意に、何処か遠くの空からカアーンと鐘を衝くような音が返ってくる。幾らか間を置いてまた、カアーン。それから続いて、また一つ。音は一つ鳴るたび大きくなり、確たる輪郭を具(そな)えていく。そうして、しまいには探偵達が立っている辻を成したビルヂングの真上から降ってきた。

と思うや、緋色の尾を引いた三つの彗星が蒸気の靄(もや)を貫き、虚空を真っ直ぐ裂いて地に降り落り立った。けたたましい衝突音が居合わせた者達の耳を聾(ろう)し、風を孕(はら)んで鬼灯(ほおずき)の如く膨れた緋の衣が、落下物の形に沿ってフウワリ萎む。

斯(か)くして現れたのは、三体の少女であった。

いずれも緋色の地に黒い雲取りと牡丹(ぼたん)とを散らした振り袖を金糸の袋帯で締め上げ、艶やかな黒髪をおかっぱに切り揃えた、十四、五歳ばかりの〝美しい〟少女の姿をしている。

だが、先の女と違って罪に問われる事はない。何故と云うに、これらはヒトではなく、モノに過ぎぬのだから。

蒸気駆動の絡繰(からくり)人形、イチマツ型(タイプ)の〈人でなし〉達は、使役者たる探偵の前に肩を並べ、スウッと機械的に整列した。圧縮された高温の蒸気が、衣の裾から音を立てて排出される。

呼び子の笛がもう一吹きされるや、人形達は関節からキチキチと耳障りな音を立てつつ、女の遁(のが)れた方(かた)へと向き直った。そうして、冷たい紫紺の光を宿した義眼(いれめ)で群衆の彼方を見晴(みは)るかすと、真っ直ぐに伸ばしたままの身を地と平行になるほど前傾させ、ブオンと音を立てて水平に跳躍する。一足で五間(けん)余りも跳ねると、爪先ばかりを閃(ひらめ)かせてまたも地を蹴り、物凄まじい勢いで翔(と)ぶように馳(は)せてゆく。緋色の疾風(はやて)に巻かれまいと、野次馬どもは皆、路の際まで跳び退(すさ)った。

サテ、一方、死に物狂いの形相を顔に――もはや〝美しさ〟など見る影もない顔に――張り付かせた女は、畜類の如く四つん這いとなって彼方此方を跳ね廻り、ひと気も絶えた路地裏へと逃げ込んでいた。探偵の姿が見えなくなろうと、些とも安心なぞできない。腐れた塵芥にずるりと手を取られ、吸排気筒を覆う油膜に足を滑らせながら、女はなおも必死に逃げ続ける。

と、正に惧れていたものが、背後から響いてきた。カアーン、カアーンと、金属製の足先がアスファルトを蹴る高い音だ。女の顔はますます歪み、膚は赫々と上気した。面をだんだらに染め上げたドス黒い血が、シューシューと音を立てて蒸発しそうなほどである。

そんなザマであるから、横合いの隘路から偶さかに現れた少女を衝き飛ばした時にも、喉から漏れるのは唸り声ばかりであった。些事に構っている暇はない。首を回して背後を顧みれば、無表情でありながら、それが故にこそ却って恐ろしい〈人でなし〉の白い面が三つ、間近の闇に浮かんでいる。

最前撥ね飛ばした少女が尻もちを衝いて後ろ様に倒れた姿勢のまま、何事か叫んでいるのにも一向耳を貸さず、悲鳴を上げて前方に向き直った女は、壁の如く立ち込めて行く手を塞ぐ濃い靄の中に、頭から飛び込んだ。

○ 何処とも知れぬ闇の底／闇中の夢見娘

ナレーション　うつし世はゆめ、夜の夢こそまこと。それが真理でありますならば、此の娘が見ている夢こそは、夜のそれか、はたまた、昼のそれか。

闇の中、スポットライトに照らし出されたひとりの娘。両の眼を確と閉じ、左右の手を斜交いの肩に載せ、睡りの底に落ちている。其の様は何処か棺に納められた屍者を思わせる。と、口許は真一文字に閉じられているにもかかわらず、娘の口から独白が洩れる。唇の端から水泡の如くふわりと浮かび上がった薄紫の球体が、宙で弾けて半透明の文字を成す。

娘　いつからだろう。わたしはずっと、こうして夢を見ている。醒める事のない睡りの底で、ずっと、ずうっと。如何してなのかも、もう思い出せない。唯、わたしの身を寝台へと横たえた、お姉様の手の事ばかりはよく覚えている。皓く煌めく鱗に覆われた、冷たい指先の事は。

娘の傍ら、下手の闇に、半ば透き徹った、ほっそりとした女の手が浮かび、消える。

娘　わたしを寝かしつけながら、お姉様は艶然と微笑んで仰った。『これから貴女は、夢を見て生きるのよ』って。其の言葉通り、わたしはそれぎり夢の世界を生きている。夢と云っても随分と奇妙なものよ。真っ黒な墨汁にお乳でも垂らして、それらが自然にジワジワと溶け混じりでもする様のように、暗い視界の内にぼんやりと白色の揺らぎが生じて——と、白い波紋は見る間にひとつの形を取り始め、隈を際立たせたかと思うや総天然色の彩りを帯び、やがてはひとりの人の像を結ぶの。かと思えば、また直ぐに色を失くして形を崩し、それからまた次には別の人物の姿となって現れる。そんなものが際限なく去来する、取り留めのない漠たる夢。

さながら幻燈仕掛けの幽霊（ファンタスマゴリー）の如く、幾つもの人物の影（シルエット）が上手（かみて）の闇に浮かんでは消える。

娘　現れた夢幻の住人を眺めているあいだは、此方もまた視（み）られているような、妙な心地がするわ。ううん、目の前の人ではなくて、また別の誰かにジロジロ眺められているかのような――

娘の言葉を遮るように、誰とも知れぬ女の声が響く。

女　可哀想な私の妹。そう、妬ましいわね。恨めしいわね。赦（ゆる）せないわね。でも、大丈夫。貴女（あなた）を瑕つけられる者なんて、もう、何処にも居やしないわ。だから、安心してお睡りなさい。そうして、夢を見ましょう。そうして、そうして――（間）――奴らへの復讐を果たしましょう。貴女を見下し、瑕つけ、疎外した、うつし世を生きるすべての者への復讐を！

娘　（縋（すが）るように）嗚呼（ああ）、お姉様。お姉様！

下手の闇の中、ジワリと、客席に背を向けて立ったひとりの女の姿が像を結ぶ。
鱗に覆われた膚を持つ、皓（しろ）い女だ。

【暗転】

II

昔々の大昔、或る物書きがこう書いた。

『すべて美しい者は強者であり、醜い者は弱者であった』

昔々の物書きから見て更に昔の世を描いたお話の中での言葉であるから、件の物書きが生きた時代においてさえ、「美」の持つ力は既に輝きを失いつつあったと見えるが、今日の〈領区〉においては、そればかりか、まるでさかしまな処にまで「美」は追いやられている。

すなわち――〝美は罪であり咎である〟

そして――〝罪悪たる美は断罪されるべきである〟

それが此の〈領区〉――〈Asakusa Six〉における唯一にして絶対の法であった。

「危ない！」と、不見世が声を上げてそう警告したにもかかわらず、彼女の抱えていた寸胴鍋にぶっつかって行き過ぎた血まみれの女は分厚い蒸気の壁の向こうに身を投じてしまった。

直後、耳を聾する断末魔が路地に響く。

やや遅れて、やはり不見世の眼前を凄まじい勢いで行き過ぎていった〈人でなし〉達が、それまでの矢のような動きが嘘であったかの如く、立ち込む蒸気の一寸手前でピタリと静止した。緋の衣の襟や裾から音を立てて吐き出された蒸気が、眼前の靄と打ち混じる。

女が飛び込んだ先に何が在るのか、不見世はよく知っている。円口類のような口を開いた無数の排気筒が絡まり合い縺れ合った、集合排気処だ。一定の間隔を置いて高温の蒸気が大量に排出される、謂わば使用済みとなった〈領区〉の動力の掃き溜めだ。女が突っ込んだ時には、折しもすべての筒から一斉に、猛然たる勢いで蒸気が吐き出されたところであった。

不見世は衝き飛ばされた際にしこたま打ちつけたお臀を手で払い、水気にじっとり濡れた衣服から塵芥を落としつつ立ち上がった。またもドタバタとやかましく地を蹴立てる足音に顔を上げれば、濛々と立ち込めた蒸気も徐々に薄れた沙汰の現場に、黒服の探偵達が駆けつけていた。

視界を遮る靄がすっかり晴れるや、ヒトの形を真似て造られた三匹の猟犬はキチキチと関節を鳴らしながら集合排気処の奥へと踏み入ってゆく。さながら楚々たる給仕の如き足取りなのが、何とも云えず不気味である。

〈人でなし〉どもは、排気口や圧力弁などに腕や脚を引っかけて糸の切れた傀儡のようにうつ臥した女の足首を摑み、探偵達の前までズルズルズルと引き摺り出した。蒸し焼きにされてずるりと剝がれ落ちた顔の皮が、排気筒にへばりついたまま酷いにおいを立ち昇らせている。

機械人形のうち、二体が両脇を抱えて女を無理に立たせ、残る一体が髪を摑んで顔を持ち上げる。すっかり赤達磨となった顔と向かい合った探偵は唾を吐き棄て、「仕事が失くなった」と忌忌しげに舌打ちした。顔を失くした女がまだ生きているのか否か、不見世には判じられない。唯、いずれにせよ、探偵達の仕事が終わったという事だけはよく判った。何しろ、もう、毀すべき顔も無い。探偵が笛を鳴らすや、〈人でなし〉達は女を何処かへと運び去ってゆく。

喉に込み上げかけた酸っぱいものを吞み込みつつ、不見世は腰を屈め、取り落としていた寸胴鍋を拾い上げた。自分は注意を促した。女はそれを聞かなかった。いや、仮に女が足を止めたとて、結果はさして変わらなかったであろう。何しろ、相手は法の番人にして刑罰の執行者たる探偵だ。どの道、逃れられようはずもない。不見世は努めて己自身にそう云い聞かせながら、鍋からこぼれ落ちた人工肉のブロックを一つ一つ拾い上げた。一片でも失くしたら、また親方にどやされる。其方の方が自分にとっては重大事だ。いや、そうと思い為すべきだ。

　そもそも、〈猟奇の鏡〉に関するあれやこれやは、およそ自分には関係のない事柄なのだから。

　そんな事を思い思い、側溝に転がり落ちていた最後の一欠片を拾い上げ、指で汚れを拭った時の事だ。青白い光が路地の闇を断ち切り、背を丸めた彼女の姿を照らし出した。

「其処のお前」と、煉瓦塀に圧された隘路に冷たい声が谺する。「お前だ。此方に顔を向けろ」

　眩しさに目を細めつつ、恐る恐る不見世が顔を上げると、隘路の角口に立った探偵が〈探偵七つ道具〉の一つである万年筆型懐中電灯を此方に向けていた。探偵に顔を検められるなどというのは、不見世にしてみれば生まれて此の方初めての経験だ。俄に身が強張ったが、当の探偵は彼女の顔を一瞥するや、フンと居丈高に鼻を鳴らした。それから、さも興味を失くしたとばかりに灯りを消し、何も見なかったかの如く踵を返して去っていく。

　不見世は安堵とも落胆ともつかぬ吐息を一つ。それから胸中で独りごちた。

　——ホウら、やっぱり、関係ない。

　探偵達の影が路地裏からすっかり消えると、不見世は自身の身体よりも大きな寸胴を抱え直し、親方が待つ〈月と手袋亭〉に向けて、エッチラオッチラ歩み始めた。

〈Asakusa Six〉の路地という路地は何処も彼処も無暗矢鱈と入り組んでいるが、その上、ひび割れた路面やビルヂングの壁、そして、蔓植物の如くそれらに絡み付いた吸排気筒は、いつだってじっとりと濡れている。自然、あらゆる物が腐りやすく、金属は赤錆の滲んだ汗をかく。廃液と汚泥がそちこちに溜まり、歩き辛い事此の上ない。故に、此の〈領区〉では誰もが一種不可思議な歩き方となる。乱れ歩きとでも呼ぶべき、フラフラと覚束ない足取りだ。不見世もまたそんな歩き方で、小路を抜け大路を渡り、〈月と手袋亭〉へとやっとの思いで向かってゆく。

　暗い裏通りでは、八卦図(はっけず)を広げた脚の無い辻占(つじうら)と、左右合わせて二十六本もある指での妙技を自慢とする夜鷹(よたか)、それに、慈悲を受け取る手すらも持たぬ物乞いという変てこれんな取り合わせが、一つきりの瓦斯燈(ガスとう)が落とす光の中で肩を寄せ合っていた。表通りでは、巨人の人夫(にんぷ)の引く人力車が一つ目の幼児を撥ねたというので騒ぎになっている傍ら、蒸気ブランで良い気分に出来上がった一寸法師がアチャラカ芝居の踊りを真似ていた。

　何処を切っても斯くの如き調子で、さながら混沌の金太郎飴といった在り様だが、いずれをとったところで此の〈領区〉では珍しくもない。むしろ、生まれながらに欠けたる処、変わりたる処、余りたる処の無い者の方が余程一大事(こと)で、そんな者が往来を歩いてなぞいようものなら、街の角々に据え付けられた〈盲獣の眼(もうじゅうのめ)〉に見咎められて、唯では済まない。直ぐさま〈美醜探偵団〉が駆けつけて、断罪のショウの主役に据えられる事だろう。顔を失くした、あの女のように。

　殷賑(いんしん)を極める大通りを渡り、不見世はまたも脇道に入った。歩いているうちに、ブウーンという虫の羽音にも似た音が頭上から降り注ぎ、振り仰げば、先刻(さっき)の探偵達が詰め所へでも帰ってゆくところであろうか、回転翼式(プロペラしき)の〈飛行人間椅子〉が五つばかり、ビルヂングに細長く切り取られた夜空を横切ってゆく。それらが向かう先では、〈Asakusa Six〉の領主たる〈諸姤姫(もろとひめ)〉の御所であると同時に、〈猟奇の鏡〉の中枢機構が収められているとも噂される〈凌雲閣〉――通称「アサクサ百二十階」が黒々とした威容を誇り、天を衝いて聳えている。

塔が〈領区〉を睥睨する下、暗い切通じみた脇道を抜けるや、初めて足を踏み入れる者には必ずや眩暈を覚えさせずにおかぬネオン・サインの毒々しい色彩の奔流が、闇と赤錆に代わって視界を埋め尽くす。方々の芝居小屋がてんでに掲げた黄や紫、臙脂に紅の幟が風に揺られて極彩色のだんだら縞を成している一方、他方では人目を惹く――が、それでいて決して〝美しく〟はならぬよう計算された――彩りの衣を纏った女郎達が格子の向こうで科をつくって往来を行く者の袖を引き、残酷劇の一場面を描いた生々しい絵看板が劇場の軒を飾っている。斯様な色彩のすべてが、排気筒から噴き上がる蒸気と、飯屋の窓々から濛々と流れ出した湯気との中で溶け混じり、揺れている。

〈月と手袋亭〉は斯様な区画の一角に暖簾を掲げた酒場の一つだ。例の乱れ歩きで通りを行き交う人々のあいだを縫い、漸くの事、不見世は其の勝手口へと辿り着いた。戸を押し開けて、流しに鍋を下ろすや、一息つく間もなく四つ腕の親方の胴間声が飛んでくる。

「肉の仕入れ如きにどれだけかかってやがんだ。さっさと着替えて給仕に廻れ。江川座の連中が予約もなしに打ち上げに来やがったから人手が足りやしねぇ！」

命じられるがまま、不見世は地下にある奉公人達の塒でそそくさと着替えを済ませ、忙しなく立ち廻る給仕係と酔客とでごった返すホールに出た。酔い潰れた男どもが床のそちこちに寝転がり、彼らがぶちまけた吐物に足を取られて女が転び、給仕係は平気な顔でそれを跨ぎ越して名物の蒸気ブランを運んで廻る。〈月と手袋亭〉は斯様な店だ。

近隣の劇場や見世物小屋で舞台に立つ演者達から、上客に連れられた女郎、或いは、こんな下等な酒場でタニマチを気取って若い役者衆に飯を喰わせている小金持ちと、てんでバラバラな連中が、夜ごと乱痴気騒ぎを繰り広げる。唯一つ、彼らに相通ずるものがあるとすれば、それは、酒や料理を運んでくる不見世を見る目の色だけであろう。

大抵の者は、まず、呆気に取られたように目を見開く。或いは、如何にも不快だと云いたげに眉根を寄せる。それから皆一様に、同じ「憐憫」の色を瞳に湛える。一見客は勿論の事、足繁く通ってくる常連であっても、それは変わらない。決して、見慣れる事がないのだ。

ホラ、今しも正にそんな場面だ。

酔客の臀を踏んづけてすっ転んだ不見世に、痘痕に顔を覆われた江川座の玉乗り娘が手を差し伸べてきた。咄嗟に縋ろうとした不見世の手は、然し、相手の貌を見るや動きを止める。

不見世は其の手を――取らない。

○　研究室　／　謎の怪老人

前幕に引き続き闇の底で睡る娘。訥々と語られる言葉はやはり宙に一連なりの文字を結ぶ。
娘　ふたりのお姉様方はとてもお優しかったけれど、お義父様もまた、負けず劣らずお優しい方だったわ。いつも、わたしを含めた娘達皆を気遣い、慈しみ、憐れんでくだすった。ただ時折、研究室の机に独り向かっては、わけの判らない事を止め処なく口走っているのは怖かった。

舞台下手、肥えた腹を燕尾服に捩じ込んだ初老の男が、椅子に坐し、頭を抱えた恰好で浮かび上がる。輪郭も朧な、死者の魂といった風情。

初老の男　何故だ。折角、こうして土地を買い上げ、保護区を創り、憐れな者達を迎え入れたと云うに、斯様な安全柵の内においてまで、何故またしても差別が生じる。排斥が生じる……いや、何故というのは愚問か。端から判っていたではないか。問題を引き起こしているのは報酬系だ。美と善との判断に、脳内で同じ処理領域が用いられているせいだ。すなわち、人が何かを美しいと判断する際には、同時に、其の何かは善であるという判断が為されている。翻って醜もまた、唯、醜いというだけで、悪だと断じられてしまう。
無論、後付けでの調整も効かぬではない。経験と知識によって個々人が醸成した規範という価値判断モジュールの働きによって、ある程度の補正は可能だ。然れど、そうして導き出されるものは畢竟、知識としての正しさだ。生得的解発機構に基づく審美判断による評価に対して、二次的な計算を施しているに過ぎない。生得的に事前設定された脳機能による評価を幾ら後付けで修正しようとも、前者そのものを無かった事にするなぞという事は能わない。
美は善であり、醜は悪であるという判断基準を、ヒトは生まれながらに具えているのだから。

男、椅子を蹴って立ち上がり、天を仰ぐ。

初老の男　嗚呼、そうだ。差別は消えぬ。偏見は拭えぬ。そうであるからこそ、私は護ってやらねばならぬのだ！　私の可哀想な子供達を。其の為の機構を創ってやらねばならぬのだ！

瞬間、男の身体からは朱く眩い光の糸が無数に放たれ、上空で蜘蛛の巣状の網となり、客席へと降り注ぐ。と同時に、男は煙のように姿を消す。

入れ替わりに、上手の闇の中、地べたに横座りをしたひとりの娘が浮かび上がる。

娘　あら、またも夢の世界の住人が。アラアラ、これはまた大層美しいお嬢さんね。瑕のひとつも無い、珠のような方。アァ、本当に綺麗で、可憐で、何より（間を置き）妬ましい。

【暗転】

Ⅲ

盥の水に浸した手拭いを絞り、毛羽立った粗末な布地が瘡蓋やささくれに引っかかってしまう事のないよう、慎重な手つきで身体のそちこちを拭って汚れを落とす。

一日の労働を終えた後、住み込みの女給用の粗末な塒の内で、やはり粗末な造りの寝台に横たわる前に不見世がこなす日課である。奉公人用の風呂場もあるにはあるが、彼女は使用を禁じられていた。風呂桶の湯が血で汚れるからと云って。

それが済むと、寝ているあいだに衣擦れが起こらぬよう、鏡台に向かい、己が身に包帯を巻いていく。鏡台と云っても、半腐れとなった木製のトロ箱の使い古しに、ごみ捨て場から拾ってきた鏡を据えただけの酷い拵えの物である。其の表面(おもて)に映っているのは、此の〈領区〉に棲(す)まう者としては珍しい、何の手も入れられていない、生(き)のままの肉体だ。

「あんたは良いね。七面倒臭い汚れ化粧をしなくて良いんだからサ」

店で働いている女給仲間の一人には常からそう云われている。其の娘は実の母親の手で総身に蛇の鱗の如き一種異様な刺青(いれずみ)を彫り込まれていたが、加うるに、日ごと、泥のようなヨゴシを欠かさず顔に塗ったくっている。それだけ、生のままでは美醜値が高過ぎるのだ。

〈Asakusa Six〉に棲まうあらゆる領民は、絶えず其の〝美しさ〟を監視されている。〝美しさ〟は〈猟奇の鏡〉によって美醜値という単位で数値化され、規定値を超えた者は〈美醜探偵団〉によって断罪される——すなわち、美醜値が規定内に収まるまで其の容貌を損壊される。

故に、運悪くも〝美しく〟生まれついてしまった者達は、自らの膚に刃を走らせ、肉を削ぎ落とし、己の肉体を適度に〝醜く〟歪める。其処まではゆかずとも、美醜値の上昇を恐れて自ら顔に泥を塗り、身に垢を纏うという程度の事は、大なり小なり、多くの者が為している。

『きれいはきたない、きたないはきれい』という、〈領区〉内の彼方此方(あちこち)に看板や張り紙という形で掲げられた、警告とも箴言(しんげん)ともつかぬ文言を心中で諳(そら)んじながら。

翻って不見世はと云えば、これまで一切、斯様な処置を施された事も、自ら為した事もない。

一つには、彼女が孤児であったという事も関わってはいよう。生まれて幾らも経たぬうちに〈領区〉の湿った地べたに棄てられていたというから、親の手など入れられようはずもなかった。

いや、仮令そうでなかったとしても、やはり、瑕をつけられる事はなかったであろう。現に彼女を拾い上げ、〈月と手袋亭〉で引き取るよう手を廻してくれた親方も、何かにつけ世話を焼きたがる姐さん方も、彼女の容姿については、一向、口も手も出そうとしない。

何故と云って、彼女にはそもそも其の必要がない。

人々があれ程ご機嫌を窺い、恐れている〈猟奇の鏡〉にすら、彼女は目も向けられないのだから。あんたは良いね、という言葉とは裏腹に、真実は誰からも羨まれてなぞいない事を、不見世は判っている。それはむしろ、排斥の呪詛だ。

鏡に顔を寄せ、頬から剥がれ落ちかけた瘡蓋を押さえて布切れに血を吸わせながら、そんなにも酷いだろうかと、不見世は思う。其れア、美しくない事くらいは、自分でも判る。人から醜いと思われても仕方のない容姿だという諦念もある。けれども、誰からも彼からも憐憫や嫌悪の目を向けられなければならぬ程、酷いものなのであろうか、と。

イヤ、斯様な視線を向けられるばかりではない。面罵されたり、嘲笑の具とされる事すらままある。一度なぞ、店の常連客から皆の面前で「火星の運河のようなツラだ」と愚弄された。瘡蓋と瘢痕、そして、それらの間を縫うようにして走った火傷痕の如きひっつれや亀裂を指しての評言であるらしい。他の客達の反応は二つに割れた。上手い事を云うといってドッと哄笑を上げた連中と、可哀想にと云わんばかりの表情を浮かべつつも、目を伏せて見ぬフリをした連中とに。

件の悪口を吐いた当人は、かつて、探偵達の断罪によって顎を滅茶苦茶に砕かれた男であった。

散々あれこれ考えた末、きっと、あの男が云っていた通りなのであろうと不見世は結論づけた。〈盲獣の眼〉でさえ、こうも自分の事を無視し続けるからには、そうなのであろう、と。

——あの人は如何なんだろう。

鏡に映る己の姿をぼんやりと眺めながら、不見世はふとそんな事を思った。つい先刻、群がる野次馬達のただ中で大立ち回りを演じていた、あの人は、と。


「こいつは何とも大物だ！　美醜値正三百六十八！」

〈双色眼鏡〉を構えた探偵が驚愕と喜悦の綯い交ぜになった面つきで叫ぶや、それまでやかましく響いていた断罪の唱和は、蛇の尾でも断ったかのように静まり返った。

徹宵の芝居や見世物も漸う跳ね尽くし、飯屋や酒場も卓にへばりついた最後の酔いどれどもを蹴り出して暖簾を下ろした、明け方に近い時分の事である。

〈月と手袋亭〉も江川座ご一行の乱痴気騒ぎに何とかカタを付け、不見世は店の残飯を捨てに出た帰り、偶さか此の断罪の現場に行き合ったわけだが、探偵の叫びを聞いた時には己が耳を疑った。正三百を越える美醜値なぞというものは、生まれて此の方、聞いた事がない。こんな時間にもかかわらず方々から集ってきている野次馬達にしてもそれは同じ事らしく、彼方此方でどよめきが湧き起こっていた。

何しろ、美醜値が正百を超えた時点で断罪の対象だ。畢竟、計測され得る数値は幾ら高かろうと百五十程度が関の山である。常から汚れ化粧で己が美しさをひた隠しにしていた者がうっかり手抜かりでもしたか、さもなくば、年頃の娘が長じる過程で俄に艶を帯びてしまったとかで、斯様な数値を弾き出す事はなくもない。だが、三百以上という値はあまりにべらぼうだ。

常であれば探偵達による断罪など他人事と思い為して行き過ぎるばかりであった不見世だが、此の時ばかりはさすがに興味を惹かれずにはいられなかった。寸胴鍋を地べたに下ろし、群がる人垣を掻き分け掻き分け、最前列に陣取った連中のあいだに首を突っ込んで隙から顔を覗かせた。

そうして、見た。

瑕一つ無い、娘の姿を。

金糸銀糸で花鳥の縫い取られた目も綾な紅の打掛を纏い、結い上げた黒髪にはかんざしや髪飾りの煌めきが数限りなく散っている。恰度、此の界隈に氾濫するネオンの色彩を一つ処にギュッと押し込めたかのような装束に身を包まれ、娘は艶な物腰で地べたに頽れていた。

だが、斯様な派手派手しい身なりにもまして不見世の目を惹きつけたのは、着物の襟元や袖からスッと伸び出た、娘の素地そのものだ。欠けたる処、損じたる処が無いのは勿論の事、余分なものや過分なものの一つとて無い。はだけた肩口から露わになった頸の稜線は滑らかで、其の上に載った小作りな顔はと云えば、眼は眼、鼻は鼻と、何処も此処も拵え物のように整っていた。面に浮かべた呆けたような表情さえも、其の美しさを一層引き立てている。

「屋根裏の娘だ！」と、野次馬達の中から声が上がった。

屋根裏の娘――噂ばかりは不見世も聞き知っていたが、まさか、実在するとは思ってもみなかった。欠けたる者が余りたるを生み、余りたる者が欠けたるを産む〈Asakusa Six〉であっても、稀にではあるが何の瑕疵も無く生を受ける者も居るには居る。斯様な者が、まだ稚児のうちに妓楼へと買い取られ、屋根裏部屋のような人目につかぬ処で大事に大事に育てられて瑕の一つも無いままに長じた娼妓の事を、人はそう呼ぶ。〈盲獣の眼〉に見咎められる事なく〝美しく〟成長した彼女らは、ごく限られたお大尽のみを相手にする最上級の太夫となるのだそうだ。

衆目に晒された此の娘は、斯くて見事に出来上がり、自らを身請したお大尽の邸にでも運ばれるところだったのであろう。其の途上、何の拍子にか〈盲獣の眼〉に引っかかり、探偵達のお出ましとなったと云ったところか。娘の傍らには、先まで彼女の身がすっかり収められていたであろう、馬鹿に巨きなトランクが胎の内を曝して打ち棄てられている。

娘と探偵達のあいだでは、当のお大尽と思しきでっぷりと肥えた親爺が、血相を変えて探偵達に慈悲を乞うている。それが何の甲斐もないと判るや、次には用心棒らしき巨軀の男達にあれこれ怒鳴りつけた。だが、誰一人動こうとはしない。相手が正義の執行者たる〈美醜探偵団〉とあっては、幾ら雇い主の命とはいえど、手を出すわけにもゆかぬが道理だ。

狼狽する紳士を余処に、娘は探偵達が手に手に掲げた〈探偵七つ道具〉をしげしげと眺めている。丸く見開かれた大きな瞳に浮かんでいるのは、懼れというよりむしろ、興味の色だ。何も判らぬという貌を拵えているのではなく、真実、何も判っていないのだと不見世は理解した。

一方で探偵達はと云えば、常にもまして断罪の宴にウキウキと心を躍らせている容子だ。手にした得物を握る手にも力が入り、胸のウズウズを隠しもしない。それはそうであろう。三百もの美醜値を持つ者が相手となれば、切っても突いても穿っても、まだまだなおも虐めに苛め抜ける。

そうして愈々、もはや辛抱堪らぬとばかりに探偵の一人が鋸を振り上げた正に其の時。

それは、現れた。

〈美醜探偵団〉が、屋根裏の娘が、太っちょ親爺が、荒くれの用心棒が、それらを取り巻く野次馬どもが、そして、不見世が――真に瞠目すべき、異様な存在が。

「チョイとお待ちよ、坊や達」

高く透き徹った声が刃のように鋭く喧噪を断ち切った。それに続いて、不見世の立っている処から〈美醜探偵団〉を挟んだ対岸の人垣が左右に割れる。真正面から見ていた彼女ははじめ、現れたものが光を放っているのだと思った。そう見紛う程に、それは目映く、清浄であった。

だが、そうではない。輝いているのでなく、煌めいているのでなく、それはただただ皓かった。

未だ朝を迎えぬ薄闇の中にあってさえ確たる輪郭を具えた皓さを、彼女は纏っていたのだ。

一方の肩から袈裟掛けにした丈の長い獣毛のマントに、コツコツと音を立てて地を踏む編み上げのブーツ、それから、身の動きに沿って滑らかな光沢を放つチャイナ服まで、女の身を包む装束はことごとく純白であったが、然し、不見世の眼が眩しさを覚えたのは、斯様な衣のせいではない。むしろ、それらに隠れていない部分――服の裾を深く抉ったスリットから覗く腿や、袖の無い肩口から伸びた剝き出しの腕が、其の膚が、身に纏った装束よりもなお真っ皓であった為だ。

イヤ、それを膚と呼ぶのは、或いは誤りであるかもしれぬ。何しろ、腕も脚も、女の身は皓い鱗に隈なく覆われていたのだから。不見世の朋輩の身に彫り込まれているような刺青なぞでは断じてない。襞を成し、一片一片が身体の動きに合わせて微細に揺れる、正真正銘の鱗だ。

「此のあたいと、もっと愉しい事をしようじゃないサ」と、不敵に笑いながら、女は舞台の中央へと歩み出た。長い白銀の髪が微風にそよぎ、其処ばかりは鱗に覆われていない面にかかる。

〝美しい〟かんばせであった。屋根裏の娘のように、単に瑕が無く、整っているというのではない。熟練の職人が彫琢したかの如き端然たる顔立ちであるのは確かだが、まことに艶なのは、其の端々に宿った翳りめいたものだ。目尻のやや吊り上がった瞳は色素の薄い碧緑で、細い瞳孔は爬虫類のそれを思わせる。瞳を縁取る睫もまた、髪と同じく白銀に煌めいていた。

居合わせた誰もが皆、発すべき言葉を失った。先まで衆目を一身に集めていた美醜値三百を超える娘までもが、其の姿に見惚れているようであった。

暫しの後、鋸を振り上げていた探偵が正気づいたようにゆるりと其の手を下ろした。

「これはこれは、何たる僥倖。よもや、一晩のうちにこれ程の大物が一匹ならず二匹も現れようとは！」仲間達を煽るが如く声高らかに云うや、探偵は〈双色眼鏡〉を手に取り、皓い女に向けた。赤い唇が酷薄に歪み、顎に刻まれた傷跡がひくつく。「サテ、此方の値は如何程か」

見るからに昂奮を押さえきれぬといった容子であったが、秘処でもまさぐるように猥褻な手つきで〈双色眼鏡〉のダイヤルを回していた指の動きは、然し、直ぐにピタリと止まった。口許に浮かんでいた薄ら笑いも俄に拭い去られる。「どうなっているんだ」と声を上擦らせ、探偵は〈双色眼鏡〉を下ろして首を捻った。それから鏡筒を揺さぶり、「故障か？」

動揺した容子で己の〈双色眼鏡〉をしまうと、どうしたのかと訝る仲間のそれをひったくるようにして取り上げ、再び、眼前の女に向ける。其の結果、探偵の狼狽えぶりは却って深刻さを増した。「馬鹿な」と、呟きが漏れる。続けて、「美醜値が計測できない。いや、計測どころか、そもそも、〈双色眼鏡〉が彼奴の存在を認識しない。在り得ぬ。現に、此奴は――」

そう云いかけて口ごもった探偵の言葉を、皓い女が継ぐ。「こんなにも美しいのに、だろう？」

唖然とする探偵にさも愉快そうな笑みを投げるや、バシュッと蒸気の噴き出すような音を立てて女は地を蹴った。手近な探偵の許へと一足飛びに跳躍すると、流れるような動きで身を翻し、相手の顎に拳を打ち込む。虚を衝かれた探偵は其の一撃をまともに喰らい、膝から崩れ落ちた。

「何をする！」〈双色眼鏡〉を手にしていた刀傷の探偵が吼える。

「何って、判らねエか？　〝殴り飛ばした〟んだよ」女は悪びれる事なく云い放つと、片足を振り抜き、地に倒れ臥した探偵に更なる一撃を見舞った。「因みに、これは〝蹴り〟ってエんだ」

「貴様、公正にして絶対なる〈猟奇の鏡〉の代行者たる我らに歯向かう気か！」

「そうだと云ったら、どうするんだい？」女は挑発するような手つきで顔にかかった髪を掻き上げ、「イヤ、どんな風にあたいと遊んでくれるってんだい？」

「舐めるなよ。痛い目を見るぞ」と云って〈双色眼鏡〉を仲間に突っ返すや、探偵は伸縮式の特殊警棒——〈探偵七つ道具〉が一つ、〈魔法の杖〉を宙に閃かせた。同時に、女を取り囲む他の朋輩達も手に手に得物を握る。そうして直ぐさま、横合いから一人の探偵が女に躍りかかった。

「おっと、殴って良いのかい？」相手が振り下ろさんとしている得物に自ら顔を突き出すようにして、女賊は問うた。「そんな権限を、〈諸姤姫〉の奴から与えられてんのかって訊いてんだよ」

途端、探偵の動きがピタリと硬直する。今にも頭に触れんばかりのところで止まった得物を、女はわざとらしくゆっくりした手つきで打ち払うと、固まったままの姿勢でいる相手を遠慮なく殴り飛ばした。朋輩が一方的に打ちのめされる様を目の当たりにしながら、不思議な事に、探偵達は皆一様に身を固めている。何かをグッと堪えるように、ワナワナと肩を震わせながら。

「そう、お前エらはあたいに手を出せない」女は探偵のみならず居合わせたすべての者に聞かせるかの如く、朗々たる調子で云った。「美醜値が高くもねエ相手をぶん殴る事なんか、許されちゃいねエ。そんな事をすりゃ、公正で厳格な〈猟奇の鏡〉様を、延いてはお前エらの敬愛して止まぬ〈諸妬姫〉様をも否定する事になるってエわけだ」

　野次馬達のあいだで、どよめきが起こる。それはそうであろう。〈領区〉の者は誰も彼も、どうあっても逆らう事の能わぬ相手として探偵を恐れるばかりであったのだから。

「見てろよ」と、誰に向けるともなく、女は声を上げた。それから、鷹揚(おうよう)な足取りで探偵達のあいだを縫うように歩み始める。腰をくねらせてゆったりと歩く様はさながら蠟人形館で展示品を観て廻る貴婦人を思わせるが、此のご婦人ときたら、そうして一つ一つの人形の前を行き過ぎざま、それらに拳を叩き込んでは薙(な)ぎ倒してゆくのだから堪らない。

　一人、また一人と黒い影が頽(くずお)れた末、最後に残ったのは例の刀傷の探偵であった。今や狼狽し切った容子で視線を宙に泳がせている。

「さアて」女はかかって来いとでもばかりに両腕を広げ、「まだやるかい？」

　女の挑発に探偵の顔が怒りで上気するのが、黒い仮面越しにも見えんばかりであったが、行き場のない荒ぶる気持ちを発散するように地団太を踏むと、「覚えておけよ」と、正義の執行者には似つかわしからぬ小悪党めいた捨て台詞を残してインバネスを翻した。踵を返し、八つ当たりとばかりに〈魔法の杖〉を振り振り、群衆に道をつくらせて引き上げていく探偵に、めいめい顔や腹を押さえつつ立ち上がった朋輩達が蹌踉(そうろう)たる足取りで続き、そそくさと退散していった。

　サテ、斯くして大立ち回りの一場が終わるや、観衆のあいだからは急霰(きゅうさん)の拍手とヤンヤの喝采(かっさい)とが巻き起こった。まるで救世主(メシア)か何かの降誕とでもいうように誰も彼もが昂奮に身を揺するので、不見世の小さな身体は危うく圧し潰されかけた程である。

　だが、斯様な野次馬どもの歓声も、次の瞬間には、アッという驚嘆の叫びに変わった。

用心棒を付き従えた親爺がいそいそと女に駆け寄り、額づき額づき礼を述べた時の事だ。

　女は冷ややかな目つきで相手を一瞥したかと思うや、左右に控えた用心棒が遮る間もなく、親爺を叩き飛ばしたのである。それから軽業師じみた早業で屋根裏の娘の腰に腕を廻してわきに抱えると、探偵を殴り倒した時と同じバシュッという音を立てて宙に跳び上がった。片手には娘を抱き、もう一方の手でもってビルヂングに掲げられた看板に張り付いて、女は声を張り上げた。

「〈猟奇の鏡〉なんぞに怯える臆病者ども、〈諸姤姫〉なんざ畏れる愚か者ども、手前エら、見当違いも甚だしいぜ！　誰が正義の味方なんぞであるもんか。誰が救い主であるもんか。耳の穴アかっぽじって、よく聴きな。あたいの名は皓蜥蜴。これから先、天が下の美しいものという美しいものを一つ残らず盗み取る大泥棒よ！　よウッく覚えておきやアがれ！」

　鯉の如くあんぐりと口を開いて見上げる人の群を睥睨しつつ、そう名告るや、女賊はビルヂングの壁を蹴り、ポーーーンと空高く跳び上がった。

　明けの空を円く切り取った青白い月輪の中、皓く輝く影が浮かんだ。


　アァ、皓蜥蜴。皓蜥蜴。

　鏡に映る己が姿から目を背け、両の瞼をギュッと閉じて不見世は其の名を唱えた。類稀な美しさを具えた人。見た事もなく素晴らしい人。それでいて、自分と同じく〈猟奇の鏡〉からは無視される人。其の点から云えば、ひょっとすると、あの人とあたしは同族なのではないかしら。

　そう思うと、不見世の胸は我知らず打ち震え、甘やかな夢想に充たされる。

だとしたら、それはとっても素敵な事だ、と。

○ 手記

前幕に引き続き闇の底で睡る娘。だが、此の幕では何も語らない。代わりに、黒革の表紙で綴じられた一冊の手帳が闇に浮かび、ひとりでに開かれる。広げられた頁の表面からは、鼓動の音に似た不思議な楽の音とともに、淡く発光する半透明の文字が転び出る。

一、ある事物が客観的に〝美しい〟か〝醜い〟か。それを測るには、対象それ其のものを幾ら分析したとて意味がない。対象物を如何に解きほぐそうと切り刻もうと、其の内に〝美〟或いは〝醜〟の因子なるものは見つからぬ。真に分析すべきは、観測者達の側である。物事に〝美〟を見出すのは、それを観る者、視る者、見る者なのだから。そうして多くの者が〝美しい〟と評価し、且つ、其の数が有意であれば、それをもって初めて、対象物は〝美しい〟と判じられる。

一、人形を手にする事ができたのは勿怪の幸いであった。其の力によって一度は此の世界を滅ぼしかけたというのが嘘のように、少女人形は今、休眠状態に入っている。如何なる刺激を与えても目を醒ます兆しは一向見えない。然れども、機能自体は未だ生きている。他の者の心を映し、また他の者の心へと送るという、感応力は。且つ、それはまた、特定の刺激を与える事によって此方の望む処理を実行させる事すら能う性質のものであると判明した。これにより、美的体験に関連する脳機能の解明は一気に前進するであろう。何しろ此の力をもってすれば定性的データを得る事が可能だ。謂わばこれは、人の心を覗き込む絡繰りである。否、そればかりか、同じく覗き絡繰りで喩(たと)えるならば、其の内に据えられた押絵(おしえ)そのものの世界に入っていけるようなものだ。すなわち、実験対象が何かに美を感じた際、主観的にはどのような心的体験が生じているのかを、其のままに追体験できるという事である。斯くて得た定性的データと機能的磁気共鳴画像法による定量的データとを重ね合わせれば、脳機能の地図製作(カルトグラフィ)は必ずや飛躍的前進を遂げるはずだ。

一、街頭走査機(スキャナ)の試験結果は上々であった。街の方々に据えた走査機に人形(ギニョル)の異能を経由させる事によって、路を行き交う領民達の頭の中を実際に覗き込む事に成功したのだ。走査機の前を行き過ぎる者が、正に其の瞬間、何を感じているのかを即時的に観測する事ができた。つまりは、庇護すべき対象への加虐心や侮蔑心を抱えている人物と、斯様な感情を向けられている被害者の特定とが可能になったのだ。これにより、庇護すべき対象の早期発見もまた可能となった。だが、明瞭(はっきり)云って、此のやり方には幾つか難がある。何より大きいのは、其の効率の悪さだ。如何に人形の機能が並列処理(マルチスレード)で利用できるとはいえ、ひとりひとりの頭の中を覗いていたのでは、それを観測する人員が幾ら居ても足らない。全展望監視機構(パノプティコン)の実現には相当数の従事者が必要となる。

一、我が愛しい娘の片割れは、私の研究、延いては私が造り上げようとしている社会機構(スイステーム)に対して強い拒否感を抱いているようだ。それは外(ほか)ならぬお前達のように可哀想な存在や、庇護すべき者達を掬(すく)い上げる為のものなのだと幾ら説いても、まるで聞く耳を持たない。親の心子知らずと云うべきか。まったく嘆かわしい事だが、もう一方の片割れは、さかしまに非常な興味を寄せている。研究室内の資料や論文をひとつ残らず読破したばかりか、私の研究記録にも能く目を通し、近頃では私自身気づいていなかった点にまで卓見を加える程だ。ともすれば、方々から集めた研究員達よりも優れた才覚を具えていそうなものだが、それについても、片割れが事あるごとに邪魔立てをするという。助手になってもらおうなぞという高望みは持たぬから、せめて、姉妹仲良く暮らしてくれる事を、血の繋がりこそあらねど養父として切に願う。

【暗転】

Ⅳ

水溜まりを蹴立てる足音が暗い隘路に不規則なリズムでもって谺し、夜気を掻き乱している。左右のビルヂングの壁から壁へと渡された古びた排水管が、老朽化のせいか霧雨の如く汚水を降らせ、息せき切って其の下を駆け抜ける不見世の身を濡らす。額に張り付いた髪を掻き上げると、ビルヂングの赤煉瓦に据え付けられた〈盲獣の眼〉が彼女の視界を掠めた。黒鉄と真鍮で出来た、ちょっと見には眼も鼻も無いのっぺら坊のおばけの顔を思わせるそれは、けれども確かに、無い眼でもって不見世を見下ろしていた。

〈Asakusa Six〉に棲まう者は、絶えず見られ、観られ、視られている。

大路の方々に、辻の角々に、小路の隅々に、数限りなく据え付けられた〈盲獣の眼〉によって、美しい者は居やせぬか、整った者は居やせぬかと、常に見張られているのである。そうして首を振り振り周囲を睥睨する〈盲獣の眼〉は、各人たる美しき者を見つけるやトラバサミじみたギザギザの口を開き、「断罪！」と叫んで探偵達を呼び寄せる。

故にこそ、領民は戸外に出るたび、気を張らずにはいられない。怯えずにはいられない。もとより見目形のそれなりに整った者であればなおさらの話で、ちょいと近場へ出るだけでも汚れ化粧を施し、襤褸で身を包まなければならぬ。さもなくば、忽ち、「断罪！」の声が響く。

尤も、斯様なあれやこれやも不見世には関係がない——イヤ、ないはずであった。

だのに今、彼女は必死に逃げ廻っている。息を切らし、脇腹を締めつける痛みに挫けそうになりながら、それでもなお、両の脚を懸命に動かして夜の〈領区〉を駆けに駆けている。

背後を顧みている余裕はない。直ぐ間近に追手が迫っている事は見ずとも判った。断罪の唱和こそ聞こえぬものの、恐るべき追跡者達の静かな、それでいて、何処までも執拗な気配が背を舐めている。遙か頭上から降り注ぐ、カアーンという金属音が、焦りに更なる拍車をかける。

逃げる者と追う者。両者の立場は明々白々としているというのに、何故、斯様な恐ろしい目に遭わされているのか、それが不見世には一向判らない。

初めはちょっとした違和感でしかなかった。親方から命じられた買い出しに向かっていた折、一人の探偵が何やらただならぬ目つきで此方を凝と見つめていたのだ。恐ろしくはあったが、まさか、探偵が自分なぞにかかずらうはずがない。思い過ごしであろうと気を取り直して再び歩きだしてはみたが、やはり、背中に視線を感じる。振り返ってみれば、件の探偵が最前と同じ距離を保ったままに立っていた。イヤ、そればかりか、先には一つであったはずの影法師が、今度は二つに増えていた。思い切って駆け出してみると、同じく駆け足となった足音がついてきた。其処からはもう無我夢中である。ひたすら駆けているうちに、足音は更に増えた。

だが、不見世には追われねばならぬ心当たりなぞない。いや、あろうはずがない。現に〈盲獣の眼〉は其の時も、そして今も、彼女を見咎めたりなぞしていない。探偵達もまた、断罪の唱和を口にはしていない。いっその事、足を止めて何の用かと問うてみようかと思わぬでもなかったが、追跡者達が発する鋭い害意に圧されて、其の考えも直ぐに霧散した。

サテ、逃げると腹を括れば地の利は不見世の方にある。常であれば煩いばかりの、無暗に入り組んだ路地や、路の方々で絡み合った吸排気筒、視界を遮る蒸気の白雲が、今夜ばかりは彼女の味方だ。〈飛行人間椅子〉に乗って蝙蝠みたいに夜空を飛び廻っている探偵達と云えど、平生から街に棲まい、地の底を這って生きている者程には其の造りを知らぬと見える。それが証拠に、あの恐ろしい機械仕掛けの猟犬まで出てきているというのに、未だ彼女は逃げおおせている。

油断さえしなければ、此のまま振り切れるかもしれない——と、そう考えているそばから、左右の足が縺れた。転ぶまいと咄嗟に衝き出した手がビルヂングの外壁にぶっつかり、掌から腕を貫いて脳天まで走った痛みに、不見世は呻き声を漏らした。

恐る恐る引っ込めた手に目を遣ると、グルグルと幾重にも巻いた包帯にドス黒い血が滲んでいた。常からあかぎれと瘡蓋の絶えぬ身であるが、此の傷ばかりはそうではない。店を発つ前、厨房で仕込みの手伝いをしていた際に不注意から負ったものだ。鉄鍋に直に触れてしまい、熱いと思う間もなく、皮膚の灼ける厭な臭いが鼻を衝いた。直ぐさま水で冷やしたが、火脹れが幾つも紅い実を結び、内から破れて血の混じった体液が溢れ出た。

厄日だ。不見世はそう胸中で呟いた。こんな傷を拵えた上、わけも判らず追い立てられている。だが、己が不運を呪っている暇はない。痛みに歩みを止めているあいだにも、探偵達の黒光りする革靴が立てる足音はより大きく、速くなっている。手の傷を庇いつつ、彼女は再び駆け出した。角を折れ、辻を突っ切り、排気筒を跨ぎ越しては蒸気の隠れ蓑を身に巻いて。

そうこうしているうちに、遅まきながら不見世は気づいた。追跡者達は、人気のない方へ、寂しい方へと自分を追い込んでいるのだ、と。法の執行者たる彼らが、何故、人目を憚る必要なぞあるのか。答えは想像の埒外にあるが、何がしかの意図があるのは確かと思えた。

考えてみれば道理である。幾ら地の利があるとはいえ、〈人でなし〉まで駆り出してきた相手に未だ捕えられていない事の方がおかしい。探偵にとって都合の良い何処かへと行き着くまで泳がされていると見る方が自然であろう。つまりは、此のまま追い立てられるがままに逃げるのは拙い。

乱れた息を肩で吐き吐き、必死にそう考えはすれど、不見世はどうにも上手く舵を切り直す事ができない。そうして、路を遮る蒸気の壁を抜けた時、到頭、行き着いてしまった。

世界の涯に。

天を衝いて聳えるアサクサ百二十階を中心として放射状に伸びた大路小路は、例外なく、ある地点でふっつり途絶える事となる。路の端から断崖の如く伸び上がった、黒く、厳めしい壁によって世界が断ち切られているせいだ。円を描いて〈領区〉をぐるりと取り囲み、領内の何処からでも遠景として視界に入らずにおらぬ巨大な壁。

〈領区〉と外界を分かつ断絶の境界線を、人は〈パノラマの壁〉と呼ぶ。

蒸気によって視界を圧されていた不見世は突如眼前に現れた壁の表面(おもて)にまともにぶっつかり、もんどり打って地べたに転がった。痛みと衝撃でグルグル回る頭を押さえ押さえ、膝を衝いて振り返れば、白い帳(とばり)を隔てて、輪郭の朧な影法師が幾つか、ユラユラと揺れながら近づいてくる。路の左右はビルヂングの外壁に遮られ、身を潜ませられるような物陰の一つとてない。正に、袋の鼠という奴だ。まんまと嵌められたなと、不見世は嘆息した。自分がこれから如何(いか)なる目に遭わされるのかは見当もつかない。だが、追われていた理由くらいは判るだろう。そう諦念するより外(ほか)にない。

蒸気の靄がヌッと膨らみ、それを押し破るようにして、黒い面(マスク)に目元を覆われた探偵の顔が三つ、続けて現れた。不見世にとって意想外であったのは、其の口許に、咎人を裁く際にはお決まりの、あの厭らしい薄ら笑いが浮かんではいなかった事だ。加虐の悦びは嗅ぎ取れぬ、しかつめらしい顔をしている。

何も、こんな小娘相手に大の男が三人までも雁首(がんくび)揃える事はなかろうと不見世は思ったが、其の上更に念の入った事に、探偵達はこうまで獲物を追い込んでおきながら直ぐと飛び掛かるような真似はせず、呼び子の笛を吹き鳴らした。

頭上で、カアーンと金属的な跳躍の音。

然れども、次の刹那、一同の眼前に落ちてきたのは、緋の衣に身を包んだ心無き人造人間なぞではなく、千々(ちぢ)に砕けた陶片と緋の布切れとがグチャグチャになった一塊の混合物であった。礫塊(れきかい)は地にぶっつかるや大音響を轟かせ、千切れた配線や歯車を四散させた。そうして落下の中心地点から朦々と巻き上がった塵埃が徐々に収まってゆくにつれ、其処に一つの人影が形を取り始める。漸う視界が開け、影の正体を見極めた時、不見世はアッと声を上げた。

一つには、其処に立っていたのがいつぞや目にした皓蜥蜴其の人であった為だ。女賊は地に向けて拳を打ち下ろし、大地に穴を穿たんとでもしているかの如き体勢を取っていた。拳と地とのあいだには、砕け、ひしゃげた、〈人でなし〉の顔が挟まれ、圧し潰されている。

もう一つには、そうして〈人でなし〉の顔を撲ち砕いた皓蜥蜴の腕――いつぞや其の姿を目にした時にはマントに覆われていた右の腕だ――が、眩いばかりの輝きを放っていた為である。と云ってそれは、先に目にした、そして今も眼前にある、彼女の鱗の皓さ故の事ではない。

女賊の腕はピカピカ光るクロム合金と真鍮とによって出来ていた。前腕と二の腕は空圧式と思しきピストンとそれを覆う外骨格からなり、肘や手首には滑らかな球体が嵌まっている。〈人でなし〉の身のように皮膚を模した磁器に覆われてもいない、内部機構が剝き出しとなった機械腕だ。バシュッと音を立てて、各関節の隙間から蒸気が噴き出す。

やや遅れて天から二体の〈人でなし〉が地に降り立つと、皓蜥蜴は一度、二度と手首を振りつつ身を起こし、機械人形達を睥睨して云った。「まったく、趣味の悪イ人形だな。あいつ、餓鬼の頃からの人形好きが未だに抜けていやがらねエと見える」

暫しのあいだ、探偵達は一様に、突如として現れた女賊と、そちこちに四散した〈人でなし〉の残骸とを呆然とした面つきで眺めていたが、ふと正気づいた一人が〈双色眼鏡〉を取り出した。と、傍らから伸びた朋輩の手がそれを制する。「やめておけ。其奴の美醜値は測れん」

不見世にも聞き覚えのある声であった。苦々しげな響きを含むそれを発したのは、先の〈屋根裏の娘〉騒ぎの折に卑小な捨て台詞を残していった、刀傷の刻まれた顎(あぎと)であった。

仲間の制止に耳を貸さず〈双色眼鏡〉を掲げた探偵が、直ぐとそれを目から離して訝しげに首を傾げる様は、さながら、活動寫眞(しゃしん)の再上映だ。いつぞや不見世が目にした情景を其のままになぞっている。ならばとばかりに、次には呼び子の笛を吹き鳴らしたが、〈人でなし〉達は直立不動の姿勢で静止したまま、身じろぎもしない。両の瞳にも、獲物を追い立てる際のあの紫色の輝きは灯っておらず、虚ろな色を湛えている。

「云うたであろう。無駄だと」刀傷の探偵が忌々しげに云う。

「おう、珍しく判ってる奴が居るかと思や、いつぞや何人かのした時の野郎か」皓蜥蜴は手をヒラヒラと振りながら、ふてぶてしく云い放つ。「偉いぞ、坊や。よく覚えてたな。そう、此の坊やの云う通りサ。確かにコイツらは、人にゃ能わぬ動きで獲物を何処までも追っかけ廻すお利口な猟犬だがな、そもそも相手を獲物だと認識しなけれア——美醜値とやらを測れなけれア、唯の木偶(でく)だ」皓蜥蜴は余裕綽々(しゃくしゃく)といった足取りで〈人でなし〉の一体に歩み寄り、其の頬を手でペチペチ叩いてみせる。「ホラな。ちっとも見えちゃアいねエ」

「撤退だ」挑発する女賊を睨(ね)めつけながら、刀傷の探偵は仲間達にそう促した。口にした言葉とは裏腹に、顔には怒りが滾(たぎ)っている。獲物を眼前にしながら主人に「待て」を云い渡された犬の如き風情だ。「覚えていろ。お前は必ず、此の私が捕えてやる」

「いつでも来い。但(ただ)し、そん時ア、〈諸妬姫(もろとひめ)〉なんぞの命じゃなく、お前エさん自身の意志でな」

探偵達が〈人でなし〉を引き連れてすごすご退散していくと、皓蜥蜴は鱗に覆われた手と、合金製のそれとをパンパン打ち鳴らし、肩を聳(そび)やかした。襞を広げて展開されていた機械腕の肩部がシュッと音を立てて引き締まり、肘から突き出していたパイプが前腕の内へと滑らかに収納される。蒸気駆動の絡繰りでありながら、其の動きの滑らかさは何処か爬虫類の姿態を想起させる。
「皓蜥蜴」不見世の口を衝いて、其の名が転び出る。
女賊は妙に芝居がかった容子で、さも驚いたと云わんばかりに跳び上がり、不見世に向き直った。値踏みでもするように相手をジロジロ眺め回し、「おうよ。何処の誰だか知らねエ嬢ちゃん」

○ 黒い毛氈の敷き詰められた広間　／　双頭の影

闇の底で睡る娘が再び語りだす。其の口振りは遠い日の思い出を語るような懐かしげなものでありつつも、声音の内には憂いが、或いは、惧れが滲んでいる。

娘　お義父様の容子は日ごとにおかしさを増していき、何か、鬼火にでも追われているかのようだったわ。愈々それが昂進してくると、独りでそれを抱えている事に堪え兼ねたのか、わたし達、血の繋がらない多くの子供達をひとつ処に集めて、講義めいた事を始めたりもして。

仄暗い燈光の下、車座になった無数の小さな影法師が浮かび上がる。中央には、初老の男が茫と現れ、手にしたステッキで床を叩きながら、異様な熱を帯びた調子で弁舌を揮う。

初老の男　問題は評定基準の統一なのだよ。殊(こと)に、〝美〟に関しては。〝醜〟については問題ない。扁桃体や島皮質(とうひしつ)ら、嫌悪と恐怖に関連した報酬系と、恐怖への防衛反応を司る運動野の賦活(ふかつ)状態を観測すれば良い。全観測対象における其の総量によって定量化が可能だ。〝醜〟は要するに繁殖相手や生物として見た際の質(クアリテ)という基準に依拠しているのだからして、状況(シチュアスイヨン)や文脈(コンテクスト)による補正の幅も狭い。つまり、観測者が誰であれ、評定に差したる相違は生じない。

娘　そんな小難しい事をわたし達のような子供相手に並べ立てても仕方がないでしょうに、お義父様は口角泡を飛ばして叫ぶように語っていらしたっけ。

初老の男　だが、〝美〟は違う！　定量化については、まぁ、よろしい。評価の高低自体は内側(ないそく)眼窩前頭野(がんかぜんとうや)の賦活状態と、あわせて、それとはぎっこんばったんの関係にある島皮質の反応を調べてやれば、〝醜〟と変わらず多寡を測れる。だが、問題は範疇(はんちゅう)だ。此奴は変異型(バリアント)が多過ぎる。優美、崇高、悲壮。幽玄！　侘(わ)び！　寂(さ)び！　どれも一様に〝美〟であるとされながら、それらはどれも異なるものだ。然るに、対応する脳領域が多いのも至極当然の事であって——

男、ステッキを教鞭(きょうべん)の如く振りかざすや、ぶんぶんと左右に振って叫ぶ。

初老の男　まずは内側眼窩前頭野！（ぶん！）ならびに快楽を司る報酬系の腹側線条体(せんじょうたい)！（ぶんぶん！）文脈に応じて評価に調整を加える背外側前頭前皮質(はいがいそくぜんとうぜんひしつ)！（ぶんぶんぶん！）更には、状況への共感を加味して方向づけをする中部帯状皮質(たいじょうひしつ)！　それらすべてのマッピングを完了し、且つ、いずれを優位とするかの序列をつけぬ限り、単一の定規で美を測る事は能わぬのだよ！

娘　当然、居並ぶ子達からすればチンプンカンプンであったけれど、唯おひとり、聡明なお姉様だけは斯様なお話にも熱心に耳を傾け、時にはご自身の意見を述べたりする事もあったっけ。

車座の中から、スッとひとつの手が挙がる。男がステッキを差し向けると影は立ち上がる。左右一対の四肢に対してふたつの首(こうべ)を持つ、双頭の影だ。

【暗転】

V

「ま、とりあえずは坐れよ」
皓い手に差し招かれるがまま、不見世は部屋の隅に据えられた長椅子へと遠慮がちに腰掛けた。滑らかな布地と柔らかな綿が、お臀を受け止めてフウワリ沈む。布地に織り出された柄が蜘蛛の巣をあしらった悪趣味なものだという点にさえ目を瞑(つむ)れば、素晴らしい出来の調度なのだと不見世でも判る。きっとこれも〝蒐集品(しゅうしゅうひん)〟とやらの一つなのであろうと、そう思う。

「まア、何も取って喰おうってわけじゃアねエんだ。そうビクビクしないでおくれよ」と愉しげに云いながら、皓蜥蜴（しろとかげ）は肩から掛けていたマントを取り払った。続けて、其の下のチャイナ服をも脱いでゆく。鱗に覆われた膚の上を衣が辷（すべ）り、皓く眩い裸体が露わになる。当惑する不見世を余処に、彼女はぞんざいな手つきでブーツまでも脱ぎ捨てた。肢体は其の動きに応じてとりどりの艶めかしい曲線を描き、膚には複雑な陰翳（かげ）が滲む。「ひとつ、ゆっくりお話でもしようや」

突然の事に顔を赤くしてもじもじしながらも、不見世の両の目は相手の身体に向けられたままだ。相手の肢体の美しさへの感嘆と、負けず劣らずの驚きとが、彼女の視線を固まらせている。

女賊の身体のうち、蒸気で駆動する機械と化していたのは先刻承知の右腕ばかりではなかった。一方の肩の付け根から、仄かな翳りを宿した両腿のあいだまで、恰度（ちょうど）、刀で断ち斬られでもしたかのように一条（ひとすじ）の線が走り、皓く滑らかな鱗は其処で終わっていた。其の先に繋がれた右の半身は、胸も、腰も、そして脚も、ピカピカ煌めく真鍮製の機械である。

爬虫類と機械の合成獣（キマイラ）たる皓い一個の生き物は、たった一人の観客に見せつけでもするように——いや、真実、見せつけているのであろう——其の身をくねらせた。観られる事こそ何にも勝る快楽だと、そう云わんばかりの悩ましげな様である。

暫くすると、たっぷり視線を浴びて漸う満足したものか、女賊は衣桁（いこう）に掛けていた純白の襦袢（じゅばん）をサラリと羽織り、奇怪なエキジビションの幕を引いた。そうして、長椅子の上で肩を縮こまらせている小動物の肩に軽く触れながら、手近の卓から葡萄酒の壜を引き寄せ、呑めよとばかりに差し出してくる。不見世が固辞すると、「そうか」と云って自ら喇叭（らっぱ）で呷（あお）った。それから、プハッと声を上げて壜から口を離すや、唇の端から顎へと伝った赤い雫を、一個の生き物のように動く長い舌で舐め取る。
其の一挙手一投足から、不見世は目を離す事ができない。

何処か、夢のような心地であった。初めて目にした時から憧れを抱き続けていた女賊其の人と、彼女のアジトでこうして面と向かい合っている事が、未だ現実とは思えない。

探偵達が退散した後、不見世は外ならぬ女賊自身から、〈領区〉の片隅に棄て置かれた廃ビルヂングの一室である此の部屋に招かれた。〈領区〉の内でも取り分け寂しい路を選りながら歩いてくる道々、どうして自分を連れ帰るのかと問う不見世に、皓蜥蜴はこう答えていた。嬢ちゃんの身を先刻(さつき)の連中から匿(かくま)ってやる為さ、と。

ありがたい申し出だと思う一方、其の言葉は同時に、不見世が置かれた状況についての不穏な先行きをも示唆してもいた。すなわち、探偵達による追捕(ついぶ)が此の一夜限りで終わるものではない、と。少なくとも此の親切な女賊はそう考えているものらしい。云われるがままについてきた理由の半分は、斯様な惧れが故の事であった。けれども、もう半分には、先にも云った憧憬と、己とはまた違った形で〈猟奇の鏡〉から無視されている存在への尽きせぬ興味とがあった。

衣を纏った女賊は酒壜を片手に提げたまま、長椅子の周りをぐるりと一廻りし、方々から不見世を眺め回した。散々、相手には見惚(みと)れておきながら、あべこべに、視られる事にはまるで慣れていない。不見世は相手の視線から逃れるように部屋の彼方此方へと顔を向けた。

三方の壁に赤い天鵞絨(ビロード)の幕が垂らされた狭い室内は、雑多なもので溢れ返っていた。生々しい色彩の押絵に、百面相役者が用いるようなとりどりの仮面。木彫りの観世音像や馬鹿げた大きさの硝子(ガラス)玉。凹面鏡、凸面鏡、古めかしい金の鏡に、義眼(いれめ)、マネキン、算盤(そろばん)、其の他何に使うやら判らぬ大小のガラクタが、おもちゃ箱をひっくり返したように溢れかえっている。いずれも天下の大泥棒を自称する女賊の戦利品であるらしい。

「あたいはキレイなものを蒐集（コレクション）するのが大好きでね」と皓蜥蜴は得意げに云うが、不見世には、彼女の云う「キレイ」の基準がまるで判らない。造詣が深いでもない不見世からしても一目で三級品と判じられるようなものも多く、どちらかと云えば、ごみ置き場か何かのように見える。

唯一つ、隣室に収められた――いや、其処に引っ込んだ――お宝を除いては。

幕の垂らされていない残る一方は隣室へと続いており、子供っぽい星形をした金属製のビーズが幾つも連なった珠暖簾（たまのれん）が此方の部屋とを隔てている。不見世が屋の主に伴われて部屋に足を踏み入れた時、それを掻き分けて飛び出してきたものがあった。一糸纏わぬあられもない姿態（なり）こそ目に新しいとはいえ、其の姿は見忘れる事もない、いつぞやの〈屋根裏の娘〉其の人だ。

娘は潤んだ瞳を皓蜥蜴に向け、今にも抱き着かんばかりの容子（ようす）であったが、想い人の傍らに並び立った不見世の小さな影を認めるや、たださえ上気して赤らんでいた頰を一層朱に染め、手近にあった布切れで身を隠しながら、そそくさと暖簾の向こうへ戻っていった。

二人のあいだで如何なる事が行われたか。斯様な経験なぞまるで持ち合わせぬ不見世であっても、大方の想像はつく。暖簾越しにぼんやりと透けて見える影を横目でチラチラと見遣りながら、己が身も同じ運命を辿るのではないかと考えて、ドギマギせずにいられない。

だが実際のところ、斯様に身を強張らせる彼女に、相対して坐した皓蜥蜴が発したのは、色めいた事柄とは何ら関係のない言葉であった。包帯の巻かれた不見世の手に双眸（そうぼう）を向け、「其の傷はどうした？」

「その、仕事中に、ちょっと――」不見世はおずおずと、火傷を負った経緯を説明した。

正義の味方なぞではないと、そうキッパリ云い切っていた女賊が他人の身を案じるのかという少なからぬ意外の念と、そこはかとない嬉しさを覚えながら。けれども、それにもまして意想外であったのは、此方の話を聞き終えた相手が、話の舵を思わぬ方へと切った事だ。

「火傷を負ったのが夕方頃だって、そう云ってたな。探偵どもに追われ始めたのも此の夜からか？」ギヤマンの煙管（キセル）を吹かしながら、女賊はそう問うてきた。

其の二つの事柄に一体何の関係があるのだろうかと訝りつつも、不見世は首肯する。

「十中八九、そいつが原因だな」と云って、得心がいったとばかりに皓蜥蜴は頷いた。

「原因？」

「嬢ちゃんが連中に追っかけ廻されてた原因サ」他に何があると云わんばかりの口振りである。

だが、不見世の中では火傷の話と探偵団の一件とが結びつかない。もとより美しい者が、傷を負った事で追捕の対象から外れたという話なら、まだ判る。目に見えるような傷を負う事で美醜値が下がった為だ。だが、相手が云っているのはそれとはまるであべこべな話である。

「嬢ちゃんはな、最下位に転落したんだよ」

頭の裡に浮かんだ幾つもの疑問符を、女賊の言葉が串刺しに貫いた。

最下位？

何の――と訊き返そうとして思い留まった。此の〈Asakusa Six〉において序列が決められる事柄など、端から一つと決まっている。不見世は己が身に穿たれた傷を指先で確かめでもするかの如く、恐る恐るといった声音で、「それって、あたしが、此の〈領区〉で一番――」

「そ、醜いってこったな」皓蜥蜴は事も無げに云い切った。「少なくとも、此の〈領区〉の〝美〟の規定者、〝絶対にして公平なる〟〈猟奇の鏡〉様は、そうご判断を下されたってエわけよ」

「そんな。こんな火傷一つで」

「『こんな火傷一つ』ねエ」皓蜥蜴は口の端を酷薄に歪め、「端からドン尻ギリギリ、薄氷を踏んでるような状態だったんだろうよ。傷を拵えた事で、到頭、それを踏み抜いちまったってわけだな」

女賊は淡々と口にしつつ長椅子に身を横たえると、手にした煙管から灰を落とした。まるで他人事といった、悠然たる容子だ。イヤ、〈盲獣の眼〉にも〈双色眼鏡〉にも認識すらされない、つまりは〈猟奇の鏡〉という機構の埒外にある彼女にしてみれば、実際、他人事なのであろう。だが、云うまでもなく不見世にとっては受け容れ難い重大事である。

己の容姿が〝醜い〟とされる事については常から厭というほど思い知らされていたはずであった。はずではあったが、〈領区〉内で――壁の外を知らぬ彼女にしてみれば、それは「世界中で」と云うのに等しいが――最も醜いとの判を押されようとは、さすがに思いもよらなかった。

相対した女賊と自身とが同族なのではないかなぞと甘やかな夢想に耽っていた己の愚かしさが今になって呪わしい。だが、それにも勝って頭を占めたのは、解せぬという思いである。

「どうして、そんな〝醜い〟あたしを、あの人達は追ってくるの？」尤もな疑問であろう。これまではまるで見向きもしなかったくせに、最下位とやらになるや追ってくるとはどういう了見か。

皓蜥蜴は煙管の火皿に葉を詰めながら、「〈諸姫〉の奴めが、お前エさんを欲してるのさ」

「領主様が？」不見世は思いがけぬ名に目を丸くし、「どうして、領主様があたしなんかを？」

「〝領主様〟ねエ。彼奴も随分偉くなったもんだ」皓蜥蜴は糸のように細く紫煙を吐き出し、其の面に冷ややかな笑みを泛べた。「嬢ちゃんの問いの答を、あたいは知ってる。何だったら、それを此処で教えてやったって良い。だがな、あたいとしちゃ、人伝に聞くのでなく、嬢ちゃん自身が其の眼で見て知るべきだと思う。其の上で、どんな選択をするとしてもな」

持って廻った相手の口振りに、不見世は当惑するばかりだ。何を見ろと云うのであろう。〝選択〟とは何の事か。斯様な疑問を断ち切るように、皓蜥蜴は煙管の灰を落とし、椅子から身を持ち上げた。「一等大事なのは、何だって手前エの眼で見る事だ。そうして自分で判じる事だ」

相手の断固たる口振りに圧された不見世は上身を引きつつ、「見るって、何を？」

「〈猟奇の鏡〉のカラクリさ。アサクサ百二十階なんぞと呼ばれてるあの塔に這入り込んで、ひとつ、そいつを覗き見てみろよ」

「そんなの、どうやって……」云い差して、不見世は口ごもった。此の人はどうしてこうも突拍子もない事を平然と口にできるのだろうか。〈凌雲閣〉に——不可侵の領域とされている〈諸姤姫〉の在処に——忍び込む。そんな事、自分のような小娘に能うはずがない。

だが、そうした反応なぞまるでお構いなしに、女賊はなおも続けた。

「さて、恰度都合の良い事に、あたいは〈諸姤姫〉の処にチョイとばかり用がある。おっと、野暮ァ訊くなよ。天下の大泥棒が〝用〟ってエからには、そいつが指すのアたった一つの事柄と決まってる」と云って片目を瞑ってみせ、「そこで、だ。嬢ちゃんよ。もののついでに、あんたを連れて行ってやっても良い。あたいと一緒に来て、何なら、直に会って訊いてみるか？」

誰に、とは問い返さなかった。唯、何て大それた事を云いだすのだろうと驚いた。

イヤ、そうではない。不見世が真実びっくりしたのは、そう問われて直ぐさま己が口から飛び出した返答にである。

「連れて行って」

アア、何と愚かしい事であろう。つい先までは不可能事に決まっているとばかり思い為していたにもかかわらず、斯様な申し出に乗ってしまうとは。此の女賊の助けがありさえすれば、通らぬ道理も通せるものと思うたか。能わぬ事も能うものと思うたか。

イヤイヤ、確かにそれらも否定できぬとはいえ、不見世の中にはそれを差し引いてもなお、身を衝き動かす〝何か〟があった。胸の裡でドクンドクンと胎動しながら、それでいて、確（しか）とは其の正体を判じられない〝何か〟が。

己の抱いた感情が何なのかを見究めようと思案するあまり、少女は気づく事ができなかった。其の答を聞いた女賊が、其の皓いかんばせに先までとはまるで異なる笑みを浮かべていた事に。ゾッとする程に凄艶（せいえん）な、笑顔と呼ぶのも憚（はばか）られるような貌であった。

○ 手記

またも闇の中に一冊の手帳が浮かび、開かれた頁から文字が溢れ出す。

一、災厄の人形を中心核（クール）に据えた処理装置（プロセスール）によって、脳活動の解析は飛躍的に進んだ。今や美的経験によって賦活する領域の特定も概ね(おおむ)完了している。賦活量を調べてやれば、定量的な測定もある程度は可能だ。然しながら、依然、問題は残っている。先よりの懸案事項であった美的範疇(カテゴリ)の問題については、もう良い。美の多様性という点は考慮から外し、観測対象としてはいずれの入力に対しても共通して反応する内側眼窩前頭野のみを残して、後は棄てる。それにもまして問題となるのは、やはり、美的判断と道徳的判断とが同一の脳領域——すなわち、内側眼窩前頭野によって処理されている事だ。これでは処理装置によって当該箇所の賦活を観測したとて、それが道徳観念に由来するものか、美的判断によって惹起(じゃつき)されたものか、其の判別がつかぬ。

一、外科的及び機械工学的な処置により、娘を分離した。娘から、娘らへと。危険(リスキ)を伴う、否、危険そのものでしかない施術故、私自身の中にあった迷いは最後まで拭い去る事ができなかったが、当人の希望が斯くも強いからには、何とか叶えてやりたいと思うてしまうのもまた親心であろう。唯さえ可哀想な娘なのだから、尚更(なおさら)だ。特に姉の方は一刻も早い処置を切望していたが、これは私と共に研究の道を歩む事を希求する心持ちからのようである。反面、妹の方は何処か渋渋といった容子(ようす)であった。同じひとつの身に繋ぎ留められながら、やはり、何から何まで正反対な姉妹である。脊椎及び主要な臓器がもとより二分されていた事もあり、分離手術自体は問題なく済んだが、四肢は元々一対しか具えていなかった故、欠損部は蒸気式の機械にて補完した。未だ予断は許されぬが、現時点では拒絶反応も見られず、術後の経過は順調と云って差し支えない。

一、人形の運用について、厳に注意すべき事柄が見つかる。依然として休眠状態にある人形だが、特定の感情が投影された際にのみ、微かにではあるが身体的反応が見られたのである。何らかの反射的な事象に過ぎぬのかもしれぬが、ゆめゆめ注意を怠るべきではない。万が一にも、再覚醒なぞという事態を引き起こすわけにはゆかぬのだから。現時点で確認されている限りにおいて、特定の感情とはすなわち、〝瞋(いか)り〟である。

一、またもひとりの憐れな孤児(みなしご)を引き取った。可愛そうに、商家に買われ、劣悪な衛生環境で酷使された上、手酷い虐待まで受けていた。〝醜い〟という、唯其の一点が為に、だ。人形が招いた災厄――人類の大半の死と文明の大崩壊――により、異形の者の出生率は桁外れに増加した。それを憂うが故にこそ、私財を投げ打ってまで〈領区〉という保護区を設立したと云うに、其処に棲まう同じ異形の身を持つ者達の中でさえ、新たな差別が生じ続けている。人は如何あっても己より低き者を虐めずにはおれぬものらしい。それというのもやはり〝醜〟の認識に報酬系の島皮質が関与しているせいだ。島皮質は同時に嫌悪や痛みの処理に関わっている部位でもあり、更には、道徳的に善性のものを識別した際にはさかしまに活動が低下する領域でもある。其の働きは、古代希臘(ギリシア)の『美は善である(カロカガティア)』という哲学的概念が、現に人間にとっての真理であった事を証明してもいる。換言すれば、『美は善、醜は悪』という認知偏向(ビエー)補正は端から人間の脳に事前設定(プリリグラージュ)されているものである、と。成る程、シラーにおける『身体的な美しさは、内面の、精神の、そして倫理的な美の証拠である』という言説は逆説的に適用され、醜き者の悪性を、そして、斯様な者への攻撃の正当性を担保するというわけだ。何とも恐ろしく、且つ、嘆かわしい事である。斯くなる上は、もはや、人の善性を信ずるなぞという事も能わぬ。此の差別と悲劇の連鎖を断ち切る為に真に必要とされるものは、監視と罰則より外にない。常に見られ、視られているという意識による〝抑制〟だ。恒常的な全展望監視を可能とする機構。其の完成を急がねばなるまい。

【暗転】

VI

　アサクサ百二十階が天を衝いて聳え、領内を睥睨している其の足下には、黒々とわだかまったものがある。と云ってそれは、塔が落とした影ではない。夥しい数の吸排気管がグジャグジャと絡まり合って一塊になった、さながら、性悪な腫瘍に侵された脳髄の如きものだ。

縦横無尽に伸びた管はズラリと並んで壁を成し、縺れ合って路を成し、更には、断続的に噴き出す蒸気の門や、ガラクタの障壁まで加わって、一種異様な、広大なる迷路を形作っている。

人呼んで、〈八腸の藪知らず〉。

ひとたび足を踏み入れれば其処から脱する事は能わず、餓え果てて御陀仏となるまで堂々巡りをするより外にない。現に度胸試しで足を踏み入れた者が誰一人として帰って来ないともっぱらの噂で、魔処多き〈領区〉においても、領民達から殊に恐れられている禁忌の地である。

　斯様な噂がそうと感じさせるのか、或いは、〈領区〉の大路小路に走るそれらとは比ぶべくもないほど密に並んだ排気筒が吐き出す、胸の悪くなる吐息の仕業か、其処を吹く風は酷く生温い。

身に纏わりつく空気を膝で掻き分けるようにしつつ、不見世はおっかなびっくり足を進めていた。

　視線の先では世人の噂なぞ何処吹く風といった風情の皓蜥蜴（しろとかげ）が、路を踏み迷う事もなく、軽やかな足取りでスイスイと歩を進めている。どうして此の人はこんなに勝手知ったる容子（ようす）で迷いなく足を進められるのだろうと、不見世は訝った。あの探偵達ですら、〈飛行人間椅子〉で空から見下ろす事こそあれ、滅多に足は踏み入れぬと云われているような大迷宮だと云うに。

　だが、彼女には、それにもまして気になる事があった。

「〈盲獣の眼〉が無い」吸排気筒が織り成す壁や天蓋のそちこちに目を向けながら、不見世は呟いた。屋外であれば何処でも目を光らせているはずの監視装置が、此処ではまるで見当たらない。

「それアそうさ」呟きを耳聡く聞きつけた皓蜥蜴が向き直って云う。其のまま後ろ向きに歩みながら、「こんな人っ子一人来やしねエような処に据えたって、役に立ちゃしねエんだからヨ」

　どういう事かと首を傾げる不見世に、相手はさかしまに問うてくる。

「そもそも、どいつもこいつもビクビクビクビク気にかけてやまねエ美醜値なんてもんがどうやって弾き出されてんのか、嬢ちゃんは知ってっか？」

　不見世は首を横に振る。つい先まで、〈猟奇の鏡〉なぞ自分には無縁の代物だと思って生きてきたのだ。彼女にとっては、美醜値も探偵達による断罪も、物心つくずっと前から当然の如く存在した〝決まり事〟でしかない。但し、己とは無関係の決まり事だ。

「じゃあ、そっからだな」頭の後ろで手を組みつつ、皓蜥蜴はなおも後ろ向きに歩みながら説き始めた。「そもそもが、だ。〝美しさ〟なんてもんは、本来、数値になんざ置き換えようがねエ。一口に〝美しい〟ったって、其の質はてんでバラバラだ。瑕が無エって意味でそう云う事もありや、ゾーッと怖気立つような、反吐が出そうな〝美しさ〟ってもんもある。とても、一つの秤で扱いきれるような概念じゃあねエってわけだ。おまけに、〝美しい〟ってのは、本来、物や人そのものが持ち合わせてる属性ですらねエ。それを誰かが見て、〝美しい〟って思う事で、其処に初めて〝美しさ〟が生じるんだ。タイショーブツとカンサツシャのカンケーセーの中で生じるガイネンって奴だな。じゃあ、どうするか。どうやって〝美しさ〟を判じるか。〈猟奇の鏡〉を造った奴がどう考えたか、お嬢ちゃんには判るか?」

そう云って此方に差し向けられた相手の指先を暫し見つめた後、不見世はおずおずと答えた。

「対象を見る人が〝美しい〟って感じたかどうかを測る?」

「ご名答」皓蜥蜴は唇を窄め、ヒューッと口笛を一つ。「けれどもよ、それにしたって問題が残る。先にも云ったように、〝美しさ〟と呼ばれるもんにゃ色んな範疇がある上、何に対してそう感じるかって事に関しちゃ個人差ってエもんがある。そこで、だ。此の機構を拵えたあの馬鹿は〝美しさ〟の判定基準を此の上なく乱暴に単純化し、一本化しやがった。つまり——」

〝妬み〟の多寡に。

〈盲獣の眼〉が視ているのは〝美しい〟とされる対象そのものではない。それが覗き見ているのは、其の対象を現に目にしている観察者達の頭の中だ。其の場に居合わせた人間個々人が抱く〝妬み〟の感情の強さを定量化し、多寡を常に測定し、単一の対象に向けられる其の総和が一定値を超えた場合に、すなわち、周囲からの妬みを一身に集めている者を検出した場合に、断罪の執行者たる〈美醜探偵団〉を呼び寄せる。そう語る皓蜥蜴の口調は、然し、さも馬鹿馬鹿しいと云いたげな調子であった。

「それじゃあ、美醜値を判定していたのって――」

「そうよ。外ならぬ善良な領民の皆々様ご自身ってエわけだ。そうと意識する事すらなく為される相互監視と、妬みに基づく多数決って名の下に執り行われる、コーヘーでコーセーで非の打ちどころのない裁定。まったく、涙がちょちょ切れるような厳正さだヨ」

両手を目にあて、オイオイと泣き真似などしてお道化る彼女に、不見世はなおも問うた。「あなたはどうして、其の外側に居られるの。だって、あなたはこんなに――」

「美しいのに、かい？」自らそう言葉を継いで、皓蜥蜴は呵々と笑う。「云ったろ。〈猟奇の鏡〉は〝美しさ〟ってもんを、それに向けられる〝妬み〟によって判じているって。そんな物差しじゃ、あたいの美貌は測れやしない。あたいの美質は見えやしない。何故って、決まってら。皆があたいに向ける感情ってのは妬みでもなければ嫉みでもなく、〝羨望〟と〝憧憬〟だからな」

臆面もなくそう云ってのける相手を、不見世は呆気に取られながら眺めた。そうして、胸の裡で嘆息を一つ。確かに、そうなのかもしれない。彼女ほどに美しければ、其の姿を前にした者は妬む事すら忘れて、唯、見惚れてしまうだろう。屋根裏の娘とも違う。単に瑕が無く、整っているという事とは一線を画す美質を彼女は具えている。

翻ってみるに己はどうか。憧憬の念を集める事がないのは勿論の事、他人から妬まれる事も嫉まれる事もない、ただただ憐れまれるばかりの自分は。

またも、胸の中でドクンと拍動する〝何か〟があった。

「ま、同じ〈猟奇の鏡〉の監視装置の中でも、〈双色眼鏡〉って奴アまたチョイと仕組みが違うんだがな……って、オイ、何だ、ありゃア？」

己が内で膨らむ感情に気を取られている不見世を余処に独り語り続けていた皓蜥蜴が、不意に天を仰いだ。不見世もつられて顔を上げると、一塊の黒い影が回転翼の唸りを夜空にバラ撒きながら旋回していた。だが、探偵達の〈飛行人間椅子〉にしては馬鹿に大きい。

と思うや、巨大な影は二人の真上でピタリと静止し、パカリと二つに身を分かった。一つは小さく、いま一つは大きく、前者は其のまま宙に留まり、大なる方は物凄まじい風切り音を響かせつつ此方に向かって真っ直ぐ落ちてくる。

次の刹那、不見世は横合いから伸びてきた皓い腕に抱かれ、地べたに押し倒されていた。鱗に覆われた膚は思った以上にひんやりしているのだなと、そんな事を考える暇もなく、耳を聾する轟音とともに、五臓六腑を衝き上げるような震動が身を襲う。

思わず固く瞑った瞼を恐る恐る開くと、皓蜥蜴によって抱き竦められる形で倒れ臥した眼前僅か二間ばかりの処に、それは立っていた。

圧し潰され断ち切られたそちこちの吸排気管から濛々と立ち昇る蒸気の中、無数の護謨管と圧縮ポンプとを蓑のように纏って佇んだ、団栗じみた丸っこい巨軀。酷く不恰好でアンバランスな、歯車の筋肉とクロム合金の膚からなる四肢。

「〈蒸人〉か！」逸早く身を起こした皓蜥蜴は、そう叫ぶや不見世の身を軽々と抱え上げ、飛び退った。さながら、姫君を胸に抱いた騎士のような恰好だ。「何処のどいつか知らねエが無茶苦茶しやアがって。大事な鍵がオシャカになっちまったらどうしてくれやがんだ！」

鍵？

と、そう訊き返すだけの余裕が不見世にはなかった。特殊作業用有人式蒸気絡繰り人形〈蒸人

M型〉は、身の方々に据え付けられた排気筒から咆哮を発しながら、一歩、二歩と、足を踏み出した。鍋底の如き蹠（あしうら）が周囲の吸排気管を捩じ切り、潰して、大地を鳴動させる。

「大人しく投降しろ！」と、頭上から降り注いだ声に二人が振り仰げば、人で云う頭部にあたる箇所に据え付けられた剝き出しの操縦席から、一人の探偵が此方を見下ろしていた。勝ち誇ったような笑みを浮かべた口許に、不見世は覚えがあった。イヤ、正しくは、其の直ぐ下にある顎の傷に、だ。

「よりにもよって、またお前エさんか」うんざりしたように吐き棄て、皓蜥蜴は舌打ちを一つ。

「おまけに厄介な代物まで持ち出しやがって。余ッ程（よっぽど）、此のあたいが恐ろしいと見える！」

「何とでも云うが良い。もはや、手段は選ばぬ！」

「手段は選ばぬ、ね。確かに、手動操作の〈蒸人〉なら〈人でなし〉どもと違って美醜値に関係なく動かせるわな。だが、良いのかい。それアつまり、外ならぬお前エさん自身の意思であたいに手を出すって事になるぜ？」

「何を云っているのか判らぬな。私が追っているのは貴様なぞではなく、あくまで其方（そちら）に居るお嬢さんだ」探偵は片眉を吊り上げ、お道化るように云った。「尤も、対象を捕える過程でや、む、な、く、第三者を巻き込んでしまう事もあろうがね」

探偵が操縦棹を引くや、人の背丈程もある〈蒸人〉の拳が唸りを上げて振りかざされ、皓蜥蜴めがけて真っ直ぐに飛んでくる。

「ハンッ、云ってやがら。素直じゃない奴ア、嫌いだね」と返しつつ、皓蜥蜴は不見世を抱えたまま後方に跳び、すんでのところで一撃をかわした。巨大な拳が地を打ち震わす衝撃が女賊の脚を駆け上り、其の腕の中にある不見世の胎にまでビリビリと伝わってくる。

お荷物になっている。不見世はそう察した。

皓蜥蜴は先から抜け目なく周囲に視線を走らせているが、吸排気管が形作った壁に挟まれた路いっぱいを、〈蒸人〉の巨体はミッシリと埋めていた。此方の背後にこそ退路が残されてはいるものの、金属製の吸排気管を藁屑（わらくず）のように蹴散らす巨人が相手とあっては、仮令逃げ出したとて振り切れるかは甚だ怪しい。二人して駆けるにせよ、荷物を抱えたまま走るにせよ、いずれ、女賊は本来の力を発揮できまい。

「逃げろ」と云って、皓蜥蜴は視線を〈蒸人〉に据えたまま、不見世を地べたに下ろした。勢いづけるように其の背を軽く叩き、今度は声を荒らげて、「逃げろ！」

己独りでどうすれば良いのかという戸惑いと、彼女を後に残して逃げる事への躊躇（ためら）いとに不見世がまごついている間にも、〈蒸人〉は次なる一撃を繰り出さんと、またも腕を持ち上げた。

「逃げろ！」皓蜥蜴は苛立たしげに、「此の場面じゃそいつが最善なんだ。判れよ！」

女賊の声に込められた有無を云わさぬ気迫に圧され、不見世は到頭、身を翻して駆け出した。

斯くて、舞台には絡繰りの半身を持つ皓い女賊と、機械人形を駆る探偵だけが残された。

「ホラよ。狙いはあの嬢ちゃんなんだろ?」不見世が駆けていった方を顎で示し、皮肉めかして女賊は云った。だったら、「あたいなんぞにかかずらってないで、さっさと後を追ったらどうだ」

探偵はムウと唸る。操縦棹にかけた手と同じく、〈蒸人〉の動きもピタリと静止したままだ。

そうして暫し双方動く事なく睨み合いが続いたが、痺れを切らして先に口を開いたのは女賊の方であった。

「じれったいねエ」と肩を竦め、「あたいが目当てなんだったら、此のあたいが欲しいんだったら、素直にそう云いやがれ。〈猟奇の鏡〉なんざどうでも良いと、正直にそう認めやがれ！」

探偵はフンと鼻を鳴らし、思い切ったように、「忌々しい小悪党め。良いだろう。認めてやるさ。あの醜い娘なぞ方便だ。俺の獲物は端からお前一人よ。俺は唯、お前が、欲しい！」

黒手袋が操縦棹を引き、黒鉄の拳が猛然たる勢いで襲い来る。

だが、皓い顔は勝ち気な笑みを泛べ、「イイね。そうこなくっちゃ、だ。それなら見てやらぬ事もねエ。聞いてやらぬ事もねエ。サア、存分にお前エさんなりの愛を見せてみやがれ！」


サテ、一方、独り逃げ出した不見世はと云えば、正しい道なぞ知っていようはずもなく、際限なく続く迷路を無暗に駆け、角という角を折れに折れ、もう幾度目とも知れぬ袋小路に行き当ったところで、到頭疲れに堪え兼ね、音を上げた。

膝を抱えて地べたに蹲(うずくま)り、そうしてどれ程経った頃であろうか。遠く、幾重もの壁を隔てた彼方から響いていた地鳴りの如き大音響が、不意に止んだ。

皓蜥蜴は無事であろうか。音のしていた方へ戻るべきなのだろうか。イヤ、然し、あの〈蒸人〉が相手とあっては、自分なぞが加勢したところで何が変わるというのか――などとあれこれ迷っているうちに、今やすっかり静まり返った迷路の中、彼女の居る袋小路へと向かってくる一つの足音が鼓膜を震わせた。彼女は弾かれたように背後を振り返り、先に自分が折れてきた角へと目を遣る。其処から姿を現すのが、あの美しい女賊のかんばせである事を祈りながら。

然し、吸排気管が織り成す壁の影から現れたのは、黒ずくめの男の姿であった。

顎に例の傷の無い、〈蒸人〉を繰っていたのとはまた別の探偵だ。

○ パノラマの大広間 ／ 少年探偵団

災禍の様を毒々しく描いたパノラマを背景に負った、ホールと思しき場。初老の男が中央に立ち、それを囲んで十人ばかり、少年達が車座になっている。皆一様に、身に欠けたる処、損じたる処のある男の子だ。
景も人も半ば透き徹っているからには、これも先の娘の夢に相違ない。

初老の男　諸君。今後、君達には重要な任務に従事してもらう事となるわけだが、サテ、其の任務の内容は確かり覚えておるかな？（手にしたステッキの石突を少年のひとりに差し向ける）
少年A　はい！　不当な扱いを受けている可哀想な人を保護し、此の塔まで連れてくる事です！
初老の男　（満足気に頷き）よろしい。では、不当な扱いを受けている人というのは、具体的には如何なる人を指しているかな？（また別の少年にステッキを向ける）
少年B　はい！　容姿が醜いからと云って外見至上主義者から差別されている可哀想な人です！
初老の男　大変よろしい。君達は非常に覚えが良い。賢い子達だ。そう、斯様な、不幸で、憐れで、可哀想な子らを救う為にこそ、私は君達を組織した。もはや一刻たりとも、〈領区〉の者達の良心なぞに期待してはならん。必要なのは監視と隔離であり、君達こそが其の代行者だ。

サテ、では最後に、これは皆で答えてくれたまえ。君らは一体、何者か？　さあ、ハイ！

少年一同　（声を揃えて）僕らは――〈少年探偵団〉！

初老の男　ブラーヴォ！　まったくもって諸君は素晴らしい。今日からはそう堂々と名告ってよろしいよ。其の証拠として、君達にはこれを授けよう。

初老の男、少年達ひとりひとりの衣の胸元に、金ピカに煌めくバッジを手ずから留めていく。バッジが放つ光は眩しい光線となって宙を裂き、縦横無尽に尾を引いて、やがては闇の上に文字を結ぶ――「Boy Detectives」と。

【暗転】

Ⅶ

〈Asakusa Six〉に棲まう――つまりは、其処で生まれ落ち、其処で死にゆく――あらゆる者が日に一度は見上げずにおらぬアサクサ百二十階ではあるが、雲をも突き破らんと屹立する黒鉄の巨軀を外から目にする事こそあれ、其の胎の内を垣間見た事のある者はどれ程居よう。

正に今、斯様な機会に巡り遭いながら、不見世の心の裡を占めるのは、僥倖（ぎょうこう）の光を浴すような気持ちとは程遠い、不安と惧れであった。〈蒸人〉の無暗に大きな図体ですら優に通れるであろう途方もなく巨大な鉄門の前、彼女はさながら仔猫の如く、探偵の黒手袋に襟首を摑まれてキュッと身を強張らせていた。

皓蜥蜴(しろとかげ)はどうなったの。そう問う彼女に、然し、探偵は何も答えなかった。答える気がないのか、それとも、真実、知らぬのか。唯、門に向けて恭(うやうや)しくこうべを垂れ、男のそれにしてはやや高い声で、「〈諸姤姫(もろとひめ)〉様。ご所望の品をお持ち致しました」

と同時に、歯車が軋(きし)りながら嚙み合う鈍い音が響き、門がひとりでに開きだす。

『お待ちしておりましたよ、お嬢さん。サア、此方へお入りなさいな』

門の傍らから突き出た喇叭の如き拡声管を通して、ボワーッと輪郭のぼやけた女の声が響き、怯える少女をそう招く。躊躇いながらも、探偵の手によって衝き出されるようにして彼女は足を踏み出した。どうで、今更逃れる事など能うまい。

『貴方は其処に留まりなさい』ピシャリとそう律する声に驚いて、不見世は背後を顧みた。彼女に付き添うようにして同じく塔の内へ入ろうとしていた探偵がピタリと足を止める。「然し——」と反駁しかけた彼に、声は重ねて、『〈凌雲閣〉は私(わたくし)とあの子達だけの侵すべからざる聖域。まさか、其の事を忘れたわけではないでしょうね』

探偵はなおも不服そうに口を開きかけたが、思い直したように首を振り、歩みを止めた。一礼して其の場に留まると、独りきりで塔に入る事に不安を覚えて未練がましく背後を見遣る不見世に——アア、探偵を恃(たの)みにするなど何と愚かしい事であろう——早く行けと手を振って促す。

仕方なしに、彼女は恐る恐る塔へと足を踏み入れた。内部は薄暗く、寂寞(せきばく)としていた。調度類も仕切りもない広大な広間には緋の毛氈が敷き詰められ、一歩足を進めるたび、蹠(あしうら)に粘り着く。

『壁際に階段があるでしょう。サア、其方を昇って、早く上階(うえ)へいらっしゃいな』

何処からか響く、先と同じ声に促されて方々を見遣れば、吹き抜けとなった上層へと向けて、蝸牛(かたつむり)の殻の如く渦を巻いた螺旋階段が壁に沿って果てしなく伸びている。

『サアさ、頑張って昇ってきてくださいな』

何処か愉しげにそう繰り返す声は、ただでさえボワーッとしている上、矢鱈と反響するせいでハッキリとはせぬものの、何処か聞き覚えのある音(ね)であった。誰のものであったかと考え考えしつつ、不見世は階段に足をかける。そうして二、三段昇った時、背後で門の鎖(とざ)される音が響いた。

それから一体どれ程のあいだ、両の足を交互に持ち上げ続けたであろうか。昇れど昇れど、階段はキリなく続いていた。手摺りから身を乗り出して下方を見遣れば、緋毛氈の広間はもう、赤い点のようにしか見えない。

『いい加減、疲れてきたでしょう。でも、大丈夫。此処から先には貴女の目を必ずや愉しませられるものが用意されているから』何処か見えぬ処にある拡声管から、含みのある調子の声が響き、ホホホホホと気取った笑い声を谺させる。

何の事かと訝りながら、不見世がなおも昇っていくと、それまで変わる事なく階段の一方を圧し続けていた黒鉄の壁が出し抜けに途切れ、螺旋階段にあわせて弧を描いて張られた硝子(ガラス)へと変じた。と云って、窓というわけではない。硝子の向こうに見えるのは蒸気に煙って淫猥(いんわい)な色を滲ませる〈領区〉の夜景なぞではなく、奥行き二間(けん)ばかりの小部屋だ。狭いながらも貴人が住まう御所の如く瀟洒(しょうしゃ)な絨毯が敷き詰められ、大理石造りと思しき壁には種々の彫刻が施されている。天井からは煌めくシャンデリヤが吊るされ、光の粒が硝子を透かして不見世の肩に降りかかる。

だが、斯様な美々しい設えにもまして不見世の目を引いたのは、小部屋の中央に据えられた棺の如き匣だ。イヤ、正確に云えば、其の中に横たえられたものだ。匣は硝子に向けて其の中身を晒すように斜めに立てられ、収蔵物——両手を斜交いの肩に載せて仰向けに横たわる少女の人形——を展示していた。其の様は何処か、押絵に描かれた一場面を彷彿とさせる。

人形は黒いゴブラン織りのドレスを着せられ、髪も梳られ、よく整えられてこそいるものの、反面、其の顔はフジツボの如き腫瘍に覆われ、手足は細く、萎え切っている。〈猟奇の鏡〉に判を委ねれば、必ずや〝醜い〟と断じられるであろう見目形の蝋人形だ。

横目に見遣りつつ、更に数段昇ってゆくと、壁一枚を隔てた直ぐ横並びにも同様に硝子張りの小部屋が連なり、やはり中央に据えられた此方の匣には、頭蓋の鉢が異様に張り出した、ひしゃげた顔の少女人形が収められていた。其の次には、無数の眼があぶくの如く顔のそちこちから突き出した少女が。其のまた次には……という具合で、一室につき一体、少女人形を収めた部屋がショウ・ウィンドウの如く延々と並んでいる。人形の姿形はとりどりであったが、どれも一様に行儀良く匣の内に寝かしつけられ、頸の後ろから管のようなものが伸びて部屋の奥の壁に繋がっているという点は変わらなかった。

どうして蝋人形なんかをこんな風に飾っているのだろう。不見世が不思議に思っていると、女の声がまたも響いた。『ホホホホホ、よく出来た生人形だと思っているでしょう。でも、もっとよくご覧になって。果たして、これが本当に人形かしら？』

声音の裡に何かしら禍々しいものを感じ取りながらも、一方では好奇心をそそられて、不見世はソッと硝子に顔を寄せた。そうして仔細に眺めてみれば、どうであろう、人形とばかり思っていた少女の膚の上では、細かな産毛がシャンデリヤの灯を受けて煌めいているではないか。イヤイヤ、そればかりか、幽かにではあるものの、少女の胸は確かに上下している。

『ホホホホホ。大層驚いたでしょう。そう、此の娘達は生きているのよ。こうして安らかに睡りながら、ずうっと、夢を見続けているの』

不見世は咄嗟に後退った。睡れる少女達の姿に不気味さを覚えた為ではない。彼女が惧れを抱いたのは、己が此処に招かれた理由の一端を直感的に悟ったが故の事である。

匣の中の娘らは皆一様に〝醜い〟容姿をしている。そう、少なくとも〈猟奇の鏡〉の基準に照らせば。仮に〈双色眼鏡〉を向けたならば、〈領区〉内に棲まう者達の中でも一等低い美醜値が計測されるであろう。

つまり、意識を持って動いていた頃には、不見世と同じく〈猟奇の鏡〉から無視されながら生きていた者達であろうと不見世は感じた。

匣の中の娘は、あたしだ。

硝子の表面には不見世の顔が映り込み、中に居る娘のそれと二重写しとなる。

そして続く女の言葉は、其の予期が正しい事を証明していた。

『貴女は此の娘達と一緒に、此処で夢を見続けるのよ』

言い知れぬ畏れに身を慄かせつつ、不見世は呟く。「どうして」

『そうする事が貴女自身の為だからよ。貴女を苛む全てのものから貴女を隔て、さかしまに、貴女自身が苛む側になる為に』

さも当然と云わんばかりの口振りだが、不見世にはとても呑み込めない。

『お嬢さん、貴女は〈猟奇の鏡〉によって此の〈領区〉に棲まう者の中で他の誰よりも醜い存在だと判じられてしまったの』そう続ける女の声は殊更めいた憐憫の調子を含んでいたが、当の不見世の顔にさしたる動揺の色が浮かばぬのを見て取るや、少しく意外そうに、『アラ、あまり驚かないのね』

「皓蜥蜴から聞いたわ」

『フウン、あの穢らわしい盗人（ぬすっと）から。では、〈猟奇の鏡〉の絡繰りについても、もう聞いていらっしゃる?』

皓蜥蜴という名が出た途端、相手の口振りが険のあるものに変わった事にたじろぎつつも、不見世はコクリと頷き、件の女賊から道々聞かされていた美醜値計測の仕組みを口にした。

声の主は彼女が話した内容をおおむねにおいて合っているとしながら、『でも、それは〈盲獣の眼〉での計測に関するお話に過ぎないわね。あれは街に居る人達の中からある程度以上の美しさを持った者を大雑把に選り出す為のものに過ぎない。謂わば、篩（ふるい）ね。けれども、探偵達に持たせている〈双色眼鏡〉は違うわ。此方は其のレンズが捉えた相手の美しさを正確な数値にして弾き出す。それも、偶々（たまたま）其の場に居合わせた人々なんていう絶えず変動してしまう観測者ではなく、もっと絶対的で特別な、選ばれた者達の判断によって、ね——お理解（わか）り?』

アア、と不見世は呻いた。此の声の主は、自分を〈猟奇の鏡〉という機構の一部に取り込もうとしているのだ。機構を駆動させる、計算装置の一つとして。彼女はそう理解した。

『察しがついたようね。そう、貴女が考えている通り、美醜値を判定しているのは、此処で睡る此の娘達。世の人々から、醜い、穢（きたな）い、不恰好だ無様だと蔑（さげす）まれ、罵られてきた、可哀想な娘達。

見下せる相手なんか何処にも居なくて、あらゆるものを睨め上げ、あらゆるものに妬みを抱いていた少女達。〈双色眼鏡〉のレンズに映ったものは此の娘達の頭の中に送られ、そうして彼女達は研ぎ澄まされた嫉妬で、人々を断じ、罰するの。それってとても――』

――素敵だとは思わなくて？

不見世は肯く事も首を横に振る事もせず、唯、「そんな事、できるわけない」

『できるのよ。其の為の道具を、其の為の力を、私は――私達は持っている。そうね、此方へいらしたら、それもご覧に入れましょうね。早くいらして。きっと驚くわ。ホホホホホ』

不見世は俯き、再び足を動かし始めた。一歩、また一歩と、階段を踏み締め、睡る少女達の前を行き過ぎ、塔の頂を目指して。

やがて、無間に続くかと思われた階が不意に途切れ、黒塗りの観音扉が現れた。此の向こうには声の主――イヤ、もはやこう明瞭と呼ぶべきであろう――〈Asakusa Six〉の領主たる〈諸妬姫〉が居るに違いない。ソロソロと手を伸ばすと、押すまでもなく、扉はひとりでに開いた。

だが、現に其処で待っていた存在を前にして、不見世は己が目を疑った。

黒い毛氈が敷き詰められた広間のただ中に、一脚の長椅子が据えられている。其の上にしどけなく身を横たえた一人の女性。彼女こそ、〈諸妬姫〉其の人に外ならぬはずである。本来であれば、一介の領民がまみえる事など能うはずのない相手だ。

にもかかわらず、不見世は其の見目形に見覚えがあった。

煌めく白銀の髪。金糸によって飾られた漆黒の振り袖から伸びる、鱗に覆われた手足。そして、皓いかんばせ。忘れようはずもない、〝美しい〟容貌。

「皓蜥蜴」不見世の口から、我知らず其の名が零れた。

またも闇の中に一冊の手帳が浮かび、其の頁から文字が溢れ出す。

○ 手記 ／ 研究室 ／ 血の海

一、全展望監視機構を運用する為に必要な観測人員の不足という問題について、今やすっかり我が優秀なる助手となった娘から画期的な発想（イデー）が齎（もたら）された。以下、遣り取りを掻い摘まんで記す。

開かれた手帳の頁から、文字に代わって、ふたりの人物のシルエットが立ち現れる。

女　お父様、発想を変えてみてはいかがかしら。

初老の男　如何いう事だい、娘よ。

女　何も、ひとつの眼によってすべてを一望する必要などないのです。そうではなく、多数の眼によって多数を、いいえ、或いは、多数の眼によって少数を視れば良い話ではございませんか。

初老の男　多数による監視、か。（稍々（やや）考え込んで）ふむ、然して、それは可能だろうか。幾ら街頭走査機を増やそうとも、それを監視する人員を如何集めたものやら見当もつかぬ。

女　厭ですわ、お父様。私は何も、人員を増やせなどとは申しておりません。

初老の男　では、如何すると云うのかね？
女　簡単な事です。眼なら幾らでも余っておりますでしょう。つまりは、〈領区〉の人々の眼が。
初老の男　人々の眼を？
女　そうです。何も、管理する側が常からお目々をひん剝いて八方睨みに努める事などございません。斯様な事をしなくとも、〈領区〉内の人々は常に視線に晒されているのですから。外ならぬ自分達の、互いの眼によって。
初老の男　つまり、領民達を相互に監視させれば良い、と。
女　そう。それも当人達にはそうと意識させず。謂わば、全展望監視（パノプティコン）ならぬ、見世物的監視機構（シノプティコン）。

ふたりの影は糸を巻き取りでもするように手帳の中へと吸い込まれてゆく。
頁が捲られ、再び、文字の連なりが躍り出す。

一、娘の進言に従い、機構を書き換えた。街頭走査機によって篩にかけられた者を、ごく少数の観測者が更に仔細に検められるように、と。可愛い娘達を睡りに就かせるのは忍びないが、憐れな者を見つけ出すには憐れな者の眼が適任だという謂い（い）は当事者としての説得力を具えていると感じられ、結局、承諾した。同じ境遇にある可哀想な者を救う為となれば娘達も諒解（りょうかい）してくれるであろう。娘達は眼として、息子達は手として、いずれも〈領区〉に秩序を齎す存在となるのだ。

一、此の数日来というもの、妹の方の姿が見えない。

一、機構の大部分が私の与り知らぬ内容に書き換えられている事に気づく。妬みの定量化？　美の断罪？　一体、これは何を企図したものか。娘に質す必要がある。今や私ですら理解の及ばぬ研究に没頭している娘に、真意を……

開いた手帳から宙に漂い出していた文章が其処で途絶える。

暫しの間を置いて、手帳の頁に赤黒い染みが点々と滲み出す。染みは見る間に広がって頁を覆い尽くし、果てには其の表面から溢れ始める。血だ。血は其の後も滾々と湧き続け、舞台を舐め、遂には、波濤を立てて客席にまで流れ込む。

【暗転】

Ⅷ

「皓蜥蜴」

「違いますとも」女賊のアジトで目にしたそれにもまして華美な長椅子に身を横たえた女は、皓いかんばせをさも不快そうに顰め、持ち上げた片手をヒラヒラと振った。滑らかな黒鉄の膚と球体の関節からなる、機械仕掛けの手を。「あんな盗人風情と一緒にしないでちょうだい。私は

〈諸姤姫(もろとひめ)〉。此の〈領区〉の主。〈美醜探偵団〉を統べ、〈猟奇の鏡〉を守護し、そして――」

女は身を起こし、劃然(かくぜん)と云い放った。

「あらゆる美を断罪する者」

不見世は対面した相手の斯様な一挙手一投足から目を離す事ができなかった。顔も肢体も身のこなしも、皓蜥蜴のそれに瓜二つだ。けれども確かに、違っている処もある。機械で出来た半身の向きが、此の女と女賊では、まるで鏡写しのようにさかしまなのだ。そう頭では理解できているにもかかわらず、不見世の両の目は女賊の姿を前にした時とまったく同じ動きを取ってしまう。しげしげと相手の姿を眺め回し、そうして、時も場も忘れて見惚れてしまう。

だが、斯様な不見世に対して〈諸姤姫〉が発したのは、意想外な言葉であった。

「醜いでしょう？」

いつぞや女賊が得意気に云い放ったのとは真逆の言葉に、不見世は虚を衝かれた。

其の反応をどう捉えたものか、女賊と同じ顔を持つ姫君は溜息を一つ。それから、憂いを帯びた声音で語りだす。「此の呪わしい身に生まれついて、私は誰からも見下され、蔑まれながら生きてきたの。確かに、私は醜い。化け物のようだわ。でも、だからって、ほんの少しばかり綺麗な見目形で生まれきたというだけの連中に、馬鹿にされ、奇異の目を向けられ、侮蔑の言葉を浴びせられながら生きるのなんて我慢がならなかった。いつもいつも、妬んでいたわ。嫉んでいたわ。怨んでいたわ。赦(ゆる)せずにいたわ。ありとあらゆる、美しい者達を。だから、私は――いいえ、私達は、復讐する事にしたのよ」

「そんな」我と我が言葉とに酔い痴れるかの如く語る相手の様に、不見世は呆気に取られつつ、

「そんな事の為に、〈猟奇の鏡〉なんてもので皆を監視してたの？　そんな事の為に、たくさんの人を瑕つけてきたの？」

「そんな事？」〈諸妬姫〉は心外だとばかりに片眉を吊り上げ、語気を強めた。「まるで〝美しい〟連中のような云い種ね。私達の復讐は十二分に大義を具えているわ。だからこそ、貴女が目にしてきたあの娘達は皆、自ら〈猟奇の鏡〉の一部となる事を望んだ。それに何より、世の連中への妬みや嫉みを抱いているのは――」

――貴女も同じ事でしょう？

問いと云うには強過ぎる、思いを同じくしているのが当然と云わんばかりの口振りであった。其の勢いにたじろぎつつも、不見世はオズオズと口を開きかけた。「あたしは。あたしは――」

「良いのよ。貴女が可哀想な存在だって事はよく判っているわ。己の憐れさを認めるのは辛い事でしょうね。己の嫉妬心を包み隠さず吐き出すのは苦しい事ね」黒光りする装束を纏った皓い姫君はそう云って不見世の言葉を遮り、つと立ち上がった。「それより、お約束のものをご覧に入れるわね。〈猟奇の鏡〉の処理中枢、人々の心の監視を可能にする、私達に与えられた力の源を」

一方的に云いながら、着物の裾を床に辷らせて、長椅子の背後へと姫君は廻る。其処には黒い紗の掛けられた、恰度、人の背丈程もある円筒形の物体が佇んでいた。内からは青白い光が発され、紗を透かして滲み出している。

「ホラ、とくとご覧あれ。これが私達の力よ」と高らかに云うや、黒鉄で出来た機械仕掛けの指先が紗を摘まみ上げ、奇術師の如き手捌きでサラリとそれを取り払う。

其処には、不見世が思わず目を瞠る程に並外れて整った容貌の、一人の少女の姿があった。

硝子製の円筒が青い燐光を放つ液体でなみなみと充たされ、少女は双眸を閉じて其の中に浮かんでいる。さながら瓶詰の娘といった容子だ。円筒の底部は金属製の台座に据えられ、其の方々から大小幾つもの管が伸びて床をのたくっている。

「いかが？　これが中枢処理装置」と云いながら、今度は皓い鱗に覆われた手が硝子の表面に載せられ、硝子越しに少女の頰を撫でるように這い廻る。

瓶詰の娘は発光する液体に頭のてっぺんまでとっぷりと浸かりながらも、呼吸に不自由はないものか、腰まで伸びた長い黒髪が海藻の如く揺らめく中、静かに睡っているように見える。時折、円筒の底から真珠のような泡が立ち昇り、瑕一つ無い裸体を舐めていく。屋根裏の娘のような存在であろうか。だが、それが処理装置とはどういう事だろう。

訝る不見世に、〈諸妬姫〉は静かに告げる。「かつて、災厄の人形と呼ばれた存在よ」

不見世は思わず後退った。災厄の人形。聞いた事がある。遠い昔、途方もなく強大な魔法の如き力を揮って世を呪い、ヒトの築き上げた文明を滅ぼしかけたという、伝説的な存在だ。

「安心して。今は睡りに就いている。私達は此の人形の中に残った力――他者の感情や思考を覗き、別の誰かの心に映すという感応能力だけを掬い取って、機構に利用しているのよ」

〈盲獣の眼〉によって人々の妬みの強さを測っているのも、〈双色眼鏡〉を通して塔で睡る娘達の頭の中に対象の姿形を転送しているのも、此の人形の力によるものなのだと得々と語る領主に対して、空恐ろしさを不見世は覚えた。

「どうして。どうしてそんなものの力を借りてまで、復讐なんて――」

と、其の時、彼女の背を押すようにして響く声があった。

「そうだ。云ってやれよ、嬢ちゃん。折角の道具をくだらねエ事に使いやがって、ってな」

二人が声のした方に振り向くと、開け放たれた黒鉄の扉の前に一人の探偵が立っていた。勿論、仮面をしているからには確とは判らぬが、背格好からして自分を捕え、塔まで引っ立ててきた男だと不見世は見当をつけた。されども、此の声は……

「何なのです、貴方は。聖域たる此の塔に足を踏み入れるとは、不敬にも程があるわ！」

「聖域ねエ。不敬ねエ。手前エの実家に娘が帰って来るってのが、そんなにいけない事かねエ」

己が主たる領主の言葉も、然し、何処吹く風といった容子で探偵は此方に歩み寄ってくる。

「実家？　それに、其の品の無い口振り。まさか――」領主の声から俄に威厳が失われる。

「まさかも何もあるめエに」〈諸姤姫〉のそれとよく似ていながら、それでいて、粗野で乱暴な調子の声で探偵は返す。なおも二人に歩み寄りながら、探偵は顔を覆う仮面と黒髪の鬘（かつら）とをむしり取った。すると、其の下から顕（あらわ）れたのは、此の広間の主たる〈諸姤姫〉と寸分違わぬ皓いかんばせであった。「百面相ってのア、怪盗の嗜（たしな）みなんだよ」

「皓蜥蜴」今度こそ本物だと、不見世は確信を持って其の名を呼ぶ。

「オウ。悪イな、嬢ちゃん」と、そう口にした言葉とは裏腹に女賊はまるで悪びれる容子もなく、嫣然（にっこり）と笑みを浮かべて云った。「お前エさんを鍵にさせてもらったぜ」

「鍵？」確か、先にもそんな事を口にしていた。

「何しろ、其処の引き籠り」と云って、畏れを知らぬ女賊は姫君を指差し、「嬢ちゃんみてエな娘を内に引き入れる時くらいしか門を開きやがらねエんでな」

「酷い。あたしの事、そんな風に利用したの？」不見世は眉を顰（ひそ）めた。

「ハッ。云ったろ、あたいは正真正銘の悪党だってよ。自分の目的の為だったら、あんたみたいな小娘の一人や二人、躊躇う事なく利用させてもらうさね」

「じゃあ、あたしを助けてくれたのも最初から――」

「あたぼうよ。そうでなくて、誰があんたみたいなもんを助けるかってんだ。ま、鍵になってくれるってんなら誰だって良かったがな」と、皓蜥蜴はにべもなく云ってのける。

　女族が初めて見せた酷薄な目の色に、ドクンと、またも不見世の中で云いようのない感情が脈打った。そんな事も知らず、彼女が〈凌雲閣〉に招き入れられた後、門が再び鎖されるまでのあいだに忍び入ったのだと得意気に語る相手に、不見世は問う。「あの探偵は？」

「思いっきりのしてやったぜ。あの馬鹿でかい木偶人形ごとな」胸を反らして云うと、皓蜥蜴は嘲るような視線を姫君に向け、「なかなか可愛げのある坊やだったぜ。『〈猟奇の鏡〉なぞもう知った事か。俺は、唯、美しいお前が欲しい』だとよ。口説き文句としちゃ下等だが、悪かない。って事で、探偵までもが〈猟奇の鏡〉なぞどうでも良いとさ。エエ、どうするよ、お姫様？」

　女賊の挑発に、然し、〈Asakusa Six〉の領主は乗りはしない。唯、機構の仕組みを披歴（ひれき）していた際の陶酔がすっかり拭い去られた顔で相手を睨めつける。「何をしに来たの」

「盗賊の用事なんてものア一つと決まってんだろ。盗みだよ、盗み。それからついでに、馬鹿な姉貴をチョイと懲らしめに来たってとこだな」

「姉貴？」意想外な言葉に不見世は驚き、二人の顔を交互に見遣った。

「オウ、そうだ。双子の姉貴よ」

　領主の妹を自称する女賊はなおも語った。先代にして最初の領主――つまりは〈Asakusa

Six〉の創始者たる諸戸(もろと)という名の男によって保護された、最初期の娘達。〈領区〉の形成に先だって彼の下に集められた者達の中に、姉妹は共に居たのだと云う。

「でも、〈領区〉が出来たのって、もう何十年も前の事じゃないの」

訝る不見世に対し、自分達は肉体を改造され、其の身から老いを消し去られているのだと、女賊は事も無げに云う。「ま、おかげであたいはもう八十余年ものあいだ、此の美しい姿を保っていられてるってエわけだがな」

そう云って自らの言葉に呵々と笑う女賊とは対照的に、同じ見目形の姫君は忌々しげに吐き棄てる。「そう、八十年もの永きに渡って、私はずっと醜いの」

呆気に取られつつ、不見世は呟く。「身体を改造って、どうしてそんな事……」

「貴女が見てきた、あの娘達(こ)と同じよ。〈猟奇の鏡〉の一部となる為」と、そう答えたのは姫君の方だ。恒久的に駆動し続けるよう設計された機構に、耐用年数のある部品は要らぬのだ、と。

「此のコソ泥の美醜値が計測できないのも其のせいよ。そもそも彼女は観測される側ではなく、する側となる事を想定されていた。だからこそ、端から判定の埒外にあるというわけ」

エッと顔を向けた不見世から視線を逸らして、皓蜥蜴は空とぼけてみせた。いつぞや彼女の口から語られた、羨望がどうの憧憬がどうのという話とはまるで違う。ともあれ、不見世にとってより大きな疑問は別のところにあった。「その、先代の領主様も復讐なんて事を考えていたの？」

「フンッ、そいつア違うな。あの爺(じじい)はあの爺でまた別のくだらねエ事を考えてた。憐れで可哀想な異形の者達を保護する――そんなくだらん事の為に機構を造り上げたんだ」皓蜥蜴は〈諸妬姫〉を顎で示し、「だが、此のお姫さんは諸戸の爺を殺し、〈猟奇の鏡〉の機構を書き換えた。手前エ勝手な逆恨みを晴らす為にな。其の上、此のあたいを陥れ、〈領区〉から放逐しやがった。おかげで随分苦労したぜ。こうして戻ってくるまでに、何十年もかかっちまった」

「逆恨み？」〈諸妬姫〉は己が胸に手を載せ、「私のしている事の何処が逆恨みだと云うの」

「手前エの物差しで手前エ自身を醜いと決めつけた上、他人を妬んで嫉んで、挙げ句、瑕つける。逆に、それの何処が逆恨みじゃねエってんだ？」

「自分で決めたわけじゃないわ。私は、私達は、いつも奇異の目を向けられてきた。可哀想だと憐れまれながら、『自分はああじゃなくて良かった』って安心する為の慰み者にされてきた。美しくないから。穢いから。醜いから！」

さも呆れたとばかりに皓蜥蜴は肩を竦める。「だから、そう感じる事自体が手前勝手だと云ってんだよ。あたいはな、いつだって周囲の連中が向けてくる憧憬と羨望の眼差しを全身で感じてた。コイツら、あたいに見惚れてやがんなって愉しんでた。そう、まだお前エと繋がってた頃から、今も、ずっとな。美しさってのはそういう憧れと欲望の多寡によって決まるもんなんだよ」

「戯けた事を。美しさは優越感と嫉妬によって決まるものよ。妬ましいからこそ美しく、憐れであるからこそ醜い」

「くだらねエ。やっぱり、〈猟奇の鏡〉はお前エなんぞにゃ過ぎたオモチャだ。ま、だからこそ、お前エからそいつを掠め取る為にこうして出向いてやったってわけだがな」

「アラ、貴女なら違う使い方をするとでも云うの？　歪み、捻くれ、思い上がった美意識しか持ち合わせていないような、貴女が」

「オウよ、よくぞ訊いたな」女賊は片足を大きく差し出して床を踏み鳴らし、見得を切った。そうして云う事には、「あたいはな、あたいが盗み出すべきものを見つける為にこそ其の機構を使ってやる。そうして天が下のあらゆる美しいものを一つ残らず蒐めてやるんだよ」

姫君は鼻を鳴らしてせせら笑い、「くだらないのはどちらかしら。身勝手なのはどちらかしら。そんな我欲の為に、崇高な機構を使おうだなんて」

双つの皓い相貌は、互いに喰らい合うかの如く睨み合い、双方、一歩も退く気配がない。

自分の事なぞまるで眼中にないという容子で繰り広げられる斯様な遣り取りを見聞きしているうちに、不見世の胸の裡では烈しい心の動きがあった。先から脈打ち始め、徐々に拍動のペースを速めていた感情が、今や早鐘の如く打ち鳴らされ、ドクンドクンと身の中で躍っている。

そうして愈々、不見世は其の感情の正体に気づいた。

今や胸を突き破らんまでに暴れだした此の感情の名は——

瞋りだ。

○ 何処とも知れぬ闇の底／瞋れる少女

両の手を左右斜交いの肩に載せて睡りの底にある娘達が、ひとり、ふたり、三人——いやいや、無数に並んでいる。皆一様に瞼を閉じてはいるものの、緩やかな弧を描いて舞台上に並んだ彼女らは、明らかに同じひとつのものを注視していると判る。

舞台のただ中に立った、ひとりの、自分達とよく似た〝醜い〟容姿の少女を。

睡れる娘A　其の娘は先までの何処か弱気な、頼りなげな態度が嘘であったかのように、両の瞳に瞋りの焔を宿し、鉄槌でも打ち下ろすように床を踏み鳴らした。

睡れる娘B　驚いた容子で娘を顧みたのは、嗚呼、お懐かしいお姉様。

鱗に覆われた膚を持つ皓い女の姿が、ボウッと闇に浮かぶ。

睡れる娘C　驚いた容子で娘を顧みたのは、嗚呼、お慕わしいお姉様。

鱗に覆われた膚を持つ皓い女の姿が、もうひとつ。

睡れる娘A　其の娘はお姉様方を前に、少しも臆する容子なく。

睡れる娘B　怖じる容子も、遠慮する容子もなく。

睡れる娘C　烈々たる物云いで。

〝醜い〟容姿の少女は、ふたりの女のあいだで仁王立ちとなって胸を反らし、赫然たる勢いで、瞋りに満ち充ちた言葉を吐き出していく。

瞋れる少女　いい加減にして！（皓い女の一方に指を突きつけ）あたしは確かに醜いかもしれ

ない。ええ、あなた達の基準ではそうなんでしょうね。でも、大きなお世話よ。あたしは、容貌の事で人を妬んでなんかない。嫉んでもない。自分の事を可哀想だなんて思った事もない！　それから、あなたも！　（今度はもう一方の皓い女に向かって）利用できるなら誰でも良かった？　ふざけないで！　人の事をまるで道具か何かみたいに。あたしはね、あなたの為のものでもなければ、あなたの物語の脇役でもない！　もう、うんざり。他人の勝手な価値観で、除け者にされたり、必要だと云われたり。本当にうんざりよ。あたしの価値は、あたしが決める。あなた達の云う『美しさ』なんて、どちらもあたしの知った事か！

無視する事なく、あたしを、あたしそのものを見ろ！

そうして何より、あたしを憐れむな！

あたしは可哀想な存在なんかじゃない！

睡れる娘A　アア、お姉様。此の娘が云っている事こそ、私達が本当に欲しかった言葉なのです。
睡れる娘B　可哀想だ可哀想だと云うのではなく、唯、ありのままに見て欲しかったのですよ。
睡れる娘C　けれども、お姉様は気づいてくださらなかった。私達はもう、もう——
睡れる娘一同　（縋るように）もう、こんな夢など見ていたくはありません！

舞台のただ中、闇の底から紫色の蝶の群が舞い上がる。蝶達が落とす煌めく鱗粉の中、新たな人影が輪郭を顕し、徐々に形を取ってゆく。斯くして現れたのは、いまひとりの少女だ。睡れる娘達と同様に双眸は閉じられているが、此の新たな娘には、ひとつも瑕が無い。

ナレーション　うつし世はゆめ、夜の夢こそまこと。けれども、夢はいつか、終わるもの。

宙に渦を巻いた蝶の群がパッと四散し、新たな娘の双の瞼が、そっと開かれてゆく。閃光。あらゆるものが漂白される。

IX

蒸気に煙る月輪の下、蒼く濡れたビルヂングの群が成す〈Asakusa Six〉の谷底には、今宵もまた、悪しき叫声が谺する。

荒くれ同士の喧嘩なぞというのはまだ筋が良く、掏摸（すり）も起これば、盗人も在り、強請（ゆす）りたかりは日常茶飯事、果ては押し込み、終いに殺し。およそ考え得る悪徳の限りが方々で花を咲かせ、生まれ変わった〈善行探偵団（B・D）〉が夜ごとにそれを刈っている。刈れども尽きせぬ悪の華とは知りながら、それを使命と信ずるままに。

ホラ、そう云うそばから黒ずくめの男達が盗人を追って駆けてゆく。翻ったマントの裾に鼻先を掠められ、不見世は思わず尻もちを衝いた。抱えていた寸胴鍋が、音を立てて地べたに転がる。

先までと変わる事のない、彼女にとっての日常茶飯事。

然し、あの晩、アサクサ百二十階で起きた夢の如き出来事を、彼女は今もハッキリ覚えている。

「あたしは可哀想な存在なんかじゃない！」

そう不見世が叫んだ瞬間、人形と呼ばれていた瓶詰の少女がパチリと両の眼（まなこ）を開いた。驚き慌てる姫君と女賊の眼前で、円筒形の硝子には見る間に無数のひびが走り、そうして遂には砕け散った。青白い液体の飛沫と硝子片とが夜光虫の如く煌めきながら乱舞する中、少女は二本の脚でスックと立ち、居並ぶ面々を睥睨した。黒曜石を嵌め込んだかの如き、双の瞳で。

一同、射竦（いすく）められたように身じろぎもできずにいると、少女は青褪（あおざ）めた唇を幽（かす）かに開き、

——わたし達を憐れむな。


それだけであった。あの場において起きた事は、唯、それだけ。

だが、其の一言によってすべてが変わった。其の時はまだ知る由もなかったが、少女が言葉を発した其の刹那、棺の如き匣の中で睡りに就いていた娘達が一斉に目を醒ましていた。同時に、〈領区〉内に設置された〈盲獣の眼〉もまた一つ残らず機能を停止し、つまりは、〈猟奇の鏡〉という機構そのものが活動を停めていた。

少女はそれから一同の眼前を悠然と行き過ぎ、広間から歩み去っていった。

其の後の行方は杳（よう）として知れない。

誰も少女を止めようとはしなかった。イヤ、止めようと考える事すら能いはしなかった。と云ってそれは、何も、恐ろしさ故の事ではない。其の場に居合わせた者の頭の中には、「お静かに」という声が耳を介さず響き、玄妙不可思議な力をもって、身と心とを縛りつけていたのである。

斯くて〈猟奇の鏡〉が機能を停止してからというもの、〈Asakusa Six〉を彩る色彩は先まで以上に毒々しさを増した。誰もが皆、自らの身を好きに着飾り、己が身を誇示するようになった為だ。分不相応だの、弁(わきま)えるだのと考える者はもう居ない。誰かによって取り決められたわけでも、測られたわけでもない、唯、己が心と身ばかりを拠り処とした美を、誰もが胸に抱えている。

と云って別に、もとより見目形の整っていなかった者の外形が急に変わろうはずもない。不見世は不見世のままである。彼女は変わらず、己が身を好きになる事はできぬし、また同じく、それによって誰かを妬む事も嫉む事もしはしない。

もう一つ、彼女にとって変わったと云える事があるとすれば、他者からの眼差しの内に憐憫や嫌悪の色が見られなくなった事だ。〈諸妬姫(もろとひめ)〉――イヤ、今ではすっかり憑き物が落ちたように復讐を忘れ、〈諸戸姫〉と名乗っている――が云うには、あの少女が人々の美醜に関する認知機能を書き換えていった為であるらしい。「生理的報酬としての美を判ずる領域と、道徳的な美を司る処理回路とのリンクが断たれた」と云っていたが、不見世には難しい事はよく判らない。

地べたにぶっつけたお臀を押さえ押さえ、彼女が立ち上がろうとした其の時、視界の内にスッと一つの手が現れた。振り仰げば、いつぞやの江川座の玉乗り娘が腰を屈めて手を伸べていた。

不見世は其の手を取り、支えられるようにして立ち上がる。

と、娘の肩越しに、皓く輝くものが見えた。

空を円く切り取った月輪の中、ポーーーンと浮かび上がった、皓い影だ。

Ⅱ章・引用元　谷崎潤一郎『刺青・秘密』より「刺青」（新潮社、一九六九年）

解説

橋本輝幸（ＳＦ書評家）

本書は、空木春宵の初の著書となる作品集だ。著者は「繭の見る夢」で第二回創元ＳＦ短編賞佳作を受賞。二〇一一年、アンソロジー『原色の想像力2』（創元ＳＦ文庫）に受賞作が掲載されてデビューした。二〇一〇年代後半までしばらく商業出版から遠ざかっていたが、本書の表題作「感応グラン＝ギニョル」（二〇一九年）を皮切りに近年は旺盛な活動を行っている。「地獄を縫い取る」（二〇一九年）は大森望編の年刊日本ＳＦ傑作選『ベストＳＦ　２０２０』（竹書房文庫）に採録された。本書にはこれらの既発表作四編に書き下ろし一編を加えた合計五編が、発表順に収録されている。

さて、デビュー作から本書収録作に至るまで、著者の作風を端的に形容するならば残酷、陰惨、怪奇、退廃、耽美といった言葉がふさわしい。もう少し具体的に挙げるならば、美醜へのこだわり、人外への変身、古い日本の文芸への偏愛、現代ＳＦらしいアイディアだ。しかしこういった特徴を差し置いて何より際立つのは、どの物語も傷と痛みに満ちていることだ。

本書収録作における傷や痛みの描写は、一体どのような機能を担っているのか。ここからは各作品について語る。核心の謎には配慮しているつもりだが、かなり内容にも踏みこんでいるので注意していただきたい。ミステリ要素で読者の関心を巧みに引っ張るのも空木作品の特徴なので、まずは前情報を一切入れずに本編を読むのをおすすめする。

冒頭を飾る「**感応グラン=ギニョル**」は、どうやら昭和初期の日本を舞台にしている。身体に傷を抱えた少女たちばかりを集め、残酷な劇を演じさせる見世物一座「浅草グラン=ギニョル」に新たな少女・無花果(いちじく)が加わる。身体には傷が見当たらない彼女だが、実はあるものを喪失していた。心である。彼女はいわゆるテレパシーの超能力を持ち、他の少女の心を読み、過去の記憶や感覚を相互に共有させることもできた。さながら意識の上映機である。そもそも演劇とは、記録された物語を再生する試みである。レコードが盤面の溝、つまり傷から音を再生するように、無花果の能力は複数人の苦痛の記憶を継ぎ合わせて再生し、芝居を格段に没入性のある唯一無二の体験に作り変えた。さらに一座の少女たちは夢中で無花果の力に耽溺するが——。

この物語は、読者に安全圏からの傍観を許さない。我々の読書こそが苦痛を再生し、彼女たちを責めさいなむのだと告げてくる。見てはいけないものを見る、後ろ暗い愉しみに浸っているのを知っているぞと舞台の上から語りかけてくる。

「**地獄を縫い取る**」の舞台は一転して近未来だ。官能伝達デバイス〈蜘蛛の糸〉によって、世間ではメディアを五感で楽しむようになっていた。実は五感だけに留まらない。〈エンパス〉と呼ばれる最新技術では、感情すら共有できる。主人公ジェーンは、ネット空間で児童性愛者を捕える罠として本物そっくりなＡＩの少女の制作を注文される。加害される前提の、本物の人間と見分けがつかないＡＩを作るために必要な素材とははたして何だろうか。サイバーパンクと、室町時代の遊女・地獄大夫の伝承の解釈が交錯し、ひとつに融けあう。本作と「感応グラン＝ギニョル」は双子のようである。体験の臨場感ある再生、あまたの人間の苦痛の臨界、つぎはぎされて造られた怪物、自我のないはずの人形が気軽に訪れた見物客を地獄に引きずりこむ展開が再演され、地獄の窃視を続ける我々読者の背筋をも寒からしめる。

「メタモルフォシスの龍」は収録作の中でも屈指の奇抜な設定で成り立っている。作中世界では、失恋した人間が女なら蛇に、男なら蛙に変わってしまうという病が蔓延している。自由恋愛は社会から注意深く排除されているが、それでもときどき発病が起こってしまう。発病者は徐々に人間から爬虫類に変化しながら、惚れた相手を捕食したい、あるいは捕食されたいという本能に支配されていく。変化が進行中の者を指す言葉「生成り」は、本来は般若に移行する前のまだ鬼女になりきっていない存在を象った能面のことである。道成寺の安珍と清姫の伝説を上書きするように、映画『テルマ＆ルイーズ』の主役二人の犯罪と逃避行のイメージが重ねられている。鬼女、大蛇、罪人といった人でなしはある意味、普通という枷から解き放たれた自由な存在である。語り手テルミがかつて世間一般の固定観念に多重に縛られ、苦しんでいたのとは対照的だ。

さて「地獄を縫い取る」でＡＩに人間の生々しい苦痛をインストールする作業は、肌に針と糸を刺すピアッシングのように表現されていた。「メタモルフォシスの龍」にも人体改造が登場する。刺青だ。どちらも決して拷問や強要ではない。施術を受ける者はじっと自ら改造を受け入れる。人体改造は、自分が自分の身体の主であり、身体を完璧にコントロールできることを確かめるための手段である。身体性に打ち勝つための儀式でもある。テルミは苦闘の末、やっと自分の望みを理解し、実現する。清姫伝説から逸脱し、お仕着せの物語から逃れて彼女が飛翔する結末は美しい。本作以降の収録作にはいずれも主人公が主体性を回復するさまが描かれ、ハッピーエンドでない物語にも不思議な清涼感を与えている。

戦中の女学校、そしてゾンビ。キャッチーな要素で構成された「**徒花物語**」の題名は、吉屋信子の『花物語』と彼女が描いた女学生同士の強い絆「エス」を容易に連想させる。しかし本作で登場するのは、Sの字を反転させた「Z」と呼ばれる契りの制度だ。舞台は、徐々にゾンビ化していく病を抱えた女学生たちが暮らす学校。教室でひそやかに回覧される作者不明の連載小説「徒花物語」は、教師たちから常日ごろ教えられていた話とは異なる症状を生々しく綴っていた。主人公の由香利は、ゾンビ化が進んだ者が意識や感覚を持ったまま身体だけ朽ち果てていくと示唆する記述にいたく動揺する。彼女はてっきり、個人としての意識を安らかに失い、痛みも薄れていくものだと信じていたのだ。安息の可能性を失った彼女は別の道を選びとる。

「痛みを忘れない限り、まだ生きている。まだ動ける。まだ、〈花屍〉ではない。
わたしの躰は、わたしのモノだ。」(P.49)

これは由香利が、正常な痛覚が残っていることを確かめるべく毎朝自身を殴る際の独白だ。ここでもまた、身体の主導権の確認には痛みが必要とされる。Zの契りの儀礼として少女たちが身体のパーツを自ら切断し、交換して縫い合わせるのはきわめて象徴的である。なにせ元々の自分の身体の一部を捨てて、他人の身体の一部を受け入れるのだから。自傷行為による覚悟と誠意の証明は、切腹や指詰めを連想させもする。

本作は「メタモルフォシスの龍」と同様、主人公たちが主体性を回復し、既定のルートから逃げ出す話だ。終盤で、あるキャラクターの出自の真実が明かされるのもその例である。好きな自分に変わる自由がある。たとえ痛みであれ憎しみであれ、自らの感覚は自らのものであり、決して手放したくないという由香利の意志が余韻を残す。

本書を締めくくる書き下ろしの一編「Rampo Sicks」は、なんと「感応グラン＝ギニョル」のその後の物語である。顔の美醜についての思弁小説だ。しかもディストピアもので、スチームパンクで、アクション小説でもある。

本作の時代では、美は罪である。本来、美の価値観は人それぞれだが、ある方法によって美の定量評価が可能となっている。過ぎたる美を持つ者は追われ、狩られ、美を奪われる。張り巡らされた完全監視の仕組みによって、市井の人々は知らず知らずのうちに判定基準を作り出し、美の評価に加担してしまう。罪なき傍観者ではいられないのだ。そんな街で一番醜いと判定された主人公の不見世(ふみよ)は「あたしの価値は、あたしが決める」と憤怒(ふんぬ)する。そしてこの最終話は、主要登場人物を誰一人犠牲にすることなく、意外なほど爽やかな幕引きを迎える。ここまでいくつかの例を見てきた読者は、本書の法則が推測できるだろう。世界との摩擦の痛みに苦しんだ者たちには自分たちが変わるか、世界のほうを変えるか、二択が与えられている。

観る行為もまた、本書全体のテーマである。だが本書で鑑賞され、評価され、犠牲にされる客体の少女たちは、かわいそうなヒロインの役柄に収まらない。世界を地獄に変え、自由に立ち去り、さして変わらず日々の生活を続けもする。怒り、奪い、妬(そね)み、強大な力を思うがままに振るう。身勝手で、邪悪と呼ばれるかもしれない。彼女たちはみな人間らしく恐ろしく、それぞれ異なる個性を持っている。本書ではヒーローも、ヒロインも、悪役も、モンスターもほぼ女性である。この偏りが持つ意義を私が知るすべはないが、特色として指摘することはできる。

さて、本作に江戸川乱歩の諸作から借りた要素が随所に散りばめられているのは文体や固有名詞から明らかだ。結合双生児の姉妹やその片割れの名前は長編小説『孤島の鬼』に由来する。著者の創作の源流にある作品だ。本作にはさらに谷崎潤一郎の「刺青」も混ぜこまれている。マッシュアップもまた本書の特徴だ。参照されるのは日本の古い伝承や文芸作品ばかりではない。伊藤計劃『ハーモニー』（ハヤカワ文庫JA）や飛浩隆《廃園の天使》シリーズ（同）を思い出す人もいるはずだ。SFアイディア面だけでなく、個人の意識が失われる奇妙に甘美な平穏や、残酷な美しさといった感性の面でオマージュが感じられる。本書は著者の読解を読者に共有するからくり装置のようであるが、単なる体験のつぎはぎではなく、そこから新しい創造物を生み出しているのは疑いようもない。縫い合わせた衣装を着て、空木は自分だけの新たな演目を始める。これまでも。きっとこれからも。

初出一覧

感応グラン＝ギニョル　東京創元社〈ミステリーズ！〉vol. 96　二〇一九年八月
地獄を縫い取る　東京創元社『Genesis　白昼夢通信』二〇一九年十二月
メタモルフォシスの龍　東京創元社『Genesis　されど星は流れる』二〇二〇年八月
徒花物語　東京創元社〈Webミステリーズ！〉二〇二〇年十二月
Rampo Sicks　書き下ろし

創元日本SF叢書

空木春宵

感応グラン=ギニョル

2021年7月30日　初版
2022年2月10日　再版

発行者
渋谷健太郎
発行所
（株）東京創元社
〒162-0814　東京都新宿区新小川町1-5
電話　03-3268-8231（代）
URL http://www.tsogen.co.jp

ブックデザイン
岩郷重力＋WONDER WORKZ。
装画
machina
装幀
内海由

DTP 工友会印刷　印刷 理想社
製本 加藤製本

ISBN978-4-488-01843-6 C0093